请遵守游戏规则

Please follow
the game rules.

青梅酱 著

长江出版社
CHANGJIANG PRESS

图书在版编目（CIP）数据

请遵守游戏规则/青梅酱著. -- 武汉：长江出版社, 2025.1. -- ISBN 978-7-5492-9908-9

Ⅰ.I247.5

中国国家版本馆 CIP 数据核字第 20247AF649 号

请遵守游戏规则/青梅酱 著
QING ZUN SHOU YOU XI GUI ZE

出　　版	长江出版社
	（武汉市解放大道1863号）
选题策划	小　米　靴　子
市场发行	长江出版社发行部
网　　址	http://www.cjpress.cn
责任编辑	罗紫晨
特约编辑	连　慧
印　　刷	三河市兴国印务有限公司
版　　次	2025年1月第1版
印　　次	2025年3月第1次印刷
开　　本	710mm×1000mm　1/16
印　　张	21
字　　数	343千字
书　　号	ISBN 978-7-5492-9908-9
定　　价	62.80元

版权所有，侵权必究。如有质量问题，请与本社联系退换。
电话：027-82926557（总编室）027-82926806（市场营销部）

在这一片黑暗当中,
有什么在暗中悄无声息地窥探着公寓里的一切,
寂静地,伺机而动。

如果这个时候往下面丢出一块石子,
池停可以很确定除了反复空荡的回声之外,
都不会激起任何的风浪。

但他就是有一种十分诡异的感觉——
除了已知的那些角色以外,
公寓里好像还存在着其他东西。

尊贵的玩家,请选择副本开始游戏。

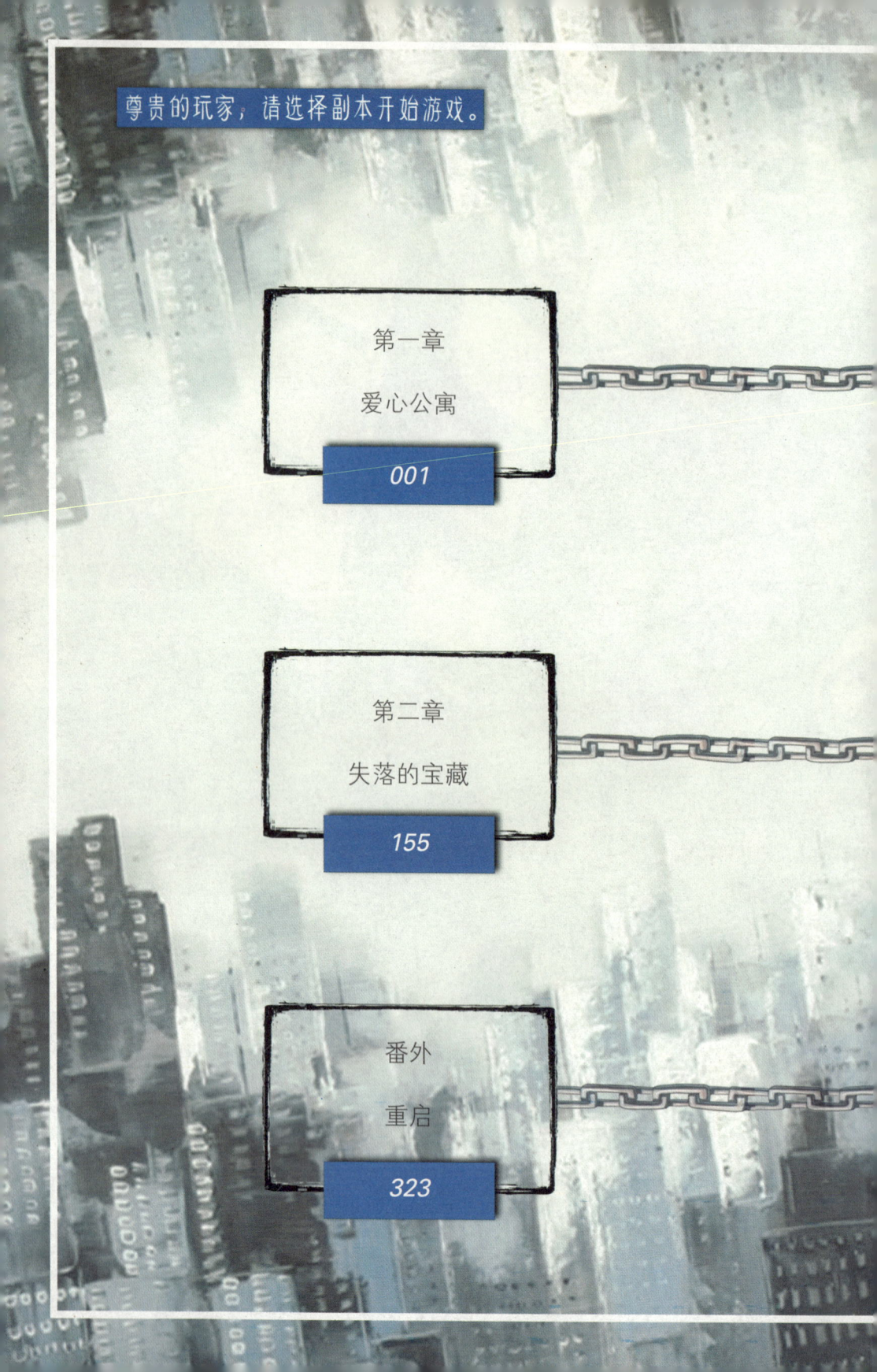

第一章

爱心公寓

001

第二章

失落的宝藏

155

番外

重启

323

目 录
contencts

爱心公寓，人人有爱。

欢迎加入爱心公寓这个相亲相爱的温馨家庭，

请努力攻略NPC（非角色玩家），提升他们的好感值吧！

你是一位探险爱好者，选择到这里体验探险，

请签订属于你个人的"守护契约"，

尽情享受探险世界，体验寻找宝藏的快乐吧！

副本关闭倒计时，十、九……

爱心公寓副本已关闭。

所有玩家已离开，爱心公寓副本重启中。

如果说真有人愿度世人，
眼前的这人，
无疑就是最好的选择。

第一章
爱心公寓

副本场景加载中……

1

池停从巨大的拖拽力中挣扎出来,猛然睁开了眼睛。

刺眼且突兀的灯光仿佛直直地扎入了他的神经。捕捉到视野中那依稀的轮廓后,他的第一反应就是直接伸出手去,死死地掐住那个东西的咽喉。

铁钳般的指尖豁地收紧,眼见就要发力拧断,池停依稀间有所觉察,才终于反应过来被自己抓住的是什么东西。

被掐住脖子的人感受到迎面扑来的强烈杀意,转瞬间就已经激起了一身的冷汗。然后他就感受到掐在他脖颈处的那只手稍稍地松开了几分,抚着他脖颈的肌肤一点一点地往上,最后挑起他的下颌,让他被迫迎上了那道审视的视线。

下一秒,他的头就被稳稳地托在两只手当中。

从他这个角度,可以捕捉到那双手修长的手指轮廓。

前一刻的浓烈杀意已经荡然无存,池停就这样捧着对方的脑袋,直勾勾地注视着,他微微拧起的眉心透着一丝的茫然,似乎是在确定一件十分重要的事情:"你……看起来好像是个人,对吧?"

被捧着脑袋的倒霉蛋名叫离洮,他见池停一直没有醒过来就好奇过来看看情况,没想到一见面就遭到了生理和心理上的双重打击。

什么叫好像是个人?

离洮的嘴角微微地抽了抽,说道:"……你礼貌吗?"

"真的是一个人,还是活的。"池停在这张脸上上下左右地摸了个遍,这样的神态,像是在研究一件不得了的事情,他再抬头朝周围看去,惊讶地挑了下眉梢,"这么多人,都是活的?"

离洮好不容易才从对方的"蹂躏"当中挣脱出来,道:"你是不是有病?"

他是被传送进副本之后醒得较早的那批人中的一位,本来在人群中一眼就被池停过分出挑的外形所吸引,没想到稍微一接触才发现,这人似乎脑子有点问题。

池停没有在意离洮的举动。此刻,他已经发现了自己所处环境的改变。

池停所在的那个世界病毒肆虐,人类的最后一座堡垒也已经被彻底攻陷。池停作为核心巡逻护卫队的一员,一直在地球上搜寻着最后一批幸存人类。而就在来到这里之前,他带领组员执行任务,除他之外全军覆没,这事情不知不觉已经过了很久。

池停印象中的最后一个画面,记得应该是自己被异种用触手卷入了血盆大口。不知道到底发生了什么,他再次醒来的时候突然就到了这里。

周围的环境,不管怎么看都像极了病毒爆发之前和平年代的那种公寓大厅。

最关键的是,在灭队之前除了自己的组员,他真的已经很久没有见到其他人类了。

这是异种体内的世界?

还是他已经死了?

池停不太确定,但是在经过简单清点之后,他得知在场加上自己一共有整整十二个人!

一下子遇到这么多活人,至少绝对是一件令人心情愉快的事情。

他差点都快忘记跟活人一起生活的感觉了!

但很显然,其他人并不能感受到池停的美好心情。就在五分钟之前,他们凭空出现在这里。粉红色的墙面围绕,在顶灯的光线照射下旖旎且梦幻,死一样的寂静让墙面上"爱心公寓"四个可爱的泡泡字体显得格外诡异。

在浑浑噩噩的"我是谁,我在哪,发生了什么"的压抑状态下,有人终于被这样的氛围逼到了发疯的临界点。

角落的一个男人突然双手狠狠地抓挠自己的头皮,语调不可控制地有些发颤:"这里是什么地方,我为什么会突然来到了这里……不行,我必须得离开……"

男人距离池停并不太远，池停伸了伸手，刚想搭讪说"好巧我也是突然被传过来的"，就见这人跌跌撞撞地猛然起身，环顾一圈之后慌不择路地朝侧面唯一的那扇小门冲了过去。

另外的一位姑娘被他冲撞得连连尖叫。

有人看好戏般地轻"啧"了一声，话语落入池停耳中："看来这次副本里面来了不少新人啊。"

副本？新人？

是这个世界的专用词汇吗？

池停顺着声音的方向看去，只见不远处有两人抱胸靠在墙边，饶有兴致的话语中还带着微妙的期待。

看两人交流的神态间，显然他们是认识的，他们这种十分自在的模样跟周围的其他人多少显得有些格格不入。

池停很快就知道了这两人在期待什么。

眼见那个男人冲到那扇侧门口后就要推门而出，在脚步刚刚迈出的那一瞬间，整个动作就仿佛被无形的力量遏止般硬生生地顿在了那里。

紧接着，因为痛苦而扭曲的表情顷刻间占据了他整个脸庞，青筋暴露的双手狠狠地掐住了自己的咽喉。他全身的血管在无形中逐渐膨胀，手背、脖颈、前额，仿佛蛛网般顷刻密布……

"嘭——"

"嘭嘭——"

……

头皮发麻的感觉顷刻间冲上头颅，有人当即忍不住剧烈地干呕起来。

池停的神态间分明闪过了一丝遗憾。才见到活人，怎么这么快就没了一个呢……这里不会到最后，又全死光了吧？

他在心里深深地叹了口气，倒也熟悉这样的画面，他挪开视线，继续观察周围的环境。

离洮的脸色也不太好看，虽然他知道如果遇到新人，经常会在游戏开始之前就发生减员，但这种情况也很可能会增加其他玩家的通关难度。

他在心里暗骂了一声这个新人过分脆弱的心理素质，也借着这个机会快速地确定了一下这场游戏的新玩家人数。

离洮的视线扫过一圈之后，正好又撞到了池停的身上。

池停属于那种标准的帅哥长相，不笑的时候看起来有些冷，但是一笑起来总能因为眉眼间的真诚而让人感到如沐春风。他有一头柔顺的黑发，随意地散落在锁骨周围，黑色皮质颈圈下方双层叠链上悬挂着不知名的红色石头。

跟其他玩家不同，这个时候他的注意力根本没落在那具突然炸裂的尸体上，而是神态认真地打量着公寓的装修风格，仿佛是想要将这个大厅的每一寸画面都刻入脑海当中。这和其他玩家的忐忑形成了鲜明的对比，池停的神态间无处不显示着一个信号——他很喜欢这里。

而且是非常喜欢的那种。

离洮的心头微微一跳，不太确定地想道：难道这还是个大佬？！

"叮咚——"

突然响起的一声，破坏了周围的死寂。

爱心公寓，人人有爱。欢迎加入爱心公寓这个相亲相爱的温馨家庭，请努力攻略NPC[①]，提升他们的好感值吧！

过分尖锐的机械音毫无感情，让这样的欢迎词显得更加诡异。

一时之间，没有任何人说话，所有人都在仔细地聆听接下去的内容。

注意，初始规则如下：

1. 游戏期间慎重领取好感任务，一经领取无法撤销；
2. 所有任务可提升相应 NPC 好感值时，均有概率对其他 NPC 造成同步影响；
3. 同层好感度达到绿值才可解锁上下层区域，切忌跨层串门；
4. 不要与红名 NPC 进行交流，邻里关系不佳将十分危险；
5. 游戏进度改变随时可能增加新的规则提示，请时刻留意。

最后重申，任何强制结束游戏的操作都将遭到严厉惩罚。

请遵守游戏规则！

[①] NPC：是非玩家角色（Non-Player Character）的简称，泛指一切游戏中不受玩家控制的角色。在电子游戏中，NPC 一般由计算机的人工智能控制。

池停认真听完规则中的每一句话，然后扫了一眼地面上那具血肉模糊的尸体。

所以说，这个男人就是因为试图摆脱游戏才落了这么一个下场？

他缓缓地眨了一下眼。虽然还是不知道自己为什么会突然来到这里，但是莫名感觉好像很好玩的样子。

池停不知道的是，就在初始规则宣布结束的同一时间，有一块名为"爱心公寓"的版块也出现在某直播平台的游戏分类列表当中。

十二个直播窗口同步开启，除了其中一个已经彻底暗下的界面，一个个直播间里出现的赫然正是副本中剩下的那十一个人的身影。

十分凑巧的是，池停的笑容刚好被捕捉进画面当中。

有几个玩家看到有新副本开播刚好点入，就看到了池停。

哇喔，差点以为自己进入了颜值分区。

看到爱心公寓副本就直接进来了，笑得这么天真无邪，一定是个新人吧？

运气不好啊，我刚去转了一圈，看起来这次进本的新人有些多，估计又要团灭。

这是爱心公寓第几次开团了？我记得最高完成度好像才百分之四十的样子？

第十一次！这个副本已经团灭十次了！求求快点来个大佬通关分享攻略吧，要不然万一被匹配进去真要完蛋！

再等等吧，这次不行还有下次，总会有排行榜上的大佬碰到的。

唉，这次副本里的几个都可惜了，估计又得成炮灰。

其实也不一定，你看隔壁的那个李厚，查了一下排名好歹也在12248呢，说不定……

12248的排名敢保证通关？呵呵，只能说愿望总是美好的。

副本当中的人看不到直播间弹幕的内容。

一楼大厅当中，随着提示音的消失，周围再次恢复了死寂。

这个时候新手的存在变得十分容易分辨，面如死灰的那批就八九不离十。

池停之前就已经注意到了，除了之前的那位"炮灰"兄，应该至少还有三人跟他一样都是初次接触这种匪夷所思的情况。

先前看热闹的两人显然已经不是第一次进入副本了。其中一个男人在听完规则之后径直走到中央柜台那边翻找起来。最后他打开抽屉,将里面的东西一股脑地倒在桌面上,招呼道:"好了,都过来领自己的房卡吧,游戏正式开始了。"

被男人翻出来那些硬卡纸包装上面都写有详细的名字,几个老玩家陆续完成了认领,剩下毫无头绪的几个新人也陆续从当中找到了自己的名字。

池停拿到自己的房卡仔细端详了一下,神态间带着些许的好奇。

不愧是和平年代的东西,用的通行卡都是这种安全系数极低的基础款。

分发卡片的男人瞄过来一眼刚好看到了池停的房号,挑了下眉:"十二层?就在我楼上,挺有缘啊。"

他看似热情地伸出手自我介绍:"我叫李厚,你呢?"

"池停。"

两人伸手轻轻一握。

李厚脸上挂起看似善意的笑容,问道:"这是你第几次下本了?"

从他的视角看去,跟其他被吓破胆的新人们相比,一直举止淡定的池停无疑已经足够打上"老玩家"的标签了。

池停微微一笑,却不答反问:"你猜?"

李厚显然没想到会是这样的回答,第一反应就是觉得这小子在敷衍他,然而不满的话语在对上池停视线的那一瞬间就顿住了。

怎么说呢,在交流的过程中,眼前这人的每一个微笑似乎都在无时无刻地散发着强烈的善意,配合着他那双狭长且漂亮的眼眸,直勾勾的,像在逗很喜欢的小动物,又像是十分自然地想要哄你开心。这种善意竟然让人产生一种别样的错觉。

李厚脑海中隐约晃过了这么一个念头——他以前的好朋友都没用这样的眼神看过他,这小子还是不惹为妙……

池停见李厚久久没有回答,疑惑地眨了下眼睛,说道:"不猜吗?"

这样的表情落入李厚的眼中,加上之前的猜想让他心中警铃大作,顿时没了继续试探的心思:"不……不用猜了。"

话落,头也不回地朝他的同伴走去。

池停下意识地,两根手指轻轻捏着挂在颈圈下面的红色石头,指尖很有节奏地一下接一下地敲击着,这是他进入思考后的习惯性动作。

怎么感觉这人是故意跑开的呢？

难道是他太久没跟人类正常沟通了，所以发挥得不够好吗？

就当池停百思不得其解的时候，听到有人忽然叫了一声："电梯来了！是电梯！"

这个时候众人才发现，之前那个男人慌不择路想要逃离的那扇侧门内部多出了一部电梯。但这个发现并不能让任何人笑出声来。毕竟这就意味着，即便那个男人当时真的跑了出去，也根本无处可逃。

所有人陆续走上电梯。

这部电梯是刷卡模式，只有相应的房卡才能触发该楼层的停留，也就变相地限制了每个人的活动范围，根据之前的规则介绍，应该是获得同楼层NPC足够的好感度后，才能陆续开启前往其他楼层的权限。

从八层开始，一个接一个的玩家在抵达自己楼层之后走出电梯，原本拥挤的空间随着人员的减少，慢慢地空旷起来。

有人像是自我安慰般开始有一搭没一搭地进行交谈。

"唉，真的倒霉，居然没有人看过这个副本的通关攻略吗？"

"这种攻略NPC向的游戏，只要不违反游戏规则，一般不会太难吧？"

"应该只需要刷够好感度就可以通关出去了。"

"但是越高层通关的难度应该越大，要想回到一楼，这得刷多少NPC啊？"

"呜呜呜，别说了，我在最高的二十层！"

"我们一共才十二个人，八层以下的低层看起来都是空着的，不会有问题吧？"

"别管了，讨好NPC而已，这事我最擅长了！"

到十一层之后，那个名叫李厚的男人也离开了电梯。

池停感到有人轻轻地拍了他一下，他回头看去，正是他在这里见到的第一个人类——离洮。

因为之前猝不及防被掐过脖子，离洮再面对池停的时候心情也十分复杂。

虽然他觉得池停古怪，依旧小声提示道："刚才那个人叫李厚对吧？你小心一点，他跟他的同伴都给我一种非常不舒服的感觉。这个世界里面有很多人为了活命不惜踩着别人的尸体往上爬，我的个人技能是可以感受到别人身上的恶意，相信我，离他们远点，千万别被利用了。"

"谢谢提醒。"池停也不知道有没有听进这样的忠告,眨了眨眼,"你这技能还挺好用,所以说愿意突然提醒我这些,是因为我在你的眼里应该是……"

离洮怎么也没想到池停居然这么敏锐,微微顿住。

他心想,虽然也没什么不好说的,但是你这个家伙也正常不到哪里去好吧!

离洮之前也算是经历过几个副本的,这还是第一次在这个无限世界里见到池停这种,面对所有人都这么善意满满的存在。

这种善意简直光芒万丈,以至于离洮前所未有的险些因为自己的个人技能被闪瞎了眼!

离洮清了清嗓子,转移话题:"总之你只需要记住我叫离洮,住在十五层,等开通活动权限后欢迎过来找我串门。"说完之后指了指再次打开的电梯门,"你的十二层到了,走好,回头见。"

"好的,回头见。"池停笑着朝离洮挥挥手,大长腿一迈就走了出去。

电梯门在背后关上,继续开始往上行驶。

机械的"咔嚓"声渐渐远去,周围也跟着安静下来。

真好,能一下子认识这么多人,以后一定也要努力地与人为善!

池停这样想着,双手插着裤袋,观察起周围的环境。

虽然至今为止他对自己的奇遇都感到非常满意,但是长期在末日环境中求生的经历,让他习惯性地想要掌握一切细节。

这应该是和平年代十分常见的公寓设计,一层当中一共有三户人家,他所住的1202在最中央的位置,右手边是1201室,左手边有个过道,穿过去之后可以看到另外一户1203。

这两间住着的,应该就是他需要进行攻略的好邻居。

池停并没有着急回到自己的"家"里,而是扫视一圈之后,推开电梯间旁边那扇标记着安全出口的门。

跟常规的公寓设计一样,这边是通往上下层的楼梯口,除了如一楼大厅一样采用了少女心泛滥的粉色系之外,一切都再平常不过了。甚至于角落里还堆放着几个空落的纸箱,看起来是还没来得及回收的垃圾。

池停摸了摸下巴,确认好如有意外可选择的逃生路线,他正要转身离开,忽然有一个稚嫩的女声响了起来。

这样寂静的环境当中，这声音足以在顷刻间让人浑身激起一层寒意。

"哥哥，你看到我的娃娃了吗？"

池停抬头看去，才发现通往十三层的楼梯口不知道什么时候出现了一个小女孩，一身精致漂亮的洛丽塔风格连衣裙衬得她更像是一个逼真至极的真人娃娃。

对上池停的视线，小女孩露出了甜美的笑容，再次问道："哥哥，我的娃娃弄丢了，你能帮忙找到我的娃娃吗？"

与此同时，池停听到脑海中"叮咚"一声响。

由于在一层大厅里已经有了经验，他意识到发生了什么。

果然，一个虚拟的界面紧接着就展示在他的跟前。

任务名称：找娃娃。

任务介绍：十三层的格罗瑞娅是一个很喜欢收集娃娃的小姑娘，但是她的娃娃不小心弄丢了，你能帮她找回来吗？

任务奖励：格罗瑞娅好感度增加20点。

隐藏效果：未知。

确认接取任务吗？

是或否。

直播间里零零星星的几个人，本来看到池停提前探索地图还觉得这个新人有点潜力，这个时候也是纷纷地愣住。

不是吧，格罗瑞娅？这是什么天选开局啊？！

还好，看起来不是住在同一层的样子。

这叫还好？任务一接直接玩完好吧！

或许，也可能拒绝呢。

呵呵，你是新人期的时候，有个NPC送任务上门你能经得起诱惑？

……你是对的，我不能。

就当直播间里的几个玩家纷纷新手捏一把冷汗时，只见池停的视线在面板上停留片刻，回忆了一下在一层听到的初始规则后，他抬头看向充满期待的格罗瑞娅，露出了一抹和善的笑容。

在这样分明的善意下，弹幕齐刷刷地一片"完蛋"，就连格罗瑞娅似乎也有预感，嘴角翘起。

下一秒，她就听到对方的回答。

池停的神态看起来十分诚恳且充满了歉意："抱歉，不可以哦。哥哥太忙了，你自己想办法再找找看吧。要乖，以后哥哥一定给你带糖吃。"

女孩显然万万没想到会是这样的回答，她的笑容跟直播间的弹幕一起，齐刷刷地顿住了一瞬。

2

什么情况，他拒绝了？
确定是新人吗，会不会提前看过攻略啊？
看编号就知道新得不能再新了。
只能说这敏锐度可以啊！
虽然不合时宜，但是真的好难得看到 NPC 这个表情，好想笑，哈哈哈！

安全通道中，本来就有些诡异的气氛一下子变得十分微妙，然而池停直勾勾地注视着对方的眼睛始终没有移开，一双乌黑的眼眸中没有半点回避和闪烁。

大概是这样露骨的眼神实在是太真诚了，以至于格罗瑞娅从自己居然会被拒绝的震惊中稍稍缓了过来，樱桃大小的嘴也微微地嘟起来："可是，如果没有娃娃的话，我真的会非常伤心的。"

作为核心巡逻护卫队的队长，池停一直以维护世界和平、保护所有人类为己任，要让爱的光辉回归到世界的每个角落可谓是他的毕生心愿。如果有这么一个小姑娘可怜巴巴地向他求助，不管怎么看都没有任何拒绝的理由。

但前提是——"她"确实是一个人的话。

最高端的捕食者往往会以猎物的形象出现。这个女孩身上的气息，池停实在太熟悉不过了，就跟他曾经遇见过的那些一次次伪装成人类蓄谋不轨的异种们如出一辙。

他长长地"啊——"了一声。从池停的表情来看，似乎对格罗瑞娅的苦恼相当感同身受，同时好看的眉心配合着拧起。

这无疑是一个十分标准的苦恼姿态。

然而在过长的思考时间下，就当格罗瑞娅都认为他会愿意答应请求时，池停再次抬起了头，指指身边的那堆废纸箱说道："但是我真的很忙，就算要找，这边大概也是我唯一可以帮你翻找的地方了，要不你自己过来看看？"

邀请的态度堪称十分热情。

格罗瑞娅直勾勾地看着池停，她眼底的所有焦急、忐忑顷刻间荡然无存，只剩下一片的空荡无波。这一瞬间，连声音都没有半点的起伏："但是，我不喜欢翻垃圾。"

跟她对视的池停顷刻间也不笑了，嘴角翘起的弧度就这样豁然垂下，散漫且淡淡的神态将"变脸"呈现得淋漓尽致："很遗憾，我也不喜欢。"

格罗瑞娅冷冷地看着他，语调平缓地道："那你，想要成为垃圾吗？"

明明近在咫尺，落出的话语却仿佛在周围的环境里忽远忽近，然而池停却好像对于这样的诡异没有丝毫觉察，他稍稍退后两步，十分友好地挥了挥手："别闹，哥哥真的很忙，有空再聊咯。"

话音刚落只听"啪——"地一下，他就关上了安全通道的门。

就在怨毒的视线被阻断的那一瞬间，池停清晰看到这个名叫格罗瑞娅的NPC头上的攻略条狠狠地跳了一格。

"格罗瑞娅好感度降低10点"。

非但没有接受任务增加好感值，反而还白送出去10点，然而这并没有让池停脸上流露出哪怕一丝遗憾的表情。他用房卡打开自己"家"的门，连着几下啪啪啪地就亮起了所有的电灯。

看清周围环境的那一瞬间，分明有一抹光，从池停的眼底亮起来。简洁明了的设计风格，干净整洁的陈设，让公寓套房在柔和的灯光下散发着由内而外的温馨气息。

原来有"家"的感觉是这样子的吗？

池停生怕将里面的地板弄脏，特地在玄关换好了拖鞋才进门，他的手指放在墙面上轻轻地抚摸着，然后……直播间里零星的那几个观众就眼睁睁地看着他一点点地，将套房上上下下全部摸了一遍。

　　其实与此同时，刚刚抵达自己新"家"的不少玩家也在经历着同样的操作。

　　就在这时，池停直播间里的观众留意到他忽然停下脚步。

　　他站的位置刚好是在主卧大门口，从这个视角看去，可以清晰地看到套房的全景。

　　好看的眉心微微拧起几分，更让这种神态多了一丝的高深莫测。

　　然后在观众们的等待下，终于听到池停轻轻地吁了口气，发出了酝酿许久的感慨："真好……如果真的能有这样一套房子就好了。"

　　听这语气，俨然是发自内心地感到羡慕。

　　已经摸出小本本准备记录新副本线索的观众们集体无语。

　　虽然现代生活的购房压力确实很大，但是拜托你要不要醒醒，无限流世界是个适合做白日梦的地方吗？！

　　是我的错觉吗，这个新人的脑回路是不是有点不太对？

　　要房子还不容易，留在副本里别走了，保证立刻获得房子的终生使用权。

　　……看他拒绝了格罗瑞娅还以为是个高手来着，不确定再看看，不行就换个直播间了。

　　你们继续，我先撤了。

　　池停不知道他原本就没几个人的直播间里已经只剩下最后两个人了。他熟悉过环境之后回到客厅，以一个十分舒适的姿势深深地将自己陷入了沙发当中，搭在红色石头上的手指有一下没一下地轻轻敲击着。如果有熟悉他的人看到，就知道这是池队进入工作模式后的一贯状态。

　　灯光在他精致的脸庞轮廓间留下了一层薄薄的光晕，一片静好当中，来到这里后所经历的一切，宛若走马灯似的从他的脑海中完成了一遍极快的过滤。

　　单从一层大厅听到的游戏规则其实不算太多，粗略听起来也都十分基础，但实际上其中存在着很多模棱两可的点。

直觉告诉池停，通关的秘诀就藏在这些规则当中。

首先，这显然并不是一场简单的攻略游戏。

其中第一条规则所强调的"游戏期间慎重领取好感任务"跟这个游戏本身就存在着悖论。这场游戏需要去刷取 NPC 的好感值，又提醒需要慎重接取任务，唯一的可能性就是，所谓的好感任务并不是触发得越多越好。而从刚才与格罗瑞娅的接触来看，所有的任务其实都是可以拒绝的，就是大概会需要以减少好感度作为代价。

其次，池停作为刚刚进入副本的新手玩家，能够活动的区域仅限于当前所在的十二层。

如果系统任务是以可实现性作为颁发标准的话，那么格罗瑞娅的娃娃十之八九应该就在那堆纸箱当中，池停没有接，但可以进行引导，然而引导之后再看格罗瑞娅给出的反应，足以让他得出第二个结论——

规则三所说的"同层好感度达到绿值才可解锁上下层区域"，恐怕同样或者以另一种方式也作用在这幢大楼当中的 NPC 身上。至少在眼下这个阶段，即便距离自己的娃娃只有咫尺之遥，格罗瑞娅也依旧没办法跨过从十三层下到十二层的这条警戒线，而只能选择求助于他。

至于最后一条信息：所有 NPC 的初始好感应该跟格罗瑞娅一样都是 100 点，扣掉 10 点之后，剩下的 90 点好感度的攻略条依旧保持在白色的阈值当中，并没有变成黄名状态，说明 90-100 的好感度都为安全区间。至于什么时候跌破底线，还需要进一步的试探。

池停笑了。他发现这游戏玩起来似乎比想象中要得心应手，刚到"家"就得到了很多不错的线索，这让他甚至有些期待接下来的副本发展了。

来都来了，当然要玩得开心。

为了实现开心的第一步，池停决定先饱餐一顿。

刚才他就已经发现了厨房冰箱当中满满当当的存货，虽然应该都是和平年代十分常见的食材，但是他所在的末世当中，几乎已经找不到这种没有被污染过的蔬果了，就连肉类，往往也都只能以口味单一的营养罐头形式进行长期保存。

池停从来没有跟他的组员们说过，自己的理想之一，就是有朝一日可以回到普通生活，当一名美食主厨。

眼下，每一种新鲜的食材落在他的眼中都可爱无比，他系上围裙在厨房里面一阵忙碌，渐渐地鲜美的香味就从厨房当中隐约地飘出，餐桌上很快被色香味俱全的美食放满。

直播间里剩下的两个观众看得很是无语。

在这之前没有人能想到，有朝一日能够在无限流副本里面看到一场吃播，而此时他们的兴趣点甚至已经完全不在线索收集上了，而是莫名地想要看看这个新人能怎么在这个副本里面继续玩生活游戏。

怎么说呢，真的很难再在无限世界里找到这么懂得享受生活的玩家了。每一盘料理居然都经过了无比精心的烹饪，这样严谨的生活态度，他们真的要哭死！

坐在餐桌旁的池停喝着香味浓郁的高汤，才记得拿起旁边的手机。人脸识别后，手机顺利解锁，也让他终于知道刚才一条接一条的消息提示到底来自哪里。

这是一个名叫"爱心公寓大家庭"的聊天群。

在线人数为六十五人，从备注来看，在里面的应该都是这所公寓的业主。

在群里面聊天的有五十多岁的大妈，也有用情侣头像的两口子，不论从什么角度来看，都像极了寻常业主群里该有的样子。至于今天在一层见到的那些玩家，至今为止倒是一个都没有冒泡，池停觉得他们此时应该都在自己的家里悄悄窥屏。

就像系统说的那样，爱心公寓看起来确实非常的相亲相爱，邻里之间的关系十分友善，聊天内容基本上都是在互帮互助，就算偶尔提出一些小问题也都没起什么摩擦，在物业的帮助之下很快就得到了圆满的解决。

但是一想到之前遇到的那个小女孩，池停其实不太确定在手机背后聊天的那些，到底都是不是人。

池停一边吃饭一边刷着聊天记录，等吃饱喝足的时候，也基本上收集了不少与NPC相关的信息。

比如说住在他隔壁1201室的是一位职业模特，头像是一朵含苞待放的浓烈玫瑰，只要一在群里冒泡就总能受到不少男男女女的追捧，据说她的T台秀一票难求。

但是住在过道另外那侧的1203室业主，却始终没有露面。

池停打开群成员列表翻了翻，找到了那个全黑头像的名片。

1203-刃。

点开朋友圈，一片空白。
吃饱之后，池停感到自己的脑子似乎又恢复了转动，他仔细地洗干净碗筷之后将一切放回原位，又十分舒适地躺回沙发上，二郎腿很自然地微微跷起，拿起手机慢悠悠地开始输入。

1202-池停：嗨，大家好啊！

招呼打得过分自然，自然到有那么一瞬间，原本其乐融融的聊天消息就这样硬生生地发生了分明的卡顿。
池停依旧保持着十分舒适的姿势，仿佛丝毫没有觉察到群里一度十分微妙的气氛，他充满热情地进行着自我介绍。

1202-池停：我是今天刚搬进来的小停。
1202-池停：以后我们就都是一家人了，希望可以跟各位成为相亲相爱的好邻居哦。
1202-池停：大家看我一下吧。

一通话发完之后，他继续孜孜不倦地刷着玫瑰的表情包。
皇天不负苦心人，似乎有NPC终于反应过来了。

903-你们的王婆婆：新邻居啊，欢迎欢迎，看起来真是一个热情的小伙子呢。
1202-池停：婆婆好，以后有空多串门啊。
903-你们的王婆婆：好的好的，就是婆婆的腿脚不太方便，到时候可能需要你来跑这一趟了。
1202-池停：嗯嗯，有机会一定去九层看您。

池停一口一个婆婆喊得王婆婆心花怒放，其他NPC也终于恢复了状态，渐渐地一起聊上了。

眼看着爱心公寓的物业也下场了，池停慢悠悠地进入下一步。

1202-池停：咦，说起来，格罗瑞娅不在吗？
爱心物业：亲爱的业主，您问的是十三层的格罗瑞娅吗？请问找她有什么事？
1202-池停：也没什么，就是之前没帮她找到娃娃，想给她道个歉。
爱心物业：哦这样，不过很可惜，她不在群里呢。
1202-池停：为什么，这不是业主群吗？
爱心物业：是这样的，您是不是忘了，她还没有成年。

池停心想，好的，十分合理。

此时，一直在悄悄窥屏的玩家们也领会了池停的用意。有人顿时嗅觉敏锐地站了出来。

1102-李厚：大家好大家好，我也是今天新来的业主，刚搬进来的。

有李厚冒了头，很快，今天参与游戏的玩家一个接一个地都出现在群里。

池停作为第一个采用这种操作的玩家，对于其他人依葫芦画瓢的做法倒是半点没放心上，相反的，如果群里只有他一个玩家露头才会引人注目，其他人这样一股脑地下了河，反倒是帮他起到了搅浑水的效果。

更何况，这种能够给其他人帮忙的感觉可真好。生而为人，当然应该互帮互助啦。

池停继续在愈发混乱的群聊中时不时地插上几句，很快就收集到了他想知道的内容。

关于1203室那位的几个关键词——

男性，打工人；

每天晚上十点后才会下班回家；

长得不错。

池停拿个小本本把信息记录下来，若有所思地在最后一行字下面画了一条线。

能得到NPC这样一致的评价，都让他对这位先生的样貌产生一点点期待了。虽然对方大概率也不是一个人，但至少这边的NPC跟那些异种不同，多少还能长久地保持一个人样。

这时手机忽然震了震。

池停拿起来一看，惊讶地发现居然是一条好友申请。

点下通过，消息瞬间发过来，看起来对方也十分惊喜。

1502-离洮：哇，我看到你在物业群发消息就想试一试，没想到这个手机真的可以加好友！！！

1202-池停：哇。

1502-离洮：……你哇什么？

1202-池停：看你这么兴奋，配合你一下。

身在十五层的离洮一脸无语。

他顿了一会儿，才继续发送消息。

1502-离洮：总之以后我们就可以用这个联系，有什么新的情况随时沟通。

1202-池停：当然，我的荣幸！

不知道为什么，明明隔着屏幕，离洮依旧感到自己似乎被池停过分直白的善意给闪了一下眼。

所以这人到底是多么没有心机，才能做到无时无刻都对别人善意满满的啊？！

离洮也算经历过好几个副本，真的是第一次见到池停这种情况。

但是必须承认，在这样的无限世界当中，有人能对你抱有善意毋庸置疑是一件好事——虽然这种人放在电视剧里都很可能活不过前三集。

离洮想了想，决定将池停拉成这次副本当中的攻略伙伴，为了拉近关系，消息更是一条接一条地没停过。

1502-离洮：感觉我们的运气还算不错，虽然逃跑那人死的样子确实有些血腥，但从目前的情况来看，这确实是一个温馨向的攻略游戏。

1502-离洮：我同层的几个邻居看起来都很好说话的样子，等我想办法把他们的好感度刷到绿值就看看楼下的情况，顺利的话应该很快就可以去十二层找你了。

一个温馨向的攻略游戏？
池停想起来今天在安全通道里遇到的小女孩，不置可否地挑了下眉。
嗯，大概吧。
这边用手机联系上了，直播间里的氛围却是莫名地压抑了几分。
因为带头加入业主群聊天的操作，让跑去其他玩家直播间的观众又回来了一批，比起加上好友的两个人，所有人更多的注意力则是都落在了池停刚刚记录在小本子的内容上面。

那个……他所谓的那个"打工人"，应该是我想的那个吧？
每次新副本每层的NPC都会刷新，结果楼上住着格罗瑞娅，隔壁又是……这简直就是来自副本的满满关爱啊！
绝了，代入一下我已经开始窒息了。
希望这个新人可以坚持久一点，毕竟要从"7号"设计的副本里面收集有效线索，是真的太难了！！！

离洮的消息还在继续。

1502-离洮：你那层呢，什么情况确定过了吗？

在池停所生活的那个年代中，"打工人"这个让无数人向往的身份早就已经灭绝，他也只是根据一系列绝密档案中的记录，才对这个群体有着一个大致的印象。
嗯，能够顶住生活压力积极向上的人，性格应该不至于太差。
于是就在新的一批人跟风涌入直播间的时候，刚好看到池停简单思考之后给出了回复。

1202-池停：我的邻居应该也挺好说话的。

直播间的弹幕静止了一瞬之后，再次爆发。

……不！你错了！他根本一点都不好说话！！！

3

池停并不知道自己在观众的眼中，已经成了一个必死无疑的倒霉蛋。

他很快被离洮拉进了一个群里，最初只有他们两人，紧接着一个接一个的其他玩家也被陆续拉了进来。

出于个人技能的预警，离洮一开始其实并不想拉那个李厚跟他的朋友，但这种事情一旦以后被发现只会更遭憎恨，他到底还是把所有人全部组到了一起。然后，他非常快速地又拉起了一个独立的新群，过程之利落，显然已经不是第一次干这种事了。

等池停一条接一条地通过了所有的好友申请，就发现已经转眼间又进了好几个小群，他没忍住笑了。别看目前副本当中只剩下了十一个玩家存活，但他非常怀疑这一晚上过去，拉起的群恐怕会有十二个都不止。

果然和平年代的人类都是格外可爱的生物呢！

当然没有人会去暴露偷偷拉小群的举动，玩家大群当中的聊天显得心照不宣，互相交流起了今天收集到的副本信息。

一边是有NPC在场的"爱心公寓大家庭"，另外一边是热火朝天探讨通关攻略的"是玩家就要下二十层"。池停就这样躺在沙发上，心不在焉地翻看着两边的群聊消息。

只能说第一天给到他们的信息实在是少得可怜，相比起另外那些零碎的线索，池停现在更加好奇的是住在隔壁1203室的那位房客。

据他观察，全楼的NPC都各司其职十分敬业，唯独他披着"打工人"的身份没有留在家里，从NPC的角度来看甚至可以称之为"不务正业"了。

池停看了一眼墙面上的钟。

按照那些 NPC 所说，工作狂邻居每天下班回家的时间是晚上十点之后，距离现在还有两个小时。

池停慢吞吞地用柔软的绒毯裹住自己的整个身子，以一个十分舒适的姿态陷入沙发当中。他微微仰头的时候视线就这样长时间地停留在天花板上，一条接一条的消息提示音还在继续，落在周围这片空旷的氛围中清晰且突兀。

不知道过了多久，他将放空的视线收回，脖颈微伸，露出了光洁性感的下颔，每一寸清晰的轮廓线条在这样的动作下拉长到紧绷，然后又一点一点地舒缓下来。

池停轻轻地扯了一下自己脖颈上的颈圈，整个脸几乎都埋进了绒毯当中。

迷迷糊糊间，他又瞥了一眼时钟。嗯，还有一个小时……

在被拽入这个副本之前，池停才与异种之母经历了三天三夜不眠不休的殊死决斗。一直到此刻才能稍微松懈下来，他实在是太累了。

不知不觉间沙发上的身影已经没有了半点动静，只剩下微微起伏的胸膛和平缓的呼吸。

时钟上的指针缓慢地移动着。

终于指向了晚上十点。

直播间的弹幕都快麻木了——

这都能睡着？这心得有多大啊！

换个角度想……睡着了或许才是一件好事。

确实，无法反驳。

这个时间点，差不多了吧？

听，来了来了！

就在这一片寂静当中，门外的过道中传来了电梯门打开的声音。像是有一道锯齿划破虚空，留下干哑割裂的语音，连弹幕都下意识地回归到一片空白。

"啪嗒，啪嗒……"

缓慢的脚步声在空荡的过道中回旋，一点一点地延伸到过道另外一侧的末端。

密码锁在开启的时候发出细微的"滴滴"声。

最后伴随着沉闷的关门声，整个夜晚重新回归原先的寂静。

等池停醒来的时候，明媚的阳光从窗外漏入，已经在他的绒毯上面留下了一层温柔的暖意。

他再看向时钟，刚好过了十点，不过这显然已经是第二天上午十点多了。

从群里的消息不难看出，所有玩家一大早就已经开始全身心地投入刷好感大业当中，热火朝天的，看起来进行得十分顺利。

1602-常和风：十六层的两个NPC我都已经快刷到绿名了，能保持这样的进度的话，通关应该也不会需要太多时间！

池停看着刚刚发在群里堪称十分乐观的消息，微微仰头打了个哈欠。

虽然他也很希望看到大家一起开开心心地离开这里，但是直觉告诉他，在这种存在太多未知的环境中，迟早会发生一些什么。

他伸手轻轻揉了一把微长的头发，转身走进主卧。

直播间的观众们迫切地想要看这个新人跟1203对上，好不容易等到人睡醒了，看他这不紧不慢的样子让人急得不行。

然后，他们就看到池停从衣柜里面找出一套换洗的衣服，一头栽进浴室里。

直播间的画面瞬间被满满的马赛克给填满了。

直播间里飘过满屏问号。

吃饱了就睡觉，睡醒了还记得洗澡，要不要再给安排一个按摩？

他是真的来当生活玩家的吧！

池停是真的不介意在这里多住几天。

不得不说，除了因为副本本身带来的独特诡异性之外，这幢公寓当中的每一寸都充满了生活气息，不管是衣柜里面琳琅满目的衣服，还是转眼间就充满热气的浴室间，无疑都是梦想中的生活应该拥有的样子。

但凡在末日待上几天，对于这样的日子简直没有任何的抗拒能力！

池停一边洗着澡一边思考着接下去的安排，不急不缓的样子完全看不出来是在一个前途未卜的环境当中。

脖子上的颈圈被摘了下来，上面吊着的红色异石缭绕在水汽当中，流动着异样的光泽。

温热的水流顺着他的肌肤缓缓淌下，冲洗过他身上的每一个角落，偏长的头发濡湿地贴在颈侧，在这片温热的环境中留下了一抹让人清醒的凉意。

池停冲洗完毕之后从淋浴间出来，透过镜子，可以看到自己身上那些凌乱无章的伤痕。左边肩膀靠近锁骨的位置处还有一块图案诡异的刺青，歪歪扭扭的看不出是什么，只留下了暗红色的痕迹，乍一眼看去仿佛是谁在他身上留下的一滴血泪。

池停微湿的长发撩到一旁，一丝不苟地将衣服一件件地穿上，直到他推门走出去的那一瞬间，直播间满屏幕的马赛克才终于恢复正常。

观众们原本骂骂咧咧的，看到他出门去了隔壁，终于欣慰地发现，这位新人总算记起还有进行攻略任务这么一回事了。

这个时间点1203室的那个打工人已经出门上班，池停只能敲响隔壁1201室的门。

不多会儿门就开了，露出来的是一张风情万种的脸。

就如之前业主群里了解到的，这个名叫乔玫的女人是一位小有名气的模特，单是从半掩的门缝看去，都难掩那婀娜身材所散发的独有魅力。

起初那张脸上还带着被人打扰的不悦，当看清楚池停的模样时，立刻换上了一片妩媚的笑意："哟，你就是我隔壁新来的邻居吗？"

明明巧笑嫣然的视线，但是落在身上的时候，分明有一丝清晰的凉意。

池停脸上依旧挂着十分得体且温柔和善的笑意，不动声色地完成了审视。

这个女人跟昨天那个小姑娘给他如出一辙的感觉，可唯一不同的是，他又似乎能从这个女人身上捕捉到那么一丝人类的气息。

不管怎么说也有那么一点他喜欢的味道，交流交流倒是问题不大。

池停一眼即收，脸上的表情没有半点波澜，说道："你好，我叫池停，你也可以叫我小停。以后我们就是邻居了，有什么需要我帮忙的话可以随时找我。"

"帮忙啊……"女模特的嘴角愈发上扬了几分，让她充满媚态的笑容显得有了那么一丝的诡异，"我家客厅的吊灯坏了，你能帮我修一修吗？"

随着话落，一个熟悉的虚拟面板在池停的面前弹了出来。

任务名称：修吊灯。

任务介绍：经常游走在全球 T 台上的乔玫其实是一个典型的笨蛋美人，生活技巧几乎为零的她总是因为十分平常的事情而感到困扰。看，她家里的吊灯一不小心被她弄坏了，你能帮她修好它吗？

任务奖励：乔玫好感度增加 20 点。

隐藏效果：未知。

确认接取任务吗？

是或否。

跟上次不同，这一回池停毫不犹豫地锁定了"是"的选项。

在听到他答应之后，女模特也显得十分高兴，侧了侧身就让他进了屋。

池停一边往里面走一边观察着这个侧边套的布局。进门的左前方是厨房，再往里走就是他们要去的客厅，伸长的走廊再往里面延伸，两侧的应该分别是主卧和客卧，看起来格局十分常规且简单。

池停一米八二的身高，随便踩一把椅子就能够到顶灯的位置，修理的过程十分轻松。

在重新接上电的那一瞬间，他清晰地看到女模特头顶上的进度条往前跳了一小格，"好感值增加 20 点"。

从目前碰到的两次任务来看，基本上都没有太大的难度。由此可见，这个游戏副本的通关与玩家本身的体能强弱没有太大关系。

池停将维修工具收起来后一回头，刚好对上女模特直勾勾的视线，这种感觉就像是有一双无形的手轻轻抚过他的脸庞，黏腻至极。

从上自下的角度看去，女模特半个身子笼罩在阴影当中，显得那双眼睛尤其明亮，她嘴角的弧度也是愈发分明："怎么，是还有什么问题吗？"

话一出口那一瞬间，周围的空气也豁然冷了好几度。整个空间静得仿佛只剩下呼吸的声音，准确来说，是只有池停一个人的呼吸声。

然而下一秒，池停已经如沐春风地笑了起来："都已经修好了，怎么可能还有问题。"

他十分自然地从椅子上下来，将手里的工具递到女模特的手里，还不忘贴心地提醒道："不过我不常做这种工作，可能有什么线路处理得不够完善。如果之后灯又坏了，随时可以来隔壁敲门找我。"

话落，他还不忘缓缓地眨了眨眼："为邻居服务，是我的荣幸。"

在这样过分坦诚的态度下，女模特的神态也跟着柔和下来，笑起来的样子如她的名字般宛若一朵浓烈绽放的玫瑰："放心，以后应该会有很多事情要麻烦到你。"她定定地看着池停，视线里充满了贪恋，"谁让我喜欢你的脸呢。"

最后的话语轻轻地擦着耳边落下，缭绕的尾音像是牵着无形的线，从四面八方钻进耳中，如针扎一般。

池停看了她一眼，神色无波地告别离开了。

直到他回到家关上房门的那一瞬间，前一刻还挂在脸上的亲切笑容转瞬间荡然无存，微微垂落的眼睑盖下了底部那片沉寂无波的眸色。

池停打开手机往群里看一眼，每个人都还在分享着自己刚刚完成的任务进度，看起来一副十分顺利的样子。但越是如此，也就让一切显得愈发诡异。

在接下去的半天时间里，池停的房门一共被敲响了三次，每一次都是女模特借着各种各样的借口来向他寻求最简单不过的帮助。这一切在规则的铺垫下显得十分的寻常，但是这样的殷勤，莫名地给池停一种"她"似乎比自己更着急好感度的提升似的。

一直到晚上九点之后，一切终于安静下来。

从群里面的进度统计来看，有人已经顺利地完成了同层两户NPC的攻略，集体绿名，也就意味着已经获得了新区域的行动权限。

七天！不，我感觉不用七天就可以顺利出去了！

如果配合一下的话，应该可以更快。

今天阿婆还送了我一筐鸡蛋，我们的感情确实有了质的升华。

我隔壁的那个NPC也是，小屁孩被我哄得不要不要的，估计把他卖了还要给我数钱呢。

第一次玩这种游戏，感觉比我之前遇到的简单多了。

虽然这些NPC看人的眼神总让我感觉不太舒服，不过至少还算在接受范围之内，希望后面别搞什么反转。

闭嘴！别瞎说！我就愿意按照现在的节奏就这样继续下去！

光是从文字中看不出来大家是真的乐观，还是单纯地借着给自己鼓劲而努力提升自己的气势。但不管怎么说，至少表达出来的积极向上还是相当的振奋人心，所有人都在尽自己最大的努力在用心通关。

池停没有加入群聊，指尖缓缓地抚摸着胸前的异石。

这一天下来，虽然任务的内容简单得近乎白送，但那女模特看着他的眼神未免太过露骨了，要真的是人也就算了，被一个不知道是什么的东西这么盯着，总是莫名有一种不太舒服的感觉。

池停活动了一下肩膀，从沙发上站起来。他正准备回去主卧睡觉，落入耳中的细微脚步声，让他蓦地停下了脚步。

他看向墙上的时钟，刚好过了晚上十点。

难道，是那个打工人回来了？

池停这样想着，也同样放低了脚步声，通过猫眼朝外面看过去。

然而，落入眼中的依旧是一片空荡的过道走廊。

池停没有动，因为他十分确定自己不可能听错。

长期的寂静中，终于有什么东西在视野下方隐约地晃了晃。那个东西看起来有些矮，十分努力地才以一个诡异的姿势一点一点地往上面延伸。直到池停看到一双空洞地宛若死物的眼眸与他四目相对。

过道顶部的灯恰好微微地闪烁了一下，池停也眨了眨眼。

外面不再是原先的白色灯光，而是一种阴暗诡异的绿色。

而在这样的光束之下，他也终于看清楚了门口那人的样子。

是格罗瑞娅。

"哥哥，我的娃娃不见了，你能帮忙找到我的娃娃吗？"

与之前一模一样的问题，清脆的童声仿佛带着特殊的魔力，从门口的缝隙挤入，清晰地落入耳中。

这样诡异的场景不管是落入什么人的眼中都足以引起失声尖叫，而池停沉默了片刻，只是微微地皱了皱眉。他的脑海中只浮现出一个问题——格罗瑞娅不是不能下到十二层来吗？现在突然出现在这里，是不是意味着，之前的区域限制都已经彻底失效了？

手机突然震动两下，池停低头打开。

啊啊啊啊，怎么回事！你们有看到吗，其他层的NPC怎么突然都跑出来了？！
可恶啊，那家伙拿着斧子站在我家门口也不知道想做什么。
那个婆婆不是在八层吗，怎么突然跑到我九层来了？
呜呜呜呜，他们在敲门，他们在拼命地敲我的门，救命，有没有人来救救我——
不行，我感觉不能继续这样下去了！明天，明天我一定要刷满好感度离开这里！

最先冒出来的一句话仿佛传出的一个信号，接二连三的消息从玩家群里奔涌而出，从中传达出来的强烈恐惧和不安，顷刻间融入了夜色的死寂当中。

他们看不到自己直播间里刷屏的弹幕内容。

一片接一片，密密麻麻地几乎将直播间的画面全部覆盖，仿佛沉淀在副本规则背后的恶魔呓语。

终于，游戏正式开始了！

4

很显然，NPC跑出来的情况并不止发生在池停一个人的身上。

因为各种各样突如其来的造访，整个玩家群里一度十分混乱，堵在门外的NPC挡住了他们离开公寓的唯一出路，这让紧闭的大门宛若隔绝出了一个十分让人窒息的空间，随之而来的是对后续探索的迷茫和窒息。

池停没有去看猫眼外面的情况，但他知道格罗瑞娅就在外面。

很轻的，他可以听到小女孩轻声的哼唱，稚嫩的童音像是一只无形的手，诡异地撩拨着心头某处十分敏感的部位，试图勾起一层接一层触电般的战栗感。

这个时候群聊的好处就体现了出来，通过玩家们胡乱拼凑的消息不难发现，不该出现在他们楼层的那些NPC虽然来得突然，但至少还都是十分"礼貌"地待在过道当中，并没有做出破门而入的举动。就像门口的那个格罗瑞娅一样。

"可真是……"

池停一时之间也不知道应该用什么词来形容现在的心情，但是按照他一贯的习惯，当遇到无法读懂的情况时，往往会选择以一种最直接的行为方式去挖掘线索。

于是他随手在柔软的长发上揉了一把，然后直接往门把手上用力地一按，就这样直接推开了大门。

原先还在奔涌着的弹幕伴随着这样的动作一顿，齐齐地发出感慨。

啊啊啊，这新人这么勇？！

池停这样的举动无疑与其他直播间里，龟缩在自己房中的玩家形成了鲜明的对比，而猝不及防的四目相对，也让格罗瑞娅哼唱的儿歌在一个飘逸的尾音下戛然而止。

下一秒，她的脸上又挂上了无辜的笑容："就知道大哥哥你一定在家，现在可以帮忙找我的娃娃了吗？"

池停身上穿着白色的衬衫，双手抱着身子靠在门边，乍看起来是一个十分自然放松的姿态，但是从后方的角度看去，可以清晰地感受到他背脊上紧绷的肌肉线条。

他垂眸看去的视线随意地落在格罗瑞娅的身上，掩饰状的柔和笑意覆盖在底层的杀意之上，是狩猎之前惯有的防御姿态。只要眼前的这个小女孩有半点不安分的动作，他不介意采取一些面对人类以外的物种时所需要的手段。

"那么，你丢的是一只什么样的娃娃呢？"池停的笑容中充满了扑面而来的善意。

"喏，就像这只这样，就是穿着不一样的衣服。"

直到格罗瑞娅将手举起来，池停才看清楚她怀中抱着的那只娃娃的样子。刚好过肩的黑色长发，十分得体的白色衬衫，即便是缩小版体型，透过那西装裤的比例也可以看出来那绝佳的高挑身材。

池停的视线最终停留在那只娃娃脖子上套着的颈圈上,悬挂着的缩小版异石还原度堪称十分完美。

　　格罗瑞娅的手紧紧地握在娃娃的喉咙处,池停仿佛可以感受到一种被人锁紧咽喉的窒息感。他下意识地伸手,轻轻地抚了抚脖颈上的颈圈,触感有点冰凉。

　　妈呀,就看不得这个,每次看到都 SAN 值[①]狂掉。

　　我也算是从第一次开团追到现在的老观众了,只能说格罗瑞娅的性格从第一个副本到现在真是越来越乖张了。

　　上次那个新人不是已经拒绝过她了吗?我还以为能够逃掉呢。

　　前面几次开团的时候你们都没注意看规则吗?就是因为当时拒绝了,才更加要命吧。

　　所以不管什么选择都是个死?那还玩什么啊!

　　别急啊,我倒是感觉这个新人还挺冷静的,继续看呗。

　　多经历几个副本的老玩家都知道,在无限游戏的世界当中,最让人担心的就是彻底失去理智。只要还能保持冷静,至少意味着还有寻找到通关方式的可能性。

　　池停现在看起来就相当的冷静。

　　他缓缓地在格罗瑞娅的跟前半蹲下来,那慢悠悠的语调听起来甚至有了那么一丝诱骗的味道:"那么,那套不一样的衣服又是什么样子的呢?"

　　格罗瑞娅脱口而出:"我的娃娃穿着淡黄色的小裙子,长头发,头上还绑着一个黑白波点的蝴蝶结。"

　　池停沉思片刻,根据描述,一个身影从他的脑海中浮现。

　　他伸手摸出口袋里的手机,对格罗瑞娅说道:"稍等。"

　　1202- 池停:@1302- 项娴婉,在吗?

---

① SAN值:网络游戏俚语,通常指理智度或者精神力。

玩家群里正是一片兵荒马乱，这让池停发出去的消息瞬间就被覆盖过去，他不得不重新再发一条。

这一次，终于得到了对方的回复。

1302-项娴婉：在！在的！是楼下有什么情况吗？
1202-池停：你好。
1202-池停：其实也不是什么大不了的事。
1202-池停：就是想问问，方便要一张你的自拍吗？
1302-项娴婉：啊？

群里的其他消息也跟着顿了一下，在这样不合时宜的要求下，顷刻间只剩下了一排的省略号和问号。

1202-池停：具体原因回头再跟你解释，方便吗？
1302-项娴婉：你稍等。

在池停的坚持下，住在十三层的妹子玩家到底还是将照片发了过来。

池停将照片点下了保存，直接送到格罗瑞娅的面前，问道："你要找的娃娃，是长这样吗？"

格罗瑞娅十分天真无邪地眨了眨眼，嘴角一点一点地弯起，露出一抹十分灿烂的笑容："对，这就是我的娃娃。怎么样，它长得非常漂亮吧？"

池停一时之间并不能辨别格罗瑞娅说的是"她"还是"它"，但是那一瞬间落在照片上的眼神，俨然是在看着一件归她所有的物件。

这种感觉无疑是让人很不舒服的，这让他微微地拧了拧眉，视线再次落在对方手里的那只跟自己完全一样的娃娃上面。

这一整天下来，所有的玩家都在努力地刷着同层NPC的好感值。如果不出意外的话，十三层的项娴婉跟格罗瑞娅应该也有很多的接触，也就是说，拥有着格罗瑞娅最高的好感值。

所以眼下的这个情况的意思是，格罗瑞娅只是做了一只一模一样的娃娃，还是说会将项娴婉变成一只真真正正的只属于自己的娃娃呢？

但不论是哪种，总觉得人类被这样觊觎的感觉，让人感到非常不愉悦……就像那些，本不该出现在他们世界中的异种一样。

格罗瑞娅对于池停这种突如其来的长久沉默渐渐不耐，刚想说些什么，却在抬眸对上对方视线的时候彻底愣住了。

虽然还是那种看似和善的微笑表情，但是这样的笑意中几乎捕捉不到半点温度，就当格罗瑞娅下意识地想要后退的时候，这样本能回避的动作被牵引的力量控制住，下一秒，她就随着下颔上的力量被反向往前拉近了两步。

池停就这样捏着格罗瑞娅的下颔往前面一带，两人瞬间就离得更近了。

他就这样直勾勾地注视着女孩的眼眸，语调平和地道："抱歉，这一次我还是没办法帮忙。虽然不知道你家里的大人是怎么进行教育的，但是我觉得小孩子有必要学会一个道理，那就是……"

格罗瑞娅走神间只感到手上一空，再看去的时候，手里那只娃娃已经落到了对方的手里。一模一样的着装，让娃娃跟池停同框的画面显得多少有些诡异。

然后下一秒，格罗瑞娅的表情就彻底在一声"咔嚓"当中出现了变化。

"池停娃娃"就在这样轻轻一个用力下四分五裂，而作为始作俑者的那个男人依旧微笑地看着她，不急不缓地接下了后面的话："……不要试图通过耍赖去要不属于自己的东西，不乖的孩子，不可能永远都能得到大人的一味纵容哦。"

最后的话语落过耳边，明明没有任何强硬的态度，却让人背上渗起分明的凉意："这么说，你能明白吗？"

格罗瑞娅没有说话。她常年住在爱心公寓当中，从来都是习惯了其他人面对她时的惊恐，哪里有过这种赤裸裸地被人威胁的待遇。她下意识地瑟缩一下，虽然出于倔强地极力隐忍着，但是从格罗瑞娅眼角漫出的泪珠，依旧清晰地被捕捉到了直播画面当中。

满屏幕的省略号，是所有直播间观众们当前最真实的心理写照。

片刻之后，弹幕瞬间炸了。

哎不是，这个发展是不是哪里出了问题？

这扑面而来的大坏蛋欺负无辜小姑娘的即视感到底是怎么回事？

你们俩到底谁更危险啊？！

池停似乎并不认为自己拿反了剧本，他将手里面已经拆分成一堆零件的娃娃随手丢回自己客厅的沙发上，眯了眯眼，双手随意地插着裤袋，微笑着看向跟前显然有些错乱的女孩："那么，今晚还有什么需要我帮忙的事情吗？"

格罗瑞娅眼眶里的泪水已经全都憋了回去，她显然也反应过来了，直勾勾地看着池停，瞠开的双目分明猩红。

然而除了这样充满怒意地瞪着池停之外，她显然也无法做些什么。

池停留意到对方的好感度骤降50个点。

他看着那从白值变成橙值的好感条，缓缓地挑了下眉。他始终没有漏过格罗瑞娅的一举一动，确认对方没有发起攻击的意图，才松开了捏在颈圈上的那块异石。

现在的一切都证明了他的推测是正确的。

虽然池停不知道格罗瑞娅为什么会找上他，但既然这个副本世界里以规则为大，那就意味着在他没有明显违背游戏规则的情况下，身为NPC的格罗瑞娅根本拿他没有任何办法——再生气也不可以。

只能说那一刻池停嘴角翘起的弧度太过明显，在感受到更加分明的挑衅的瞬间，格罗瑞娅的表情显得更加狰狞且抓狂。

……我感觉NPC要气炸了。

你是对的，我刚才甚至幻视有一股子怒气在格罗瑞娅头顶上炸开了一片云。

谁能想到有朝一日居然会对NPC产生怜爱的感情。

但是这个新人到底是怎么知道他现在还在安全期的？

管他是怎么知道的，你们真的一点都不担心那个谁吗，你们看这时间……

啊，是真的！这新人还在那磨叽什么，快回去啊，啊啊啊！！！

副本当中自然是看不到弹幕的内容，但是让观众玩家们欣慰的是，池停看起来显然也没有继续跟格罗瑞娅玩下去的意思，确认了自己想要的消息后他就兴致缺缺地准备回屋了。

然而也就在这个时候，电梯运行的声音忽然传遍了这片空旷的空间。

池停留意到格罗瑞娅愤怒的表情在顷刻间化为一片惨淡的惊恐，他疑惑地抬眸，落入视野的是一下接一下持续跳动着的数字，在一片幽暗的灯光下显得无比诡异。

1，2，3……6，7……9，10……

虽然看不到直播间里满屏幕的"快跑"，但是敏锐的直觉让池停不动声色地往后退了一步，他一只手已经放在了门边，整个过程中他的视线一直都落在电梯口的方向——

只要察觉到任何危险，他将毫不犹豫地把格罗瑞娅关在门外，退回公寓当中。

5

层数一直跳到了12。

"叮——"

上行的电梯在抵达的时候戛然而止，电梯门缓缓打开的瞬间里面的光线也从缝隙当中透出，仿佛一把锋利的刀刃，将过道中幽绿色的灯光分明地切割出了两个空间。

最先落入池停眼中的是披着灯光投落的那道影子，伴随着电梯里的人往外面走出，影子从地面上往外面一点一点地延伸到墙上。

不知道是不是错觉，依稀间他似乎感到那道影子仿佛具有生命力一般，诡异无比地扭曲了一个姿势。

那是一种分明的，被凝视的感觉。

不等他细想，电梯里的人已经走了出来。

池停抬眸看过去。

来人大概一米八五的身高，身上随意地挂着一个沉甸甸的挎包，上半身的领口微微敞开着，锁骨的线条就这样毫不遮掩地暴露在视野当中。

这无疑是一张十分凉薄的面孔，又因为那红且薄的嘴唇而多了一种违和的美感。此时再配合上那一瞬间洒在他身上的灯光，使得本就白皙的皮肤愈发惨淡得不似常人，与他耳根处那枚猩红的耳钉形成了浓烈的色彩对比。

格罗瑞娅早就没敢再有半点的声响，与先前简直是判若两人，整个人宛若被直直地定在原地，在绝对的恐慌之下，仿佛连呼吸都在那一刻彻底停滞了。

一片死一样的寂静当中，幽绿色的顶灯快速地闪烁了两下。

这一次池停终于确定并不是自己的错觉，虽然切换得悄无声息，但那人脚下的那道影子确实分明朝他的方向转了三十度。

是拥有与影子相关的能力吗？

池停缓缓地捏上胸口的那块异石，在这种本该全身戒备的状态下，神态间却泛上了一丝迟疑。

虽然他曾经在攻略隔壁女模特的时候，在她的身上也曾经感受到些许的人类气息，但是依旧不难辨别对方非人生物的身份。

可眼下在他面前的这个男人，身上的人气未免过分浓郁了。

所以，到底是不是人？

池停上上下下地将来者打量了一番，居然极少见地有些无法确定。

然后，就在他这样审视的视线下，眼看着面前的男人豁然变脸一般，如沐春风地朝他勾起一抹笑容："看来这位应该就是我的新邻居了吧？初次见面，我叫月刃。"

池停瞥了他一眼："你好，我叫池停。"

叫月刃的男人视线从池停那张近乎完美的面容上一点一点地滑过，最后缓慢地停顿了那么一瞬，才笑着收回视线说："很高兴认识你，池先生。工作太忙一直没时间过去拜访，希望日后能有更多的时间好好培养感情。"

和平年代的邻居之间，有特地培养感情的需求吗？

池停第一次听到这样的要求，下意识地思考了一下，没等回答，便见月刃已经蓦地转过身去，对着小女孩说道："你这是想要回去了吗，格罗瑞娅？"

不知道什么时候，格罗瑞娅已经悄无声息地挪动到了安全通道门口。

刚刚落下的脚步伴随着话语的尾音狠狠一颤，僵硬在原地的身影险些没能稳住，好在她眼疾手快地扶了一把墙壁，转头看过来的每一个动作都因出于畏惧而显得无比艰难。

月刃一步一步地朝她走过去，面上的笑容十分温柔："我记得以前好像跟你们说过，我不喜欢被太多人打扰。"

格罗瑞娅在他靠近的瞬间蓦地伸出了手，最终停在对方高挺的鼻梁前，没能再继续往前。她很痛苦地睁大眼睛，努力地张开嘴巴，却像是被什么禁锢住了咽喉，艰难地发不出半点声音。

池停站在原地，清晰地看到格罗瑞娅脚底的影子宛若拥有了生命般一道道地蔓延而出，紧紧地锁着女孩的咽喉将她高高地悬挂在半空当中。

他挑了下眉，看向这一切的始作俑者。

站在不远处的月刃上半身处在阴影当中，幽绿色的灯光落在他的脸上，嘴角依旧是那淡淡的弧度，语调温柔得宛若蛊惑的低语："所以，请最后回答我一次，你能当个乖女孩吗？"

格罗瑞娅的手在诡异的力量驱动之下，紧紧地掐着自己的咽喉。她仿佛使出浑身的力气，才十分艰难地点了点头。

交缠在她身边的影子仿佛从未存在过一般，顷刻间消失得荡然无存，格罗瑞娅甚至没来得及伏在地面上多喘上几口气，就在全身酥麻的状态下慌不择路地奔上了楼梯。

慌乱的脚步声渐行渐远，夹杂着其他楼层偶尔传出的尖叫声，显得愈发慌乱无章。

月刃沉默地看了许久空荡的安全出口。

大概是留意到落在自己背上的视线，他转身朝池停看过来，说道："有时候教育小孩子就应该用一些强硬的手段，应该不介意吧，池先生？"

短暂的对视之后，池停也还以一抹微笑："当然不，毕竟我也是这么认为的。"

这显然并不是设想中该得到的反应，月刃的眉目间略微闪过一丝惊讶，也似乎直到这个时候，他才重新正式地将池停进行一番观察。

这样的审视坦荡且露骨，他最终饶有兴致地摸了摸下颌，将手中的挎包丢到自己的肩膀上，说道："明天我刚好调休，如果有空的话，欢迎过来串门。"

轻描淡写的话语，仿佛刚才险些将格罗瑞娅如蝼蚁般当场掐死的并不是他。

脚步声渐行渐远，最终随着关上房门的声音落下，楼道里重新恢复了寂静。

池停靠在门边看了一会儿，也不知道在想些什么。

过了一会儿他才收回视线，转身进屋。

外面幽暗的灯光被再次阻隔的瞬间，一直关注着这边情况的直播间彻底爆炸了。

不怕吗？这个新人是真的一点都不怕吗？！

看到刚才的眼神了没，感觉这个新人已经被盯上了啊。

刚才就应该直接跑啊，那家伙可是真疯子，别说玩家了，上次我看直播的时候他把自己之外的NPC全给灭了，要不是副本可以重启，现在这个爱心公寓早就已经不存在了！

灭NPC？真的假的？

给第一次看这个副本的朋友们一个温馨提示，如果不幸被卷到这个副本里，绝对要离这个月刃远一点。这家伙就是一个彻头彻尾的疯子，只要影响到他的心情，什么事都可能做得出来！总之就是两个字——快跑！！！

这新人还在那琢磨什么，不会真的想要接受邀请过去串门吧？！

池停回到客厅之后，在沙发上找了个舒适的姿势躺下来。

单从他那平静的表情中看不到刚刚经历所留下的半点恐慌，在片刻的沉思后，他拿出手机。

玩家群里的混乱已经渐渐地平息下来。从交流的内容看，今天晚上虽然混乱，但最终可以确认全员安全，并没有造成伤亡情况。

然而今天没有，并不代表着以后也不会有。晚上发生的事情无疑是这个副本给玩家们散发的一个信号——这里，将会变得越来越不安全。

手机振了几下，是离洸发来的消息。

很显然他那边也折腾得够呛，以至于到了这个时候才有空来问候一句。

1502- 离洸：嘀嘀嘀，在？你前面什么情况，要人家妹子的照片做什么？

1202- 池停：不是我要的。

1502-离洮：不是你，那是谁？

1202-池停：格罗瑞娅，十三层的那个小女孩。

1502-离洮：什么意思？

池停简单地将晚上的事情描述了一下，当然为图省事，直接略过了后面见到月刃的那一段内容。

长时间的沉默后，离洮的消息才再次发过来。

1502-离洮：是这样的，我有一个简单的推测。

1202-池停：你是想说，NPC 的活动区域会随着好感值的提升跟我们一起解锁。

1502-离洮：对！

1502-离洮：你也是这么想的？

1202-池停：并不难猜。

刚才池停翻看聊天记录的时候特地留意了一下，只要稍微对照就可以发现，这次出现在其他楼层的都是一些已经被玩家刷完好感度的 NPC。就好比住在池停隔壁的那个女模特，因为他的"偷懒"还没让好感度达到绿值，今晚就十分安分地待在自己的家里并没有出来吓人。

再结合白天格罗瑞娅还不能抵达十二层区域而晚上却可以的情况，结论呼之欲出。

而现在，这个结论本身才是最可怕的存在。

玩家们需要离开这里就势必需要靠刷更多的 NPC 好感值来解锁区域，可这也就意味着同样给了那些 NPC 更多的移动权限。

今天晚上还只是上下两层内的活动范围，那以后呢？等到越来越多的行动限制得到解除，一旦他们这些玩家失去了帮他们解开枷锁的利用价值，这些玩意儿还会像今天这样，乖乖地待在门口跟他们"友好交流"吗？

又或者说，今天他们并没有任何进攻性的行动，单纯只是因为他们身上的禁锢还没完全解除吧？

至少从格罗瑞娅当时看着他的眼神，池停十分确定的是，如果可以的话，她会毫不犹豫地将他撕成碎片，或者说，让他真真正正地成为她手里的娃娃。

温馨向的攻略游戏？

不，一味地刷好感值从来都不是从这个游戏通关的真正渠道，相反的，很可能是亲手将自己送入地狱的浮屠之门。

池停随手把玩着胸前的异石，无声地笑了一下。

他最初的预感果然没错，这里真的是一个很有意思的地方呢。

看他的表情，怎么感觉已经猜到了呢！

我想问真的没有解决办法？直接统一时间刷完好感值，然后趁着NPC没反应过来冲下楼不行吗？

这个办法有团已经试过了，行不通的，你永远不知道等着你的是个什么东西。

呵呵，后面你们就会知道，还有更绝望的。

不过起码也算是迈出了第一步，好歹能让这新人把串门的念头打消了吧。

你们看，他这又是要做什么？

副本当中，池停遵循内心的真善美，十分有爱地安抚了被真相逼迫得临近抓狂的离洸，然后从沙发上起身径直走进了厨房。

他打开冰箱，片刻后几份精挑细选的食物就已经被分门别类地摆放好。

池停简单地进行了一下确认："两人份的午餐，应该够了吧。"

直播间的画面瞬间被铺天盖地的问号给覆盖了。

什么两人份？

等等，你这个门真的就非串不可吗？！

串门。

池停确实是这样打算的。

毋庸置疑，那个叫月刃的男人是个绝对危险的存在，但是就像之前考虑的一样，规则已经决定了他如果不能完成同层NPC的好感度攻略，就无法离开这里继续行动。

虽然还不清楚怎么做才能顺利通关，他至少需要趁着安全期还没结束，尽快离开这十二层去其他地方看看，才知道能不能收集到更多的线索。

与人为善这种事情池停当然是相当擅长的，要说真有什么让他比较在意的，那应该是这个月刃所拥有的能力以及个性。讲真，从对待格罗瑞娅的态度不难看出，这人确实挺疯的，起码比他还要疯那么一点。

以前在巡逻组里的时候，池停也触过不少的影系异能者，出于能力的影响，这些人或多或少都有那么一丝心理问题。现在来到了这个奇奇怪怪的无限世界，也不知道这个月刃乖张的性格是不是也是受到了能力的影响。

当然，池停并不是盲目自信。

抛开他自身的能力不说，至少多年游走在各个巡逻组的经历，让他在面对这种性格扭曲的变态方面，已经累积了足够多的经验。

相信在这个时候，这些经验一定能派上很大的用场。

6

随着消息的传出，爱心公寓副本分区属于池停的直播间在线人数持续飙升。

很快，就从先前五百人左右直接翻了整整一倍——如果进行一下不完全统计，可以发现几乎全是来看新人怎么在绝境副本中花式作死的。

池停穿着一身休闲装，提着两袋食材出现在1203室门口的时候，并不知道有多少情绪复杂的视线落在自己身上。

外面的阳光从墙上开着的小窗漏入，在他的身上撒出了柔软的光晕，要不是知道所处环境的危险背景，任何一个角度都足以称得上是一副相当温馨的唯美画面。

下一秒，1203室的门由内推开，池停一抬头，只见月刃一手撑在门边，另外一只手推了推鼻梁上不知道从哪里弄来的金丝框眼镜，笑着做了个请的姿势："欢迎光临。"

临进门的时候池停还多瞥上一眼，确定这人的眼镜没有任何实质功能，起到的完全就是单纯的装饰效果。

进门后，池停随手将手里的食材搁到餐桌上，快速地扫视了一圈。

之前他去过女模特住的1201室，可以说是跟他的那个家完全不同的风格。相比起来，这边的1203套房虽然布局不同，反倒是用的和他1202十分相似的装修风格。

"怎么样，喜欢我家的设计吗？"从进门开始，月刃就始终关注着池停的行动，这样的视线就仿佛一只无形的手，转瞬间就已经将池停从上往下全摸了个遍。

这种感觉，就像是在欣赏一件随时可供自己把玩的所有物。

池停结束观察，转身看过来，说道："很不错。"

顿了一下，他指了指餐桌上的袋子说："初次拜访没什么合适的礼物，如果还没吃午饭的话，要一起吗？"

月刃的嘴角饶有兴致地翘起了几分："你要亲自下厨给我做饭？"

池停就这样眼睁睁地看着虚拟面板出现在自己的面前。

任务名称：爱心午餐。

任务介绍：常年熬夜加班的月刃是一名让人心疼的青年，不爱热闹的他很少会有出门社交的机会，好不容易有了一天调休，你愿意为他烹饪一份充满爱意的午餐吗？

任务奖励：月刃好感度增加100点。

隐藏效果：未知。

确认接取任务吗？

是或否。

池停也没想到这攻略任务的触发居然还挺人性化的，就是内部程序估计有些故障。

任务名称叫作"爱心午餐"也就算了，这个青年不仅让人心疼还恐惧社交？这系统对他们家NPC的属性认知未免也偏差过大了。

看到好感度奖励十分丰厚，池停几乎没有犹豫地选择了接受，朝着月刃露出了一贯如沐春风的笑容："当然，只不过需要借用一下你的厨房。"

月刃做了个请的动作。

1203室的厨房是开放性的格局。月刃往客厅的沙发上一坐，稍微抬一下眸，厨房里面忙碌的那个身影就尽收眼底。

轻盈的微风拂动着窗棂，让漏入的阳光在地面上翩翩起舞。

渐渐弥漫出来的饭菜香气填充着房间的每个角落，下厨的人偶尔会显得有些手忙脚乱，闹出的动静引得沙发上的男人抬眸看去一眼。

从直播间中的画面看去，每一帧都仿佛在拼尽全力地散发着生活最美好的样子，而与之截然相反的，是弹幕中扑面而来的窒息感——

做饭！他居然真的跑去给 NPC 做饭！这是什么人啊，我真的哭死！

我知道你很想哭，但是你先别哭，毕竟等一会儿他一定会先哭。

动手了，就知道那家伙等不及要动手了！

抬头啊！饭做得这么认真！我求求你快点抬一抬头啊！！！

弹幕疯狂滚动，通过直播画面可以看到月刃脚底下的影子，不知道什么时候已经悄无声息地拉长成一个十分扭曲的弧度，披着窗外漏入的阳光，宛若一条黏腻的毒蛇，一点一点地朝着厨房中男人的脚下蔓延。

窗帘的每一下翻飞都仿佛一个十分危险的信号，狩猎者在无声无息之间已经露出了獠牙，而被他盯上的猎物依旧恍若未觉地沉溺在自己的美食世界当中。

不得不说池停这样全神贯注的样子确实极具迷惑性，半长的头发被他随手在脑后扎成了一束，挂在脖颈间颈圈下面的链子随着他的每个动作极有节奏地晃动着，厨房温暖的烟火气将他笼罩在中间，恍惚间像是单独隔绝出了一个独立的世界。

而这个世界，此时此刻却被一个突兀的外来者闯了进来。

完蛋了，这下是真的被缠上了！

那边直播间铺天盖地的弹幕瞬间刷屏，这边地面上的"毒蛇"终于咬上了池停脚下的那道影子。

池停垂眸看去的时候，只见那道狭长的黑影顷刻之间蔓延出了无数的触手，紧紧地缠住了它的猎物。

那一瞬间，他可以感受到一种分明的黏腻感从脚底一路地往上蹿，转瞬间遍布全身。他被一种无形的力量彻底禁锢，同他的影子一样，被抚摸着，带着浓烈的触碰感。

锅里的水抵达温度后开始沸腾，汩汩的水声成为那一片寂静当中唯一的动态。

半晌，池停收起略微惊讶的神态，抬头看去："这算是什么邻居之间的小游戏吗？"

"当然，也可以这么认为。"月刃已经换了一个相对舒适的姿势靠在沙发上，对于池停的反应看起来多少有些失望。

加上前一天晚上，他已经是第二次没能从这个人身上捕捉到惊恐的情绪了。

他直勾勾地看着池停，脸上的失望渐渐地也转化为好奇："邻里之间互相了解是增进感情的第一步，现在我就很想知道，到底有什么东西能够让你感到恐惧呢，池先生？"

说话间，盘踞在池停脚底下的影子缓慢地向上攀爬。无形的触手从脸侧抚过，伴随着针扎般的痛觉闪过，一道细小的伤口毫无预兆地出现在池停的脸上。

渗透出的血液被月刃的指尖隔空接过，似乎品茗般送到嘴边，一点一点地舔舐殆尽，那抹赤色衬得他的唇瓣愈发殷红，每一个神态都仿佛在证明，他是真的发自内心地想要找到答案："……疼痛，或者，其他的一些什么？"

影子留下的伤口就如蝶翼般纤薄，池停余光落过的时候，前一刻还在流血的地方此时已经开始结痂。

而在这样的情况下，他甚至还十分认真地进行了一下思考，说道："对于这个问题我其实也十分好奇。老实说，你说的这种情绪我确实已经很久没有感受过了，大概也是跟我的工作属性有关吧。"

月刃道："工作属性？"

池停道："这个话题一时半会儿说不清楚，或许我们可以改天找个时间再好好探讨一下。"

月刃颇为玩味地歪了歪头："改天？"

"因为，现在确实不是合适的时间。"池停示意性地看向锅内已经彻底沸腾的水,"民以食为天,每一种食材成为一道美味的食物都需要经过很多复杂的工序,如果只是因为错过最佳的烹饪时间而影响了最终的美味,那确实是一件再浪费不过的事情了。"

直播间的屏幕上闪过一串省略号。

这是什么台词,不知道的还以为进入了什么美食频道!

然而月刃短暂地沉默后,他真的笑了一声:"你确定,改天还会再来找我吗?"

池停微笑:"当然,我确定。"

月刃挑了下眉,一个清脆的响指之后,周围所有的压抑氛围随着顷刻间抽离的影子荡然无存。

观众一头雾水,全是问号。

这也行?!

池停如愿地抢回美食的最佳烹饪时间,井然有序地开始进入下一个操作阶段。期间他可以感受到月刃已经缓步走到他的身后,咫尺间,落在身后的视线触感分明。

"如果你烹饪的食物并不能引起我的期待,你打算要怎么做?"从语气听起来,他这位邻居似乎对这个问题十分好奇。

池停手上的操作并没有停下,余光别有深意地瞥了一眼胸前的那块红色异石,说道:"当然是有其他的办法了。"

"哦?"月刃话语如丝,"什么方法?要不,现在就让我看看吧?"

眼见着这人显然又被勾起了兴致,池停抬步朝旁边一脚踩下,正好定定地摁住了那再次跃跃欲试的影子。

他回眸看去,对上月刃的视线,已经是柔软的哄人的语调:"都说了改天一定,改天。而且,吃了我的饭绝对可以让你感到心情愉悦的哦。"

二人对视一瞬,最终月刃有些悻悻地收回已经再次攀附到池停身边的影子触手,懒声地喃喃:"心情愉悦吗……或许,我最近确实可以请一个长一点的年假了。"

池停不置可否,用胳膊肘碰了碰月刃示意他离远一些,才在空出来足够的空间当中开始进行食物装盘。

月刃嗤笑一声，直接坐到了餐桌旁边。

至于接下来的场景，只能说实在太过出乎意料，导致直播间里空屏了许久，才有弹幕开始渐渐地滚动起来。

我漏过几次开团，谁能告诉我，月刃他……以前有这么好说话过吗？
这意思是，遇到月刃的时候只要给他做饭就行？学到了，记下了！
真的是做饭的原因吗？
不会下厨的人匹配到这个副本还有救吗？
但不得不说，这个新人看起来是真的一点都不怕啊！刚才连眼皮都没眨上一下，心理素质强得过分了吧！
他的编号是多少来着，如果能从这个副本通关出去，我就去点个关注。

池停确实没有太强烈的害怕情绪。以他一贯的做事习惯，通常会先选择以相对柔和的方式进行协商，如果对方实在是油盐不进，那就只能用另外一种办法，即他不算太喜欢的——暴力解决了。

面对可爱的人类时，池停一般不太喜欢动粗。所以他很高兴眼前的男人最终做出了一个让他十分满意的选择，毕竟这人虽然是NPC，但身上确实有着他所喜欢的人类的气息。

愉快的午餐时间很快结束了。池停清晰地看到月刃头顶上的好感值直接增加了100点，然后，原本的白条就这样渐渐地染上了一层充满生命气息的绿色。

来之前他完全没有想到，让这个看似难搞的NPC好感度达到绿值，居然只差了一顿饭的距离。

这让池停看向月刃时，一时笑得愈发真诚。

怎么说呢，真是有点出乎意料的好哄。

那么接下来，他只需要将1201室那位女模特的好感度刷够，就可以去上下两层的区域自由行动了。

7

池停用半天的时间刷够了隔壁女模特的好感度,顺利在太阳落山之前上到第十三层,完成了跟离洮的会合。

一起过来集合的除了他们两个之外还有原本就在十三层的住户项娴婉,和住在十四层的玩家龚旌,集合地点选在了1302室的客厅当中。

这是他们就近几个楼层的首次会晤,大家的态度都相当郑重。

"其他人的好感度还没刷够,目前能过来的也就只有我们几个了。"离洮看着池停欲言又止,到底还是多点了一句,"你要是能积极点刷好感的话就可以去十四层集合了,到时候还能带上十六层的常和风。那小子人挺不错的,刷好感度也非常积极,是个老玩家,以后应该能帮上很多忙。"

池停自然听出了话语当中的嫌弃,说道:"我下次也积极一点。"

话应得很干脆,但是离洮莫名从中听出了一种浓烈的敷衍,被噎了一下:"算了,能集合就行,今天先这样吧。"

他深深地叹口气,拿出手机来十分利落地接通了视频电话,过了一会儿,常和风硕大的脸就出现在手机屏幕当中,还不忘积极地跟在场的众人打了声招呼。

池停本能地也露出了笑容,凑到镜头面前,招了招手:"嗨。"

果然,人类都是热情又友好的生物呢,真讨人喜欢。

池停过分浓烈的善意让离洮猝不及防地被闪到了,条件反射地一把护住自己的眼睛:"随便认识一下就行了,赶紧讨论正事,马上就要到晚上了。"

话音落下,周围也豁地一静。

出于心理作用,所有人都隐约感到似乎有一股凉意从脚底下一直冲上头顶。

作为一名新手玩家,项娴婉的表现还算冷静,想起昨天晚上发生的事情只是脸色微微有些惨淡,她说道:"那我们现在应该怎么办?如果真像你们说的那样,那些NPC的活动限制跟我们的好感度有关,那我们继续进行好感攻略的话岂不是……所以,我们接下去还要继续进行攻略吗?"

她慢慢地环顾了周围一圈，显然也很清楚，今天能过来集合的玩家有几个人，就意味着已经有几层的NPC能够自由地来她所在的楼层"串门"了。

今天晚上，绝对只会更加热闹。

难题最终又回到原点，就仿佛直接将他们这些玩家放在了一个交叉口，指着前面跟他们说："看到那两条路了吗，左边是死，右边也是死，选一个呗。"

这一次离洮倒是决定得非常坚决："刷！反正都没有退路了，拼一拼反倒可能有一线生机，万一呢！"

他直接拿了一张纸拍在地面上，一条一条地罗列着："这样，等这次回去之后你们在白天尽可能地往下层把好感度刷够，确保下楼期间可以行动畅通之后，再一起集合冲上一波。家里提供的食物和水应该还能撑上起码七天，这七天我们就拼一把，到时候进行集合，怎么样？"

七天吗？

池停想起自己刚刚给月刃吃掉的那一份午餐，忽然感到有些后悔。

离洮留意到池停的神色变化，问道："是有什么问题吗？"

算了，粮食不够就不够吧，抗饿本来就是他们末世清道夫的必修课，饿上一两天反正也死不了人。

池停想着，摇了摇头："没有，你继续安排。"

离洮凭着自己的个人技能可谓是阅人无数，还是第一次碰到池停这样叫人捉摸不透的存在。不过他也没再多问什么，直接拍板："那就先这样定了！都抓紧一点，每天晚上九点是视频会议的时间，有遇到什么问题到时候都可以提，能不能行估计就只看这一次了！人生是我们的，未来也是我们的，以后的路还是得靠我们自己奋斗，加油！"

其他人齐声："加油！"

池停虽然不是很理解人类这种突如其来的鼓励方式，也十分愿意随波逐流："嗯，加油。"

剩下的时间，几人提供了一下各自楼层NPC的攻略属性，今天的会晤赶在晚上到来之前匆匆结束了。

之前一直都是单打独斗，现在终于有人可以一起商量对策，所有人的情绪比起刚开始的时候都明显稳定了很多。临离开的时候，项娴婉这位主人还十分热情地给每个人都榨了一杯橙汁。

池停也获得了一杯。

他手里拿着这份充满着人类爱意的果汁，嘴角飞扬的弧度愈发明显，以至于离洮到底没能忍住，凑过来悄悄地问道："你确定对人家妹子没意思？"

池停疑惑地看着他："为什么这么问？"

为什么？就因为你笑得这么不值钱的样子啊！

倒也不是说无限游戏玩家就不配拥有爱情，就是在这种高压的环境之下，很难想象到底拥有多强大的心脏才能还留存着谈情说爱的心思。

离洮一时之间也不知道如何说起，一手推门而出，无意中一抬头，到嘴边的话就彻底地哽住了。

其他人的谈笑风生也都停在这一瞬间。

池停走在最后一个，顺着他们的视线看去，最先看到的是1301室敞开的房门，随后那个抱着玩偶娃娃的娇小身影才落入眼中。

只能说大概昨天晚上发生的事情确实将格罗瑞娅给吓到了，以至于一整天过去，这个NPC的脸色依旧有些病态的苍白。

突然的寂静让她孤零零地站在门口的身影显得更加萧瑟，对上其他人的视线时，咧开的笑容弧度灿烂且诡异，格罗瑞娅直勾勾的视线就这样从几个玩家的身上一点一点地抚过，当最后落在池停身上的时候——可以分明地感觉那挑起的嘴角豁然间就耷拉了下来。

然后，池停就眼睁睁地看着对方头顶上的好感值狠狠地跳了一格，"好感值降低10点"。

还什么都没做的池停很无语，这是一见到他就觉得厌烦的意思吗？

"啊，格罗瑞娅你怎么出来啦？"项娴婉迎了上去，周围微妙的压抑感瞬间消减了不少，她看起来确实已经跟同层的NPC相处得很熟悉了，面对小女孩的时候也是笑容满面，"家里还是没人吗，要不今天姐姐也陪你玩一会儿吧？"

她一边把人往里面带，一边在身后拼命挥手示意其他人快走。

"好呀，格罗瑞娅喜欢姐姐陪我玩。"格罗瑞娅重新浮起的笑容乍一眼看去很是天真无邪，她牵起项娴婉的手就往家里走，没有再给其他人一个多余的眼神，特别是池停。

门关上的时候，剩下的人才齐齐地松了口气。

离洮见池停还留在原地，拍了拍他的肩膀："走吧，别看了。后面你只需要往下面十一楼开始攻略就行，这一层的NPC不用研究，跟你没太大关系。"

池停收回视线。格罗瑞娅最后看着项娴婉的眼神，让他莫名想到了昨晚给她看照片时候的表情——充满了对所有物的贪恋和占有。

希望只是他的错觉吧。

当天晚上，游走在楼道当中的NPC果然明显增加了很多。若隐若现的脚步声遍布了整幢公寓上下，在寂静的夜晚当中显得尤其分明。

很多人担惊受怕地睁眼熬到天亮，在愈发想要离开这里的动力促使下，开始更加疯狂地刷起NPC们的好感度。

池停睡得还算不错。他睡眼惺忪地点开玩家群，随便扫过一眼里面的消息内容，就可以清晰地感受到很多玩家已经逐渐有些崩溃了。

这让他略微有些感慨，和平年代的人类在心灵强度上果然要脆弱很多。

手机上还有项娴婉的留言，从她发来的消息来看，今天月刃这个"打工人"设定的NPC好像又不在家。

他给项娴婉回了一条"先找1201，别惹1203"之后就转身进了卫生间。

洗漱完毕后，池停正式出门。

今天他的攻略任务是十一层。

住在1102室的正是让离洮感到很不舒服的那个李厚，池停倒很愿意进行一下人类之间该有的社交，很可惜这个时间点对方并不在家。

他只能敲响了隔壁的房门。

十一层的两户人家一位是星级大厨，另外一位则是十分喜欢小动物的宠物店店主。池停跟前者探讨了一下食谱之后又去后面那户人家逗了一下午的猫，好感值的进度倒是相当可观。

忙碌了一天之后回家，等到晚上九点的时候，顶着外面来来去去的脚步声跟时不时传来的巨大动静，抱团小组的首次视频会议正式启动了。

会议的内容其实非常简单，就是核对一下每个人一天下来遇到的事情，同时互相帮忙解决一下攻略过程中遇到的难题，进而确保足够的攻略进度。

已经到了NPC横行无忌的第三天晚上，副本里面的玩家们多少也都有些麻木了，无视外面的动静，整个交流过程相当迅速，按照楼层顺序主次往上，在池停、项娴婉、龚旌和离洮说完之后，最后轮到了常和风。

"我今天的起床时间是早上八点……"

常和风长了一张十分面善的圆脸,一开口直接套用了跟前面几人一样的开场白,很快就将早上所做的事情简单地完成了介绍,"然后我就回来随便吃一点东西垫了下肚子,大概下午一点出了门,等到晚上回来吃完饭,就等着跟你们一起来开会了。"

离洮说:"我们知道你出门了,但是你出门之后呢?"

常和风道:"啊?我不是说了吗,就是等回来之后跟你们开会了呀。"

离洮有些无语:"……我问的是你下午啊下午,你下午出去具体做了些什么?"

"我没说做什么了吗……"常和风挠了挠头,认真地思考着,才终于从模模糊糊的记忆当中记了起来,边想边答的语调里也充满了迟疑,"我下午出门的时候遇到阿怪了,然后……然后就跟他一起去了他家里的健身房进行锻炼。哦对,我下午应该是在他家健身房里。"

离洮无语。

他当然知道常和风口中的阿怪是隔壁 1603 的住户,正是因为知道才更感到无语:"你住的楼层最高,不是都说了让你尽快把下面的区域限制都解除了吗,你怎么还有时间跟自己同层的邻居玩呢?"

离洮考虑的是集体进度,对于这种敷衍的态度自然生气,结果常和风的表情比他更加疑惑:"但是我在这里住了这么久,每天下午都是跟阿怪约好一起锻炼的啊,这不是很正常的事情吗?"

离洮本来还只是怒其不争,忽然到嘴边的话彻底噎住了。

视频会议也陷入一片死一样的寂静。外面楼道中窸窸窣窣的声音成为了唯一的背景音。

常和风本来还有些不解其他人的沉默,直到忽然间意识过来,脸色才跟着豁然一变:"我,我怎么……"

对啊,他为什么会下意识地认为跟那个 NPC 邻居一起锻炼,是每天再正常不过的事情啊?!

一片沉寂中,池停开了口:"那么,你还记得每天去阿怪那里,具体进行过哪些锻炼的内容吗?"

常和风惨白的脸上开始冒出黄豆大的汗珠,太过用力的思考,让他下意识紧紧地抱住脑袋,然而只有绝望得变了音调的话语沉闷地传出:"我……不知道。想不起来!我什么都想不起来!怎么会……怎么会这样……"

这种充满挣扎的情绪仿佛透过视频画面,传递到了参与会议的每个人身上,依稀间,似乎也感受到了一丝战栗的滋味。

已经不需要常和风再多说什么了。每个人都已经意识到,很显然,他的记忆当中出现了空缺。

夜晚的风冰凉地从窗外吹入。视频会议没有结束,但每个人的画面仿佛都陷入了定格。

"叮咚——叮咚——"

直到忽然响起的门铃声将众人从全身冰冷的状态当中拉回神来,大家下意识地四顾确认之后,才确定门铃声是从视频会议当中传出来的。

"谁那的门铃响……"

离洮的"了"字没说出口,话语戛然而止。

他已经不需要人回答了。

视频画面当中,可以看到常和风脸上的绝望仿佛雨水冲刷的染料般一点点地褪尽,眉目间忽然挂上了一抹可以称得上是喜悦的笑容。

而下一秒,又因为依稀间想哭的表情而显得愈发扭曲。

常和风像是很努力地在挽留自己的理智,结果还是没办法控制住自己嘴角一点一点浮起的笑容,他一边流着泪一边表情愉快地站起身子,喃喃的话语仔细辨别,依稀可以听到他是在说:"是阿怪……阿怪,他又来找我了……"

项娴婉已经在过分诡异的画面下紧紧地捂住了嘴巴,眼见着常和风真的放下手机站了起来,才惊恐地叫出了声:"别去!别去开门——"

然而,一切都无济于事。

常和风的身影彻底地离开了镜头画面,拖鞋踩着地面的脚步声一点一点地远去,最后伴随着房门打开后重新关上的声音,周围最终只剩下了一片永远的死寂。

长久的几乎没有尽头的沉默下,项娴婉紧紧地咬着牙才没有啜泣出声。

然后,她就听到有人低低地叹了口气。

池停像是酝酿了很久才想好怎么进行安慰:"别担心了,估计不死也废了,想哭就直接哭吧。"

8

项娴婉本来已经将眼泪憋了回去,这一句话落,直接就被安慰哭了。

低低的啜泣声散落在周围,填充着夜晚的每个角落。

上一秒直播间里还因为刚才过分诡异的发展而气氛压抑,下一秒就直接无语了。

这绝对是我见过最牛的安慰技巧,服气了。

这池停是懂得调节气氛的,我现在手脚发凉的感觉好多了。

刚才给我看得寒毛都立起来了,这公寓副本也有点太邪门了吧!

团灭十次的绝境本,你以为?

嘶,以前进度最高的一次团是百分之多少来着?

最初出来的时候我没注意,从第二个团开始追的,第三次开团的百分之四十应该是最高进度了。

那目前这个团刷到多少进度了,我看看……百分之二十五?第三天到百分之二十五,这副本是按照存活时间推的吗?

按时间的那是求生本,反倒还简单一些了。

大概是这边小分队发生的事情传了出去,直播间又嗖嗖嗖地进来很多人,观看人数又翻了一倍。

副本当中,参加视频会议的几个人还在手机面前愣愣地坐着。

这一切发生得太突然,以至于连离洮都有些没回过神来,直到项娴婉哭得差不多了,才哑着声音开口道:"今晚的视频就都别关了吧,大家互相看着都能有个底。至于常和风那边……"

虽然很不愿意,但是身在十五层的他确实是目前的最佳人选,到底还是继续说了下去:"等天亮之后我去十六层看看。"

龚旌说话也有些艰难:"也只能这样了。"

池停由衷地感慨在和平年代长大的人类是真的心灵脆弱，要是放他们那个时候，只要稍微看几次同类遭到感染的异化全过程，保证什么惊慌、恐惧全都习惯了。

毕竟就常和风刚才那种程度的，至少还十分体面地保留了一份人样，换成在末世可是很多感染者羡慕都羡慕不来的顶级待遇。要说唯一有什么遗憾的话……

池停回想起刚才那一幕，不由得发自内心地叹了口气。

离洮整个人已经被吓精神了，捕捉到池停的举动，下意识地问道："怎么了？"

池停看着他，如实表达了自己心里的遗憾："可惜了，人，又少了一个。"

项娴婉原本也就是一个初入副本的新人，好不容易哭完了，听着池停的一番话又被勾起来了，眼泪顿时再次不受控制地涌了出来。

离洮已经发觉自己多嘴了，暗暗地抽了自己一个大嘴巴子："时间很晚了，都先睡觉吧！"

说是睡觉，实际上除了池停之外，没有任何人能够睡着。

于是大庭广众之下，所有人就这样麻木地瞪着眼欣赏了一晚上池停的睡颜，终于十分难熬地等来了朝阳的升起。

直到外面没有 NPC 行动了，几人才敢结束通话。

池停这边刚退出视频会议，就看到离洮的视频邀请发了过来，他疑惑地点下了接通："还有事？"

"不算什么大事，就是找你帮个忙。"离洮那边正在换鞋子准备开启前往十六层的探险，表情看起来相当悲壮，"等会儿还不知道会遇到什么事情，到时候一旦发现我有什么奇怪的举动，你一定要记得第一时间朝我狠狠地笑一笑。"

"啊。"池停十分高兴能够接到人类的求助，嘴角已经十分自然地浮了起来，"是这样吗？"

离洮猝不及防地就被扑面而来的善意闪到了眼，脱口而出地爆了声粗，连连揉眼睛："对对对，就是这样。但你现在别笑，要是我没有变得不正常你先别对我笑，我真的谢谢你！"

池停稍微收敛了笑意，隐约也明白了离洮的用意，比了个 OK 的手势。

离洮开着视频通话就上了楼。

要不是实在没有办法，他其实也不会求助到池停身上。虽然放着常和风不管就不会让自己涉险，但是他们只有弄清楚到底发生了什么，才有可能更快地找到离开这鬼地方的办法。

所谓不入虎穴焉得虎子。目前来看爱心公寓里面的白天应该还算是安全期的设定，要是万一真的遇上什么变故的话，只希望他在陷入常和风昨晚的状态时，可以通过池停在远距离散发过来的善意的笑，顺利把理智拉回来一些。

哪怕只有一点都好！

十六层的过道里面十分整洁，在粉色墙面的衬托下，宛若温馨平静的每一天。

带着忐忑的心情，离洮敲响了1602室的门。

过了几秒之后，里面隐约传来拖鞋怕打地面的脚步声。

离洮高高地举起手机，确保画面中的池停可以正对着自己。

门锁落下的声音中，他深深地吸了口气，正全身状态紧绷地准备面对一切可能发生的匪夷所思的事情，伴随着门开的一瞬间他彻底愣住了。

"常……常和风？"

离洮不可置信的声音落出的时候，池停通过跌落的摄像头，也看到了那个倒着出现在屏幕上的身影。

他眨了眨眼，将屏幕转了个一百八十度。

"这么早来找我，是有什么事啊？"常和风看起来刚刚睡醒的样子，光看他这睡眼惺忪的样子，像是昨天晚上的一切都是所有人的幻觉。

要不是现场有那么多人，离洮都要怀疑是不是自己在做梦了，说道："你……你没事？"

常和风奇怪道："我能有什么事？"

离洮说："你还记得昨晚发生了什么吗？"

常和风说："昨晚？昨晚我在睡觉啊？"

离洮看着他一副没事人的样子，渐渐地也被迫接受了无事发生的现实，说道："你既然没事怎么不回来继续跟我们开会？"他侧了侧身，视线通过常和风的身边穿过，捕捉到了还在茶几上面架着的那台手机，"你就这样把手机开了一晚上？回来了都不知道跟我们报一声平安吗？"

"手机？什么手机？"常和风疑惑地回头朝客厅里面看过去，"我手机在锻炼的时候不小心摔坏了啊，我怎么听不懂你在说些什么。"

离洮眼看着常和风的视线视若无物地从手机上面穿过，只感到仿佛有一阵凉风从背脊上蹿了过去，他下意识地打了一个寒战，也无暇去深究常和风语调当中不耐烦的情绪了，再次说道："就是……在茶几上的那台手机啊，你昨晚还用它跟我们开视频会议了。"

"别闹了，这茶几上面明明什么都没有。都说我手机坏了已经送去修了，你这人到底怎么回事？"常和风不耐烦的情绪越来越盛，最后干脆直接将离洮往门外推去，"我下午还要跟阿怪一起去锻炼，你要没什么事的话别吵我休息。"

但实际上，根本不需要他推，离洮已经不自觉地往后面退了几步。

离洮直勾勾地盯着常和风的头顶上方，眼睛微微睁大。

那里出现的，分明是一道只有NPC才拥有的好感条。

在数值降低5点之后，离洮心跳已经骤然加快，他眼疾手快地拿着摄像头将画面拍给池停看过之后，根本不需要常和风赶客，头也不回地飞奔下了楼。

"你你你看到了没有！"一路狂奔回到1502室，关上房门，离洮趴在门边说话的声音还有些哆嗦，"他他他，他……"

"他被这个副本同化了，跟我猜的一样。"池停目睹了全程，情绪倒是一如既往的平静，甚至不忘进行批判，"那些东西都很喜欢把其他物种变成他们的同类，我只能说，这个习惯真的非常不好。"

"那些东西？你是说NPC？"离洮毕竟也是经历过好几个副本的，很快便让自己恢复了冷静，再一琢磨池停的话顿时直瞪眼，"你都知道了，怎么不先提醒我？！"

"都说了是猜的呀，猜的，万一猜错了呢？"池停十分有耐心地哄了他两句，"你不是说昨晚项娴婉是被我吓哭的吗，万一我又把你吓哭了怎么办，对吧？"

离洮很无语。

虽然听起来好像有理有据，但是他很想说脏话是怎么回事。

"算了，我得先把常和风的情况告诉他们。"离洮一边和池停通话，一边发消息,"所以常和风是真的被副本同化了,头顶上有好感值,这算是已经彻底变成 NPC 了吗?他看起来并不记得之前的事情,也看不到茶几上面的手机,也就是说所有跟我们这些玩家相关的东西全部都在他的世界里被抹去了?"

越分析,他越是下意识地骂骂咧咧:"想得我整个人都凉飕飕的是怎么回事……但是现在的问题是,他为什么会是第一个被同化,或者说,为什么会是我们当中第一个被同化的?这当中到底有什么规律……"

消息很快就顺利地发了出去,然后离洮就听到池停的回答:"应该是因为好感度吧?"

"好感度?"离洮只觉一语惊醒梦中人,"啊对,常和风刷好感一直很积极,没记错的话,之前他跟我说过已经快把同层的好感值给刷满了。"

"如果我们几个一直没被找上,那应该就是这个了。"池停点了点头,"所以说刷好感要适度,不能太高,也不能太低,人与人之间还是需要留下一定的社交空间才显得礼貌。不过刷好感那么累,正常人应该也不会去刷太多吧。"说完,他留意到离洮的脸色发生了变化,"怎么了?"

"我记得项娴婉之前跟那个小女孩一直相处得不错,而且……昨天她为了让我们方便离开,好像又去陪那孩子玩了很长时间的游戏,会不会下一个被盯上的是她?"离洮快速地摆弄了两下手机,脸色彻底沉下来,"给她发的消息一直都没有反应,不至于这么乌鸦嘴吧?!"

池停想了一下,快速瞥一眼外面朝阳初升的天色,说道:"我去看看。"

话音未落他就直接切断了视频,夺门而出。

池停上到十三层的时候,隐约间也听到从楼上飞奔而下的脚步,应该是离洮也赶下来了。

1302 室的门是开着的,里面空空荡荡的没有任何人影。

池停一眼就看到 1301 室房门上面那明显出于挣扎留下来的一道道抓痕,他微微地皱了下眉,直接一脚踹了过去。

离洮三步并作两步地冲下楼来,一眼看到的就是这副直接破门而入的情景,不由得吸了一口冷气:"哇——这么勇?"

紧接着,他的尾音随着落入眼中的画面彻底地顿在那里。

1301 室里,琳琅满目的娃娃几乎遍布了整个房间。桌子上、椅子上、书架上……

穿着洛丽塔着装的小女孩回头看来时,所有的娃娃也齐刷刷地朝着这边投来了视线。

这种被不知名物体从四面八方投来的注视感,足以让所有人的背脊豁地腾起一层冷汗。

池停双手插着裤兜,目不斜视地走了进去。

鞋子在地面上踩出"啪嗒"一声响,他径直看向沙发上的那个人影。项娴婉一动不动地坐在那里,悬挂在半空中的双臂仿佛在拥抱什么。

她已经被换上了一条粉红色的公主裙,硕大的蝴蝶结连着头纱盖住了大半张的脸,但依旧可以捕捉到那空洞眼神中的茫然与绝望。

就在池停走进去的那一瞬间,有一行眼泪就这样豁地落下来。大概是捕捉到了最后的那一丝希望,项娴婉居然十分艰难地张了张口,依稀间从她的嘴形能够猜出她说的是:救……我……

格罗瑞娅的手上还拿着为项娴婉精挑细选的项链没来得及戴上,面对池停这个不速之客,她脸上的表情彻底地冷下来,嘟起嘴巴的表情显得气鼓鼓的:"你来做什么,不要打扰我制作可爱的娃娃。"

池停留意到,周围那些密密麻麻的娃娃,似乎朝着他的方向十分微妙地挪了一步。

对此,他只是懒懒地垂了下眼。

其实严格来说,池停本身真不算是一个喜欢多管闲事的人,但是有什么办法呢,现在可是一个可爱的人类在向他求救!要知道他在很长时间中,想要听到这种呼救声都找不到机会。

池停缓缓地伸手,指了指沙发上的项娴婉说:"你确定,这真的是你的娃娃吗?"

他盯着格罗瑞娅,一想到这个NPC在做的事情有多么的不利于世界和平,脸上也渐渐浮现一抹不太高兴的表情:"我记得之前好像提醒过你,总是觊觎不属于自己东西的小孩,不可能永远都能得到大人的纵容哦。"

被这样豁然间冷到极点的视线扫过,格罗瑞娅也是一僵,但很快,她的眼底渐渐地被愤怒的情绪填满。

很显然,她对池停的忍耐终于到达了极限:"你这个人,可真是出奇地让人讨厌呢!"

"格罗瑞娅好感度降低 50 点。"

好感度再次骤然降低的瞬间，池停就这样眼睁睁地看着格罗瑞娅头顶上的好感条从先前的橙色转化为醒目的猩红。

这是，血的颜色。

阴冷肃杀的窒息感，在同一时间呼啸着朝他压过来。他清晰地看到屋子里所有的娃娃都在那一瞬间齐齐地挪动着，一点一点地将他包围在其中。

池停捏了捏胸前悬挂的那块红色异石，嘴角没有温度地翘起几分。

"增加 100"是绿值，"降低 100"是红值。抵达绿值是开通区域权限，降破红值就是打破了 NPC 无法对玩家动手的行动禁锢。

真好，他的猜想似乎又印证一条。

9

"嘻嘻……嘻嘻嘻……"

所有娃娃仿佛拥有了生命，让人全身发麻的笑声此起彼伏地从四面八方密集地钻入耳中。

离洮被这样诡异的画面刺激得愣在原地，等回神的时候他发现池停依旧站在原地一动不动，他不由得开口提醒："还愣在那里做什么，赶紧跑啊！"

话音落下，离洮也顾不上格罗瑞娅那令人发麻的怨毒视线了，他直接从储物空间里面掏出了几个球，重重地砸了过去。

"闪光弹"落地的瞬间，扩散开来的刺眼光线填满了整个房间。

出手的那一瞬间，眼看着格罗瑞娅的好感度生生地往下降了 20 点，离洮的心头也是一阵狂跳。

他倒也不是有意上演什么患难见真情。在无限游戏当中，管好自己本来就已经是非常艰难的事了，至于其他人的生死，能搭一把手当然是好。这会儿他之所以下意识地想要帮池停争取脱身的机会，主要还是源于他潜意识的直觉——在这个过分邪门的副本当中，他总觉得失去这个看起来奇奇怪怪的闯关搭档，绝对会是一个巨大的损失。

毫无疑问，离洮的这次出手绝对存在着极大的赌徒性质。

然而他的这次冒险，并没有如愿地看到那个熟悉的身影从白光当中跑出。

还是没能来得及吗？

离洮心头一震，扒在门边努力地睁大眼睛，终于在那片渐渐退去的光线当中看清楚了房间里的情景，他顿时爆了声粗口。

难怪池停没有跑，转眼之间，那些娃娃已经密密麻麻地爬上了他的身子。一个个狰狞的表情，仿佛随时准备啃食他的骨肉，就像在他的周身裹起了一个人形的虫蛹，站在中间的池停被包裹得密不透风。

那些挂在他身上的娃娃还在持续地往上堆叠着，夹杂着宛如多重奏般浮动在周围的稚嫩嬉笑声，光是那足够逼疯密集恐惧症的画面，已经让人看上一眼就 SAN 值狂掉。

格罗瑞娅也在笑："嘻嘻嘻，那么喜欢我的话……就一起留下来陪我吧……"

离洮全身一冰，感到自己蹲在门边的双脚不知不觉间已经彻底麻木了。

但是让他没有转身就跑的原因并不是由于脚麻，而是因为就在他本能地屏住呼吸的那一瞬间，他清晰地听到了一声十分清脆的"咔嚓"声。

格罗瑞娅的笑容止住了。

像是有什么东西正在从内部一点一点地龟裂开，离洮定神的时候，正好看到了那层"娃娃蛹"被巨大力量轰开的全过程。

噼里啪啦地仿佛一阵密集的暴雨拍打在地面，再仔细看，才发现是娃娃们被巨大冲力轰成了碎裂的零件，碎片哗啦啦地散落了一地。

那些娃娃脸上的表情或怨毒、或不甘、或愤怒、或惶恐，配合着还在不断挣扎扭动着的躯干，场面的诡异程度直接原地翻了几倍不止。

而这一切的始作俑者，赫然正是离洮前一刻还以为没能脱身的池停。

此时，池停依旧是那副淡然的神态站在原地，连脚步都没有挪一下，对格罗瑞娅的话表达了足够的鄙夷："我喜欢的是你吗？少在那自作多情了。"

照理说在这个时候离洮怎么的也该说两句风凉话以示礼貌，但此时他所有的注意力已经被完全吸引过去了。

不知道从哪里出现的串珠，正被池停拿捏在手中把玩着。

成串的数珠从手腕处一圈圈地缠绕而上，松垮且随意地绕过他的虎口、指尖，隐约间可以看到隐藏在下面串连珠子所用的血色红绳，将池停本就如玉的肤色衬得愈发白皙。

　　这些数珠都是乳白色的，乍一眼看去并不似玉，也不像是一些常见的材质，离洮依稀间捕捉到一个念头也没来得及深思，转眼间因为另一个想法已经惊呼出声："哇，专属道具？！我就知道！这家伙果然是个大佬！"

　　不只是离洮，被这一幕震惊到的还有直播间里的观众们。

　　这个时候直播间的在线数量已经突破了五千，里面的人虽然绝大部分是中途进来观看的，但是拥有上帝视野的他们怎么都比离洮要看得清楚得多。

　　也正因为十分清楚池停的新人玩家身份，那一瞬间的弹幕才爆炸式滚动起来。

　　这是什么发展？这个池停不是新人吗，他应该还没有开通系统里面的积分商城吧？

　　跟积分商城没关系，你看他手里这东西商城里面有兑换吗？怎么看都是一件专属道具啊。

　　不止！他是新人，这是伴生专属啊！

　　嘶——我都过十几个本了还没半点觉醒的苗头，呸！

　　什么命啊，我就是随便来免费直播间转转，这是要让我见证新神诞生？这么刺激吗？

　　笑发财了家人们！通关攻略要到手了啊，我感觉这绝境本终于要出首通了！！！

　　就当弹幕疯狂刷动着的时候，直播间画面中下起了第二场娃娃雨。

　　再次汇聚起来的娃娃一个接一个地扑来，但这次依旧没来得及啃食池停的身体，就已经被呼啸而过的串珠像拍小鸡仔一样，直接扫翻了一片。

　　在池停手里的串珠诡异地变长了好几圈，环绕在身边，宛若拥有自身生命的驯兽鞭，将所有意图靠近他的威胁驱逐得七零八落。

　　所有的拆解和崩坏，宛若一场盛大无比的祭奠仪式。

　　池停手里也捏了一只娃娃，只是稍微一用力就原地肢解成了零件，他一松手，宛若折翼的蝴蝶般跌落在地面。

　　他往前的每一步都踩在地面上的那片残肢上。

"咔嚓"。

"咔嚓"。

他就这样缓步地走到面容煞白的格罗瑞娅跟前，骨骼分明的修长指尖一点一点地攀附上了小女孩的咽喉，像是很轻地抚摸着，又像是狩猎者在若有所思地挑选一个合适的下手点。

如果仔细观察的话，可以发现格罗瑞娅的全身都是颤抖的。只能说一切发生得太过突然，她显然完全无法理解，自己的能力在这个人类面前为什么会这么不堪一击。

直到串珠的凉意从她下颌的肌肤擦过，格罗瑞娅才蓦然回神，下意识地低头，终于看清楚了那些珠子的样子。

乳白色的，非玉，非象牙……

格罗瑞娅一眼认出，这些赫然都是骨头精细打磨后的产物。

不管是什么物种的骨头，有什么正常人能将骸骨打磨成串珠带在身上？！

变态！这家伙简直是比她还要可怕的大变态！

格罗瑞娅的眼眶终于不受控制地湿润了，全身狠狠一抖，出于本能地转身要跑，却被池停伸手一把扯住了领口。

只是这样往后面一带，原本缠绕在他手上的串珠就宛若拥有生命一般蜿蜒而上，将格罗瑞娅的全身紧紧缠绕住之后豁地一收，冰凉的触感伴随着身体被紧紧勒住的过程，清晰分明地烙上了肌肤。

格罗瑞娅这才刚迈开脚步，就随着双脚被捆紧的一瞬，趔趄之下脸朝下栽倒在地。

"算了，留你的命还有用处。"

池停看着跟前这个被五花大绑的小女孩，对于不能直接下手感到有些遗憾，他在旁边蹲了下来，开始一巴掌接一巴掌地打在格罗瑞娅的身上，一边打还一边抛出一个问题："现在知道不该觊觎的东西就不要想了吗？人家项姐姐对你这么好，你居然还真的打她的主意？以后还敢不敢恩将仇报了？还敢吗？"

格罗瑞娅满脸的敢怒不敢言，想要再控制娃娃的小心思被池停瞥了两眼后被迫打消，身上火辣辣的痛感让她在眼眶里打了几个转的泪水终于憋不住了，到底"哇"地号啕大哭起来："不敢了，不敢了，我什么都不敢了——"

池停满意地拎着串珠,将捆绑着的小女孩轻而易举地提起来,意有所指地瞥了眼项娴婉的方向。

格罗瑞娅哭得梨花带雨,哼哼唧唧地抿紧了双唇。

项娴婉眼睁睁地看着格罗瑞娅的好感值往下狠狠地跳了一大截,意外发现自己的行动又重新恢复了自由,她惊喜交加地一把扯掉自己头上的头纱:"我……我又能动了!"

离洮到这个时候才彻底松口气,小心翼翼地踩着地面上的空隙,绕开那些娃娃靠了过来。

他显然有无数的问题想要问池停,但也知道现在不是时候,仔细确定过项娴婉已经真的没事了就要带人离开,又被池停喊住了。

离洮回头道:"还有什么事吗?"

这一句话显然也问出了格罗瑞娅的心声,她直勾勾地看着池停,恨不得这人马上消失。

池停十分温柔地在小女孩的头上揉了一把,像极了劝熊孩子从善的老父亲,说道:"你们不是着急下楼吗,来都来了,把好感度刷完再走吧。对了,叫龚旌一起过来,一起刷还能快点。"

格罗瑞娅和离洮同时傻眼。

现在看起来像是适合刷好感度的时候吗?

哈哈哈哈,伤害性不大侮辱性极强。如果我是 NPC 真的能找他拼命。

这个新人真不得了,他是真的一点都不觉得怕啊。

杀人诛心啊,把人 NPC 打了还要刷好感,他也真的敢提。

有什么不敢的,你看看格罗瑞娅,她现在敢说半个不字吗?

离洮是真的有些跟不上池停的脑回路。他看着周围一片狼藉的诡异画面欲言又止,到底还是点了点头:"行,我给龚旌发消息。"

池停满意地看向格罗瑞娅,嘴角微微浮起一抹和善的笑容:"来吧,好好想想有什么需要帮忙的地方,尽量简单一点也方便一点的那种,我们很赶时间。你现在之所以没有变得跟你最喜欢的那些娃娃一样,完全是因为还有这个最后的功能,我们需要你开通区域权限,你应该知道连最后的价值都不存在的话……怎么样，愿意配合一下吗？"

说话期间，格罗瑞娅可以感受到捆绑在她身上的串珠也豁然收紧了几分，她慌忙用力地点了点头。

池停的声音充满了蛊惑："真听话，我的乖孩子。"

离洮默默地看了看天花板。一定是他最近太累了产生的错觉，要不然，这强烈的小红帽跟狼外婆的即视感是怎么回事？

十四层的龚旌匆匆赶来，没进门就直接被这触目惊心的景象给吓得愣在原地。

离洮招呼他进来，一时之间也不知道应该怎么解释。

然后，两人就收到了格罗瑞娅发布的新的好感任务。

任务名称：拯救娃娃。

任务介绍：格罗瑞娅辛辛苦苦收集的可爱娃娃们因为不可描述的原因遭到了破坏！！！可怜的娃娃们需要救赎，你能帮她重新收集娃娃们残缺的身体吗？

任务奖励：每拯救一个娃娃获得格罗瑞娅好感度10点。

隐藏效果：未知。

确认接取任务吗？

是或否。

真是隔着那几个硕大的感叹号，就足以感受到NPC无能狂怒的怨念呢。

这个任务的好感度刷起来确实相当速度。

有池停坐在旁边看着格罗瑞娅，离洮跟龚旌很快就将好感值刷到了100点，因为常和风的先例摆在那里，加上项娴婉今天遇到的事，两人见好就收，半点多余的好感度都不敢多刷。

这个时候池停才终于把缠在格罗瑞娅身上的串珠收起来。

离洮眼见着串珠被池停收进了那块异石当中，一时之间也有些惊奇。之前没有太留意，没想到这吊坠居然还是个储物空间！

格罗瑞娅的眼角还挂着泪珠，身上还留有火辣辣的痛感，她一瘸一拐地将众人送到门口，就"嘭——"地关上了房门，半秒都没有犹豫一下。

周围再次恢复了平静。

项娴婉今天受到了不小的刺激，看着自己家开着的房门依稀有些恍惚："谢谢大家，那……接下来，我应该怎么做？"

池停想了想，说道："反正要下楼，要不你们收拾一下东西，直接去我家得了？"

今天发生的一切已经让离洮对池停产生了大佬滤镜，顿时赞成他的提议。毕竟也没有反对的道理——下楼离开这幢公寓本来就是他们最后的目的，而且以目前的情况来看，集体行动确实比个人行动要安全很多。

众人回家打包完毕，就带着大包小包的东西出现在池停的家门口，按下了门铃。

过了一会儿门从里面打开，池停露脸的同时扑到众人脸上的是一股属于饭菜的浓郁香气。

刚刚结束了诚惶诚恐的一天，过分具有生活气息的画面让所有人都有些愣神。

离洮本以为今天匪夷所思的经历已经让他的心神足够坚定，在一眼看到池停系在腰上的那件围裙时，嘴角依旧没忍住地抽搐了一下："你这是……在做什么？"

"煮饭啊。"池停的表情看起来对于大家的到来充满了期待，"你们和平……哦，我的意思是，有人来做客的时候，主人难道不就是应该准备好美味的菜肴好好招待一番吗？"

真要说起来，他还从来没有请人来自己家里做过客呢！

离洮虽然无法理解这种对于接待客人的迫不及待，但是从这样的表情，他看得出来池停是在发自内心地在欢迎他们的到来！

他一时不知道说些什么，只能提醒道："……我们现在的主要任务是尽快通关。"

"当然，我知道。"

池停留意到锅里的水已经烧开，留下门就先一步回到厨房中，不过听离洮这么一句他倒是也想起一件事情，听到几人进门的动静，撩了一把束在脑后的头发，随口提醒一句，"哦对了，吃完晚饭你们抓紧时间休息一下，晚些时候介绍个人给你们认识。"

离洮刚换好拖鞋，抬头道："晚上？"

"1203室的，他叫月刃。"池停回忆了一下系统面板对于这位NPC先生的描述，"他的设定是一个有点恐惧社交的打工人，不过根据我的接触，应该没那么内向。哦对了，他还挺变态的。"

离洮心想，怎么越听越觉得这NPC的设定本身，就给人一种十分诡异的感觉呢。

10

温暖的灯光下，一顿余香留存的晚餐刚刚结束。

外面的天色已经渐渐暗下，黄昏离开之后是浅浅落入眼中的月色。

几个好友聚在自己的家中享受丰盛的菜肴，酒足饭饱，闲话家常，不论哪一帧无疑都是曾经设想中的向往生活。而现在这样的生活仿佛映入了现实，这让池停眉目间浮现的笑意又逐渐浓郁了几分。

果然，这才应该是拥有人类友情之后的美好感觉吧。

他贪恋的视线从每个人的身上一点一点地掠过，龚旌、项娴婉……直到要看向离洮的时候，后者终于忍无可忍地哀号了一声："池哥，你能不能稍微控制一下自己，再这样下去的话，我真的要瞎了！"

之前遇到大佬有多欣喜若狂，离洮这个时候就有多有苦难言。以至于先前项娴婉问他大晚上的为什么要戴墨镜的时候，一度有些不知道应该从何说起。

离洮觉醒的个人技能叫作"友善评估"，即可以清晰地捕捉到其他玩家包括NPC身上对他表现出来的善恶值。

正是因为这个技能，让他从最开始就被池停那光芒万丈的善意所吸引，决定将他拉为盟友。

然而也是遇到了池停，才让离洮知道自己这一向好用的警报系统原来也能这么坑。这一整顿晚餐下来，他只要一瞥到池停就被闪到两眼发花，如果这人再这样持续地散发着善意，他十分怀疑自己可能坚持不到副本通关。

池停依旧面带微笑："我已经很克制了啊。"

离洮慌忙挡住那边的光芒万丈，一度感到没眼看。

如果说之前他还以为池停对项娴婉有那方面的意思，现在他已经开始恍惚地怀疑，这人是不是对每个人都有意思。

这人到底是怎么做到对每个人都充满爱意的？！

"先别玩了。"龚旌吃完饭后一直低头摆弄着手机，跟池停全身上下的温馨和谐气氛形成鲜明对比的，是那格外凝重的神色，"目前群里回复消息的加上我们一共七个人，没反应的那三个人很可能已经……"

一番话落，周围也跟着一静。

其他人当然知道他说的是什么。就在刚才，离洮已经将目前得到的线索整理之后发在了玩家群里。虽然并不是每个无限游戏都适合与人为善，但是从池停将项娴婉从同化边缘救回不难看出，在这个副本当中，多一些人共同进退至少不是什么坏事。

反正提醒也都已经提醒过了，至于信或不信，那就是他们自己的事情了。

可是不管愿不愿意接受他们的好意，看到这些消息的玩家至少都在群里给出了回复，到现在一顿饭吃完之后依旧没有冒头的，很大概率已经……

其实不用龚旌提醒，离洮也观察过了。目前冒头过的玩家除了他们这里的四人之外，分别是十一层的李厚，十七层的咸朗和十八层的尤芊。

至于其他人，如果不是因为一些特定的原因没来得及看到群聊的话，很可能已经跟常和风一样彻底地融入爱心公寓的生活当中，成为NPC当中的一员。

而他们的手机此时此刻或许正在房间里的某处，甚至还伴随着新接收到的消息在一次又一次地震动着，可即便他们从旁边经过，也无法感受到手机的存在了。

所有跟玩家有关的东西，对于被同化成的NPC们来说，已经和原来的记忆一样，彻底地从他们的世界中抹去了。

不知道是不是外面的夜风漏入，刚吃完晚饭还全身温热的众人只感到身上一凉，瞬间泛起了一层寒意。

如果再不尽快离开这里，很可能那也会是他们最终的样子。

为了掩盖内心的忐忑，离洮心有余悸地扶了下鼻梁上的墨镜。

池停留意到他的动作，忽然开口问道："你来的时候好像没看到戴墨镜啊，哪来的？"

他都戴一晚上了，居然现在才注意到！

离洮一时之间也不知道应该说什么，憋了半晌回答："当然是从储物空间里面拿的。"

项娴婉好奇道："储物空间是什么？"

"你是第一次进副本，等通关出去就知道了，就是一个玩家用来存放道具的次元空间。"离洮知道项娴婉是个彻头彻尾的新人，耐心地进行了解答，结果一抬头留意到池停也有些惊讶的视线，终于忍不住了，"池哥，你自己不也有一个吗？"

他微微扬了扬头，点了下池停挂在胸前的那块红色异石。

其实离洮一早就想问了，但是之前救了项娴婉后急着刷好感度，然后又是搬家又是给其他玩家发通知的，愣是忙到了现在。

趁着这个时候，也是借此在这压抑的气氛当中转移一下话题："说起来，你之前那串串珠就是从储物空间里面拿出来的吧？这是你能力觉醒后的专属道具？那珠子感觉挺漂亮的，能让我再看看吗？"

"你也喜欢我的串珠？"

池停本来有些惊讶于这个无限世界里也有储物空间，但是接下去的什么"能力觉醒""专属道具"的就一个都听不懂了。

不过，他也很高兴离洮会对他的手工艺品感兴趣，当即捏了捏胸前的异石，取出串珠递了过去。

看着离洮在那仔细地翻看打量，池停的神态间还有些期待："怎么样，制作的手艺还不错吧？"

离洮连连点头："嗯嗯，很漂亮。"

专属道具往往配合着个人技能诞生，但并不是每个个人技能都配拥有一个相辅相成的专属道具。很多像离洮这样的人可能直到在某个副本中死去，都无法拥有属于自己的专属道具，而更多的人甚至连个人技能都无法觉醒。

也正因为极度稀缺，这也是离洮第一次这么近地观察专属道具，另外两人也顿时好奇地围了上来。

这种串珠款式乍一眼看去很像是一件宗教用品，但是跟普通串珠的区别是，所用的又不是那些佛珠的常见材质。这是一种十分漂亮的白色，不惨淡，也没那么冰冷，自然不是那种散发着普度众生气质的木材，也不是玉……

离洸轻轻抚摸着研究，依旧有些无法辨识，说道："池哥，你这串珠是可以无限增长吗，都是什么材质啊？"

池停刚回厨房倒了一杯热水回来，随口答道："哦，是用骨头做的，我亲手打磨的，漂亮吧？"

离洸抚摸的动作微微一顿，僵硬地抬头看过来："啊？"

过了一会儿，他才挤出后半句话："……什么骨头？"

池停还颇有兴致地眨了下眼："你猜。"

离洸干笑了两声，自认为幽默地问道："总不能是人骨吧？"

池停无声地笑了一下，没接话。

伴随着久久的安静，离洸脸上的表情终于变了。

没有否认是什么意思？

他居然没有否认！

就当离洸双手一抖就要将手里的串珠丢出去的时候，池停似乎终于从三人投来的视线中捕捉到了明显的惊慌，将刚送入嘴里的那口热水慢慢地咽了下去："别急，逗你呢。怎么可能是人骨呢。"

不知道为什么，明明是否认的话语，但是看着池停忽然意味深长地扫了一眼他手里的串珠，离洸只觉心里诡异的感觉愈发浓烈了。

他背脊微微一直，僵硬地将串珠还了回去："没事别这么吓人啊，池哥。"

池停将串珠放在手中轻轻地抚摸了两下，嘴角的弧度微微浮起几分，就重新收回异石当中，没再继续这个话题，又说道："对了，当时我好像看到你扔出了两个东西，还挺闪的。"

"你是说闪光弹？"这一说，离洸倒是有些迷糊了，"积分商城里面的基础道具，你没见过？"

池停道："积分商城？"

离洸一时之间有些分辨不出眼前的人到底是真的不知道，还是在装傻逗他，但见项娴婉这个真新人也投来了好奇的目光，到底还是十分耐心地讲解了起来："都是通关一个副本就知道的基础常识，积分商城就是……"

哈哈哈，我感觉这个玩家是把那新人当什么大佬了。

不怪他，真的不怪他，换成是我在副本里遇到有人带专属道具的，也绝对不会往伴生方面想。

不过那个池停的串珠不会真的是用人骨做的吧？

想什么呢，就算是在无限游戏里面，再变态也没人喜欢把人骨做成装饰品随身带着吧，而且还是自己亲手打磨的？

副本里面几点了？这个新人不是要介绍月刃给他们认识吗？我都有些迫不及待了。

好想告诉他，这可真的不兴介绍啊……

今天的爆点一个接一个地来，我都快看不过来了，这新人的直播间真的太刺激了！

直播间的弹幕飞快地滚动着。

有新人获得专属伴生道具的消息一经传出，在线人数又是一阵持续飙升。

副本里，离老师的新手小课堂正式开启，也一直到了深夜。

也不知道是因为有其他人一起，还是池停带来的安全感实在是足，三人只觉得连夜间NPC游荡的动静都似乎比他们在自己"家"的时候要安静了很多。

直到外面依稀传来电梯运行的声音，才打破了原本还算和谐的课堂氛围。

感受到其他人的紧张，池停看一眼时间就从沙发上站了起来："应该是月刃回来了，稍等，我带他给你们认识一下。"

项娴婉对今天的经历还有些阴影，迟疑地问："已经这么晚了，要不明天再看吧？"

池停摇头道："他是个工作狂，没休假的话晚上十点之后才能回家，你上次也试过了，白天经常见不到他。我的建议是最好今天晚上就刷够好感度，要不然的话你们也应该知道，留给我们的时间也不知道还剩多少。"

其他三人只好硬着头皮接受了。

池停稍微整理一下衣衫已经走到了门边，推门而出的时候，电梯的门也刚好打开。

高挑的身影从电梯里面走出的时候分明微微一顿，然后就见到池停已经朝他露出了友好的笑容："刚下班吗？辛苦了，今天也好晚啊。"

话语之自然，宛若认识许久的老友。

月刃的视线从这张堪称毫无破绽的笑颜上一点一点地扫过，迈步到跟前时，通过侧面的门缝，正好捕捉到后面叠罗汉般探出来的三个脑袋。

他微微垂了下眸，也是淡淡的微笑，回道："池先生家里还挺热闹。"

池停也不否认，适时地侧了侧身，让开一条道来："都是朋友，进来坐会儿吗？"

月刃脚底下的影子被灯光拉地细长，隐约间跃跃欲试地朝着屋里攀附着，落在池停眼中显然也是一副很想登堂入室的样子。

然而这人的视线只是这么慢悠悠地一转，就不动声色地收了回来，说道："反正我刚请好了年假，后面几天都会在家，还是等有机会的时候单独再约吧。"

他的视线落在池停身上，语调也一度拉得悠长："我恐惧社交，你知道的。"

话语淡淡地消散在周围的那一瞬间，池停面对这个看似彬彬有礼的男人，也是难得沉默了一瞬。

这就是传说中的硬立人设吗？

眼见月刃礼貌地朝屋内的三人点了下头之后就要离开，池停再次开口："饿了吗？请你吃夜宵。上班族回家之后不都喜欢吃一份热腾腾的夜宵吗？我看很多故事当中都是这么写的。"

月刃的步子停住了，片刻的思考后，到底还是改变了主意："也行。"

半小时后。

月刃神情满足地吃完了夜宵，然后用一个十分放松且舒适的姿势坐在沙发上。

等池停从厨房洗好碗筷出来的时候，看到的就是其他三人远远地蹲在角落的情景。其中当属离洮最为夸张，躲到十万八千里还不止，整个人几乎蜷缩在窗帘的后面，恨不得将自己包裹得原地消失。

池停走过去将窗帘扯开一条缝，奇怪地问道："你们不去聊聊吗？"

离洮被迫探出半个脑袋，结果一抬头正好对上了月刃从后方似笑非笑地投来的视线，全身警报大作地猛一激灵，当即又将自己重新裹了回去，说道："你不懂……不能去，真不能去……必须远离这个男人，会死的，相信我，真的会死的。"

离洮的"友善评估"不仅针对玩家，对NPC也有着同样的效果。

而眼前的月刃，赫然跟池停形成了鲜明对比。

如果说池停的善意分明且坦诚地宛若炽热的太阳，那这个月刃落在离洮眼中就仿佛一个无法触及底部的无尽深渊，一眼看去就足以将他彻底地吞没进那深不见底的黑暗当中。

那是一种阴暗的，邪恶的，不论如何挣扎都让人无处可逃的感觉。

虽然名叫"月刃"，但是月亮尚且有光，这个男人的世界里却只剩下黑暗。

池停确实不太懂，只能像以前鼓励队员一般动员面前的盟友们："没关系，如果刷不够他的好感度没办法下楼，也一样会死，反正都要死，还是趁活着多做一点有意义的事情吧。"

离洮想哭，感觉有被鼓励到呢。

百般挣扎之下，所有人到底还是"氛围融洽"地围在了桌子旁边。

月刃的视线没有温度地从一行人身上掠过，嘴角依旧是那很淡的笑容："是要大家一起认识一下吗？"

项娴婉脸上的笑容已经绷得快要僵硬了："可……可以吗？"

"既然是池先生的朋友，当然可以。"月刃的余光瞥过池停，光看这样的神态堪称十分的和善亲切，"刚好我加班那么久也很想放松一下。既然大家兴致那么高，为了更好地增进感情，不如一起玩个游戏吧。"

浅浅的尾音在夜晚间沉沉地落下，像是有一根针轻轻地扎在了每个人的心头，顷刻间荡开一片酥麻的感觉。

离洮看到了那个男人身边顷刻间几乎要吞没周围整片空间的，无尽黑暗。

11

离洮脚下一软，险些从沙发上瘫倒下来跌坐在地上。

也在同一时间，熟悉的任务面板展示在了所有人的眼前。

任务名称：温馨的游戏时间。

任务介绍：月刃好不容易拥有属于自己的假期，对于一位恐惧社交的人来说，社交这项技能实在是有些太难了，缺乏陪伴的他希望能有人一起玩个足以让人心情愉悦的游戏。你作为他的新朋友，愿意实现一位普通打工人的简单愿望吗？

任务奖励：月刃好感度增加 100 点。

隐藏效果：未知。

确认接取任务吗？

是或否。

恐惧社交？

社会"恐怖"分子还差不多！

不管从哪个角度来看，这个"让人心情愉悦的游戏"都不像是一个普通打工人的"简单"愿望。

离洮可以感受到自己的个人技能前所未有的警报大作，直觉告诉他眼前的这个 NPC 比以往遇到的任何一个都要危险。

离洮的第一反应就是想要提醒其他人不要轻易答应，然而没等到开口，只听池停已经接下了话："好啊，我都还没跟这么多的朋友们一起玩过游戏呢。不过这次主要还是你们熟悉一下，我最多也就算一个陪玩，怎么样？"

从这样充满期待情绪的语调当中，甚至不用回头，就已经感受到这人的跃跃欲试。

好在池停没有忘记这个副本里面的游戏规则，同化的判定能受到外力影响的程度还不确定，他还是留了一手，说是陪玩，并未直接选择接受任务。

月刃闻言抬眸看了池停一眼，倒也表现得很好说话："当然可以。"

另外两人见池停这么说了，也没犹豫地决定参与游戏，这时候才发现离洮僵在那里没动，疑惑地转头问他："你怎么了？"

月刃也在那边微笑着，直勾勾地看向他："对啊，怎么了？"

忽然涌上的被死神扼住咽喉的感觉，让离洮的脑海中莫名浮现出池停说过的话"如果刷不够好感度没办法下楼，也一样会死，反正都要死"。

是啊，反正都要死！

看在只要完成一次任务就能拥有足够好感值的份儿上，离洮眼睛一闭，直接豁出去了："不就是游戏吗，说吧，玩什么？我玩！"

疯狂蹦动的心跳声中，他听到月刃笑了一声，然后，一副扑克牌就摆放在了桌子上。

还好，只是玩扑克吗？

离洸稍微松了口气。

池停倒是认识扑克牌，在书里见过，但不会玩。他看着月刃将牌从卡套中取出，想了想问："我不会这东西，现学来得及吗？"

"放心，不难。"月刃笑着扫了他一眼，依次从里面抽出了一张小丑牌和红桃牌的1、2、3、4。

当看到他将其他的牌又重新放回去，项娴婉奇怪地"咦"了一声："用这五张牌就够了吗，其他的就不需要了？"

"够了。"月刃笑得十分温和，简单地进行一下洗牌之后，一张一张地在所有人的面前铺开，"都说了，我们要玩的游戏规则十分简单，'国王游戏'，听说过吗？"

"咔嚓"一声，刚刚才把心情平复下来的离洸，清晰地听到了自己脸上表情崩了的声音。

果然他的直觉并没有错，跟这个男人玩游戏，是真的会死的……

池停留意到了其他人略微不对的脸色。

但是他对扑克牌的认知最多也就仅限于认全花色而已，一时之间意识不到问题出在哪里，只能摆出十分谦虚的态度不耻下问："没听说过，怎么玩？"

月刃看了他一眼，倒是耐心很好地说："来，我教你。"

池停很自然地凑过去："嗯？"

听着这边进行起简单的教学，离洸已经戴上了痛苦面具，捂着脸，没再朝对他而言宛如拼出了一幅太极八卦图的两个身影上看。

国王游戏的规则确实十分简单，参与游戏的人只需要从中各自抽取一张牌，抽到小丑牌的玩家获得"国王"身份，可以向抽取剩余"1、2、3、4"数字的其他玩家发布任意指令，被抽到的其他玩家只能选择无条件服从，否则将遭到惩罚。

在这个游戏当中，虽然"国王"拥有绝对的权力，但是除"国王"之外的其他玩家都是暗牌，所以发布任务的过程其实都是盲选，这也让这种平时好友聚集在一起的整蛊类游戏显得更有趣味也更刺激了很多。

然而现在最重要的一点是，这个看似普通的游戏一旦放进眼下这个无限世界，再加上在他们当中还拥有一个真正的"鬼"，就未免有些刺激过头了！

听月刃介绍完游戏规则之后，池停了然地"哦"了一声，微微一笑："应该会了。"

"那就开始了。"

月刃将桌上的卡牌推到了其他人的面前，这样的态度举止表现得格外绅士："你们先选吧。"

离洮思来想去都觉得这个游戏的唯一破局点，就是绝对不能让月刃拿到小丑牌。

很显然其他人也是这么认为的，他们下意识地互相交换了眼神。

离洮心里疯狂地祈祷着，闭着眼睛快速地抽了一张，深吸一口气后才敢一点一点地睁开眼睛。

然后他就看到了手里那张扑克牌的花色——红桃2。

不是小丑牌。

离洮感到心头豁然凉了一截，只能求助地看向其他人，但是……半截的心彻底凉了。

"你们都没人抽到小丑牌吗？运气不太行啊。"

池停手里的花色是红桃A，见没人吭声也意识到了，回头看过去的时候，月刃已经捡起了最后剩下的那张牌，将牌面展示在所有人的面前。

红色的小丑牌刺激着每个人的视线。

月刃嘴角依旧是那淡淡的弧度，笑声清晰地落在一片寂静当中："看起来我的运气还算不错，这一轮我是'国王'，都准备好了的话，可以开始发布指令了吗？"

到这个时候还不忘征求一下其他人的意见，看起来相当的礼貌得体。

"那个，我可以先问一下，如果没办法完成指令的话，需要遭到的惩罚是什么吗？"项娴婉小声地问。

"惩罚啊……"月刃看起来认真地思考了一下，无声地笑了，"不知道，我还没有想好。"

有时候，未知才是最恐怖的。

项娴婉莫名地感到头皮一麻，彻底噤了声。

终于，月刃思考之后抽中了今天的首个幸运观众："第一件事，就让红桃

3独自回自己的家里找一把梳子回来吧。"

没有亮明牌面之前,没有人知道红桃3是谁。

一片寂静当中,项娴婉缓缓地从位置上站了起来,短短不过一分钟的时间,她的脸色赫然已经比之前更加白了几分。

回家里拿一把梳子。如果放在现实当中简直是一个连大冒险都算不上的要求,但现在他们并不是在现实,就在这个时间点,外面依旧可以听到各个NPC在公寓当中来回游荡的声音……

而项娴婉的隔壁,还住着一个险些将她做成娃娃的格罗瑞娅。

光是从位置上站起来,项娴婉就仿佛已经用尽了所有的力气。她不敢去,更不敢不去,毕竟她完全不知道如果无法完成指令的话,等待着自己的会是什么样的惩罚。

她只是个新人,没有离洮多次通关后获得的个人技能。但是她记得离洮说过这个男人非常危险,能让离洮怕成这样的绝对是个她惹不起的人物。是的,她必须去,可是直到现在,她还清晰地记得格罗瑞娅的手指游走在她身上的触感……只要一回想,就下意识地全身颤抖。

一步,两步,除了能够感受到自己每一步都在颤抖之外,项娴婉一时之间都有些忘记了呼吸。

直到有一只手搭上了她的肩膀。温存的暖意仿佛在肌肤上腾起了一团火,蓦地回神时,项娴婉才想起恢复胸膛急促的起伏,她低头看去,正好对上一双微微带笑的眼睛。

那一瞬间,像是将她从冰冷的深渊中彻底地抽离出来。

池停见项娴婉终于回神了,又轻轻地拍了拍她以示放松,同时也慢悠悠地从位置上站起来,说道:"没事,你放心去,我就在门口看着,有什么情况就随时叫我。"

项娴婉看看池停,又下意识地看向月刃。

沙发上的男人已经换了一个十分放松的舒适坐姿。他一直微微歪着头端详着项娴婉深陷恐惧时的感觉,眉目弯弯的,带着浅浅的笑意,似乎真的沉浸于这样的游戏氛围当中。

视线对上的时候,月刃嘴角的笑意依旧没有半点的改变,只是余光瞥了一眼旁边的池停，十分的从善如流："当然没有问题，我只是一个普普通通的发令者。"

这样的回答让项娴婉稍微恢复了平静，她打开门，看着外面的幽绿色灯光，心头一定，咬了咬牙奔向了安全通道。

听着脚步声渐行渐远，月刃才将投向楼梯口的视线收回，稍微往侧面一瞥，落向不知道什么时候已经走到门边的那个身影。

在外面的幽绿光线下，池停的半个身子仿佛随时要被黑暗吞没，但是依旧可以清晰地看到与往常一样微微翘起的嘴角，嵌着屋内明媚的光影，莫名有些耀眼。

池停就这样十分放松地倚靠在门边，等待得很有耐心。

他微微侧着身子看着过道外，月刃坐在沙发上遥遥地看着他。

明明平时十分喜欢看那些玩家极度惊恐又故作镇定的样子，但不知道为什么，月刃这会儿却突然觉得，眼前的这个人好像更有意思一些。

一片寂静中，楼上再次响起了脚步声，紧随而至的是一声尖叫。

项娴婉一路狂奔回自己的家里，几乎是翻箱倒柜地一通扫荡，好不容易才在梳妆台的抽屉里找到了一把梳子。根本不敢在那里多待，当即转身就要继续狂奔回去，却在刚迈出门时察觉到什么，她僵硬地回头，正好看到抱着娃娃站在那里的格罗瑞娅。

她没控制住地尖叫出声。

"姐姐，一起玩……"格罗瑞娅如以往那样露出了无辜的笑容，然而最后的话语没等落下，伴随着楼下传来的警告性的一声咳嗽，就彻底僵在了那里。

咳嗽声显然来自池停。

仿佛听到了什么夺命的信号，格罗瑞娅脸上的笑容顷刻间荡然无存，她下意识地一把护住了自己的身体，甚至不及项娴婉反应就已经一把关上了房门。

画面太过滑稽，这一次连直播间里的弹幕都绷不住了。

哈哈哈哈哈，属于是童年阴影了。

不过至少童年完整了，也不算亏？

忽然有些羡慕了，要是我也能有让 NPC 这么害怕的实力就好了。

有这么一个人护着，我也敢冲啊！

项娴婉愣了一下才明白过来是怎么回事，当即将手里的梳子一握，慌慌张张地下了楼。

看到站在门口的池停，她顿时一阵疯狂道谢，然后才将梳子恭恭敬敬地放在桌子上："这样，应该可以了吧？"

"当然。"月刃目睹了刚才的全过程，显然顺利得也有些出乎意料，这让他落在池停身上的视线里更多了几分的探究。

回想起当时初见的情景，他现在很是好奇这位池先生跟格罗瑞娅之间又发生了什么样的故事。

这人果然很有意思。

月刃脸上的笑容愈发分明了起来："那么，让我们进入第二轮吧。"

话音落下，刚刚为项娴婉松了口气的另外两人顿时绷直了背脊，重新燃起希望地看向再次在桌面上铺开的卡牌。

然而这一次，小丑牌依旧落在了月刃的手上。

亮牌的一瞬间，所有人险些哭出了声。

只有重新坐回桌前的池停神态轻松，虽然没有说话，但眼里的期待丝毫无法遮掩。

月刃淡淡地扫了周围一圈："红桃 A，这一次，你就去找自己楼下的邻居要一杯温水吧。"

龚旌原本拿着自己的卡牌全身紧绷，听到不是自己的时候，下意识地长呼了一口气。

然后他一抬头，刚好对上月刃的视线，莫名一冷。

月刃的嘴角却是浮起了笑容："只要不是自己，就能松一口气，对吗？"

像只是不经意的闲聊，然而话语中的讥消和调侃，让龚旌的表情微僵。

在这个小游戏的规则中，"国王"的指令是不允许拒绝的，一旦发布就必须要有人去做，如果不是他，就意味着需要其他人去冒险。这注定了，当他不想轮到自己的时候，其实已经在潜意识里希望把这份危险传递给别人承担了。

这无疑是一个十分无耻的想法。

但是在这种绝对危险的情况下，谁还能保证那微薄的道德感不被铺天盖地的恐惧给覆盖呢？

说到底，他只是一个平平常常的普通人啊！

似乎是捕捉到了龚旌心里的想法，月刃眼里的笑意更盛几分。

而在旁边的离洮听着两人的对话，却完全笑不出来。不只是因为他依稀间感觉这个男人似乎很清楚地知道他们每个人的卡牌数字，更是因为，接到这次指令任务的人是……

"看来终于到我了。"

跟项娴婉的表现形成鲜明的对比，池停起身的神态十分轻松。

以前的工作要求他很长时间地连轴转，面对的不是自己的队员，就是那些根本无法沟通的异种，像眼下这样跟几个朋友一起围在桌边玩游戏的情况，几乎想都没敢想过。全新的体验，难得的机会，自然是要好好地享受一下了。

临出发前，他还不忘多问月刃一句："只需要一杯水就够了吗？"

在这样似乎还想要超额完成任务的询问下，月刃笑着点了点头："嗯，温的，或者说现烧的更好。"

池停还以一笑："保证完成任务。"

他推门而出的时候，还不忘严谨地在门口换了双鞋。

池停关上门，脚步声渐渐远去，周围也再次安静下来。

此时，除离洮之外的另外两人也终于反应了过来。对他们而言，安全的地方从来都不是公寓的房间，而是有池停在的地方。

而现在，池停接取任务离开之后，只剩下他们三人齐刷刷地坐在沙发上一动都不敢动，仿佛某NPC面前任人宰割的羔羊。

周围似乎在池停离开的那一瞬间，彻底陷入了令人悚然的死寂。

然后，所有人就看到月刃朝着他们露出了十分和善的笑容："池先生估计要等一会儿才能回来，既然大家要成为朋友，不如深入地交流一下感情？"

被留下的三人在心里爆哭！

被选中了是在玩弄他们，没被选中的结果也是在玩弄他们。

反正这个游戏的最终目的，就是往死里玩弄他们，对吧？！

12

　　住在池停楼下的1102室的玩家名叫李厚，也就是在一楼大厅时候站出来分配房卡的那个老玩家。

　　池停还记得当时在李厚下电梯之后，离洮还专门提醒过他尽量离这人远一点，不过相比起那些隔着种族的NPC，他到底还是更加愿意去敲一位人类的房门。

　　可惜的是，接连按过几次门铃之后，里面久久没有任何动静。

　　池停稍微一想也明白过来了。毕竟眼下属于NPC到处游荡的自由时间，正常人确实不愿意在这个时间点贸然开门。

　　这一点，在池停一垂眸的时候就更好理解了——通往十层的安全通道转角处不知道什么时候多了一个人影，此时正咧着嘴，用一种十分诡异的微笑看着他。

　　池停扫过一眼那人手上拿着的手术刀，上面还残留着什么。

　　大概是感受到了视线，年轻男人嘴角的弧度又咧开了几分："小灰不乖，自己跑出来了，请问你见过它吗？"

　　要多诡异就有多诡异的画面，池停只是微微挑了下眉梢，随手指了一下："小灰？你说的是它吗？"

　　顺着池停指着的方向，年轻男人终于看到了窗台口蹲着的那只灰猫。灰猫的肚皮应该是刚刚被切开，十分柔软地耷拉在那，一眼看去，十分诡异。

　　灰猫似乎感受不到疼痛，幽绿色的猫瞳扫过两人的注视，尖锐地"喵"了一声之后就从窗口处一跃而下，转身跑了。

　　也是直到这个时候，池停才发现这只猫的脖子似乎歪了，就在它跳到地上的一瞬间狠狠地一晃，仿佛软若无骨般伴随着奔跑的动作来回摇晃起来，让人十分担心会一不小心把脑袋晃掉下来。

　　"嗯，应该就是它了。"这下池停彻底确定了。

　　年轻男人没有着急去追，看着池停微微歪了歪头，显然是一时之间有些想不明白这个人类完全超出预想的反应。

有那么一瞬间的表情，似乎是在懊恼自己居然没有及时发布好感任务。

不过也只是顿了一下，他就又露出了笑容："谢谢，为表谢意，有空来我家坐坐吧。"

"一定。"池停挥了挥手，等到目送年轻男人离开之后又在原地站了一会儿才转身，瞥过1102室，到底还是按下了1101室的房门。

这一回门终于开了。

池停比开门的NPC更先一步露出了礼貌的笑容："你好，我正在跟朋友们玩一个游戏，可能需要来你们家要一杯新烧的热水，不知道方不方便？"

1101室的NPC显然也愣了一下，才热情地笑起来，迫不及待地侧身让池停进门："当然方便，进来等吧。"

"那就打扰了。"池停步子一迈就走了进去。

这一次，他依旧没有忘记十分礼貌地在门口换了一双拖鞋。

十分钟后，NPC将池停送出门时已经只剩下了一脸呆滞。

仔细留意，可以看到NPC的脖子处赫然多了一道十分分明的手指印，最深的地方更是瘀痕清晰，当他唯唯诺诺地抬头时正好看到池停瞥来的视线，全身下意识地瑟缩了一下，就又慌忙地把头低了下去。

池停倒是也感受到了对方的紧张，十分和善地拍了拍他的肩膀："放轻松，其实我这人真的很好说话，等接触久了就知道了。"

NPC差点感动得哭出声来："您……您快回去吧。"

池停扬了扬手里端着的热水："嗯，谢谢，明天一定把杯子还给你。"

"不用，不用还了！"留下这么一句话，NPC慌里慌张地仓皇跑了。

池停站在原地看着豁然关上的房门，神情无奈地摸了摸下巴，一时之间也稍微进行了一下反思。

难道是他刚才一不小心又下手太重了？

应该不至于吧，虽然不是人类，他对于那种人形的东西应该还是会适度手下留情才对。

算了，先不管了。反正完成任务了就好。

池停看了一眼手里装着热水的水杯，眉目间的笑意又浮现起来。他迈步就要重新上楼，刚踏上两格台阶，依稀间觉察到什么，又停下了脚步。

他驻足在原地，缓缓探头，朝着楼下看过去。

夜晚的爱心公寓很热闹，整个楼层间时不时可以听到有人走动的声音，咯噔，咯噔，咯噔……这个夜晚又很寂静，在这样一片交错的混杂当中，池停的注意力穿过外界的层层干扰，似乎在楼梯底下深邃的黑暗中捕捉到了一种很微妙的存在。

在这一片黑暗当中，有什么在暗中悄无声息地窥探着公寓里的一切，寂静地，伺机而动。

如果这个时候往下面丢出一块石子，池停可以很确定除了反复空荡的回声之外，都不会激起任何的风浪。

但他就是有一种十分诡异的感觉——除了已知的那些角色以外，公寓里好像还存在着其他东西。

忽然一阵夜风从窗外吹来，吹起衣角，落下几分夜晚的寒意。

如果这个时候池停能够看到直播间里的内容，就能看到前一刻还在嬉笑着讨论李厚在家却没开门，以及NPC那狼狈惨状的弹幕上忽然间画风一转。

不会吧，不会吧，这就注意到了？

发现了又有什么办法呢？反正结果还不就是那样。

说起来他们跟那个李厚什么时候碰面？那人明显拥有很多有效信息。

我就是从那个李厚的直播间跳过来的，这人怎么说呢……嘁，还是别合作比较好。

不知不觉又是一天了，留给他们的时间是真的不多了。

副本当中，池停只是在原地驻足片刻就收回了视线。

转瞬间，他已经又恢复了以往轻松自如的样子，一边上楼一边还哼着轻松的小曲，由内而外地散发着对于完成任务这件事情的满意和愉快。

"跟你们说，我在楼下发现了一件事情……"

池停推开门后十分利落地换了一双拖鞋，直到抬头看来的时候话语才微微一顿："你们这是？"

不知道从什么时候起，他离开时还坐在沙发上的三个人已经蜷缩在地上，瑟瑟发抖地抱在了一起。

而在他们的身边，原本属于他们的影子已经一点一点地吞噬着周围，从脚下沿着周身攀爬而上，十分徐缓且惬意地在周身游走着，依稀辨别，正随着月刃上下起伏的手指在打着轻盈的节拍，一起一伏地，极有规律。

离洮被四面八方的黑暗压迫得几近窒息，抬头的瞬间只感到有一道希望的光芒落在自己的面前，险些下意识地想要扑向光明。

下一秒，他就感到已经攀爬到领口处的影子忽然抬了个头，仿佛毒蛇，警告性地朝他吐了吐信子。

离洮已经有了哭腔："池哥……"

——救我！

哈哈哈，我回来了！刚才专门跑隔壁直播间蹲了一会儿，这是什么对比鲜明的凄惨人生。

我敢保证月刃绝对是故意的，这家伙的性格恶劣是真的。

看看他那享受的小表情，是真不担心把那几个玩家给玩坏啊。

一时之间不知道到底哪边才是接到冒险指令的那一方……

果然离他远点才是唯一的解法！

只是扫过一眼，池停当然就明白过来发生了什么。

他之所以放心留下几个人，是确定好感值掉到红值之前的NPC都必须要遵守行动限制，倒是怎么都没想到，这个家伙为求自己愉悦，居然还能换另外一种方法来满足那变态的恶趣味。

池停朝月刃看过去。

月刃微微一笑，那些影子仿佛顷刻间被抽走了生命，周围也跟着重新恢复了平静："等待有些漫长，只是跟各位朋友玩了一个'比比谁先动'的小游戏。"

他说得轻描淡写，好不容易找回呼吸的三人却感到一阵冷汗直接就下来了。

这是比比谁先动吗？

就刚才那氛围，这明明是比比谁先死吧？！

"这杯热水看着还满意吗？"

月刃的指尖轻轻地在温热的水杯外壁上面抚摸着，他眼眸挑起，看着那三个玩家瞬间如小鸡崽般围到了池停的身边，眼底意味不明的神色微微闪过：

"当然，非常满意。"

离洮刚才从濒死的感觉中解脱出来，被这么一扫，顿时感到全身又下意识地紧绷起来。

但他毕竟还留有几分老玩家的本能，不忘去关注池停临进门时候说的那句话，一边警惕地看着月刃，一边小声地问："对了池哥，你前面说发现了一件什么事情？"

"就是……"池停刚要说，想起现在还有别人在场，看了月刃一眼。

月刃倒是相当自觉地从沙发上站了起来，说道："时间不早了，今天就玩到这里吧。"

池停忽然感到有些遗憾，说道："这么快就结束了？他们两个不是还没有接收过指令吗？"

刚松了一口气的离洮瞬间一口气提到嗓子眼。

哥你到底是哪头的？！

好在月刃闻言只是微微一笑："都说了，刚才我们已经玩了一个小游戏，也算是增进了不少的感情。"

话音落下，三个人齐齐地看到对方的好感值直接增加了 100 点，黯淡了一晚上的眼底终于有了一丝的光芒。

这绿值是拿阳寿换的！

月刃捕捉到众人的喜极而泣，瞥过一眼就继续看向池停："好了，我先回去休息了。谢谢你的夜宵，明天开始我有很长一段时间的年假，回头见。"

池停道："好的，回头见。"

眼见着月刃离开后池停把房门带上，三个煎熬了一晚上的小玩家齐齐瘫倒在地。

"够了，终于刷够了！明天上午再刷一个，赶紧去十一层吧！"离洮看着天花板的视线不受控制地开始放空，莫名萌生了一种绝处逢生的喜悦，"那人到底是什么来历啊，怎么感觉比我以前副本遇到的那几个大怪还要可怕！"

有人回答了他的问题："一个有点社交恐惧症的打工人。"

离洮回头看去的时候才发现，池停不知道什么时候已经端起带回来的那杯热水喝了起来。那双手捧着水杯的样子，加上依稀间笼罩在热气中的面容，莫名产生了一种退休多年的老干部即视感。

离洮本来还想说月刃这个 NPC 人设严重离谱，就被眼前这幅画面搞得无语了。

所以说大佬就是大佬，什么时候他面临危险处境，也能随时保持这种没有丝毫紧迫感的优哉状态啊！

"言归正传。"池停再次想起来。

离洮道："嗯？"

池停道："我回来的时候是想跟你们说，我刚才下楼的时候，发现这幢公寓里面好像还有其他东西。"

离洮一时间没反应过来："其他什么东西？"

"我要是知道的话，就直接告诉你们了。"池停扫了众人一眼，接下去的话，让所有人好不容易找回来的体温又顷刻间降到了极点，"但有一点可以确定的是，反正不是 NPC。"

不是 NPC 的其他东西？

那是……什么？

在场的三人下意识地交换了一下视线，均看到了彼此眼中不可控制地涌起的恐惧。

果然，在很多时候，未知，才是最可怕的。

13

等池停说完，离洮才想起来一件事情，说道："刚开始我就感到有些奇怪，为什么所有的玩家都被分配在九层以上。当时想想，还以为是因为楼层太矮会导致游戏难度过低，现在听你这么一说，难道就是因为八层下面……"

"有可能吧。"毕竟一切都是来自池停的直觉，他并不想过分主观地把事情说死，到底还是决定拿事实说话，"反正只要到时候下楼去看看，就一切都清楚了。"

离洮欲哭无泪："池哥，我怎么感觉所有的事情到你身上就变得那么简单了呢？"

池停站起身,闻言反倒奇怪地看过来:"不然呢?"

简单的三个字,倒是把离洮给问住了。

对啊,不然呢?

在这个一切全靠探索的无限游戏当中,很多事情似乎除了亲自去进行验证之外,也全然没有别的办法。

"好了,别想那么多了,先睡觉吧。"

池停说着转身进了房间,没一会儿又推门看出来,十分绅士地问:"你们是客人,要不来一个人睡我的大床?"

三人愁眉苦脸道:"不……不用了……"

经历了这一晚上的事情,还知道了这公寓里面不是只有NPC这一种可怕的存在,谁还能睡得着啊!

池停也就想着在人类的社交礼仪当中,有客人的时候多少应该客气地问上一句,问过后便礼貌地朝他们点了点头:"那么,晚安。"

三人道:"晚安……"

虽然说着睡不着,但毕竟这几天下来每个人都状态紧绷,再加上晚上又被月刃玩弄得精疲力竭,最后一个个地还是没顶住都睡了过去。

不过稍微眯过之后,大家在天刚蒙蒙亮的时候也都不约而同地醒了过来,踏着晨曦的第一缕光就出了门,迫不及待地想要补齐足够的好感度离开十二层这个鬼地方——足见前一天晚上的心理阴影有多大。

当池停打着哈欠起床的时候,一开门看到的就是三个整装待发的身影,一时颇为震惊:"你们已经把好感度刷够了?这么快?"

"现在对我们来说,时间就是生命。"离洮虽然心里着急,但是也不好太催促池停,示意性地瞥了一眼主卧里面的卫生间,提议,"池哥,要不等你洗漱完吃个早餐,就一起去十一层看看?"

池停自然知道他们是希望自己能去保驾护航,看着这暗示性满满的期待眼神,也有些乐:"你们稍微等会儿,我马上就好。"

十几分钟后,池停嘴巴上叼了一片面包,跟在离洮他们的身后,敲响了1102室的房门。

其实当离洮记起住在十一层的玩家是谁后,一度还进行了十分纠结的思想斗争。

看得出来那个李厚在一楼大厅时留给他的印象确实非常不好,这让他对于接下去是否适合与这人建立良好的合作关系持保留态度。

最后让离洮做出决定的还是池停的话。

"能合作就合作,不适合合作就各走各路,再不济砍了也行。"池停是这么说的,语调相当的轻描淡写。

虽然知道最后一句只是玩笑,但莫名让离洮觉得也确实是这么一回事,想着目前一起进这个公寓副本的十二人已经只剩下了七人,到底还是决定尽量团结一些。

这已经是池停第二次站在1102室的门口,前一天晚上按了好半天的门铃都没得到半点回应,今天里面的人倒是终于愿意开门了。

几个人围在桌子旁边坐了下来。

李厚给每个人倒了一杯热水,开口道:"前面几天隔壁的邻居总是来找我帮忙,我本来也没多想,直到看到你们发在群里面的消息才意识到不对劲,就一直躲在家里没再敢出去了。其实我本来已经跟老程商量好一起下楼的,但是从前天开始给老程发的消息就再也没有回复,也不知道到底是什么情况,只能等你们楼上的下来,一起行动也安全一点。"

池停坐在那里有一口没一口地喝着热水,期间时不时地瞄李厚一眼,脸上没有半点太多的表情。

这个李厚说话时候给他一种很奇怪的感觉,就像是所有的情绪都没有落在内容应该在的那个点上。就像刚才提到老程的时候,虽然有意作态,但神态间实际上并没有太多波动,或者说见多了生离死别,以池停所了解到的人类在心情复杂的时候,并不应该是他这样的表现。

不过池停倒也不认为这人说的就全是假话,只能说李厚或许是有意在隐瞒什么,但陈述的内容当中至少真假参半。

当然,身为人类,或多或少也应该拥有属于自己的秘密,池停自己也有,只要在合适的尺度之内,他也并不想太追根究底。

离洮倒是从一开始就对李厚带了有色滤镜,一番话下来虽然不知道哪里有问题,但也敏锐地觉察到些许不对劲,说道:"所以说,你的意思是你这几天什么都没做?在一楼大厅的时候你不是说自己是老玩家吗,你跟那个程晁关系应该很好吧,他出了事,你就没想过去找他?"

李厚抬头看了他一眼，简单地接触下显然将离洮当成了这个小团体里面的主心骨，也十分配合地给出了回答："去找过了，但是他不在。"

离洮皱眉："不在？"

"没有人，也没有任何打斗的痕迹，他的屋子里面空空荡荡的什么都没有，就连行李箱都少了很多东西。"李厚倒是有问必答，"所以我怀疑，他是不是嫌我的好感度刷得太慢自己一个人下楼去了。也是因为这样，不知道怎么面对我，干脆就选择不回消息装失踪。"

他说得过分云淡风轻，倒是让离洮有些摸不准了："你怎么知道他不是出事了？"

"出事？被副本同化？但如果是这样的话，按照你们的描述，我去找他的时候不是更应该能见到他才对吗？"李厚看着离洮，"就是因为没见到，我才相对放心。至少没找到他也就意味着，还在第九层的时候他并没有遇到任何危险。至于下楼之后有没有发生什么，恐怕也只能等我们自己下了楼才能再进行确认吧。"

离洮没再说话，因为他意识到李厚说的是对的。

如果那个住在九层的程晁真的像常和风一样被同化了的话，也应该依旧活动在他所住的公寓当中，人不在，或许反而从侧面印证了他的安全。假如是他在离开九层之后发生了什么事情，那也只有等亲眼确认过才能知道了。

离洮点了点头："先不说这个了，不管怎么样，还是先刷够好感再说。"

毕竟要继续下楼，大家简单交流之后就告别了李厚。

直到身后的门关上，离洮回头看了一眼1102室的大门，才开口道："我总觉得这个李厚很奇怪，一定有什么事情瞒着我们，特别是他看着我们的眼神……"

离洮的个人技能并不算稀有，而且也不够强势，但是关键时刻确实很有作用。

在房间里的时候，他分明感受到了李厚身边散发出来的气息，显然不存在任何善意。但是一时半会儿，离洮也不知道这个优越感十足的老玩家到底想做什么，他甩了甩脑袋道："不管了，先刷好感度再说，哎不对，池哥你等——"

没等话落，池停已经按下了门铃，回头看到离洮僵在半空中的手，笑着说："怎么了？"

离洮欲哭无泪:"我们还没准备好。"

好歹也留一点思想准备时间吧，万一又遇到一个像那个月刃一样的死变态呢。

池停愣了一下就明白过来，乐了:"放心吧，这位邻居很好说话的。昨晚我刚接触过，我们交流得非常愉快。"

"昨晚？"项娴婉一脸恍然，"池哥，你的那杯热水就是找他要的？"

离洮的关注点显然落在了另一方面:"所以昨晚那个李厚压根没给你开门？我就知道那小子不靠谱，就是一个完完全全的利己主义者。"

"人类嘛，偶尔自私一点也是应该的。"池停刚要安抚几人愤慨的情绪，留意到面前的门开了，笑着回过头去，"你好，我来还昨天的杯——"

眼看里面的大汉在看清楚门口是谁后就要把门关上，他眼疾手快地伸手挡住，重新将险些合上的大门一点点地掰开，话语也几乎没有半点的停顿："杯子了，还带了别的朋友，方便让我们进去坐坐吗？"

里面看起来五大三粗的 NPC 表情逐渐扭曲……

离洮三人看着眼前的情景……

池哥，你确定昨晚你们交流得非常愉快？

大汉 NPC 到底还是碍于池停的淫威，将人放了进去。当听明白他们的来意后，配合得也没有半点犹豫。

看着对方发布的"剥豆子"任务，池停也有些惊讶:"你确定我们只需要帮你把豆子剥出来就够了，还是一颗就给10点好感度？会不会送分送得太明显了一点，这样不太好吧？"

大汉 NPC 连声道:"不会不会，我们关系这么好，送点分也是应该的。"

大汉心说只求您快点剥完快点走人，其他的根本就不是问题！

池停满意地笑了笑:"那就谢谢你了。"

当他的手搭上大汉的肩膀时，可以感受到那魁梧的身躯赫然一颤。

于是四个人蹲在篮子前面，每个人剥了十颗豆子，就带着顺利刷到绿值的好感度离开了。

"真不愧是池哥，如果一直能这么顺利下去就好了。"

离洮看向池停的视线俨然充满了期待，对于接下去的攻略进度顿时充满了信心，然而就当他们来到对面1103室敲过房门之后，刚建立起的信心就遭到了严重的打击。

"怎么没人开门,这是不在家吗?不会……又是一个打工人的人设吧?"

从下意识放大的瞳孔不难看出,所有人对于"打工人"这个词或多或少都有些应激反应。

"不对,我在业主群里看到过那个1103,没记错的话应该就是一个普通的私营店主。"池停看着面前紧闭的房门皱了皱眉,思考片刻后又转身敲响了1101室的房门,"不好意思,再打扰一下。"

大汉NPC好不容易把人送走,结果见人又找上来了,一脸欲哭无泪:"哥,还有什么事吗?"

池停指了指对面的大门:"你的邻居去哪里了,你知道吗?"

大汉NPC顺着他指的方向看去,想了很久才回答道:"他啊……前两天就已经消失了啊。"

在旁边围观的三人互相交换了眼神,依稀间似乎又有了一种十分熟悉的诡异感。

然后他们就听到池停继续问道:"消失的意思是?"

大汉NPC直勾勾地看着他们,眼底对于池停的畏惧不知不觉间已经剩下了一片毫无情绪的空洞:"消失的意思当然是指,完全不存在了啊。"

他的嘴角慢慢地咧开了一抹弧度:"但是没关系,房客更换都是很常见的事情,这么温馨有爱的大家庭可是有很多人都盯着的呢。你看,你们不就是前阵子新住进来的吗?慢慢习惯就好。"

明明是十分粗犷的嗓音,却像是尖锐的刀片轻轻地割在心头。

就当离洮隐约间感到有些不适的时候,只见项娴婉忽然发现了什么,低低地惊叫一声:"啊,你们看。"

也是在这个时候他们才意识到,不知道什么时候,自己通往十层的行动禁锢已经完全消失了。

1103室的房客不存在了。

所以只需要刷够留下的1101室NPC的好感值就能够下楼了,是这个意思吗?

虽然看起来似乎是一件好事,但是这幢公寓到底怎么回事?

玩家同化、NPC消失,这个副本到底还能不能好了?!

14

大汉 NPC 似乎是在说完之后才反应过来，有些奇怪地挠了挠头："咦，奇怪，我怎么会觉得这是一件很正常的事呢？"

其他人无声地交换了一下眼神。

现在的情况已经很明显了，1103 室 NPC 的失踪在这个副本当中确实是属于一件默认允许发生的事情，而且不止发生过一次，所以才会让长期处在这幢公寓里的 NPC 就算没有相关的记忆，依旧本能地感到"习以为常"。

池停摆摆手示意了一下，大汉 NPC 巴不得不再久留，当即点头哈腰地道了别，忙不迭地关上了房门。

项娴婉是个新手可能无法体会到，像离洮这种通关过几个副本的老玩家，从来都是只有他们这些玩家被 NPC 追的份，哪见过 NPC 巴不得求他们离远点的样子。

再看向池停的时候，离洮的眼神愈发崇拜："池哥，我们现在怎么办？"

池停倒是相当淡定："NPC 不在就不在了吧，反正对我们没有什么坏处，时间还早，要不再继续下楼看看？"

项娴婉问："要叫上那个李厚吗？"

池停道："不用了，他能去九层找人就说明十层的好感度已经刷够了，一起也没什么意义，等要下九层的时候再叫他吧。"

其他人乖巧地点头："好的，池哥！"

托池停的福，今天的进展也算是相当顺利，如果可以的话，大家自然是希望一直到通关结束之前都可以一路顺利下去……

正当一行人斗志高昂地准备下到十层，刚过楼梯转角的时候，就被把手上面沾染的血迹吸引了注意力，脸色顿时都或多或少有些微妙。

这些痕迹看起来像是人手的形状，顺着楼梯扶手一点一点地向下面蔓延。

最后渐渐地消失在十层过道的转角处。

所有人都下意识地停下脚步。

这场游戏进行到现在，虽然也一度被吓到，但至今为止至少还都是心理层面为主，头一次毫无防备地直面这些可能面临的实质性伤害，让三人都下意识地回头朝池停看去。

这一回头，恰好看到池停转眼间已经凑到了栏杆上已经干涸的血迹旁边，还十分认真地闻了闻，然后说道："好消息和坏消息，想听哪个？"

离洮说："……好消息？"

池停指了指面前的栏杆："这是猫血。"

离洮稍微松了口气："那坏消息是？"

池停抬眸看向楼下，视线落在安全入口正对面1002室的门口，道："但那边的那摊应该是……"

伴随着他的话落下，周围顷刻间寂静无声。

许久之后，项娴婉干笑了两声："池哥，你就别吓我们了。"

"我吓你们做什么？"池停这么一问，所有人的表情更加古怪了起来，他也没在意，直接问离洮，"1002室的那个樊彭越已经很久没在群里说过话了吧？"

离洮被迫打起精神，拿出手机看了一眼，确认道："我们在群里提醒之前，他就已经有段时间没出现了。"

池停点头，道："那估计是遇害了。"

越是轻描淡写的结论，就越是让人感到无法接受。

虽然大家被卷进这场游戏之前都没有过任何的交集，但毕竟同样都是玩家的身份，如果有人遇害，那是不是说明，同样的事情也可以发生在在场的其他人身上？

这大概是传说中的兔死狐悲效应，龚旌一阵头皮发麻，却还是抱着最后的一丝的希望说："池哥，会不会是你想多了？可能那边的也是猫血，樊彭越只是跟常和风一样，都被副本同化了呢？"

"唉。"池停像是有些无奈地嘀咕了一句，"我以前是做什么工作的，总不能是什么物种的血都分不清楚吧。"

一句话让其他人的视线齐刷刷地看过来，好奇暂时战胜了恐惧。

池停这一路以来的表现，也确实很难让大家对他以前的工作性质不产生好奇。这么能打也就算了,居然光靠闻就能知道是什么血,警察叔叔吗?

池停仿佛没有留意到这齐刷刷的询问的视线,摆了摆手示意三人跟上:"其实到底是同化还是遇害,确认一下就知道了。"

"确认?怎么确认?"听池停说那边是什么之后,离洮心里也有些排斥地不太想过去,结果一抬头发现池停已经走到了1002室的门口,这样熟悉的画面让他瞬间反应了过来,"哎,池哥你不会是要——嗯,好的,又直接踹进去了。"

话说到最后,他发现自己不知不觉间居然对这样的画面已经感到有些麻木了。

池停一脚踹开房门后站在那里没有动,像是在仔细端详里面的情景。

过了片刻他才微微朝旁边侧了侧身子,将里面的情景展现在众人的面前,说:"就,自己看吧。"

这时正好一阵风过,屋内的味道随着大开的房门直直地被推入过道当中。这样浓烈的气味伴随着撞入眼中的视觉冲击,让还站在楼梯口的三人瞬间放大眼瞳,几秒钟之后,都开始俯身呕吐起来。

光是脑海中想象可能在这间屋子里面发生的画面,就已经足够让他们全身上下的细胞都产生了抗拒。

也就只有池停站在一片大型凶杀案现场般的场景面前,还能面色不改。

池停若有所思地摸着下颌,平静地观察着房间里面的每一个细节,最后给出了陈述:"樊彭越应该是被什么东西追了,而且不止一只,好不容易才一路跑回自己的家里。但是很可惜的是,似乎这个时候跑回来也已经没有用了,可能是诅咒一类,也可能是你们所说的什么系统判定,总之就是最后连尸体都没有留下。"

说到这里他停顿了一下,最后,缓缓地叹了口气:"有点惨,就算能剩一根指头,我好歹也能帮忙超度一下。"

其他人原本吐了一通稍微缓过来一些,听到池停又是"诅咒"又是"尸体都没留下"的,脸色顿时一白。

离洮全程戴上了痛苦面具,直到听池停说到最后一句,终于有些绷不住了,说道:"哥,现在是想着怎么让人入土为安的时候吗!"

池停想告诉他"超度"跟"入土为安"是两个概念，一回头终于看到那几张完全已经没了血色的几张脸，也反应了过来："哦对，你们和平……看不得这个。"

说着他十分利落地将摇摇欲坠的房门重新安上去，确定已经严丝合缝才收手，又指了指地上的血迹，重申："现在相信了吗？"

"相……相信，全都相信。"离洮没敢碰有血的栏杆，虚弱地扶着墙壁，"这层真的很有问题，要不我们今天还是先到这里吧，回去捋一捋，看看能不能知道樊彭越是触发了什么杀人规则。"

池停奇怪地问："为什么一定会是因为杀人规则？"

离洮被问得一愣，显然也惊讶池停这么一个老玩家怎么能问出这种问题。

随即他想到池停之前提到的楼下有的其他的一些东西，注意力也分散开去，不由得苦笑："在非求生和对抗类型的副本当中，很少会存在战斗力的硬性指标，只要掌握到杀人规则并避免触犯，往往都会给普通玩家留一条生路。如果樊彭越不是因为触发规则而遭遇不测的话，那只能说，这个副本的设计者……从一开始就不希望玩家活着出去。"

他深深地呼出了一口气，听起来有些无奈地陈述道："毕竟，能够觉醒战斗天赋的人，终究还是凤毛麟角啊。"

池停初来乍到，并不是很清楚这个无限游戏世界里的情况，但对离洮所说的倒十分理解。

在他们所在的那个末世当中，除了很小一部分人觉醒了各种各样的异能，更多的依旧是在绝境当中苦苦求生的普通人而已。也正因此，他们这部分拥有异能的特殊群体，才能被称为守护人类的最后希望。

只可惜……

等离洮回神的时候，才发现池停不知道什么时候已经走到他身边，一只手轻轻搭上了他的肩膀。四目相对的时候，落入他眼中的光芒依旧耀眼，又平添了几分前所未有的温存。

"放心，就算你所说的这个副本设计者真的没想给普通玩家留活路，我也一样会保护你们安全离开。"池停眼帘微垂，嘴角是一如既往淡然又温和的弧度，"实不相瞒，我这个人最大的愿望是世界和平，可能已经失败过一次了，至少这次——"

他对上离洮有些愣神的视线，徐缓的话语从寂静的空间中落下，让周围原本就已经降到冰点的气温又硬生生地降低了好几度。

宛若恶魔的呓语："至少这次……阻挠我的东西都得死。"

15

离洮哭了。

心头感动之余，他被那一瞬间接收到的，堪比佛光普照的善意闪得泪流满面。

之前的副本当中离洮也不是没有遇到过其他的大佬，但是在这无限游戏当中，光是能够活着，对任何人来说都已经是一件弥足珍贵的事情，更别说还有闲心去管别人的事情了。

那些大佬们能够在自己通关之余顺手搭上一把就足以值得感恩戴德，更别说奢望那种完全不求回报的保驾护航了。

因此，不管池停只是因为气氛到了随口一说，还是出于真心实意，在这样的环境当中已经弥足珍贵了。

离洮张开双臂就要来一个发自内心的热情拥抱："池哥，你是我的神！"

然而没等靠近，已经被池停一把按住额头推了开去："没擦眼泪别靠过来，我对眼泪过敏。"

离洮只好默默地接受了自己遭到嫌弃的现实，说道："总之，回去再从长计议吧。"

一行人往楼下走，直播间里的弹幕还在讨论刚才的那一幕。

嘶，是我的错觉吗，怎么感觉这个池停比 NPC 还要横啊？

刚才那一瞬间感觉他好凶哦，有点吓人，是不是大佬生气起来都这么有气场。

……觉醒伴生道具而已，最多比其他新人厉害点，算不上大佬。

"而已"？嗨前面的，你"而已"一个我看看？

不过他们真的不会打算暴力下楼吧，上一个暴力下楼的已经团灭了。

团灭也是因为武力值确实不够，那个团我跟了，老弱病残的也就两个稍微能打一点。

我可总算碰到一个团能破这百分之四十魔咒了！

我怎么感觉还是不对……确定怎么下楼是最后的难题吗？这进度到这里可是才百分之四十啊，冲过去就能直接冲到百分之百吗？

最后的弹幕在直播间中飘过，观看的玩家一下子也冷静下来。

对啊，这才百分之四十，就算是最关键的节点，应该最多也就像前面找规则避免同化那块一样，再推个百分之四十而已。

想到刚才离洮在副本里面说过的话，所有观众们脑海中也荒谬地浮现出了这么一个念头——"7号"这个副本的设计者，是真的有想过要让玩家们通关吗？

副本当中，池停他们已经退回到1202室，这一次还同时喊上了李厚一起。

听他们说完楼下的发现，李厚十分震惊："樊彭越死了？不可能啊，我之前下去找程晁的时候他还陪我一起，那时候还是好好的。"

"血很新鲜，应该也就是昨天的事情。"池停说着看了他一眼，"后面你就跟我们一起行动吧，也别回去了。你楼下的两个玩家都出事了，下一个说不定就轮到你了，都在一起也放心一点。"

离洮好不容易才消化了今天受到的冲击，也跟着池停一起往李厚身上看："你就住在1102的楼上，确定什么声音都没听到，一点线索都没有？"

李厚摇了摇头："我昨天下午倒是好像听到过急促的脚步声，但是最近公寓里面太乱了，也没敢出去多管闲事。"

离洮本来想追问这怎么能算是多管闲事呢，但是话到嘴边，到底没有问出口。只能说最近一直跟着池停混倒是有些把他给混迷糊了，说白了，在无限游戏当中，李厚这样事不关己高高挂起的态度，才应该是绝大部分玩家的真实写照。

忽然间有一口气憋在胸口出不去也进不来，离洮只能强行按捺下自己复杂的心情，叫了所有人一起，开始一条线一条线地剖析目前得到的线索。

但很可惜的是，最终还没有摸出半点的头绪。

他们发现的线索终究还是太少了,除了关于同化跟 NPC 发起进攻所需要的红名条件之外,到底还是没法找到新的突破点。

果然,下楼依旧是唯一的选择。

离洮长长地"啊——"了一声,最后痛苦地抓紧了自己的头发:"造孽啊,早知道就提前进本了!我怎么会被卷进这种变态副本里来啊!!!"

可惜的是,他无法看到自己直播间里的弹幕。

好想提醒他离那个李厚远点。这年头居然还有人在副本里面玩献祭,邪不邪门啊!

你们没去过那个李厚的直播间吗,这人明显是看过攻略进来的。

这副本都没通关呢,哪来的攻略?

谁知道呢,但看之前那一系列的行动,摆明了都是进游戏前就已经计划好的。

你是说他进本之前就打算要……嘶,主动进这个本?对别人跟对自己都够狠的啊!

啧,你以为呢,这一旦过了那可是首通啊!要全服播报的!要跟谁组队不是响当当的敲门砖,更别说那丰厚的首通奖励了,换了你你不心动?

心动是心动,但我感觉还是过不去心里那道坎啊。

那就活该你上不了排行咯,现实就是这么残酷。

副本当中,众人还是一筹莫展。

在一片的愁眉苦脸之间,池停一拍大腿站了起来。

其他人齐刷刷地看过来:"池哥,你有新的发现了?"

池停指了指挂在墙上的钟:"嗯,我发现晚饭的时间到了。你们要吃什么,我给你们做。"

周围短暂地寂静了一瞬。

离洮道:"醋熘白菜!"

项娴婉道:"酸菜鱼!"

龚旌道:"肉!"

李厚在三人如此熟练的报菜名中愣了一下,就看到池停笑着看过来问他:"你呢?"

李厚缓缓地扯了下嘴角:"我都可以,不挑食。"

池停点点头,转身钻进了厨房。

他这样很自然地将围裙往身上一系，要不是亲眼所见，这样笼罩在身边的烟火气息，实在很难与之前说"都得死"时的危险气息联系到一处。

直播间的观众们看得也是一片哑然。

难道这就是传说中的上得战场，下得厨房吗？

眼看着池停的身影消失在门边，李厚脸上的笑容才一点一点地收敛起来。此时没人留意他，再看向显然十分期待美食的另外三人，他的眼底流露出了一片冷漠的讥诮。

到了这个时候还只知道吃，真是不求进取。

不过，也确实得多吃点好的了。毕竟，谁知道后面还有没有这样的口福呢。

他的视线无声地在三人之间来回游走，像是在居高临下地挑选着让他满意的货品。

就在这时候，门铃突然响了。

池停已经在厨房里面忙开了，腾不出手，遥遥地喊了声离洮示意他过去开一下门。

这个时间点，会是谁呢？

离洮跟龚旌交换了一个眼神，走到门前通过猫眼看了一眼，原本脸上才刚刚恢复了一点的血色顷刻间又荡然无存。他落在门柄上的手微微地颤了一下，显然对于是否要开门这件事十分纠结。

那一刻离洮有一种诡异的感觉。明明隔着门，却依稀觉得外面的人似乎知道他就在门的后面。

很快，他的感觉也得到了验证。离洮看到猫眼外的那个男人嘴角翘起了一抹十分微妙的弧度，缓缓地用嘴形无声地说了六个字——知道你在后面。

背脊豁然腾起一抹已经十分熟悉的凉意，他想要后退，却发现自己已经僵在了原地。

"怎么了，愣在那里做什么？"在厨房的池停终于觉察到离洮不对劲，走过来，一手拿着锅铲，另一只手只是那么一按，就直接将门打开了。

于是，门外的月刃就这样径直地出现在众人的视野当中。

就在他对上池停的视线时，前一刻还没有半点表情的脸上顷刻间挂上了一抹十分真诚的笑容，但是说出来的话却又自然到近乎恬不知耻："不好意思，今天可能又要来你这里蹭饭了，不介意吧，池先生？"

池停看一眼就知道这个男人一定又故意吓唬人玩了，拍了一下离洮示意他赶紧回屋，话是对月刃说的："当然不介意，请进。"

　　光从月刃进门还懂得换鞋的举动来看，已经做客做得相当轻车熟路。

　　他进屋之后扫过一眼，很快发现屋子里除了离洮他们之外又多了一个人，他的眉梢微微挑起几分："池先生家里还是一如既往地热闹。"

　　这也不是池停第一次听他阴阳怪气，对此只是一笑置之，说一句"请自己随意"，就又转身钻进了厨房。

　　月刃的到来无疑让原本还算轻松的氛围顿时凝重了起来。

　　他在沙发上坐下，离洮几人早就已经远远地抱团缩在了角落，一副有多远就想要躲多远的样子。

　　月刃对此丝毫不以为意，倒是转身，饶有兴致地看向了屋里新增的那个男人。

　　虽然这人表现得并没有离洮他们那么明显，但是从一进屋开始，月刃就已经分明地感受到了李厚顷刻间紧绷起来的状态。

　　而就在他进门到坐下的短暂过程中，这人还不知不觉地移到了距离他最远的那个沙发上。

　　这样的举动，加上看过去时那一瞬间来自人类本能的身体战栗，让月刃心里的好奇转瞬之间被拔到了至高点。

　　他的笑容看起来依旧谦和得体。

　　"这位先生，你认识我？"月刃就这样带着没有什么温度的笑容，一字一顿，像是真心实意地想要探究答案，"你好像很怕我，为什么呢？"

　　被这样注视着，李厚的脸色分明地白了一瞬。但也只是片刻之间，就已经强制地恢复了镇定："没有，这是第一次见面。"

　　月刃的眉梢微微挑起几分。他扫过对方故作镇定的样子，意味深长的尾音沉沉地落在寂静的周围："哦，这样。"

　　他微笑着，就这样无声地看着。

　　直到，李厚的那张脸终于在他的注视下渐渐地开始泛白。

　　月刃嘴角的弧度愈发分明。

　　他脚下的影子无声地往外面延长了些许，蠢蠢欲动。

16

李厚脸上的表情正在逐渐僵硬，他可以十分清楚地感受到他背上渗透下来的冷汗。整个衣衫不知不觉已经彻底贴在了背上，传来一种让人难耐的黏腻感。虽然他没敢挪动视线，但是他的余光已经留意到不知不觉间蔓延到他脚底的那道影子。

他几乎已经全身紧绷地做好了准备，一旦发现势头不对，直接起身就跑。

其实但凡看过这个副本前几次的开团直播，没有人会对月刃这个NPC感到陌生。但是李厚的情况与其他那些普通观众又有些不同。李厚的个人技能是"死亡体验"，即通过读取列表好友的死亡录像，可以让自己身临其境地代入主视角中去。

一遍又一遍地体验死亡，无疑是对精神上的一种绝对消耗，但是与此同时也能借助死者的视角，发觉副本当中被忽略的线索细节。

利用手段获取死亡视频，踩着别人的尸体往上攀登，一直都是李厚在这个无限游戏当中的生存方式。

而在他进入爱心公寓这个副本之前，所读取的录像当中就有面前的这个叫作月刃的NPC。

"死亡体验"带来的恐惧和绝望感都是绝对真实的，对于月刃的危险，李厚自然比任何人都要清楚。也正是因为清楚，他才对池停那几个蠢货居然这么毫无忌惮地将这人放进屋来，更加感到难以理解。

但是要说蠢，马子濯才是真的蠢，就算有了通关思路也得懂得挑软柿子捏，非要去招惹这个杀主做什么，活该最后落得个……

"不认识我的话，那你认识马子濯吗？"

"啊？"有那么一瞬间的恍惚，让李厚险些以为被人读透了脑海中的想法，好在刚一抬头对上那双笑吟吟的眼睛，理智控制住了他下意识地想要夺门而出的念头。

最后，他干巴巴地扯了下嘴角，尽量露出了一副疑惑的表情，问道："马子濯是谁？"

月刃直勾勾地看着他，许久之后才神态遗憾地叹了口气："没什么，就是感觉你身上好像有一种跟他十分相似的气息，随口问问。"

只感到有一串电流直接地冲上全身，李厚看似还端坐在那里，实际上全身上下的每一个细胞都已经彻底冻结了。他当然知道所谓的相似气息是指什么，马子濯死前进了他的战队，同队当中的人多少都会互相影响，更何况他还进过马子濯的死亡录像。

只是此时，他隐隐摇晃的瞳孔中充满的是另外一种震惊——这个月刃，怎么可能会记得马子濯的名字？！

同一时间，这样看似漫不经心进行的对话仿佛一刻重磅炸弹，在李厚的直播间里也引起了轩然大波。

这个名字……不可能啊，他怎么可能记得？

所以马子濯是谁？

我好像知道，这个副本已经开过十次团了，第三次团灭里面的有一个玩家就叫马子濯。

对对对，那次直播我追了，这人还坚持到了最后，当时还是他打出的百分之四十的记录。

当时我还觉得有点可惜来着，你说他招惹谁不好去招月刃，要不然说不定就已经通关了。

后面我跟朋友讨论，怀疑这个马子濯其实已经找到了通关的方法，所以才会突然做出这么疯狂的举动。

什么疯狂举动？

他……用自己的个人技能偷袭了月刃，整整二十几刀！

嘶——我记起来了，就是他啊！那次把月刃给逼疯了，连楼里面的其他NPC都灭得一个不剩。

绝了，这谁能忍啊，换谁这么对我我都得记他一辈子！这得多疼？

但是，每次开团不都会重启副本吗？这都已经是第三次团的事情了，NPC怎么可能还记得他的名字？

直播间沸沸扬扬的讨论，伴随着有人提示的一句重点信息豁然地停顿了一瞬。

虽然身在副本外面，所有人依旧感到全身上下都蹿起了一股凉意。

在这个无限世界中，只要稍微进过几次游戏的玩家都知道，副本是会进行重置的。不管前一次开团的玩家打到了多少的进度，灭团还是顺利通关，当新一批玩家再次进入的时候，包括NPC在内的一切都会恢复成最初状态。

对于NPC来说，记忆这种东西本身就是一个轮回，长度仅局限于在副本的运行时间。

而这个月刃，为什么会记得马子濯这个不该存在于他记忆中的名字？

细思极恐。

一时之间没有人再敢继续深想下去。

但直播间的观众回避不想，不代表李厚可以让自己不去想。不管愿不愿意，他很清楚自己已经被这个叫月刃的NPC给盯上了。

他已经体验过马子濯痛苦求生的完整过程，自然知道马子濯当时所想的是什么。

其实如果替换成其他任何一个NPC或者玩家，或许都已经成功通关了，可非常倒霉的是，当时让他撞上的是这个月刃。

是的，没有任何技术含量，纯粹的倒霉而已。

但是李厚相信自己至少能比马子濯幸运，因为他十分欣喜地发现，这个月刃似乎并没有怀疑他说的话，暂时放过了他。

只要过了今晚，他绝对会离这个危险的家伙远远的。

李厚没有察觉到的是，男人收回视线那一瞬残留在他身上的余光。

如果能够拥有离洮的个人技能他就能发现，此时自己周身已经彻底笼罩在冰冷浓郁的黑暗当中，像是一张让人窒息的网，根本无处可逃。

相比这边一度压抑到极点的氛围，抱团躲在角落的三人看看这边又看看那边，倒是一点点地放松下来。

特别是离洮。

最开始他害怕月刃主要是因为那过分浓烈的压抑感。

但是逐渐接触后，他发现这人只是对每一个人无差别地散发着恶意，并不仅仅是针对他一个人，久而久之，因为过分麻木也有些释然了。

大概是"要死反正大家都一起死"的理念支撑着他,在等到池停将饭菜端上桌的之后,离洸一边围在桌边吃着,一边甚至还吃了熊心豹子胆地小声嘀咕了一句:"每次这么多人吃饭,菜应该快不够了吧?"

池停不知道他话里的意思,随后回答道:"你们带过来的都有不少,还能吃上一阵子。"

项娴婉感受到离洸在桌子底下疯狂踢她,会过意来,也小声地说:"那个,只要每个人都带够自己那份,确实应该问题不大吧。"

话说到这个份儿上,其实意思已经非常明显了。

在座的都是玩家,什么都没带光蹭吃蹭喝的就那么一位。

虽然大家都怕他,但是饿死也是各种死法的一种。所谓人为财死鸟为食亡,明知大概率是无用功也得稍微试试,万一人家NPC大哥良心发现了呢?

但事实证明,月刃的身上显然不存在良心这种东西。

周围若有若无的视线对他而言仿佛并不存在,他吃完一碗之后又盛了一碗,末了才慢条斯理地放下了筷子说道:"我吃饱了,就先回去了,那么各位慢用,大家明天见。"

说着他走到门边不急不缓地换好鞋子,似乎这时候才想起一件事,说道:"哦对了,物业为我们准备的食物向来都很富足,在这方面,就不需要太过担心了。"

所有人的视线跟随着他的背影,直到门再次关上,才大眼瞪小眼地交换了一下眼神。

龚旌道:"他这是什么意思?"

项娴婉摇头:"……不知道。"

像是为了解开他们的疑惑,就在这个时候,所有人的手机忽然一起震动起来。业主群里有人呼叫了所有人,打开一看,才发现是爱心物业发出的全体消息。

爱心物业:@全体人员,好消息好消息,新一届业主竞选即将开启,请届时拥有永久居住权的所有业主们积极参与!

经核实,已有八位业主放弃竞选,希望剩余业主能在最后的时间里守住珍贵的参选资格,争夺最后的二十四个业主席位。

爱心物业，服务人人，很期待各位的优秀表现哦，比心！

所有人直勾勾地看着自己的手机，一下子彻底没了吃饭的胃口。

一片寂静当中，离洮努力地扯了下嘴角："所谓的永久居住权……该不会是我想的那个意思吧？"

李厚看了他一眼，说："就是字面上的那个意思，最后的两天时间了，如果还不能够找到通关的方法，我们估计就会被永远地留在这里。所以说，不管怎么样，要想活就必须尽快下楼了。"

周围再次寂静下来。

此刻他们才终于明白，月刃刚才说的所谓的食材十分富足是什么意思。

确实，只有最后两天时间的话，都够他们每天胡吃海喝了。

离洮留意到池停还在看手机，一直没有说话，问道："池哥，怎么了，物业的消息有问题吗？"

池停摇了摇头："消息没有问题，我是在想里面的内容。"说着他把手机界面送到其他人的面前，伸手指了指，"你们看看这些数字。"

所有人顿时都围上去，依旧茫然，问道："这些数字有什么问题吗？"

池停直播间里也有不少从李厚那边跳过来的观众，原本还在讨论着月刃的事情，冷不丁听他这么一提，也纷纷地被吸引了注意力。

对啊，这些数字里难道还有什么重要线索吗？

所有人翘首以盼，眼见池停就要开始耐心解释，下一秒，直播间的观众们就看到一个消息框从界面当中弹了出来。

注意：检测到玩家池停在线观看人数达到两万，本直播间即将转化为收费观看模式。

当前收费标准：每分钟2积分。

收费观看模式即将开启，倒计时，10，9，8，7……

屏幕前刚刚拿出小本本的观众集体无语。

怎么一个没注意人数就达到收费标准了，这个新人上哪吸引了这么多人的关注？！

17

进行直播的平台名叫"黑宙",与这款无限游戏同名。

没有人知道是谁创造了它,更没有人知道它跟这款游戏的来历,在每个人从第一个副本出来的初始,就已经十分自然地存在于玩家们的系统当中。

所有正在进行中的副本都会在"黑宙"相应的版块当中进行直播。

追播,无疑是这个无限世界中的玩家们获取副本信息的一个重要途径,也正因此,在线观看人数也就成了每个直播间等级的重要评定指标。

其中,两万在线数就是一个基础分界线。达到两万,即会自动切换成收费模式,未达两万,不管你在游戏里面怎么摸爬滚打,最多也就只能算是个"为爱发电"。

对于一些顶级的大神来说,经常刚一开播就已经人气爆棚,根本就不存在"免费试看"的说法,可池停毕竟是一个新人,很多新人或许过了十来个副本依旧吸引不到足够的在线人数,其中已经经历了几个副本的离洮就是一个鲜明的例子。

不过话说回来,对于一些特殊群体来说,两万也不是一个多么难以达到的数字。早在看到池停觉醒伴生专属道具的时候,观众们隐约间也已经意识到开始收费不过是迟早的事了,就是没想到,居然能够这么快。

这样一来,就多少让人感到有些纠结了。继续追吧,谁的积分都不是大风刮来的。

虽然目前采取的只是每分钟2积分的最低收费标准,但看一天下来就得消费2880的积分,将积分花在一个谁也不知道结果如何的新人身上,总有一种随时可能会打水漂的错觉。

可要是不追吧,这个池停给人带来的感觉实在是太微妙了。

万一这个新人真能顺利打出首通,就算要花费10000积分,也远比到时候用几十万甚至上百万的积分去攻略库买攻略要来得划算多了。比起攻略库那高得惊人的价格,哪怕直播的收费标准再高,追播都依旧是一项十分勤俭持家的选择，也正因此，各个排行榜大神的直播间才能次次人气爆棚。

当然，直播看多了大家也找到了一种投机取巧的办法，那就是在集体行动的时候，去低收费直播间里蹭旁观视角。只不过这种旁观视角会在最关键的时候遭到屏蔽，只能靠观众通过副本玩家的行动自己进行推测了。

但毕竟省钱，一部分人愿意相信自己的聪明才智，跳去离洮几人的直播间里，想要碰一碰运气。当然更多的人回想一下池停一路的表现，到底还是不想错过第一视角的观看体验，以及可能会收获到的更多线索。

稍微理智一点的都很清楚，这种绝境本要真的这么容易推测出通关方式，也不至于这么一次又一次地发生团灭了。

搏一搏，单车变摩托！

咬咬牙，绝大部分人还是决定相信自己的判断，继续追了下去。

池停并不知道自己的一不小心开启了赚取积分的新途径，此时正在给其他人说着自己的发现："你们看，最后的业主席位数量。"

"二十四个。"离洮想了想还是没有明白，"这又怎么了？"

倒是项娴婉一下子反应过来了，说道："这是 NPC 的数量，我们居住的楼层是第九层到第二十层，每层两个 NPC 一个玩家的话，总计的 NPC 数量就是二十四个！还有我们没人入住的一到八层的房间数量，总计也是二十四个。"

她想了一下，推论道："不过我们玩家就算全员存活也就十二个人，如果是楼下的那二十四个房间，应该根本不需要竞争。所以感觉，这里指的应该是前者？"

说完项娴婉下意识地看向池停，见到对方认可地对她点了点头，她也露出了笑容。

龚旌"嘶"了一声："这不是在让我们去跟那些 NPC 一起比吧？所以说这最后的两天不是结束，而是游戏的最后阶段正式开启的意思？"

"有这种可能，但可能性很小。"池停修长的指尖在桌面上轻轻地点了点，"既然说到时候会获得'永久居住权'，那大概率就说明，到时候我们确实已经是需要永远留在这里的爱心公寓的正式住户了。"

原本龚旌的一句话让其他人还产生了一丝希望，听池停说完，顿时感到又浇下了一盆冷水。

"所以说，这是在已知被永久留下的情况下，再让我们去跟 NPC 竞争业主的位置吗？"离洮恍惚间忽然想起了之前再见到常和风时候的样子，讷讷道，"要真到了那个时候，我们也应该已经被这个副本彻底同化了吧，这样安排的目的到底是什么？杀人诛心？鞭尸？还是借这个机会故意搞我们心态啊？"

离洮越想就越全身发凉，觉得这个副本设计者真是变态，直到手机震动了两下又有了新消息提示，他才定了定神点击打开。

他也算是好不容易做好了心理建设，想看看这副本还能整出什么样的幺蛾子，结果一看才发现，居然是池停在群里找了爱心公寓的物业。

1202- 池停:@ 爱心物业，物业你好，可以问一下目前一共有多少人参加竞选吗？

没等离洮弄明白池停的用意，爱心物业已经给出了回复。

爱心物业：亲爱的业主您好，按照目前的统计，参选人数为三十三人哦。

爱心物业末尾三个微笑的表情，无疑显得十分扎眼。

但这个时候所有人关注的重点都已经不在这里了。

"如果是竞选九层以上的业主位置，NPC跟玩家加起来难道不应该一共三十六人吗，既然已经有八人失去了竞选资格，为什么会还有三十三人……"项娴婉一开口，才发现自己的声音已经因为过分紧绷而有些沙哑了。

后面的话她没有再继续往下说，她看着其他人难看的脸色，很显然也都已经意识到了什么。

三十六人减去八人，怎么算都只剩下了二十八人。

那这多出来的五个，又是什么？

离洮再一次想起池停说过的话，僵硬地看过去，道："池哥，你说会不会是你前面提过的……"

池停点了点头，道："应该就是他们了。"

如果说他刚开始只是猜测，那么爱心物业的回答无疑已经印证了他的想法。

八人失去竞选资格。

不管这些人是因为同化还是因为死亡，截至目前，就算假设除了现场在的五人外已经全体淘汰，满打满算也不过是七人而已。那么，要达到"八"这个统计数字，唯一的可能性是就连那些"失踪"的NPC也统计上了。

所以说，八层下面的那些东西对于玩家跟NPC都是无差别攻击的吗？

而且他们还可以通过某种特殊的方式进行取代，不对，还有业主竞选，现在的情况下更准确来说，他们需要的应该是获得参与竞选的机会。

现在看来，那多出来的五个"竞选者"就是已经被取代的人数。

成功竞选之后能获得什么早就已经不是重点了，爱心物业发布的这条通关倒计时的最主要目的，应该是要告诉玩家——小心那些目前还是未知的存在。

很可能这就是这个副本的最后考验了。

脑子里所有的头绪想之后，池停反而有些释然了。

至少会进行这样的提醒，就说明一定有解决办法，要不然根本就不需要多此一举。就像离洸之前说过的那样，这里的副本，总归是会给玩家们留下一条生路，哪怕寻找这条路的过程很艰难。

李厚刚刚加入这个团体，显然不明白池停他们在说些什么，他说道："什么他们？"

池停简单地把之前的发现说了一遍，并交待了一下自己目前的推测。

从所有人听完他分析后的脸色来看，很显然一个两个都快要被这个副本给逼疯了。毕竟谁也无法想象，能够让副本当中专门安排一个NPC来给出警告信息的，到底会是多么恐怖的存在。

唯一让池停稍微感到有些惊讶的是李厚的反应，虽然看起来他神态也十分的复杂，似乎也是一副无法接受的样子，但就是让他有一种十分微妙的感觉。

不过只要不是那种作妖找死的人，池停也不打算多做深究。

他看了一眼时间，起身娴熟地收拾起碗筷，对大家说道："时候不早了，收拾收拾准备休息吧。"

其他人似乎这才回过神来，纷纷赶过去帮忙："池哥你做饭也累了，洗碗洗锅这种事情就交给我们吧！我们来，我们来！"

看着一群涌入厨房的背影，李厚终于没忍住低低爆了声粗口。

他的心情确实很复杂，只不过复杂的点是，马子濯当时拼死才发现的很多细节，居然真就让这个人三言两语给猜出来了？

是的，猜。

偏偏还猜得这么精准无误！

原本李厚对于自己接下去的计划还十分有信心，可现在，在这些人都已经有所提防的情况下，很显然只能再重新考虑方案了。

不过毕竟已经到最后一步了。一个，只需要一个的话……应该还是很容易就能够完成的吧。大不了和盘托出，相信大家也都会理解他的做法的。

毕竟，能有活路的时候，又有谁想要去死呢？

想到这里，李厚的嘴角终于又浮起一抹笑容。

他也从位置上站起来，走向厨房说："我是新加入的，还是我来洗吧。"

如果忽视现在还在无限游戏当中，1202室内这样热热闹闹的场面确实充满了具有迷惑性的生活气息。

与此同时在隔壁的1203，伴随着浴室的水声停下，月刃用脖子上挂着的毛巾擦拭着湿润的头发，缓步走了出来。

落地窗前，不知不觉已经暗下的夜色中，只剩下远处霓虹万彩的斑驳灯光。

都市的夜景看起来璀璨繁华，皎洁的月色浅浅地撒在月刃的身上，仿佛在每一寸紧致的肌肉线条上涂抹了一层模糊的光晕，脚底的影子时不时地扩张几分，像是在对这个世界进行着警惕的试探。

他的视线落在远处林立的高楼之间，缓缓地眯了眯眼。

必须承认，不管从哪个角度来看，这个世界确实一片宁静美好，前提是如果一切都是真实存在的话——这个用那些人的话称之为"副本"的世界。

一瞬间浮现起强烈的荒诞感，男人无声地笑了一下。

有意思，今天见到的那个李厚真是让他想起了一些十分不好的回忆。

月刃缓缓地垂了垂眸。系在腰间的浴巾上方，可以看到肌肉周围凌乱狰狞的伤口，已经完全结了痂，像是散落在人鱼线周围时刻警醒的印记。

这些都是那个马子濯留下的，那个名叫马子濯的"玩家"。

作为他的新邻居，月刃必须承认这个马子濯一直将自己伪装得很好。

热情、坦诚，十分容易让人放下戒心，以至于他也没有想到，自己居然真的能够放松警戒到给了那人奋起偷袭的机会。

月刃可以很清楚地感受到,马子濯是真的想要杀死他。但伴随着那些几乎足以扯裂灵魂的痛感一起留下的,除了怒意,反倒还有那么一丝感激的情绪。也就是在濒临死亡的那一瞬间,才让他豁然意识到自己所生活这个世界的不对劲。

所有"邻居"每天都重复着同样的事情,生活在看似宽阔的都市却只能在限定的区域中活动,脑海中有一个声音时刻提醒着要让出现在自己生活中的"新邻居"们留下,所有的记忆似乎也永远都停留在最近的几天当中……

而这一切的一切,也在那个时候终于有了答案。

就在反杀了马子濯之后,月刃带着对于这个世界的强烈不满灭了这幢公寓当中所有不和谐的存在。

然后——他迎来了拥有记忆的第一次重启。

在接下来的日子里,虽然一次又一次地换了邻居NPC,换了楼层,唯一不变的是那些一批接一批来到他世界中的"新邻居"玩家。

在那些自称玩家的人口中,他们都是"NPC",而这个世界则是一个"副本"。

每一次接触,也都不过是自带目的的攻略过程。

很荒诞,但是已经足够让月刃产生的诡异感得到了合理的解释。

于是,看着玩家跟NPC之间的拉扯,在不知不觉间成了他枯燥无味的世界中唯一的乐趣。

每次进来的玩家都不相同,有的还算有趣,有的寡淡无味,但是在月刃眼里,也不过是自以为是地以另一种形式存在着的玩具而已。

他就这样看着一批批的到来,又看着一批批的死亡……所有的NPC永远都不记得上一个副本里面发生了什么,在这个封闭的反复重启的空间里,热闹再多,也仿佛始终就只有他一个人而已。

从有记忆开始,这已经是他在副本中经历的第八次重启。

换成其他人,恐怕早就已经彻底疯了吧。

想到这里,月刃自嘲地哂笑了一声。

从某方面来说,看起来确实是一种十分寡淡无趣的人生啊……

他缓缓地伸出手,天际的月色通过张开的手指斑驳地落入月刃的眼中。

他的嘴角一点一点地翘起了一抹凉薄的弧度。

但是没有关系，反正总有一天他会离开这里。到时候他一定会找到创造这个世界的那个人，心平气和地当面问问，为什么要将他困在这样的一个无止境的绝望时空当中。

既然他这么喜欢这样的地方，难道不是应该留给自己享受才对吗？

次日一大早，所有人强打精神出了门。

过了一晚上，李厚显得跟大家熟了很多，还主动打开话匣："说起来，认识之后还没来得及了解。方便的话要不大家各自说说都有什么个人技能吧，这样一来，万一发生特殊情况还能方便互相照应一下。"

离洮到现在为止依旧不太喜欢这个李厚，总觉得这家伙看自己的时候贼眉鼠眼的没安什么好心，见他打听个人技能这种比较隐私的事情，当即警惕起来："光问我们，是不是应该你自己先说？"

"可以啊。"李厚回答，"就是我比较背，个人技能'心情感应'是可以看得到NPC的好感度，跟这个副本的游戏属性刚好重叠了，基本发挥不了作用。"

离洮见他张口就来也是乐了："你这个人技能挑得挺不错的，说了等于没说。"

"你看，我说了你又不信。"李厚看起来也很无奈，说着就转头看向池停，根本没打算放弃这个打听消息的机会，"你呢，介意说说吗？"

其实李厚原本也不至于表现得这么着急，但即便会引人怀疑也已经没办法了，毕竟留给所有人的时间都已经不多了，他必须尽快摸清楚这些人的底细，才方便更好地下手。

个人技能这种东西说隐私确实隐私，有些时候往往能起到出其不意的效果，就好像离洮的"友善评估"，让他可以随时对居心叵测的人保持警惕，在人心难测的无限游戏当中绝对是个很好的保命技能。

但要说特别隐私，倒也不至于绝对私密，一些排行榜上的大神和直播间的人气主播们所拥有的技能早就已经近乎天下皆知，就连稍有名气的玩家都能在论坛里面找到相对记录，对于有实力的人来说，该玩一样照玩。

离洮碍于自己发现了李厚的恶意不方便透露，见这人居然一转身就看向池停，警铃大作地就要阻止，便听到池停思考一下已经给出了回答："个人技能我不太清楚，如果真要算的话，超度算吗？"

光听语气还挺诚恳。

李厚茫然道："啊？"

离洮的茫然也没比李厚少多少，说道："超度……是什么？"

池停试图描述一遍："就是等人死后，让他们不堕入地狱。"

周围陷入了一阵诡异的沉默。

之前大家也有猜测过池停以前是不是个警察叔叔，但现在又是串珠又是超度的，忽然让人怀疑他是不是哪里带发修行的得道高僧。

当然，这样的念头在离洮回想起格罗瑞娅被吊起来打的画面后顷刻荡然无存。

虽然一切都充满离谱的合理感，但是离洮很快主观地找到了另外一个答案——只能说他池哥真不愧是池哥，知道那个李厚随意编了一个技能敷衍他们，就干脆编一个更离谱的，完全碾压，干得漂亮！

池停一看几人的表情就知道没有人信，也没解释。反正这本来就不是他在的那个世界，李厚问的是个人技能，严格来说应该跟他们的异能也不是同一回事吧。

李厚见问不出什么，到底也没有再继续这个话题。

眼见着抵达十层，他在继续下楼前停下脚步，说："那个，十层的好感度你们自己去刷吧，我不太方便一起，还是留在家里等你们比较好。"

"怎么就不方便一起了？"离洮是真的越看这个家伙越不顺眼，这是打算只有好事的时候才来参与吗？

倒是池停忽然低低地"啊"了一声："你也把NPC的好感度弄成红值了？"

离洮疑惑："不会吧，他也是？"

李厚莫名感到这个"也"字用得十分微妙，到底还是点头承认了："之前跟1001室的那个NPC闹得不太愉快，如果跟过去露面的话，怕连累你们没办法正常攻略。"

池停想了想问："那你等会儿怎么下楼？"

李厚回答："没事，我在惹怒他之前有顺利刷到过绿值。去找程晁的时候就看过了，区域权限应该开通过了就会永久生效，之后变成红值也能一样通行。"

"只要你确定就行。"池停也没勉强,直接出发了。

李厚站在1102室门口看了一会儿,转身关上了房门。

"说真的池哥,我总觉得那小子没安什么好心。"离洮一边往下走着一边还在那里嘀咕,"你要相信我,我的个人技能真的很好用,你还是得小心着一点,别让他搞什么小动作。"

池停随意地点点头:"没事,这不还没搞吗,搞了一定治他。"

离洮闻言稍微愣了一下。不知道为什么,他莫名感觉这个"治"里面,似乎藏了很大的学问。

也就他一愣神的工夫,走在第一个的池停已经抵达十层,按下了1001室的房门。

离洮又一次没能跟上节奏拦住,倒也日渐习惯麻木了。

门打开之后,池停发现里面居然还是一个熟人。

那天他下楼来碰到的那个拿着手术刀的男人正站在门口看着他,在他身后的走廊里,零零星星地站着几只猫,一双双眼睛直勾勾地注视着站在门口的四个人。

光是站在池停的后面,其他人都已经瞬间激起一阵冷汗。

也就池停还有闲心提醒道:"好不容易把小灰找回来,好好对待它。肚子的地方还是缝起来比较好,容易进灰,到时候应该也不太方便洗吧?"

那天晚上的灰猫也蹲在不远的地方,似乎意识到有人提到它,抬头看了过来。

其实屋子里其他的猫也各有各的诡异之处,项娴婉受不住这样的画面冲击,胸口猛烈地涌动几下,眼见就要吐出来,在NPC扫来的一眼冷冰冰的视线下又硬生生地咽了回去。

最后,她到底还是强行定了定心神,跟在池停后面故作镇定地走了进去。

与面前的诡异画面相比,刷好感度的过程倒是相当顺利。

只要面对这些动物不做出异样的眼神,这间屋子的NPC其实还挺好说话的,一行人很快就集体完成了绿值。

到门口的时候,池停像是忽然想起一件事来,似乎非常漫不经心地问道:"对了,陈先生,你认识楼上1102室的住户吗?"

几乎在话落的一瞬间，NPC脸上原本还浮现着的笑容顷刻间荡然无存，一双毫无波动的眸子死死地看着面前的池停："怎么，你是他的朋友？"

在那一瞬间，池停可以清晰地捕捉到对方的杀意，丝毫不怀疑只要他回答一句"是"，就会有非常危险的事情发生。

他缓缓地眨了下眼，似乎对于这样足以让人头皮发麻的视线毫无觉察，只是微微地笑了一下，相当无辜："怎么会，我只是想提醒一下你尽量少跟他接触，这个人特别讨厌。"

"当然，我也觉得他非常讨厌。"NPC脸上的表情这才稍缓，但也再没有了先前的热情，看池停一眼就关上了房门。

龚旌刚才被吓得大气都不敢喘一下，这时候松懈下来感到全身有些发软，不自觉地都带上了一丝哭腔："池哥，你突然跟他提李厚那小子做什么？"

"没什么，就是试探一下。"池停给出了总结，"挺好的，至少有了结论，李厚确实没有说谎。看那NPC的样子，他对李厚的好感度应该已经掉到了底点。就是我有点好奇，这李厚到底是怎么做到能把NPC招惹到这种程度的。"

看得出来他似乎真的很想知道答案的其他人都一脸无语。

这就是大佬的自信吗？

试探得这么直白，这是真不怕NPC杀人啊！

相比起1001室，1003室的NPC虽然看起来正常得多，但是表现得多少有些过分热情。

进门之后，这个NPC就一个接一个好感度任务发布着。好在所有人都已经知道了好感度太高会导致的后果，并没有被对方冲业绩般的强烈热情冲晕头，等到把好感刷到绿值之后就脚不停步地告别离开了，半秒钟都没敢多待。

就在房门再次关上的那一刻，所有人都看到门背后NPC瞬间收敛了所有笑意的怨毒视线，似乎前面的所有热情全都是他们的错觉。

离洮有感而发："最后那一瞬间，我仿佛感受到他在心里骂了我们一万句脏话……快快快，继续继续，这个鬼地方我是真的一刻都不想多待了！"

时不待人，他发了一条消息让李厚过来集合，几个人再次下楼，终于站在了902室的门口。

就像李厚说的那样，902室里面没有任何打斗的痕迹，所有的东西都端端正正地摆放着，唯独本该住在这里的程晁没了踪影，就连房门都这样毫无忌惮地大开着，仿佛在迎接下一任主人的到来。

而最让众人感到后背发凉的，并不是因为早就知道去向不明的程晁，而是因为除了程晁所住的902之外，隔壁的901和903也是一样的情况。

敞开的大门似乎在无声地告诉所有人，它们的主人已经不在了。

离洮忽然想起那个大汉NPC的话，下意识地打了个激灵："这是，第九层的所有人都'消失'了吗？"

离洮本来的用意是想要得到一些安慰，但是话落后，只剩下一片死一样的寂静。

就当他以为得不到任何慰藉的时候，只听池停十分贴心地开了口："不至于这么笃定，也有一种可能是像1002室的樊彭越一样。"

1002室……

离洮的脑海在那一瞬间只能回忆起满眼铺天盖地的血色，顿时欲哭无泪。

这不是更吓人吗？还不如消失呢，起码干净一些！

池停站在原地思考片刻，找李厚进行了一下确认："你来找程晁的时候，另外两间房子还有人住吗？"

李厚回答："这我就不知道了，不过当时门应该还都是关着的。"

池停点了点头。

离洮努力让自己恢复镇定，说道："池哥，是又有什么发现了吗？"

"不算发现，就是猜的。"池停看了一眼身后敞开的房门，正好那一瞬间有一阵风吹来，将他略长的发尾吹得微微凌乱，"903的三人，加上1002的樊彭越跟1103的那个房客，合起来的人数是不是刚好等于那多出来的五个？"

空气仿佛彻底凝固。

李厚不由得又多看了池停一眼。

"不行了，我鸡皮疙瘩都起来了。"项娴婉用力地搓了搓自己的手臂，再看向已经直接开放通行权限的楼梯口，很是忐忑，"那我们，还要继续往楼下走吗？"

"为什么不？"池停招了招手，示意其他人在自己身后跟好，如果这时候有熟人在场，从那用指尖反复抚摩着异石的动作中就已经感受到池队的跃跃欲试，"本来就没有多少时间了，正好让我好好看看，楼下到底是个什么东西。"

他倒也没有忘记其他人的存在，不忘多叮嘱一句："都注意跟好我啊。"

其他人弱弱答道："我们会的。"

池停走在最前面，他可以感受到身后项娴婉拽着自己衣服的手在微微颤抖。

他倒不介意被拽皱了的衣服，他只是一步一步地朝第八层走去，兢兢业业地扮演着"火车头"的角色。

对于未知的忐忑，让所有人的脚步都迈得相当谨慎。

直到，他们站在了八层的过道上。

他们发现，跟上面的楼层不同，这一层似乎全是没有装修的毛坯房。

外面的阳光落下，从齐刷刷敞开的门口往里面看去，落入眼中的只是一片雪白的墙面，空无一物。

本是做好了应对一切突发情况的准备，这样平静的景象倒是让人有些愣神了："就……这样而已？"

没有装修，没有摆设，也没有住户，就连前往楼下的道路都没有任何阻碍。

一眼看去，平静得仿佛他们之前所经历的一切都只是错觉，他们现在只需要沿着这里的楼梯一路下去，就可以顺利地从这幢公寓中离开。

项娴婉抱着一丝希望问："现在这个情况，有没有可能，我们已经通关了？"

"不可能。"离洮虽然也急切地想离开这里，但毕竟经历过了几个副本，还带了些许属于老玩家的谨慎，"这些副本就是这样，越是让你放松警惕就越是不能掉以轻心。"

龚旌被夹在中间东张西望，忽然间捕捉到什么，紧绷的身子下意识地一颤，指着一个方向说道："你……你们看那边，像不像……躺着一个人？"

经他这么一说，其他人看去，果然看到东面套间的角落里确实有什么东西。

从这个角度依稀可以辨别是一个人的双脚。

但是这双脚是刚刚就在那的吗？

如果真是这样，为什么刚才没有任何人留意到，直到现在才引起人的注意呢……

就在这个时候，李厚突然开口："我认识这裤子……是程晁！"

似乎听到了他的声音，里面的人挣扎着抬了一下手。

离洮也看到一个熟悉的身影从走廊尽头的房间里走了出来，颤抖着说道："常……常和风？"

然而跟程晁不同，常和风却似乎并没有听到离洮的声音。

他的手里拿着一把锋利的斧头，一步一步地朝地面上垂死挣扎的程晁走过去，脸上挂着的无疑是浓烈的杀意。

离洮本以为在这样突发的情况下池停多少会有些动作，却怎么也没想到，这个节骨眼，池停反而像是陷入了思考，半点反应都没有。

有问题，离洮在心里这样反复告诉自己。

他的个人技能仅局限于检测作用在自己身上的善恶值。虽然常和风没有搭理他，让他无法精准感应，但周围突如其来的发展依旧让他感到很有问题。

离洮很清楚在这样诡异的环境下最好的选择就是装作没有看到，然而在常和风真的就要一斧子砍下的那一刻，他到底还是没忍住，在心里暗骂了自己一句就咬牙冲了过去。

果然迟早要死在心软上面啊……

这是那一瞬间离洮心里浮现的最后一个念头。

池停思考到一半时余光瞄见蹿出的那个身影，没来得及拦住，只能快步往前两步，一手扯住离洮的衣领将人往自己身边拽了拽。

可即便如此，顺着惯性，他也已经一步迈进了屋子。

一瞬间，他们像是被卷入了截然不同的空间，什么程晁，什么常和风全都荡然无存，此时此刻，终于可以看清楚屋子里的真实样子。

整个视野仿佛都被笼罩上了一层鲜红的幕布。放眼看去，铺天盖地的猩红当中，原本在外界看起来空荡无物的室内遍布了数不清的形形色色的人影。

池停站在门口的时候就依稀间有一种诡异的被注视的感觉，现在也算得到了证实。

他有些好奇地快速观察起周围的这些东西。

那些没有脸的人影从四面八方聚拢过来，直到逐渐靠近到跟前的时候，池停似乎忽然间发现了什么，有一道颇为惊讶的神情从眉目间一闪而过，他低低地"咦"了一声。

此时旁边早已经被吓傻了的离洮挣扎着从地面上爬起来。在求生的本能下，他还没忘记下意识地扯着池停一起逃离，结果一回头，硬生生被自己看到的景象给气得爆了一句粗口！

从离洮的视角看去，他发觉留在外面的三人仿佛看不到里面发生了什么。

项娴婉和龚旌原本还神色担忧地张望着，也不知道李厚安慰了几句什么，然后几人的眉目中都浮起了几分惊恐。

李厚又拍了拍他们的肩膀，像是在告诉他们没事，然后走过来站在门边伸手，眼见离洮就要夺门而出的那一瞬间，他先一步关上了房间的大门。

最后关门的那一刻，离洮分明看到那人还深深地朝他的方向瞥了一眼，虽然从他身上穿过的视线证明李厚也一样看不到此时的他，但是嘴角那不可控制地浮起的笑容，已经足以确定这人完全就是故意的。

那一瞬间，离洮直接在心里把李厚的祖宗十八代骂了个遍。

他早就说过，就知道这家伙不安好心！

18

要说离洮死前还有什么后悔的事情，那就是无故将池停也连累了。

关上的房门仿佛在一瞬间阻断了他们最后的生路，感受到四面八方聚拢过来的死亡压迫，离洮哆哆嗦嗦地拽了一下池停的衣角："池……池哥，对不起，要不是因为我，你也不至于……"

池停本来还好奇地研究着面前那些看起来像游魂的不明物体，被扯一下之后，才想起来旁边还有一个弱小无助的人类。

眼见孩子都快吓傻了，他直接将离洮往旁边提了提，也不多话，抬起一脚就干脆利落地将关上的门给踹开了。

要知道，比起从外面冲进屋里，想从里面把门踹开无疑需要更大的力量。

伴随着"哐当——"一声巨响，不只是离洮，就连门外正纠缠在一起的三人的视线，也呆滞地跟着那面被踢飞的门一起飞了出去，门直直地撞上了侧面的墙体。

同一时间爆发的，还有弹幕瞬间爆炸的一片尖叫声。

刚才看着李厚使了阴招，池停直播间里的付费观众们还以为自己支付的积分真的要打水漂了，还没来得及沮丧，直接就被这一脚给踹精神了。

就当池停他们夺门而出的那一瞬间，项娴婉还在声嘶力竭地争论着"你干什么，池哥他们还在里面"，显然是试图过来开门却被李厚给拦住了。

身为新手她身上没有任何的游戏道具，无计可施下正有些急眼，这时候眼见着里面飞奔而出的两个身影，反应过来之后顿时喜极而泣："池哥，离洮！"

她第一反应是想要迎上去，然后像是看到了什么极度可怕的事情，步子豁地一僵，整个瞳孔也震动起来："这些……都是什么……"

池停从头到尾的反应可以说是相当利落，一脚踹飞门板之后直接就提着离洮冲了出来。

他显然并不觉得自己刚才的爆发力有多么惊人，直接把手里的人往人群里一丢，言简意赅："都上楼。"

这一刻，池停可以感受到背后尾随而出的阴冷气息。

眼见着就要绕过他袭向面前的几人，胸前红色的异石光线一闪，白如凝脂的串珠落在手上的一瞬间朝着身后方就这么一甩，从门内迫不及待涌出的试图吞没一切的红色雾气就这样被顷刻拍散了一大片，里面出来的东西也跟着行动一滞。

那一瞬间，所有人似乎感到有一阵撕心裂肺的嘶吼声传入他们的脑海。

全身仿佛穿过一道电流之后，脚上顿时一片酥麻。

离洮全程被池停又拖又丢的，只感觉自己好像一直悬浮在空中，好不容易有了落地的感觉，这一下也彻底回过神来："还都愣着做什么，跑啊！"

项娴婉这才发现除了池停他们刚才进去的那个屋子，旁边的801室和802室当中也同样涌出了一层接一层诡异的红雾。

再也没有虚假和平的幻境遮掩，最后一层窗户纸仿佛随着被池停踹飞的那扇门给彻底捅破，一个接一个魂体状的人影密集地从里面涌出来。

这些"人"全都没有脸，空荡无物的面部却又给人一种莫名的凝视感，这种被狩猎者从四面八方凝视的感觉让项娴婉全身发软，她硬撑一口气慌慌张张地就要跟着其他人一起跑上楼梯，却被一只不知道从哪里伸出来的脚给绊倒在地。

她惊慌地抬头，仿佛看到了李厚从身边擦肩而过的那一瞬间留下一个意味深长的眼神。

　　然而此时已经完全来不及让她多想。背脊上顷刻间寒毛林立，项娴婉蓦地回头看去，落入眼中的是那一道道已经来到眼前的身影。

　　那些没有五官的脸上忽然间多出了一张满是獠牙的嘴，勾起狰狞可怕的笑容。

　　眼看着伸过来的手就要抓上自己的脚踝，项娴婉脸上的血色顷刻褪尽，惨淡如纸。

　　她绝望地闭上眼睛。

　　没有想象中令人作呕的触感，耳边传来了有什么东西割裂虚空的声音。

　　在池停留意到这边的情况时，第一时间就做出了反应。串珠在他手中豁然增长数十倍，临空掠来的那一瞬间，周围那些东西下意识地回避，它就这样轻松地缠上了项娴婉的身体，池停随意一拽将人拖到了自己的脚边。

　　池停垂眸看了一眼女生因为恐惧而紧闭的双目，忽然觉得人类这种鲜明的表情十分可爱，多看了一眼才轻轻地笑道："没事了。"

　　所有人几乎算是连滚带爬地回到了九层，刚刚经历的恐怖画面依旧让他们心有余悸。

　　离洮反复进行着深呼吸，终于稍微冷静下来，紧随而至的是无可遏制的怒火。

　　他一个箭步冲过去，一把扯起李厚的衣领狠狠地一推，将人重重地按在墙壁上，抬手就要一拳："混账东西！你就是故意把门关上的对吧？！"

　　眼见着拳头就要落下，被李厚伸手一把接了下来。

　　手上戴着的黑皮手套道具显然增强了他的握力，面对离洮的质问，他反倒心情不爽地瞥了离洮一眼，看得出来一直伪装和睦也有些累了，他漫不经心地应了一句："有证据吗？"

　　"还需要证据？"离洮被这样一把抓住完全无法挣脱，满腔怒气无处发泄只觉更加气愤，"你敢说你小子不是没安好心，刚才也是你绊的人家项娴婉吧！就问一句把我们害死对你有什么好处？"

　　李厚心里也是一阵骂娘。他本来以为关两个在房间里面肯定万无一失，怎么都没想到那个叫池停的家伙居然能有这么大的力量，连副本里面的建筑都能说破坏就破坏了。

看到专属武器的那一刻他算是彻底确认了对方绝对大佬的身份，招惹不起就直接转移了目标，想要浑水摸鱼让那个小姑娘给他们铺一铺路，谁承想居然又被救了。

见一个救一个，这个池停到底是大佬还是蠢蛋，是在无限游戏里面扮演活菩萨吗？！

李厚连着两次眼看着自己的计划在临门一脚时付之一炬，根本没心情去搭理这个离洮，听完质问之后也只是抬了一下眼皮："有吗？"

离洮狠狠地抽回手，气得牙痒痒："来，娴婉你过来，你自己说刚才是不是这家伙绊的你？让池哥也一起听听，好好评评理！"

说完之后他就下意识地要去找那个让人安心的身影，这才发现池停还保持着先前的姿势站在安全通道口的边缘，若有所思地也不知道在想什么，离洮顿时愣了："……池哥，是还有什么问题吗？"

池停没回头，反而朝他们招了招手："你们也过来看看。"

似乎是因为公寓的规则限制，那些已经将八层完全覆盖的红雾一直蔓延到通往九层的楼梯口，就没有再继续往上。

而在这片红雾当中，那一个个人形的幽魂飘浮在半空中，显然也无法从这些雾气中离开，只能用没有五官的脸直勾勾地"看着"他们。

其他人硬着头皮走过去，不知道为什么，总觉得比起池停，这些东西似乎对他们另外三人要更感兴趣一点。

"所以……这是要我们来看什么？"离洮忍着头皮发麻的感觉，声音紧绷地问道。

池停甚至还微微往前俯了俯身，似乎是十分认真地想要确认什么。

其实从刚才在第八层的时候他就已经有一种十分微妙的感觉了。虽然外观上八竿子打不着，可他就是觉得格外的奇特。

这些，好像是人。

不确定，再看一眼。

没人知道池停到底在想什么，只能在那些东西的"注视"下强忍着拔腿就跑的冲动，硬生生地在原地等着。

终于，池停给出最后的判断结果："没错，他们确实是人。"

人？什么玩意儿？

所有人听着突如其来的一个结论，均没能转过弯来。

离洮看看面前的东西，又看了看池停，过分的震惊让他甚至都敢伸出手指确认了一下："池哥，你说的是……这些？"

池停点点头，重新站直了身体，分析的时候习惯性地把玩着手里的串珠："确实有很重的人类气息，虽然样子已经改变了很多，但应该至少算是还没有到完全异化的阶段。要严格按照含人量百分比来算的话，我估计应该有百分之五十六的样子。"

一套突然有些过分学术的分析再一次把离洮给听蒙了。

什么人类气息，什么完全异化，什么含人量？

池停对于其他人的一脸茫然并不惊讶。都是他们那个末世世界中的专用词汇，这种和平年代的可爱人类能听懂那才奇怪。

不过在进行过确认之后，池停倒算是彻底解除了疑惑。

这个时候他终于有闲心处理其他事情，转身看向站在不远处俨然还在伺机而动的李厚。

池停缓缓地挑了下眼眸，一开口直接进入主题："一而再再而三地选择对同类下手，似乎不太合适吧，朋友？"

这已经不是李厚第一次遭到质问了，但是跟之前的情况又明显不同。他不理会离洮，完全是因为知道这个人对自己构不成太大的威胁，没有人需要去理会一个弱者的情绪。而相比之下，池停从头到尾的表现都证明他是一个毋庸置疑的强者，这也让李厚不得不顾及他的想法。

而且这个池停刚刚的用词也未免太微妙了，李厚当着这些人的面最多也不过动手两次，可以说"一而再"但怎么也不至于算是"再而三"。除非，他已经猜到自己之前做了什么。

李厚的心头狠狠地跳了一下，但他的脸上依旧浮起一抹笑容："大家的目的都是通关，我也有我自己的理由。"他意味深长地瞥了其他人一眼，语调微微拉长几分，"池哥，要不我们借一步说话？"

捕捉到另外几人脸上的慌张，李厚嘴角翘起的角度愈发分明。

猜忌，永远是人类心中一旦产生就抹灭不去的东西。

通关那么多次的李厚，拥有绝对的自信能够让池停在听完他的话后愿意一起合作，毕竟在最后期限已经临近的关头，不会有哪个傻子愿意放弃到手的通关机会。

这个池停一看就是已经经历过不少的大佬，应该更清楚这个游戏当中的残酷才对，同情弱者这种想法可以有，但是在特殊关头又完全没有必要。

当然，就算这个池停犯傻真的拒绝与他合作，他们之间进行过单独的对话，也已经足够让这个看起来似乎十分坚固的小团体的关系产生十分微妙的危机。

只要他们内部有裂缝，就代表着他有可乘之机。

通关方法，永远都是副本当中最大的筹码。

想到这里，李厚脸上的笑容愈发笃定，然而没过一秒就彻底僵硬在脸上。

"不用了，没必要。"

落入耳中的回答，让李厚的眼睛错愕地张大了几分，说道："你知不知道自己在说什么，我知道通关方法，跟我合作，我可以带你出去！"

"我说没必要就是没必要。"池停慢条斯理地重复了一次自己的回复，由内而外的态度都在说明，他确实没有丝毫准备跟李厚单聊的意思。

而更让李厚感到绝望的，是接下去的话语。

"如果我没猜错的话，你想说的应该是只需要我跟你配合，再安排一两个人进行献祭，余下的人就可以安全地从这里通关离开了，对吧？"

池停微微抬眸，视线缓缓扫过九层敞开的三扇大门，明明没什么表情上的波动，却可以分明感受到语气一点一点地凉下来，"樊彭越、程晁，还有九层跟十一层的三个NPC，应该都是你的杰作吧？其他人也就算了，程晁不是跟你一起进入副本的朋友吗？你居然也下得去手。"

最初只是额前冒出的隐约虚汗，听到最后，李厚只感到全身上下一片汗湿，整个衣服都已经紧紧地贴在身上。

他看向池停的眼神，仿佛在看一个怪物："你……你怎么……"

他根本无法理解，这人到底是怎么能够这么轻描淡写地就推测出所有的真相。

池停始终留意着李厚的每一丝情绪变化，直到这时候，眼底才浮现起一抹十分遗憾的神色："看来，我又猜对了。"

明明身为人类，为什么偏要做这种事呢？

真的，太可惜了。

池停不由得在心底叹了一口气。他是真的发自内心地感到唏嘘。

他很有耐心地整理了一下衣服上的褶皱，迈开脚步，朝李厚走了过去。

这一次，即便没有离洮这种警示性的个人技能，李厚依旧能感受到一种十分强烈的危险气息。他没来由得战栗起来，下意识地退后两步，在全身紧绷的状态下，已经警惕地将手放在了储物空间上。

李厚一边疯狂地筛选战斗道具，一边非常努力地控制着自己已经发抖的声音，试图改变池停的想法："你……你要做什么？其实我们可以合作的……合作才是更好的选择，不是吗？我可知道正确的通关方法啊，最后一步，就只差最后一步了……只要你愿意的话，我们就可以一起离开这里。"

池停已经走到了他的跟前，道："我从来没有怀疑你知道通关方法，但是，未必是正确的。"

他的脸上没有了一贯温和的笑容，他没有表情地垂眸看时，李厚似乎感受到了来自死神的凝视，脑海似乎在这一瞬间在过大的压迫感下陷入了空白。诡异的是，他依旧可以清晰地听到池停的声音一个字一个字地落入耳中。

"我当然很愿意离开这里，只不过并不一定需要跟你合作。我好像已经猜到了你说的'最后一步'是什么意思，我们要不要打一个赌？"

恐惧感导致的呼吸困难让李厚的胸膛不正常地起伏着，他几乎是下意识地抬头："打……什么赌？"

"就赌一赌……"池停露出了无声的微笑，"我的猜测，到底是不是对的。"

根本没有留出太多的反应时间，李厚甚至还没来得及消化这句话里的意思，一种诡异的危险预感让他下意识地就要去掏空间袋里的高级武器，然而池停根本没给他机会采取任何行动。

盘踞而上的串珠牢牢地束缚住他的双手，他就像是一件毫无生命的死物，就这样被池停轻巧无比地甩了出去。

在猛烈的力量牵引之下，李厚似乎可以听到自己的骨骼那一瞬间被拉扯断裂的"咔嚓"声，然而更让他感到绝望的，是面前那一张张瞬间逼近的没有五官的脸。

在那一瞬间，他仿佛从里面看到了樊彭越、程晁……还有马子濯。

他们在微笑着，迎接他的到来。

"不，你不可以这么对我！不可——"

最后的话音戛然而止在一片涌动的声响中，像是什么东西在一点一点地消失。

串珠已经重新回到池停的手中，他轻轻地用指腹抚了抚，最后轻轻地叹了口气："虽然我确实很喜欢人类这个物种，但是配不配活着这种事，还得分人。"

直播间的镜头下面，这一瞬间给到了一个近距离的特写，所有的观众还沉浸在李厚的下场当中没能回神，忽然间绝对的视觉冲击让他们的心头猛然一震。

是我的错觉吗，这个池停……好像，有点疯？

自信一点，把好像去掉。

要我说李厚进副本前就做好了把队友献祭的准备，看到朋友住在低层居然都不放过，这下场真活该！

活该是活该，但这池停下手也太果断了吧，前面那么温和，居然是装的？

这里是无限游戏，狠才是对的。

刚才吓得我一身冷汗，这直播间以后去颜值专区应该也能发展不错吧。

这什么突如其来的人设反差，这波我必须关注了！！！

楼梯转角处，李厚已经被那些飘浮在半空中的游魂团团围住。明明没有任何接触，但是仿佛有什么无形的东西在啃食着他，在众目睽睽之下，他一点一点地消融殆尽。

这样的画面无疑太过诡异，池停瞥过一眼之后却没有再看，而是缓缓抬了抬头，朝着楼上的位置看过去："偷看那么久，该出来了吧？"

还有人？

其他人早就已经被这样的事情发展吓傻了，条件反射地又集体抱紧了几分，顺着池停看着的方向，才见到一个高挑的身影缓缓地出现在众人的视野当中。

偷看被当场抓包，月刃面上非但没有半点心虚的表情，看向池停的时候反而充满了饶有兴致的探究。

这样直白且露骨的视线在对方的面容上来回逡巡，他最后微微一笑："抱歉，我不是故意想要跟着你们的。只不过有一个问题在昨晚回去之后一直困扰着我，要是不找到答案，恐怕会一直彻夜难眠的。"

池停对上这样的视线，眉梢微挑："那现在，这个问题解决了吗？"

"当然，还得感谢池先生，让我找到了答案。"

月刃神色无波地扫了一眼几乎要消失了的李厚，嘴角缓缓翘起几分，似乎对于自己这一趟的收获感到非常满意，"跟我猜的一样，这个李厚，果然认识马子濯啊。"

神态间，仿佛比起李厚的死，这才是对他而言更为重要的事情。

19

月刃仿佛并没有意识到自己的出现给现场带来的紧张气氛。

他甚至还不忘笑着多问了一句："所以，现在需要我怎么进行回报呢？"

这样的话语落在任何人的耳中都宛若一个恐怖至极的鬼故事，池停只是摆了摆手，接受得相当自然："举手之劳，不用了。"

月刃笑了笑，没再说话。

池停收回落在月刃身上的视线，再次投向楼梯的转角。

只是转眼的工夫，李厚最后的身体也已经只剩下十分微小的一块，然后一点一点地，终于被彻底蚕食。

几乎在被完全吞没的那一瞬间，在场的所有玩家都看到了虚拟屏幕上弹出的一串新消息。

身份转换进度——

资深业主（3/3）达成；

新业主（3/3）达成！

恭喜玩家团队顺利完成副本隐藏任务"人家也要当业主"！

这么温暖有爱的大家庭怎么可以缺少成员更替呢，当然应该给更多的人住进来的机会啦！让我们做好准备，期待竞选获胜的新邻居们到来吧！

看着接连的两个（3/3），三人原本就不太好的脸色更加惨白。

之前池停跟李厚的对话，还让他们听得云里雾里，到了这个时候，哪里还猜不到那小子千方百计地要害死他们的最终目的。

如果说"资深业主"指的是NPC的话，那毫无疑问，所谓的"新业主"自然就是这一批次进入到副本的玩家们了。从最初的（0/3）进展到（3/3），中间发生的一系列事情，完全不敢细想。

所以樊彭越跟程晁真的都是被李厚害死的？程晁甚至还是跟他一起进的副本，这个不是人的东西居然拿朋友的命为自己的通关铺路？！

连一向温和的项娴婉都忍不住朝李厚死亡的位置看了一眼，一度觉得，这样死也未免有些便宜他了。

弹出的新消息仿佛一个信号，让周围的一切也开始慢慢地有了改变。

他们看到周围那些被池停判定为"人"的生物身上出现了密集的裂缝，一层接一层躯壳般的碎片从他们的身上缓缓剥落，斑驳的裂痕顷刻间遍布了没有五官的脸庞，最终宛若碎裂的镜子般砰然崩塌。

那一瞬间，那些原本猩红色的雾气也褪尽色泽，无声地消散在周围。

当众人看清楚那些碎片剥落后露出的那一张张脸时，都不由得倒吸一口冷气。

形形色色的脸庞，有男有女，有老有少，唯一相同的是那仿佛被彻底抽走了灵魂般空洞麻木的视线，那一瞬间仿佛彻底地定格在原地，直勾勾地，放空般地注视着虚无的远方。

"这些……这些……"离洮在那里"这些"了半天，却始终不知道应该说些什么。

之前池停说这些都是人的时候他们显然无法接受，毕竟除了勉强算是有人形之外，这样的鬼东西都跟"人"扯上不上半点关系。

直到现在，有一种很微妙的感觉从脚底蔓延直上，不只是离洮，就连项娴婉跟龚旌都陷入了长久的沉默。

即便没人开口，他们也知道其他人无疑也有同样的猜想，只是他们不约而同地选择没说出口——如果他们被这个副本永远地留下，是不是也会变成这个样子，靠着残忍的"竞争"去争取那些实际上依旧并不存在尊严的上层居住资格呢？

直播间里，弹幕早已经躁动起来。

在副本里面的这些新玩家或许不认识，但是追播过好几次副本的老观众们早就已经从这些"人"当中看到了好多熟悉的脸庞。

啊，我记得那个高中生，他是四次团里的玩家邹利！

那一家三口不就是第六次开团进来的倒霉蛋们吗？

杨姐也在啊！杨姐是首次开团进来的，差点带队伍杀疯了！

刺激啊，原来这一手献祭完成会是这样的结果！

我没看错吧，那个……是马子灈吗？

飘过的这句弹幕很快就吸引了其他观众的注意，提醒过后仔细辨认，终于在李厚死去的位置看到了那个高高瘦瘦的身影，正是马子灈。

必须承认，不进入战斗状态的马子灈确实很具有脾气极好的迷惑性，此时他在那里微微低头，空洞的视线"看"着地面上已经消失的李厚，也不知道在想些什么。

观众自然不关注这些"前任玩家"的想法，他们更加担心的是——拥有当时记忆的某人会不会因为这个熟面孔的出现，而再一次受到刺激。

毕竟月刃灭全楼的情景实在太让人印象深刻，要是因为马子灈的出现再疯一次，后果实在是不堪设想。

观众都下意识地屏住了呼吸，然而他们很快就发现，自己的担心居然有那么一点多余。

别说发疯了，月刃甚至自始至终都没有往马子灈的方向多看一眼。他的视线从一开始就落在池停的身上，一点一点地进行着游走，这样的神态，分明是带着满满的好奇和探究。

末了，他稍微直了直身，从容淡然地从楼梯上走下来，说："要下楼吗，我送你们下去。"

池停早就已经感受到月刃的注视，他微微地动了动嘴角，到底还是没说什么，只是从月刃旁边路过的时候不动声色地拉起兜帽戴在了头上，手里的串珠十分自然地贴着那人挺拔的鼻尖堪堪擦过。

刚才，他就是用这串串珠将李厚送下地狱的。这样近似威胁的小动作落在眼中，月刃嘴角微微翘起了几分，倒也没有生气。

他迈步跟上，直到经过"马子灌"身边的时候，脚底下的影子毫无预兆地忽然腾起，仿佛尖锐的刀锋一般，将固定在原地的游魂切了个四分五裂。

直播间里的观众们集体无语。

果然还是不可能不记仇的！

离洮因为还留有一定的心理阴影，虽然有完成隐藏任务的消息提示，一路走来依旧十分警惕，生怕那些被定在原地的游魂什么时候忽然暴起，再让他们来上一次惊心动魄的楼梯追逐战。

好在离洮担心的事情并没有发生，倒是这一路往下走去，七层，六层，五层……他跟每一层散落着的那些游魂擦肩而过，一想到如果他们也被困在这里的话，大概率也会被变成这种玩意儿，心情就说不出来地复杂。

其他两人看起来也各怀心思，最后还是项娴婉先忍不住开口叫了一声："池哥。"

"嗯？"池停回头看过来。

项娴婉在视线对上的瞬间有一丝犹豫，但还是问出了口："如果……我是说如果没有那个李厚的话，我们要想从这个副本里面顺利通关，就必须要选择牺牲掉别人吗？"

池停的性格向来是只关注当下，感受到齐刷刷地落在自己身上的视线，他对于这三人居然还在纠结之前的事而感到有些惊讶。

他想了想，还是耐心地回答道："也不是。当时我跟李厚说的并不是骗他的，他使用的确实不是正确的通关方法。既然是隐藏任务，就说明这只是一种特殊的通关渠道，正常人哪里做得出来这么残暴的事情。"

听到这样的回答，项娴婉终于松了口气："所以说，果然还是有其他办法的，对吧？"

刚才一路上她都没有说话，就是一直在思考这个问题。

毕竟现在他们能够顺利下楼，某方面也算是那个李厚提前铺了路，可如果易地而处将她放在李厚的位置上，试问在最后的通关机会面前，她会不会同样做出陷害其他玩家的选择呢？

这个设想无疑是非常残酷的，而更让项娴婉感到可怕的是，她发现自己居然真的陷入了犹豫……

另外两人显然也在想着同样的问题，不过松一口气的同时，离洮很快发现池停话里的深意，惊讶地道："池哥，听你这话的意思是，你已经知道应该怎么通关了？"

"差不多吧，很简单的。"池停应道，"这不是一个温馨向的攻略游戏吗？还是老办法，进行攻略就好了。"

离洮一时间也没心思去纠结这个游戏到底温不温馨的问题了，只觉茫然道："攻略？怎么攻略？楼下的这些'人'身上都没有好感任务啊。"

"楼下没有，但是楼上有。"池停无声地笑了一下，让几个人尝试着进行回忆，"每次接取任务的时候，你们就没发现任务面板上面有什么特殊的吗？"

到了这个时候，池停已经基本上没有半点回避月刃进行讨论的意思了。

这让跟在后面的某NPC不由得深深地看他一眼。

"特殊？"离洮直接被问住了。

项娴婉："你是说，那个隐藏效果的'未知'？"

经她这么一说，另外两人才依稀记起来，每次接取任务的时候好像确实有这么一条提醒，但是因为一直没有发现有什么负效果，渐渐地也就淡忘了。

果然，副本里的每个信息都是不能小瞧的！

离洮感到自己好像有些懂了："所以说这个未知效果其实是？"

"现在应该已经不再是未知了。"池停说着回头看过去，相当有礼貌地询问道，"月先生，介意在这个时候给我们发布一个好感任务吗？"

离洮也就随口一问，没想到池停居然要拿月刃当教学面板，心头猛然一跳就要开口阻拦，结果就听见NPC先生微微一笑，表现得相当平易近人："当然可以。"

不只是离洮，在此之前就连直播间的观众们都没想过，有朝一日"平易近人"这四个字居然也能够使用在月刃的身上。

任务名称：晚餐邀请

任务介绍：符合口味的晚餐总能让人变得心情愉快，月刃很希望能够永远保持着美好的心情，你能够再邀请他去家里共用晚餐吗？

任务奖励：月刃好感度增加20点。

隐藏效果：隐藏住户群体愤怒值增加20点。

确认接取任务吗？

是或否。

看到这个任务标题的时候，池停不由得朝月刃看了一眼。

这家伙到底是有多想要来他家蹭吃蹭喝啊？

其他人的关注度无疑都落在下面那条"隐藏效果"上。

所谓的隐藏住户群体指的是谁，不言而喻。所以说，每当他们在兢兢业业地刷楼上住户的好感值时，其实也在变相地增加低层那些"人"的愤怒值吗？

离洮感到自己有了一种恍然大悟的感觉，但紧接着又发现好像依旧不对，说道："所以说正常的通关思路其实还是应该用在控制攻略进度方面吗？但是好像也行不通啊，如果不刷够楼上的好感度就无法下楼，那要想下楼的话，还是不可避免地要增加这些隐藏的愤怒值吧？"

池停收回看向月刃的视线，回答道："愤怒值太高也没关系，只要想办法把楼上那些NPC用户的好感值降到红值就行。都是相对关系，楼上的好感值一低，下面的愤怒值自然也就跟着低了。"

离洮愣住了："反向攻略？这也行？"

池停笑了一下。

其实从李厚告诉他1001室的好感降下红值却还能继续下楼开始，他就感到奇怪了。毕竟，这样的设定从各个角度来看都更像是一个漏洞。

而这一点疑惑正式解开，还是在他们在八层遭到攻击的时候。

其他人兵荒马乱的或许没有觉察到，但是池停时刻留意着所有人的安全，可以很清楚地发现，这些"人"在攻击对象的选择上有着十分明显的主次，总会绕过他跟李厚，优先选择其他人。

自从进入游戏当中，一切都有一定的判定标准，眼下这样的情况，池停能找到的唯一解释是这些"人"应该也有着类似于好感度的相似指标。而他跟李厚两人与同是玩家的其他人最大的不同，就是都曾经惹怒过这幢爱心公寓当中的NPC住户，大概率也是因此产生了影响。

顺着这样的思路往下，剩下的一切也就变得很容易推论出来了。

当然，池停也是看到月刃的任务，才知道这个指标叫作"愤怒值"。

此时一通分析下来，离洮一脸"原来如此"的表情，无疑也是直播间观众的真实写照。

我宣布，选择继续追这次直播绝对是我最明智的选择！

我就说拿人献祭的手段邪里邪气的，果然这才应该是正确的通关思路吧！

还好还好，我也担心如果真遇到这个副本根本没可能狠得下心，池停是我的神啊啊啊！

这两个通关思路一比之下，只显得那个李厚又坏又蠢啊……

赚发财了家人们，首通要出了，就算以后真被卷进这个副本我也不怕了！

哈哈哈，真不怕？遇到月刃也不怕？

太好了，不管怎么样算是了了我一桩心事，鬼知道我追了这个副本多少次团本。

可是不对啊，这进度怎么才百分之八十？不应该百分之九十五以上吗，最后开个门占百分之二十？

伴随着这句话，直播间里原本和乐轻松的气氛也微微一凝。

对啊，这个进度条明显不太对劲！

就在这个时候，副本里的所有人也终于重新回到了第一层大厅。

时隔几日再来到这个初见的场景，一时间一个个都有些恍如隔世的感觉。

"大家相识就是缘，等到时候出去之后都互相加一个好友吧。如果不会的话，到时候我来教你们。"离洮这时候已经笑着开始畅想通关后的情景，"终于要跟这见鬼的副本说再见了，我下次一定警惕着点，再也不能一不小心进随机通道了！话说回来，要不要确定下楼上还有没有其他人，还有一天的时间，如果来得及的话……"

项娴婉摇了摇头："我刚才已经联系过了，应该没人了。"

离洮沉默了一瞬，忽然感到通关的喜悦顷刻间也淡了很多。

他一抬头留意到龚旌忽然停下了脚步，他强颜欢笑着走过去，拍了一下好兄弟的肩膀:"怎么不走了,别是突然不舍得我们了?"

龚旌颤颤抖抖地举起手:"不……不是。"

微微变调的话语落入耳中,才让离洮意识到不对,顺着龚旌指着的方向看去,脸色也是微微一变。

龚旌努力地控制着绝望的情绪:"我记得最开始的时候,大门应该是在这个方向的,对吧?"

话音落下,没有任何人回答。

此时此刻在他们的面前,本该是公寓大门所在的方向不知什么时候已经只剩下一片粉红色的墙壁,跟周围的所有装饰完美地融合在一起,隔断了所有的阳光。

公寓的大门不见了。

是不是也意味着,离开这个副本的出口,也不存在了呢?

池停回过头,在安全通道的出口处,"送"他们下楼的月刃正好整以暇地靠在墙面上,神色自然地看着现场恐慌的人们的表情。

他的脸上,是一如既往的慵懒的笑容。

池停直直地看着他。

这个副本最后的通关方法,果然跟这人有关。

20

片刻之间,前一秒的热闹仿佛是所有人的错觉。死一样的寂静久久地笼罩着一楼的玄关大厅,这一刻,仿佛连安全通道中偶尔漏入的风都彻底地凝固了。

项娴婉的身子晃了晃,下意识地想去扶墙面,终究还是缓缓地跌坐到地上。

这算什么?这么多天坚持下来没有崩溃,就是为了能够顺利下楼离开这个鬼地方,可现在的结果却告诉他们,之前的所有努力都是没有意义的吗?

这种感觉就像是,连最后的希望都被剥夺了一样。

绝望的氛围顷刻间蔓延开，龚旌狠狠地抓了抓头，不死心地冲过去，用力地拍打着本该是公寓大门的墙面："不对啊！我不会记错的，明明就是在这里！门呢，一定又是什么幻境，想让我们以为门消失不见了吗？"

一下又一下的拍打间，他的手心、手腕处都渐渐地拍出了瘀青，但依旧无济于事。厚重的墙面岿然不动，结实的余力一下又一下地反震在龚旌的肌肉上，撕扯般的疼，却都只是在说明一个十分残酷的事实。

"别拍了，没用的，还是先冷静一下吧。"

离洮的情绪也是崩溃的，但他很清楚这个时候一旦所有人的信念崩塌了，那就真的彻底没救了，他冲过去牢牢地控制住龚旌，一遍又一遍地安抚道："慢慢来，再看看有没有别的线索，这应该已经是这个副本的最后一个考验了。嗯……应该。"

说到最后他自己显然也不是很有自信，但还是咬了咬牙转头看去："对吧，池……池哥？"

这时候他才发现，池停不知道什么时候走到了月刃的跟前，而且从这两人之间的氛围来看，显然算不上友好。

池停的视线从月刃的身上缓慢地游走一圈，开门见山地道："说吧，还需要我们做什么？"

面对对方毫不遮掩的杀气，月刃只是缓缓地抬了下眼，疑惑的神态看起来半点都不像是作假："我好像听不懂你在说什么，池先生。"

然而池停却显然不吃他这套，说道："专程一路跟下楼来，不就是想看到我们惊慌失措、绝望无助的样子吗？现在你想看的都已经看到了，那么，是不是该走下一步流程了？"

月刃嘴角扬起了一抹饶有兴致的弧度："你确定，我已经看到想看的了吗？"

池停没有回答这个问题。

月刃双手插着裤袋，靠在墙面上的修长身影微微地往前俯身，直面对方说道："说起来，从开始认识到现在，你就永远都是这副从容不迫的样子。池先生，我是真的非常好奇，这样的一张脸，要是露出惊恐绝望的表情，一定会非常漂亮吧？"

池停有些无语地叹了口气："有没有人告诉过你，好奇心太重并不是什么好事？"

他显然并不是真的需要对方回答这个问题，蓦地往后面一拉之后反向一个借力，转眼间就已经径直逼在月刃的身侧。

伴随着被拉长的串珠红线抵上月刃的脖颈，不急不缓地落下的话语冰凉得没有半点情绪："特别是，这种过分变态的恶趣味。"

月刃微微垂眸，落入眼中的是红线上反射出来的金属光泽。

柔软的棉线不知什么时候起变得锋利尖锐，他丝毫不怀疑如果惹了眼前的人不悦，下一秒就能让他品尝血溅当场的刺激快感。

还真是个暴脾气呢。

月刃高高地挑起眉梢，没有半点惊慌，眸底反而浮起一抹笑意，甚至有几分情真意切："谢谢提醒，我下次一定注意。"

池停看着他。话是这么说，但是单看这人的态度，着实感觉不到半点的自我反省。

他定定地盯着月刃的眼睛，终究觉得跟这个心思难测的家伙不宜纠缠太多，再次提醒道："所以，可以告诉我们下一步该怎么做了吗？"

"当然。"月刃微微一笑，抬了抬手乖巧地做出了投降状。

确认对方真的没有歪心思，池停终于随手一甩收回串珠，往后退了两步，抱着身子站在那里牢牢地盯着他。

从两人刚才的对话中，其他人哪里还反应不过来这个副本的最后通关关键是在这个月刃的身上。但即便知道也完全没人敢靠近，就这样遥遥地看着月刃慢条斯理地整理好自己有些凌乱的衣衫，然后意味深长地朝他们的方向扫了一眼。

所有人看到了再一次出现在面前的虚拟面板。

池停也接收到了新的任务，在看清楚内容介绍之后，他的眉梢不自觉地挑起了几分。

集体任务：感情培养（0/1）。

任务介绍：常年忙碌的工作让月刃的生活枯燥且乏味，这让他分外向往电视剧里面不离不弃的真挚情谊。亲爱的邻居，你能给他一个最想得到的祝福让他开心吗？

任务奖励：月刃好感度增加1000点。

隐藏效果：无。

确认接取任务吗？

是或否。

池停重新看了一遍，才确定自己并没有看错，他看向其他人："你们的任务是什么？"

突然的新任务让大家都有些愣，池停一问，当即三言两语地给出了回答。

这一比较可以发现，月刃给出的最终任务各不相同，完全因人而异。

池停皱着的眉头顿时更紧了。

这样的表情显然让离洮会错了意，面对最后的难题，脸色也是很不好看："所以说，这才是这个游戏的最后一关吗……集体任务，也就是只需要有一个人完成就可以了，这是要让我们在通关之前，必须再送一个人出去牺牲啊！"

好感度增加1000点。

如果只是在游戏初期，大家可能还会认为是一个绝佳的奖励，但是现在，常和风和项娴婉之前的经历还历历在目，他们还仅仅只是因为攻略进度微微高过了安全线。

没有人知道当好感度直接提升至1000点之后会发生什么。其中最容易联想到的结果，就是会以难以阻拦的速度被同化，留在副本当中永远地成为这幢爱心公寓的一员。

令人不安的死寂当中，月刃靠在墙上，微笑着观察着每一个人的表情。

这些自私自利、贪生怕死的人类当中，最后谁会选择站出来呢？

是因为愚蠢的善心差点死过一次的小子，是早就应该崩溃却还在故作镇定的姑娘，还是那个永远就只知道缩在后头浑水摸鱼的懦夫，或者是……当视线再次落到池停身上的时候，月刃的眼里不由得浮起了一丝失望。

这个人的身上似乎缺乏对这个世界的敬畏，他绞尽脑汁之后才想出发布这么一个天马行空的任务，就是想从那人的脸上找出一些不一样的情绪变化。

但结果呢，却依旧只是多皱了几秒钟的眉心而已。

没意思，真是比他还不像是一个人类啊。

月刃在心里无声地叹了口气。

寂静还在持续着。

龚旌感到自己的四肢因为过分的紧绷已经有些失去知觉了，好不容易缓过神来就要向池停看去，一抬头却刚好被项娴婉狠狠地瞪了一眼。

他一愣，顿时也反应过来，只觉得麻木了的体内忽然间腾起了一股热意。

对啊，不知道从什么时候开始，他们就一直在得到池停的照顾。

推进度，求生，甚至连吃饭都是……不知不觉间总是觉得有人能够护着他们，居然连到了这个时候，都下意识地希望池停能够再一次地站出来。

龚旌知道自己身上有很多劣根性，懦弱、自利、爱占便宜、贪生怕死，但是做人真的不能忘本啊！像他这样的人，就算撞上狗屎运地能从这个副本里面出去，估计很快就又会死在下一个本里，相比之下，各有优点的其他人应该能比他走得更远些吧……

强烈的恐惧感让龚旌站起身来的时候都有些颤抖，但还是磕磕巴巴地开了口："要……要不还是……我……我……"

后面的话直接被嘹亮的女声打断了。

"我来吧！"项娴婉的眼眶红红的，明显也是怕到不行，但是感受到其他人看来的视线，还是强作镇定地笑了笑，"要不是池哥，我早就已经被这个副本同化了。现在好歹还多活两天，都是赚到了。我来吧，你们该通关好好通关，我觉得这公寓……嗯，其实也挺好的。"

最后几个字说得有些勉强，但她依旧十分倔强地保持住脸上的笑容。

这两人一前一后的开口让离洮也是愣了，几秒之后才慌忙道："别别别！一定还有别的办法，我们再好好商量商量。怎么还能有人着急去送死呢，娴婉你这说的，你差点被同化，那我还差点被献祭了呢，我们半斤八两，也不一定轮得到你啊。哎池哥，你也来好好劝劝，好歹再想想别的办法！"

池停回头看了月刃一眼说道："没别的办法了，对吧？"

月刃没想到这人居然会这么直白地问他，眨了眨眼，露出笑容："对的。"

看着那一瞬间项娴婉更加视死如归的视线，离洮差点哭出了声。

哥！我的亲哥！我让你帮忙劝人，不是让你秒速拆台啊！

池停显然无法共情离洮的崩溃，他看了看项娴婉，又看了看月刃，指腹缓缓地抚过手中的串珠，最后微微垂眸，豁然间用力地一扯。

哗啦——

白色的珠子天女散花般散落在地面上，珠落玉盘般的坠落声顷刻间化为了周围唯一的声响，失去红线串联的数珠像是在地面上铺开了一片雪景，让正抢着就义的几人傻了眼。

这是什么情况？

"别争了，这种事情还是只能我来。"池停面容间不见喜怒，就连说话的语调都依旧是这样的不急不缓，"我意志力很强，就算完成任务之后真的会发生同化，怎么也能比你们多争取一些时间。"

说着，他缓缓地扬了扬手，散落在地面上的红线如同受到牵引般又回到他的身上。

一个清脆的响指。

下一秒，过分诡异的场景让所有人下意识地捂住了嘴巴。

至今为止，大家对池停手中的这个专属道具的印象还只停留在可长可短的智能性上，至于上面大小不一的珠子，根本就没太过关注。

而就在这个时候，散落在地面上的一颗珠子忽然腾起一抹隐约的白光，渐渐地有虚幻的人影从一颗颗珠子中浮现，朝着池停恭敬地行了一礼，声音空洞且遥远："队长。"

"小陆啊。"池停倒像是见到家人般亲切，朝月刃的方向指了指，"你等会儿注意一下他，如果要跑的话就尽量拦一下。"

"是！"虚影回答。

池停点了点头，打了第二个响指。

这次的虚影刚好出现在离洮的身边，他下意识地想要去碰，便见那"人"豁地回头看过来，吓得他慌忙把手缩了回去。

之前池停曾经说过他的这些珠子都是人骨做的，大家还都当是在开玩笑，现在再仔细一想，离洮忽然感到这话居然很可能是真的！

"老宋，你的领域准备一下，等会儿如果我不太清醒了，尽快砸醒我。"池停说着又打了一个响指，对接下来的矮个子虚影说道，"真有情况的话，我不一定能维持多久理智，在那之前你们需要尽快结束战斗。"

矮个子虚影摸了摸手里同样虚形的机枪："放心队长，跑不掉的。"

一个接一个的虚影很快将原先空旷的大厅填充得有些拥挤。

比起角落里已经不知道该说些什么的三人，转眼间就变成众矢之的的月刃却是看得格外兴起,眼看着池停朝他走过来,眉眼也是笑得弯弯的,说道:"我就知道你不是普通人,池先生。"

池停瞥了他一眼:"知道就好。"

他微微垂眸,视线最后落在对方的脸上,还不忘最后进行一下警告:"说好的最后一个任务,如果耍花招,我真的不保证我还能有多少耐心。"

月刃也始终定定地看着池停:"只要你完成最后的任务,就代表接受了我的交易。我对交易方向来都是诚实守信的。"

"交易?"池停很快捕捉到对方话语里的用词。

"这些简单的终极任务内容,就是我对你展现的诚意。你当然也可以拒绝,只不过我这人向来非常挑食,好不容易选中了一个合眼缘的合作对象,确实不想就这么错过。"月刃慢慢地眨了眨眼,说道,"很期待与你的合作,也希望到时候别让我失望,池先生。"

短暂的沉默后,池停问:"既然是交易,需要我付出的是什么?"

月刃保持十分得体的微笑:"放心,绝对不会让你为难的。举手之劳而已,甚至都不需要你有半点'付出'的感觉。"

这样的话怎么听都像是上司动员下属时候给画的大饼,池停对于真实性极度存疑,但是这个时候显然也确实没有给他更多的选择。

他嘴角微微抿紧几分,再次看向对方的眼睛。

感受到对方的犹豫,月刃贴心地开了口:"如果为难的话,其实我也可以专程为你换个任……"

"不用了,这个就挺方便的。"比起离洮他们还需要准备礼物之类的任务内容,池停由衷觉得他的任务实在是太简单了。

没等月刃说完,他直接往前走上两步,双手抬起,紧紧握住他的肩头,嘴角努力翘起一个大大的弧度,饱含深意地盯着月刃,温和地开口道:"我诚心诚意祝福我的朋友,月刃先生,祝你,早日获得自由。"

咔嚓。

月刃脸上戏谑的表情在这一瞬间出现了一丝变化,脚底下盘踞的影子豁然扩张了数倍。

几秒钟后,反应过来的另外三人出于过分的震惊,直接叫出了三重奏:"哎!!!"

月刃直勾勾地看着池停，神色不明。

池停莫名被看得心虚了一瞬。

虽然连他自己也不知道自己的祝福能不能取悦月刃，但他明明从对方身上感到一种熟悉的孤独，不知道为什么，他觉得月刃不应该被困于此。他想堵上一把。

池停低低地清了下嗓子，忍不住嘀咕了一声："给人送祝福的感觉也不差。"

"哦？什么感觉？"

"还不赖。"池停下意识地实话实说，这才反应过来问他的人是谁，一抬眸，正好对上了月刃要笑不笑的神色。

他刚想要说什么，注意力就被吸引了过去。

伴随着任务的完成，月刃的好感值直接往上面增加了1000点。

然而，池停想象中可能出现的同化感觉并没有发生，反倒是就这样目睹好感值从绿值一举跳到粉值的全过程。

粉色好感值？

怎么感觉怪怪的？

池停又稍微等了一会儿，确认月刃没有其他不轨的意图，才将手中的红线一扬，所有的虚影回到数珠当中，顷刻间连成串珠，再次落到他的手中。

池停最后进行一下确认："现在算是通关了吗？"

月刃微微一笑："当然。"

池停道："所以你需要我做的事是？"

"别急，到时候就知道了。"月刃微微一笑，朝着电梯的方向为他们做了一个请的姿势。

电梯。

当时他们就是从这里上的楼。之后的攻略过程中自然也有人进行过确认，别说是有什么特殊的地方，就连其他楼层的运行权限都没有开通，宛若一个毫无用处的摆设。

这个时候对于月刃的邀请，大家自然还有些迟疑，但是见池停已经走进去了，也当即纷纷跟了进去。

月刃站在一边，其他三人缩在池停的背后站在另外一边，宛若防备着大灰狼的小鸡崽们。

月刃看起来心情格外好，对此并不介意。

直到电梯门再次关上，脚底下的影子中伸出了一条触手，就在靠近按钮的那一时间，在一排按键的最下方忽然出现了一个"-1"的楼层选择。

"地下车库？"离洮只感到整个人都傻了。

这样的发展也让直播间的观众无言以对。

这确实是谁都没有设想过的路线，而且很显然，这个出口的通行权始终掌握在月刃的手上。不管要如何触发终极任务，这个男人自始至终都是这个副本的关键。

电梯抵达地下一层后"叮——"的一声开了门，爱心公寓的副本进度条终于拉到了百分之百。

直播间里，有的人在讨论副本复盘，有的人还震惊于池停的个人技能，一片欢声笑语间画面自此切断了。

副本中，从电梯里面出来的一行人从地下车库中走出，终于第一次真切地看清楚了这个小区的完整样子。

一眼看去，落入他们眼中的是虚立在正对面的那扇大门。

只要穿过这扇门，他们就终于可以真的离开了。

池停是最后一个走进去的。

他回头看去，落入眼里的是月刃高挑的身影，在一片没有边际的建筑群中，一瞬间的画面说不出的孤寂萧瑟。

池停莫名想到了当时独自留在那个世界的自己。

这样的世界，就好像只有一片寂静。格格不入。

副本关闭倒计时 10、9……

月刃也站在门口看着他，视线相触，他的嘴角微微翘起几分。

6、5……

池停听到那人开口。

"池先生，可以伸出手，邀请我去你的世界看看吗？"

4、3、2……

池停忽然想起月刃刚才说的那句"也希望到时候别让我失望，池先生"。

原来，这就是最后的交易内容吗？

池停看着站在这片即将崩塌的世界中的男人，两人视线在空中接触的那一瞬间，他伸出了手。

修长的手指在阳光下投落出一道细小的影子。

他就这样看着月刃笑了一下，有形的身影顷刻间化为一道黑影，它融入的那一瞬间，门关了。

1。

计时结束，爱心公寓副本已关闭，期待您的再次到来。

嘀嘀——检测到数据错误，新数据库生成中。

恭喜玩家池停、离洮、项娴婉、龚涟、无名氏，首通爱心公寓副本！

副本奖励正在计算中，请稍等……

第十三世界

21

全服公告：恭喜第十三世界玩家首次通关副本爱心公寓！

就当池停他们从副本中传送出来的时候，首通公告已经在全服反复刷新了不下十次。

各个世界的安全区域里，路过的玩家都在中央大屏前驻足，纷纷议论起来。

"终于又出首通了啊！爱心公寓？居然被新区的玩家给拿下了，简单本？"

"我看一下攻略库的出售价格，要是便宜的话……嚯，两千万积分，出BUG（漏洞）了？！"

"攻略库兑价两千万，起码是四星难度以上的副本了吧？没记错的话第十三世界才刚开区两个多月，这是新区里面出大神了？"

"你们最近没逛论坛？听说有新人觉醒了伴生专属，估计就是这本里的。"

"伴生专属？那一进圣域估计要被各大战队抢疯了吧！"

一行人交谈正欢，没有留意到从旁边匆匆走过的一个身影，那人推门走进路边的茶馆直奔顶层包厢。

七海战队的祝舟现在心情非常不好，他们战队盯了很久的副本居然被人抢先通关了！

作为首通猎手组织之一，按照原本的计划，爱心公寓这个已经团灭了十次的绝境本原本是他们的下一个计划，没想到中途队内发生了变故。他只是去三星副本散了下心，刚出来就看到首次通关的全服公告，简直晴天霹雳！

"队长——"祝舟风风火火地推门进去。

没等开口，屋里的人就已经知道他想要说什么："如果你要说的是那个首通公告的话，我已经看到了。"

"现在真是人背起来什么都不顺！"祝舟往头发上狠狠地揉了一把，随着他跳上沙发的动作，仿佛地面都跟着微微一震，"老八没了，队里缺人，连首通计划都被彻底打乱了！这下好了，前面花费了那么多精力，纯纯地做了无用功！"

"也不是完全没有收获。"

包厢里面的男人正是七海战队的队长秋骥，视线始终放空般地停留在他的面前，显然是在看虚拟面板，他朝着祝舟看过去："你刚出来可能不知道，这次爱心公寓通关的队伍里，有新人觉醒了伴生专属。看论坛里的描述，应该也是属于召唤系的个人技能，等我把刚买的通关视频看一下，如果合适的话或许可以考虑……"

祝舟听出秋骥话里的含义，不由得愣了一下："不是吧，队长你想拉一个新人来填老八的位置？虽然伴生专属确实非常稀缺，但是从第十三世界上到圣域起码也要一个多月之后了吧？退一万步来说，召唤系的个人技能本来就极难掌握，就算天赋再高那也是个新人，我们早就习惯了老八的配合，可没时间去当新手指导从头培养。"

"合不合适我说了算。"秋骥瞥了祝舟一眼，虽然没有太多的表情变化，但一个眼神已经足以让自己的队员闭嘴，"行了，你刚从副本里面回来应该也累了，先去休息吧。"

祝舟动了动嘴角，到底没有再说什么，面色不佳地站起身。

就当他走到门口的时候，听到秋骥再一次开口："老八的事情我们每个人都非常心痛，但是人死不能复生，他应该也希望你能够往前看。他的位置，总归需要有人来替代的。"

祝舟的背脊在那一瞬间微微僵直，最后还是不甘心地嘀咕道："反正在我心里，就是没有人能比老八强！"

看着那道背影消失在转角，秋骥无奈地叹了口气，面容间也有了几分的憔悴。他调整了一下情绪，才重新打开虚拟面板，上面播放的正是刚刚购买的爱心公寓通关视频。

两千万积分。对于很多人来说或许已经算得上是天价，但是对于七海这种顶级战队的队长而言，也不过就是一个数字而已。

秋骥快进到池停拿出伴生专属道具的地方，视线久久地停留在画面当中，过了一会儿，他登陆直播平台找到那个全新的账号，点下了开播提醒。

同一时间的另外那边，出现在第十三世界出口传送点的众人缓缓睁开了眼睛。

刚刚经历了一系列结算的内容，看似漫长，但是在他们感觉也就不过一个瞬间而已，然而此时此刻再次睁开眼睛，所有人脸上非但没有看到首通后的惊喜，反而充满了溢于言表的惊吓——就在他们面前不远的地方，身材高挑的男人正饶有兴致地观察着周围的一切。

"我……我……我我……我不是在做梦吧？我们这是还没出来，还在副本里面？"离洮看着再次出现在自己面前的月刃，恍惚间用力地掐了自己一把，吃痛之下非但没有清醒，顿时觉得更加怀疑人生了。

不对啊，他们应该确实是出来了才对，刚才的首通公告也完全不是他在做梦，但是……眼前的这个男人到底是怎么回事？！

月刃听到声音，回头看过来。

他的眼里浮起了一抹笑意，迈步走过来，说道："应该不是我的错觉，你看起来好像很不想见到我的样子？"

疯狂大作的危险雷达让离洮只感到寒毛竖立，他下意识就钻到池停的背后："池哥！"

池停从刚才开始就若有所思地看着自己的影子，这个时候顺势往前面走了一步，拦在两人的中间。

他抬眸对上月刃看过来的视线，沉思片刻，问道："所以，你说的'举手之劳'就是这个意思？"

一句话，顺利让月刃将落在离洮身上的注意力吸引了过去。

他看着池停，豁地笑起来："我没有骗你，是不是真的非常简单？"

池停定定地看着月刃，没有言语。

要说简单，那无疑是简单至极，但是再简单的一个举动，更严重的是这背后会引发的一系列可能性。

当时可以说完全是心头一动的下意识反应，要是事先知道自己这一伸手就能将一个副本里面十分危险的NPC带出来，池停觉得，自己一定会好好地进行一下权衡。

毕竟他其实也能感受得到，这个男人的存在对于人类确实并不能算是友好。

"你是跟着我的影子出来的？"池停再次确认道。

月刃点头道："是这样。"

池停想了想又问："为什么是我？"

从副本里的情况来看，他们显然并不是来到爱心公寓当中的第一批玩家。这也就意味着，只要月刃愿意，他完全可以有意地引导任何一个玩家顺利通关，然后借助这个方式将自己带出副本。

所以说，为什么是他？

这样的话落在其他人的耳中宛如哑谜，月刃倒是瞬间听懂了。

他看着池停，意味深长地翘起了嘴角："这个问题我好像也已经告诉过你了，我这人比较挑食，特别是对于合作对象。每个人的影子其实都有着不同的味道，有些真的非常令人作呕。不过，池先生的影子，我倒是非常喜欢。"

池停问:"你的意思是,因为喜欢我的影子,所以想要来到我的世界?"

虽然觉得这话似乎有些歧义,月刃还是点了点头:"这么理解倒也没有什么问题。"

池停又问:"那来到这个世界之后呢,接下去你有什么打算?"

月刃对此十分坦诚地说道:"还没想好。"

"既然没有想好,要不先听听我的想法?"

池停直视月刃,嘴角浮起一抹笑意:"既然是我邀请你来的,怎么想总觉得应该要对你负责。鉴于月刃先生之前的一系列表现,我觉得接下去最合适你的,应该还是继续留在我的身边。这样对你,对我,甚至对其他玩家,大概都好。"

话音落下,池停手中多出的串珠已经仿佛游蛇般飞掠了出去,转瞬间缠上月刃的手腕后豁然一缩,就这样宛若镣铐一般,一边捆着月刃的一只手,另一边则捆在池停的一只手腕上。

池停抬手一用力,就直接将月刃一把扯到了自己的身边,这才露出满意的笑容:"既然你这么喜欢我的影子,应该也不会拒绝我吧?"

月刃被拽得一个踉跄险些跌倒,陡然间拉近的距离,让他抬眸从对方的面容间扫过。

他垂眸扫过一眼自己被锁住的手腕,微微一笑之间倒也没多少恼怒:"当然不会。"

池停秉着对全人类未来负责的信念,做出了把这个目前他可见的最大的危险因素留在身边的决定,此时见月刃十分识趣地没有反抗,才露出了满意的神态:"那行吧,也别都杵在这里了,先找个地方坐坐。"

十分钟后,路边餐吧。

离洮直愣愣地盯着面前两人被串珠连接在一起的手腕,显然还没能接受自己所面对的这个现实。

所以说,月刃真的出来了?

就这样从副本里面出来了?

项娴婉和龚旌已经告别离开。一是因为月刃的存在确实让他们不敢多待,另外一点也是因为他们俩都很清楚自己有几斤几两,被带飞一次就已经非常感恩戴德了,实在也不好意思再缠着大佬拖后腿。

要不是池停明确拒绝，他们临走前甚至还想把这次副本的所有通关奖励全都留下，以表感谢。

知恩图报这种美德，在无限世界当中确实十分难能可贵。

当然在月刃朝他们扫过一眼之后，项娴婉和龚旌跑得那也是真的干脆利落。

于是离洮恍恍惚惚地就成了唯一留下的——解说员。

月刃似乎很满意离洮这副缓不过神来的样子。

他几乎是被池停扯一下串珠，走两步，再扯一下，再走两步地一路拽过来的。此时他一边打量着离洮，一边用吸管喝着瓶子里的汽水，另外一只跟池停捆绑在一起的手，可以感受到伴随着池停清点检阅的动作，而从串珠上传来的隐约震感。

那边动一下，他这里也动一下，却十分和谐。

池停这次的奖励清点工作进行了许久。

只要是老玩家都知道，首通副本和普通通关的奖励可以说完全不在一个层面。

池停他们这次属于首通，由系统邮件发送过来的奖励也是丰富至极。

简单地清点了一下之后，他就发现了不少的B级和C级道具，连A级道具都出了两件，更不用说那五百万直接到账的通关积分了。

这样的收益，基本上可以算是一波奔向小康了。

池停依稀间发现自己好像领取了两拨积分奖励，但也没太在意，在他翻过所有东西之后，有一样十分特殊的存在引起了他的注意。

在公寓玩游戏的时候，池停就已经见过扑克了。而此时他手里拿着的扑克牌又似乎跟当时玩游戏的道具完全不同。材质十分特殊，不是纸张，又十分柔软。

池停试图用了下力，惊讶地发现，居然以他的力量都没能直接撕开。

而且这张扑克牌跟他得到的其他道具有着明显的不同，从虚拟面板中读取信息后没有任何的功能描述，只有一条简单至极的说明——副本通关凭证。

池停反复看了看，将红桃10放到离洮的面前，十分谦虚地问道："这东西有什么用？"

离洮隔了一会儿才终于从月刃离开副本的震惊中回过神来，看清楚池停给他看的东西之后,就再次愣住了:"池哥,别闹了,这东西你不知道?"

池停比他还感到奇怪:"我第一次见,应该知道吗?"

再次进入副本当中,池停倒确实有几次表达过自己是个新人的意思,但离洮都一直没有放在心上,这时候见他连扑克牌都不知道,才终于没忍住地"啊"了一声:"你真是新人啊?"

紧接着他意识到了什么,又连着"啊啊啊"了几声,震惊之情溢于言表:"新人的话……你那串珠是,伴生专属?!"

池停不知道伴生专属是个什么,此时更关心他手里的卡牌,说道:"别在意细节,先说说这个?"

离洮第一次感到出了副本的体验比在副本里还要刺激。

他心情复杂地调整一下情绪,宛若一个没有感情的介绍机器般开始讲解:"副本通关凭证,顾名思义,就是你通关副本后的荣誉象征。池哥你打开虚拟面板的最后一项,应该可以看到放扑克牌的专用卡槽。第一副本通关给的是红桃的话,说明你的世界任务是收集全部的红桃花色,即从 A 到 K 一共十三张普通卡组,然后要完成任务的话,还需要额外加上大小王这两张特殊卡牌。这一点我们每个玩家都一样,就像我的卡牌是方块,也是需要完成全部的收集,才可以拥有挑战终极副本的资格。"

池停按照离洮说的翻看了一下虚拟面板,果然看到相应的界面,他将红桃 10 放进去之后,卡槽瞬间亮了起来,收集进度也顿时变成了 (1/15)。

池停问道:"收集十五张就够了?那不是还挺简单的吗?"

"不,一点都不简单。"

离洮倒是能理解池停的想法,毕竟他一个多月之前来到这里的时候也曾经这么认为,他继续说道:"除了第一个副本卡牌决定世界任务之外,接下去所有副本的通关凭证都是系统随机的,不止牌面,就连花色都不尽相同。而且卡牌的花色也存在着稀有度上的区别,稀有度越高,获取的难度就越大。

"池哥你这个红桃 10 已经算是稀有度较高的牌面了,到时候去交易市场里面看看,就可以知道已经是很高价的存在了,再往上的 J、Q、K 更是千金难求。但是基本卡组勉强可以交易获得,特殊卡组的大小王就是真的可遇而不可求了,传闻至今为止只有第一世界的一位大神曾经顺利地收集齐过所有牌组,进入了终极挑战。"

"这样。"池停对于卡牌收集难度倒是无所谓,点了一下头就关闭了虚拟面板。

毕竟他的世界里已经没有其他人了,相比起来,或许这个无限世界还更有人情味一些。

离洮一旦接受了池停真的是个新人的设定,忽然就老妈子附体,滔滔不绝地介绍起来:"还有啊池哥,我们现在在的这个地方叫第十三世界,是两个多月前才开的新区,像我前面说的第一世界就是这个游戏创办以来的第一个世界,到现在开拓到十三,可想而知已经经过了多少年月。但是这样的普通世界,在平常时候主要还是用来简单地解决一下衣食住行的问题,像你这种有实力的玩家,还是应该抢进个人排行的前1000,尽快到上面去。"

离洮说到这里的时候下意识地抬头看了一眼,像是看着远方。

池停顺着他的视线也看过去,道:"上面?"

离洮表情向往地说道:"就是圣域啊。"

22

经过离洮滔滔不绝、事无巨细的烦琐介绍,池停总算弄清楚了这个无限世界当中的一些基本规则,其中也包括"圣域"这个特殊的存在。

只有进入个人排行榜前1000的玩家,才能拥有进入圣域的通行资格。

在这片圣域当中,有着全服最奢华的道具交易市场,顶级的卡牌拍卖大楼,来自不同世界的顶级玩家可以在这里自由组队、强强联手,也可以进行队伍组建,成立属于自己的游戏战队。

对于每一个普通玩家来说,不管是为了提升自己的实力,还是增加副本的通关率,圣域都绝对是让人无比神往的存在。

池停可以感受到离洮溢于言表的憧憬,对此他只问了自己比较关心的几个问题:"那里的人有这里多吗?"

离洮摇头道:"我们第十三世界是两个多月前才开启的新世界,最近的新玩家都会来到这里,肯定比圣域那边要热闹一点。"

池停问了第二个问题:"那里的食物会比这里好吃吗?"

离洮道:"各个世界的店铺都是全服连锁的,应该都一样。"

池停的最后一个问题:"不去那的话,就卖不了卡牌和道具了?"

离洮道:"也不是,中低端道具肯定还是普通世界更有销量一点,也就高端道具更容易在圣域卖个好价格。"

池停点了点头,虽然没再说话,但那表情看起来明显兴趣不大。

离洮只觉操心不已,继续道:"池哥你还真别小瞧了圣域,毕竟全服高手都在那呢,而且你可是觉醒了伴生专属道具的,加上个人技能,现在肯定已经有人关注你了。到时候进去那里,说不定直接就能收到顶级战队的入队邀请。多好的事啊,要知道如果能有一个实力不错的队伍,可是副本通关率的绝对保证。"

"你是说组建自己的队伍?"池停说着,视线不动声色地从手腕上的串珠上瞥过,顿了一下,兴致缺缺地摇了摇头,"我应该暂时还没有组队的打算。"

离洮张了张口还想再说什么,便见池停已经转身朝月刃看了过去:"说起来,你就这样跟我们出了副本,以后还会有玩家再被召唤到公寓里去吗?要是这样的话,他们会不会因为你不在而无法通关?"

这样的话题改变从各个角度来看无疑都十分生硬,但还真引起了离洮的注意,在好奇心的趋势之下,一时居然战胜了内心畏惧的本能,就这么跟着池停一起看向月刃。

月刃一直在旁边喝汽水当个摆设,这会儿忽然间感受到了炽热的注视,倒也没拆穿池停利用他转移注意的小心思,说道:"哦,这个。副本系统有自己的处理程序,以前副本里面也出现过一些小事故,就很快解决了。这次重启检测到我不在的话,大概率应该会将权限转移给其他邻居吧,嗯,也就是你们说的NPC。"

池停眉梢微挑:"小事故?"

月刃的脑海中浮现出当时自己灭了全楼之后的那片死寂,凉薄的嘴角浅淡地翘起:"不重要,一个很小的事故。"

池停见月刃不太想说,就没有多问。

月刃适时地看了一眼时间,道:"所以,你们准备坐在这里一直聊下去吗?"

简短的茶话会在这样的一句话之下宣告了结束。

离洮非常热情地去结了账。

离洮和池停不一样,后者在副本当中的时候该吃吃该睡睡,劳逸结合算是一样都没拉下,而他跟另外两位同病相怜的小伙伴可是实打实的没睡过几个好觉。

刚才给池停讲解的时候,离洮已经是强忍着睡意,这时候就彻底熬不住地打了个哈欠:"池哥,我们刚通关副本,要不先找个地方休息一下?每次通关副本之后都有七天时间的安全期,我们只需要在这七天之内调整好状态进入下一个副本就行,你要是还有什么不明白的,接下去的几天随时可以问我。"

说到安全期,离洮不由得又想起了自己刚刚经历的悲惨经历,痛定思痛:"不过有一点你一定要注意,不管怎么样都尽量不要卡点进本,我上次就是因为没有注意时间,才被卷进了那个……"不知道有意还是无意的,离洮留意到月刃忽然漫不经心地瞥来一眼,顿时硬生生把到嘴边的"变态"两个字咽了下去,"……副本里。"

"记得提前进本,我记住了。"池停点了点头。

离洮对这一带显然还算熟悉,很快带着两人走进一家旅店。

他迫不及待地想要休息,十分熟练地搞定了自己跟池停的入住手续,但是却在轮到月刃的时候彻底卡住了。

旅店老板反反复复地进行了几次身份扫描,确定无法录入之后一脸的公事公办:"这位先生,玩家库里没有你的信息,很抱歉,我们旅店做的是正经生意,绝对不能允许黑户入住。"

一句话让离洮听愣了,过了一会儿才反应过来老板口中的"黑户"是什么意思。

其实他来到这个无限世界也不过才一个多月,最多也就是听说过偶尔会有人不是因为受到系统邀请,而是出于其他渠道来到的这个世界,也就是传说中的"黑户"。

之前离洮一直不太清楚所谓的"其他渠道"是什么意思,现在仔细一想才恍然惊觉,对啊,月刃这种情况可不就是其中之一吗!

他有些惊疑不定地回头看去,只见那位先生正若有所思地摸着自己的下巴,显然也在琢磨这个身份用词:"黑户啊……"

月刃刚才听着池停跟离洮的对话,自然也早就发现了自己的不同。别说什么通关奖励、账户积分了，不管他怎么尝试，就连虚拟面板的样子都没见过。

很显然，大概因为他本来就是这个副本里的一部分，即便他离开了，按系统判定，跟池停那些玩家还是不一样的。

而直到现在，他也算是终于知道了自己的另一个称呼，黑户。

月刃的嘴角缓缓地翘起，也不管离洮试图阻拦的表情，俯身上前靠在柜台上，修长的指尖轻轻地敲了敲桌面，话语听起来十分的谦和有礼："老板，再打扰一下。如果我想要正式摆脱'黑户'这个身份的话，应该要怎么做呢？"

离洮眼见着月刃朝旅店老板靠去，生怕这祖宗一个不高兴要做些什么。

此时确定对方并没有动手的意思，才稍微松了口气。

然后就听到旅店老板还真的一五一十地给出了回答："黑户要正式转换成玩家身份其实也很简单，只需要能够顺利通关一个副本，完成玩家资格认证即可。"

月刃点了点头："明白了。"

看样子，爱心公寓这个副本应该是因为自己原先的NPC身份，在离开的时候，系统才没有将他判定成玩家角度的通关。

本来月刃对于玩家这个群体就没有太好的印象，是否成为玩家对他来说更是意义不大，只不过从眼下的局势来看，这个世界里的一切偏偏都需要用积分来进行兑换。这样一来，恐怕还是需要先拿到一个正式玩家的身份。

毕竟为了找到那些藏在背后的设计者和这个世界的真相，他终究会再次进入副本里面去的。

月刃沉思片刻，直接转身看向池停，示意性地扬了扬自己还被捆着的那只手，微笑道："先松开还是？"

然后，他就看到眼前的人陷入了短暂的沉思。

确实非常短暂。

几乎没过几秒钟的时间，池停已经给出了回答："知道了，我跟你一起去。"

面对这样为了看住他而过度任劳任怨的配合，月刃的嘴角没忍住微微挑起："池先生，果然大义。"

一时之间只有离洮还没反应过来，问道："一起去？去哪儿？"

"他不是缺个玩家身份吗，我陪他再去过个副本。"池停在离洮的肩膀上拍了一下，转眼间就已经拖着月刃走到门口，也没回头，只留下了一个挥挥手的背影，"你就留下好好休息吧，有事线上联系。"

离洮还是第一次见到有人把下本说得这么轻描淡写的。毕竟他们才从一个副本里面出来，这都还没在外面待上半天呢，居然都不感到累吗？

他站在原地愣了一会儿才反应过来，遥遥地喊道："池哥，你们知道副本入口在哪里吗——"

然而不等话音落下，远处的两个身影已经彻底离开了视线。

不过副本入口处倒不算难找，就算没有人带路，光凭没走几步就落入眼中的一个指示牌，即便是池停这么一个初来乍到的新人，依旧十分快速地到了目的地。

副本入口的地方一共有两个通道。

只需遥遥一眼就很容易发现，这两边的氛围截然不同。

左边的通道外墙上还悬挂着一块巨大的屏幕，上面一共分了由 A 到 Z 的二十四个区域，走进这条通道的玩家们几乎都会在这块屏幕前驻足很久，然后做好决定之后生怕错过一般，径直地往里面一路狂奔。

池停简单地观察了一下，可以发现这块屏幕上每个区域当中都会罗列出八个游戏名称，当每个区域的总人数集结完毕或者倒计时结束之后，所有游戏启动，就又会重新刷新出八个新的游戏。

池停猜测，那些玩家应该是在核对这些游戏的内容和难度，从而做出对自己有利的最优选择。

至于右边的那个通道，跟左边形成了鲜明的对比。

前往那边的玩家无一不是一脸的失魂落魄，仿佛视死如归。

池停虽然还不太清楚副本入口选择上面的规则，但是跟着月刃一前一后的也都没有什么犹豫地直接沿着右边的那个通道走了进去。

倒也不是出于什么默契，而是因为左边那个通道口设置了一个类似于旅店大堂里见过的身份验证系统——而月刃这个黑户，显然压根就没有"身份"这种东西。

显然旅店老板说漏了一点，要想从黑户变成正规玩家，需要经历的应该是一场"随机匹配"的副本通关，"随机"跟"自选"比较之下，难度的差距可不是一点半点。

池停跟月刃两人缠着串珠一路走进了右边通道，连路过的几个玩家一时之间都稍微收敛了绝望的表情，忍不住朝"手拉手"的亡命二人组多看了两眼。

终于抵达游戏导入区，池停一走进去，就看到了面前的虚拟面板。

他没有着急操作，而是转头看过去。

月刃留意到他的视线，无声地笑了一下："原来你们的虚拟面板长这个样子。"

池停见月刃终于和他看到了同样的提示，才放心地收回视线。

他刚要按下确认，就看到有一个新的界面弹了出来。

亲爱的玩家，你好。经检测，您在上次的副本当中已经顺利开启了直播收费系统，目前的收费额度为每分钟2积分，请确认是否需要重新调整。

是或否。

直播收费系统？

池停缓缓地眨了眨眼，这才想起自己好像之前收到的两份积分奖励当中，好像是有一份来自一个叫黑什么的直播平台。

所以说，在上个副本当中，原来有那么多人一直看着他吗？

池停习惯了独来独往，一时之间也不能确定这种备受瞩目的感觉到底是好还是不好。

思考了片刻，他觉得面对这么多人自己还是有些害羞，干脆直接把收费额度调整界面打开，一通操作拉到了最高。

亲爱的玩家，你好。您的直播间收费额度已调整为每分钟5000积分，请确认是否需要重新调整。

是或否。

池停就这样满意地完成了修改。

他重新回到最后的确认界面，进入游戏。

月刃倒是一直站在旁边等着，也不催促，伴随着池停的最终确认，一道金色的光芒缓缓地将两人包围，将当中的身影彻底吞没。

熟悉的系统播报声几乎同时在两人的耳边响起。

"叮——"

欢迎玩家进入副本：失落的宝藏。

类型：寻宝游戏。

目前副本存活人数：23/50。

游戏正在导入中……

注意，寻宝期间请遵守游戏规则！

刺眼的光芒一闪而过，离散的意识回笼，池停睁开双眼。

第二次经历这样的感觉多少已经有些熟悉，然而他很快发现了问题，回头看去时微微一愣。

串珠松松垮垮地垂落在手侧。

跟他捆在一起的月刃，不见了。

第二章
失落的宝藏

副本场景加载中……

1

直播平台上,名为"失落的宝藏"的版块新增了两个窗口。

其中一个直播间画面闪过几道电流之后,在系统肉眼可见的一阵卡顿之后就彻底暗了下来,混在上方二十几个已经黑屏的窗口当中显得十分和谐。

在另外那个新开启的直播画面当中,出现的正是池停的身影。

与此同时,在爱心公寓期间关注了池停的玩家们也纷纷收到了开播提示。

谁也没想到池停居然这么快就进了新本,顿时都来了精神,还没进本的玩家们趁着免费期陆续涌入,直到看清楚了这个副本目前的存活人数,顿时愣了。

不是吧,上次进了爱心公寓也就算了,这次更绝,23/50,居然直接开局已经团灭一半?

这运气也真的是没谁了吧!

七海战队的队长秋骧刚好看完了池停个人技能相关的那部分录像,见到开播提示之后,也第一时间进入了直播间。

一眼看到弹幕里面对池停运气的纷纷唏嘘,他已经明白发生了什么。

这个无限世界当中的副本实在是太多了,类型风格千变万化,游戏里面的情况更是各不相同。

其中有那么一部分副本,玩家存活人数从来不是评定游戏结束的标准。相反的,为了确保在运行期间维护住游戏当中的平衡,还会在玩家减员过多的情况下进行额外的人员补充,也就出现了所谓的"残局本"。

通常来说,能够让一个副本进入残局状态,就足够说明副本内的玩家水平已经远低于副本的基本通关线了。这种情况下除非能够等来救场大神的垂怜，以一己之力拯救所有人于水深火热，否则基本上就只剩下不断恶性循环的道路。

秋骥依稀记得自己之前倒也曾经在直播版块里看到过失落的宝藏这个副本，但毕竟没有看过通关攻略，一时之间也不太明白那些日常蹲在圣域水幕面前的大佬们，怎么会没有一个接下这次的救场，反倒是让一个才通关过一次游戏的新手匹配了进来。

按照规则，这种残局本当中的补位玩家可以均分他们进本前死亡玩家的全部奖励，即前期死的人数越多，获得的救场奖励越高。

而现在，如果连圣域的那些救场专业户都宁可放弃二十多人份的补位奖励的话，只能让秋骥想到唯一的一个可能性，那就是——这个副本难度高低不好确定，但要想通关，恐怕是真的麻烦至极。

这样的推测，让秋骥认真地看向直播中展示在池停面前的游戏介绍。

亚勒兰曾经是一座朴实安宁的普通古城，传闻中勇者战胜了恶魔，最终将恶魔手中争夺的宝藏藏在了古堡当中。古老的传说流传，吸引了大批冒险家们的到来，随着越来越多的人慕名而来，渐渐地，这里成了闻名世界的探险圣地。

你是一位慕名而来的探险爱好者，因为平平无奇的体质而无法实现成为探险家的梦想，从而选择了来这里体验探险的乐趣。请签订属于你个人的"守护契约"，享受小城居民们打造的探险世界，体验寻找宝藏的快乐吧！

注意，初始规则如下：

1. 受到宝藏的庇佑，和平的古城当中，所有个人技能与道具在该副本当中将彻底失效；

2. 每个玩家仅可与一名契奴签订契约，他或许会成为你冲锋陷阵的利剑，也可能成为让你血溅三尺的毒药，务必谨慎选择；

3. 居民有可能会带有浓烈的个人情绪，需要自行判断真假；

4. 古老的城市依旧延续了宵禁的传统，请提早寻找落脚点，晚上八点之后绝对不要出门；

5. 古城内所有主线均为集体任务，通关的贡献度越大，获得的结算奖励也将越多，同时请注意，个人的每日任务也十分重要；

6. 游戏期间，每个阶段都将增加新的主线与支线，请注意进行更新。

现阶段主线任务：收集足够宝箱证明自己，获得进入古堡的探险资格。

小心，古城的居民崇尚勇者，不合格的探险家会被讨厌的哦。

在副本当中，池停对于这样的副本介绍已经十分的熟悉。

他一目十行地扫过，最后视线重新落回到第一条规则当中。

"所有个人技能与道具都彻底失效吗……"池停沉思片刻，尝试性地想将手上的串珠放回胸前的异石当中，却没能成功。

他的眉梢微微地挑起几分。

还真失效了，这就难怪系统能把月刃从他身边给弄跑了。

池停找到答案的同时，观看直播的秋骥也同样明白了没有人接这个副本救场的关键原因。

要用一己之力拖动整个副本的前提无疑取决于两点——要么有绝对的战斗力，要么就是有绝对的智力。

而在这个明显不是脑力通关为主的寻宝游戏当中，个人技能与道具的失效基本上就已经杜绝了用战斗力带飞的可能。对于高级玩家来说风险实际上远大于收益，自然也就没人愿意进这种残局冒险了。

秋骥本来主要是想观察一下这个池停的个人实力，这条规则的存在让个人技能和专属道具直接双废，让他也是如鲠在喉。

就在这个时候，他在屏幕上面看到了飘过的弹幕内容。

是我眼花吗，我怎么好像看到了秋神的账号？！

秋神？哪个秋神？是我想的那个吗？

真的是七海战队！秋神你看到我了吗，我是你的粉丝！！！

秋骥？他为什么会在这里，七海战队想拉这个新人？

秋骥刚想起来，看到开播通知就着急过来，居然忘记隐身登录了！

秋骥快速地一番操作，设置好了隐身状态，然而刚才弹幕一过宛若一石激起千层浪，关于他现身直播间的消息早已经彻底传开了，转眼间，原本两三千数量的在线人数顿时肉眼可见地增长起来。

池停并不知道自己直播间里的热闹情景，确认过所有道具确实都不能用了之后，他随意地将串珠缠了几圈戴在自己的手腕上。然后他抬眸，开始观察周围的环境。

池停出现的地方是在古城狭隘的弄堂里，跟上次在公寓大堂不同，周围除了他之外没有半个人影，以至于想要叫个人问问情况都没能找到。

这么一瞬间，池停忽然有些想念离洮。

那小子虽然有些啰唆，但对于他的问题总能知无不言，可以让他省下很多打听基础线索的时间。

仿佛听到了池停的心声，胡同口的光线忽然一暗，有人从外面探头看进来，看到池停后语调一扬："哇，还真来人了？！"

背对着光，池停一时之间看不清楚对方的样子。

直到来人三两步走到跟前，眼前赫然落入了一张方方正正的国字脸。

对方一走近就十分热情地凑到他的身边，此时充满期待地看着他问道："哥，你是从圣域来的吗？"

圣域？

池停摇头："不是。"

对方明显一愣，但还是保持住笑容："别闹了哥，你要不是从圣域来的，难道还能是自动匹配到的？"

池停回想了一下自己进来时候走的那个通道，说道："是匹配。"

国字脸终于僵硬住了，半响才讷讷道："你……不会也是第十三世界的兄弟吧？"

池停道："嗯。"

短暂的沉寂后，国字脸有些绝望地抓了抓头："怎么回事，连圣域的大佬都不愿意来救场吗？这是不是意味着我们这个副本是真的已经没救了啊——兄弟几个还想等着抱一抱大腿呢，这下完了，还是只能靠我们自己了吗？"

池停站在原地默默看着，只觉得人类这种大悲大喜的转变真的很有意思。

过了一会儿国字脸稍微缓过来，显然也是被迫接受了自立自强的结局，又勉强抱着最后一丝希望问道："可以冒昧地问一下，兄弟你之前通关过几个副本吗？"

池停竖起了一根手指，道："刚通关一场。"

国字脸彻底无语了。

感受到对方溢于言表的崩溃，池停决定在他再次发疯之前先解决自己当前的问题，在国字脸表态前抢先开了口："请问一下，这里还有其他的玩家入口吗？我想找一个人，他应该是跟我一起进来的，但是不知道为什么一直没看到他。"

"没有了，玩家的话就这一个入口。"国字脸这才想起来副本人数好像是增加了两个，不过一听池停说是跟他一起的，想到都是第十三世界来的难兄难弟，也很难抱太大的希望。

他深深地叹了口气，倒也没忘记提醒池停："兄弟你应该看过游戏规则了吧，在这个城里是有宵禁的。时间不早了，你还是赶紧先去契约驿站挑个契奴，然后尽快去冒险者酒店落脚吧。反正先别着急收集宝藏就对了，第一天还是建议观察为主，毕竟你也看到了，现在我们玩家这边……伤亡情况确实有点惨重。"

听到国字脸提起，池停也想起了第二条规则的内容，问道："契奴到底是什么？"

"具体我也不太清楚，听这里的居民们说是一些将灵魂卖给了他们祖先的恶魔的后代。反正也就是游戏里的一种设定而已，我们跟这些契奴签订契约之后就等于同步建立了主仆关系，他们对我们的所有指令都需要无条件地服从，这个游戏的设定就是需要靠他们收集宝藏。"

国字脸说着指了指自己后方，池停一抬眸，看到了一个等候在那的高挑身影。

"不过实话实说，那些家伙不愧是传说中的恶魔的后代，战斗力确实还都挺高的。之前我们一些玩家都一起研究过了，感觉应该是副本设计者考虑到无法使用个人技能跟道具的这个限制，所以给我们配置的傀儡NPC而已，用来增加我们的战斗力和生存力。"

说着，他示意性地招了招手。

周围片刻间扬起了一阵风，转眼间站在胡同口的那个契奴已经到了他们的跟前，恭敬地朝国字脸鞠了个躬："请问有什么吩咐，我的主人。"

国字脸指了指池停，说道："阿松，帮忙送这位朋友去契约驿站。"

契奴阿松说道："是。"

池停一眼看去，如果不提前说是恶魔的后代，这个阿松的样子与人类并没有明显的区别。回应国字脸时的态度和语调无一不充满了恭敬，但是在他回头的那一瞬间，可以感受到一抹清晰分明的怨毒，配合着他身上肉眼可见的大大小小的伤口，这种恨意也显得愈发明显。

看得出来，即便签订了契约，所谓的"主仆关系"恐怕也不如看起来那么融洽。

然而此时此刻，池停关注的重点显然早就已经跑飞了。

他跟着阿松一路走去，时不时瞥过眼前这个高大却伤痕累累的身影，每走一步，眉心都因为脑海中的猜想而更加拧紧几分。

如果真的没有其他传送点的话，那就说明月刃根本没有被系统送到玩家入口。这样一来，倒是忽然让他想到了另外一个很大的可能性。

"到了。"带路的阿松停下脚步。

池停抬头，视线扫过店面上面"契约驿站"四个大字，满脑子都是那个宛若鬼故事的猜想，表情一度十分复杂。

不会真的在这吧……

2

池停迈开脚步，走进这家全城唯一的契奴贩售店。

刚进店的第一眼，他就看到了里面整齐罗列着的一排排铁笼。

之前听国字脸的介绍还不足以体会到城内的契奴制度，此时才可以真切地感受到亚勒兰古城里的居民对于这些恶魔的后代是真的深恶痛绝，光是链条捆绑着锁在铁笼里的样子，俨然已经将契奴视为毫无尊严的货品。

被铁笼里面囚禁着的契奴听到动静，回头看来的一瞬间，那些冰冷木讷的视线齐齐地聚集在他身上，连池停都感到店内的温度似乎比店外要凉了整整一大截。

店铺大厅里的这些契奴显然只起到展示作用，正对面那扇门边挂着的"顾客请入"字样，池停脚下的步子只是顿了一下，就径直走了过去。

直到到了门前，忽然人影一闪，有个矮胖的男人出现在面前。

他见到池停时微微一愣，然后就十分主动地握了握手："亲爱的探险家，欢迎来到亚勒兰古城，我是契约驿站的站主查普林，很高兴为您服务。抱歉，店里刚刚出了一些小乱子，稍微有些怠慢，还请包涵。如果在店内看中哪个契奴，请随时跟我说，我们这里会为您完成签订契约的所有流程。"

听到"小乱子"这个词，池停莫名觉得离自己的猜测似乎又近了几分，他眉梢微微挑起几分，视线缓缓地扫过店里的那些铁笼，道："目前为止我好像还没有发现特别合眼缘的契奴。看你们这边的指示牌，里面应该还有其他的选择？"

"当然，外面都只是一些低级契奴，看不上眼也都是正常的。"站主查普林笑着搓了搓手，做了个请的姿势，"还请跟我再去里面转转，我们家可是全城指定契奴站点，所有探险家的契奴都是来自我们店中，保证款式齐全应有尽有，绝对满足您的一切要求。只有想不到没有找不到，多转一转，总有一款适合您的。"

池停不急不缓地跟在站主的身后，听着这样滔滔不绝的广告话术，时不时敷衍地点一下头。

进来之前确实看不出来，小小的店铺里面居然别有洞天。

比起外面那些被关在铁笼里面粗暴对待的低级契奴，这家契约驿站的内馆使用的是类似玻璃制品的精致展柜。

一个个中、高级的契奴逐个陈列其中，在周围的聚光灯衬托下，宛若一件件精雕细琢、等待主人领走的工艺品。

但是不管是大厅还是内馆，所有的契奴都拥有着同样的特点——他们看起来虽然从内而外都透露着冰冷木讷，实际上却是对这个古城里的一切都怀有浓烈的敌意。

在这座古城当中，所谓的恶魔的后代与勇者的子孙之间，似乎注定敌对永世。

池停就这样一路走一路看，很快发现这家店铺还十分贴心地在每个展柜的外面挂上了说明牌，对每个契奴所拥有的能力进行了详细的介绍，以便挑选。

站主查普林确实十分热情，面对这位新来的探险家，他每经过一个契奴展台时总是不忘如数家珍地推销一番。

与这样的热情形成鲜明对比的是,玻璃展台当中那些契奴们看向查普林时分明怨毒的表情,然而查普林显然早就已经习以为常,在服务池停的过程中,自始至终都没有改变过嘴角那扬起的弧度。

池停走得很快,几乎扫过一眼确定不是自己要找的人就目不斜视地过去了,对于所谓的介绍更是没半点上心。

转眼间,他就已经看完了一排。

站主查普林倒是相当的具有耐心,笑容满面地就要将池停领往下一排展柜,就见有一个店员匆匆跑了过来:"站主,不好了!你快过去看看吧!"

查普林皱着眉头一通数落:"做什么慌慌张张的,没看到有客人在吗?"

店员看起来也是一个头两个大,说道:"要不是实在是没办法,我们也不会在这个时候来打扰您。实在是那个新来的契奴……我们根本没办法处理他!"

新来的契奴?池停迅速捕捉到了重点,不等查普林再呵斥,先一步开了口:"你们这里的契奴还会更新?"

"啊……对对对,是这样。"查普林被一问之后回过了神,依旧赔笑,"为了确保各位探险家们能更好地享受服务,我们这边更新换代向来很快。就是有时候会遇到一两个刺头,像这次这样,稍微有点麻烦。实在抱歉,打扰到您挑选的雅兴了。"

"没事,一点都不打扰。"池停摆了摆手,也是微微一笑,"我个人其实还挺喜欢刺头的,比起过分温顺的有意思多了。你们刚刚说的那个新契奴,不知道站主介不介意带我过去看看?"

查普林又下意识地张了张嘴:"啊?"

他开店这么久,接待过的探险家们不计其数,以往乖巧温顺往往都是客户们最看重的标准,所以他们家的契奴往往也都是调教驯服之后才会放出来展示。而像这位这样喜欢刺头的,还真是第一次见。

只要说起那个新来的契奴,查普林就感到一头两个大。

一想到这位客人如果真能将这个祖宗带走,也算是给他省了一桩大麻烦,当即没有半点犹豫,反倒是眼睛都亮了:"不介意!当然不介意!我这就带您过去看看。来,这边请……"

池停扫过一眼店员那饱受荼毒般的凄苦表情，出于为这家店铺的未来着想，低低地清了清嗓子："我们走快点吧。"

就当池停跟在查普林身后准备去看新来的契奴时，他的直播间里又接连涌入了几批新的观众。没有人注意到人数暴涨之下已经不知不觉间直奔两万大关，弹幕仍在热烈地讨论着，只不过不知不觉间，主要的话题已经多少有些跑歪。

什么，听说秋神来看这个直播间了？第十三世界的，那不还是个新人吗？
这个残局本很难吗，有没有人剧透？这是开局多久了，死亡比例看着有点高啊！
签订契约，主仆关系都什么把戏？
人数已经23/50了？这残局本看起来好像有点凶啊。
秋骥都多久没看副本直播了，八哥没了对七海战队果然是影响很大吧，听说在计划找新队员了，看来都是真的。
你们不知道吗，这个池停在第一个副本就觉醒了伴生专属道具，秋骥估计就是奔着这个来的。
你们这些人啊，一听到秋神在这就追过来了？谁说七海战队不行了，我看这人气依旧高得很啊！

这边正聊得热闹，突然弹出的系统消息让满屏幕覆盖着的弹幕豁然一空。

注意：检测到玩家池停在线观看人数达到两万，本直播间即将转化为收费观看模式。

自从发现秋骥在这个直播间里之后，在线观看的人数就一路飙升，大家虽然没想到这么早就会进入收费模式，但对于会接到提示丝毫不感到意外。

直播间里的观众们八卦得开心，下意识地就准备再聊个几积分的天，直到下一条消息弹出，险些按下确认的手就堪堪顿住了。

这是出现幻觉了吗？

当前收费标准：每分钟5000积分。

收费观看模式即将开启，倒计时，10、9、8、7……

这什么，多少积分一分钟？

怀疑自己眼花的玩家用力地揉揉眼睛，又反复看了好几遍，这才确认自己确实没有看错。

玩家们集体无语。

这收费？是他们疯了还是这个池停疯了！

圣域当中，秋骥刚刚送到嘴边喝上一口的咖啡也险些喷了出来。

每分钟5000积分？虽然直播间的收费标准可以自主调节，但是在他认识的那么多朋友当中，收费最高的撑死也就到了每分钟1000积分而已。

这个叫池停的新人，也是真敢开啊！

秋骥连连一阵咳嗽才终于顺过气，等视线再落在那条收费提醒上，表情一时间也显得十分复杂。

每分钟5000积分，对秋骥来说倒也不是看不起，毕竟平时购买高级本的通关视频也是动辄几千万起步。只不过，真要按这个价格用在一个新人身上，他总感觉显得自己有些人傻钱多。

甚至有那么一瞬间，秋骥都怀疑这个池停是不是知道自己在这里，才故意调整成这么离谱的收费标准。

这个副本的规则已经直接限制了他最想看的个人技能和专属道具效果，现在居然连收费都充满了宰冤大头的气息……

秋骥沉默许久，最后"啪"地一下，按下了"确认"选项。

算了，要想找到替代老八的人选确实十分困难，他还能有什么办法……先看看呗。

几乎在秋骥确认付费观看的同一时间，一个声音伴随着重新亮起的直播画面传了出来。

"那我就要他吧。"

镜头中池停看似漫不经心地一指，显然是终于选中了让他满意的契奴。

只不过不知道为什么，从秋骥这个付费观众的视角并没有给到那个契奴镜头，而是将镜头完全地切在了池停的身上。

这种感觉，像极了低收费直播间玩家在涉及高直播间内容时，所进行的屏蔽处理。

秋骥隐约间感到有些不对，但他本来就是奔着观察池停来的，也就没有多想，继续看下去。

副本当中，池停刚说完这么一句，就感受到了来自站主查普林跟店员们宛若看救世主般的感激目光。

一时之间，他十分好奇这个男人到底又做了些什么，抬眸往展区里多扫了一眼。

其实在第一眼看到月刃的时候，就足以让池停感受到他跟其他契奴的不同待遇。

这一路走来，池停见到的那些契奴一个个不是被捆在铁笼里，就是被禁锢在展柜当中，宛若一件件任人处置的物件。唯有月刃这边——足有四五十平方米的豪华展区不说，池停来的时候这人就这样地坐在位子上，面前摆满了刚刚采摘的新鲜水果，神态之悠闲，搭配着其他店员们战战兢兢如履薄冰的神态，宛若他才是被请过来需要好吃好住地供奉起来的那位大爷。

此时他看到池停，在展区的玻璃墙那面微微浮起一抹笑容，硬生生地让现场的一众NPC狠狠地抖了一抖。

池停心说，真不愧是副本一霸，不管走到哪里分配到什么样的人设，杀伤力依旧不减。

"来来来，我们这就为您办理手续！"

看得出来站主是真的恨不得原地送走月刃这位瘟神，池停刚一开口，就生怕他反悔似的以迅雷不及掩耳之势完成了一系列的签约流程，最后神态敬仰地送上了一个材质不明的特制项圈，说道："那么最后一步，您只需要能够……将这个给他戴上就可以了。"

查普林说着，心有余悸地朝着月刃的方向看一眼，清了清嗓子："这一步，需要由您亲自完成，我们就不陪您一起进去了。但是您尽管放心，只要能够给他戴上这个项圈，在这之后，您的一切指令他都一定会无条件地服从。"

这个项圈池停之前见过，国字脸的契奴脖子上也戴着一个，要说唯一有什么不同的是，经过特殊处理之后，这上面还刻了他名字中的一个"停"字。

池停用指尖反复地抚摸着，这看不出是什么材质，他有些迟疑地朝月刃的方向瞥了一眼，只觉得以他对这个家伙的了解，估计很难强迫他做一些不太愿意的事情。

这样一眼,刚好四目相对。月刃的眉梢微微挑起几分,无声地张了张嘴:"来。"

行吧,是你让我来的。

池停随意揉了一把长发,脚步一迈,从展区的侧门走了进去。

他这前脚刚走进,就看到身后的店员迫不及待地把门给关上了,像是生怕出什么变故让里面的人跑了似的。

在外面的时候还没什么感觉,走进这个密闭的空间里,池停才发现这种充满压迫的感觉比想象中还要来得窒息。而且这边甚至已经是四五十平方米的展区,可想而知外面的那些展柜和铁笼里只会更加让人崩溃。

池停走到月刃跟前站定。斟酌半天,最终还是接受了自己确实不太适合劝人这个现实,直接将项圈往对方面前一送:"戴一个?"

说话间,池停时刻留意着月刃的反应,在这样空旷十分适合肉搏的环境下,甚至思考了那么一瞬直接用暴力解决的可能性。

光这么一会儿他就已经想从这里出去了,估计月刃能等他到现在,已经差不多耗尽了全部耐心。在这种随时都可能发生暴走事故的局面下,速战速决永远都是最优的选择。

等待答复期间,池停看到坐在位置上的月刃微微地朝他俯身靠近几分:"好啊。"

"哦,好对吧……那就别怪我不客……"池停十分自然地顺着话接下去,正要尝试性地动手,才回过神,"你刚才说'好'?"

"当然,不想引起猜疑的话,这是最好的方式。毕竟在这个城市里面,这才是契奴的生存之道,我又不是蛮不讲理的人,这些道理我都懂。"

月刃将池停的一系列反应看在眼里,甚至还意味深长地瞥了一眼对方已经在暗中握起的拳头,从刚才开始因为心情不悦而始终压低的嘴角也终于翘起了几分:"为了顾全大局,我可是在这里等你很久了。我的主人,还好你来得还不算太晚,至少勉强算是在我的耐心彻底耗尽之前找到了我。"他微微仰起头,对上池停的视线,"所以现在,给我戴上吧。"

池停从他的角度垂眸,可以清晰地看到月刃展示在他面前的脖颈弧度。这样的姿态看不出半点签订契约、委身为奴的低贱卑微,反而像是在等待一场盛大恢宏的神圣仪式。

他只是微微地愣了一下，便伸手将这个印有古城图徽的项圈戴在了月刃的脖子上。在周围散落的灯光聚焦下，上面新刻上去的那个"停"字反射着浅浅的微光。

这人的体温可真凉。

指尖从月刃肌肤上擦过的时候，池停心里默默想道。

3

签订契约的最后一步完成，池停带着月刃走出了展区。

他第一次感受到来自人类夹道欢迎的至高礼遇——准确来说，是来自那些店铺里的 NPC 们。

比起之前那避之不及的态度，站主查普林此时看着已经戴上项圈的月刃，双手往身后那么一背，走来时连背脊都挺直了很多。

"亲爱的探险家，恭喜您正式拥有了属于自己的契奴。接下来的几天，请尽情地享受亚勒兰古城中特色的探险活动吧，相信一定会让您体验到只有冒险世界中才能拥有的绝对刺激。"说着，他的嘴角浮起一抹笑容，将一块车钥匙大小的指令板送到池停的面前，憎恶地看了月刃一眼，"不过有一点还是需要注意，这些恶魔的后代毕竟生性凶残，如果表现出任何忤逆您的举动，一定要记得让他们感受一下主人该有的威严。"

月刃原本还垂眸轻抚着脖子上的项圈，不知道在想什么，此时闻言，神色无波地抬眸看了一眼查普林。

即便是这样一眼，已经让站主查普林本能地背脊一僵。

但他还是色厉内荏地扯了扯嘴角，尖锐的声音也难堪地抬高了几个度："瞧瞧他的眼神，果然还是不懂顺从啊！来吧，亲爱的探险家，我先为您做个示范，让您看看应该怎么让这些低贱的东西学会臣服……"

话音落下，他刚要按下按钮，手上豁地一空，指令板已经被池停抢在手中。

"不用示范了,我大概知道这东西应该怎么用了。"池停随手将指令板塞进口袋里,及时阻止了这位站主堪称自掘坟墓般的作死行为,"时间不早了,我还需要去落脚的地方,该走了。"

站主查普林完全不知道自己这全城制定契奴站点险些因为他的手欠而付之一炬,愣了一下,神态间还有些遗憾道:"账单请去前台领取。"

几分钟后,池停拿着契奴账单走出契约驿站。

只能说亚勒兰真不愧是勇者守护的城市,就连账单都是以宝箱作为结算单位。

契奴的贩售价格是五个低级宝箱和一个中级宝箱,因为池停今天初来乍到,所以目前甚至还是赊账的状态。听收银台的店员说,这些代替货币的宝箱可以通过参加城中各大店铺的寻宝活动获得,十分便捷。

现阶段的主线任务是收集到足够的宝箱证明自己,而城内的一切货品又都是以宝箱作为交易单位,至今为止这个失落的宝藏副本所有的内容完全都是围绕着"宝"这个字展开,可以说是相当点题。

池停拿着契奴账单一边看着,一边迈脚踏出驿站的大门,就听到身后的人意味不明地轻笑了一声。

他一直到过了一个路口才停下脚步,回头看过去:"你笑什么?"

月刃微微挑起了眉梢:"笑你真是菩萨心肠。"

池停的角度一眼就瞥见对方脖颈上戴着的那个项圈,上面雕刻着的"停"字十分清晰地落入眼中,宛若在无声地宣示着某种所有权。

他垂了下眼收回视线,对于这人的阴阳怪气倒是习以为常,直接转移话题:"所以你到底是什么情况?我这次陪你进本就是想要拿个玩家身份认证,又被判定成NPC的话,不会出去之后依旧被视为无效通关,还是黑户的身份吧?"

池停说话间,整张脸上都写着"你真麻烦"四个大字,月刃感受着这种溢于言表的嫌弃,反倒觉得心情不错:"估计是因为我的情况太过特殊,加上这个游戏系统又太蠢,进来的时候副本程序估计没能运行过来,才误判了个契奴的身份。不过我已经看到你们说的那个虚拟面板了,也就意味着还是玩家身份,所以尽管放心,这次的副本绝对不会让你白陪我进来的。这样的回答能让你满意吗,主人?"

前面听着还好，等最后那句话落入耳中，让池停不由得沉默了一瞬。

这人确定是第一次当契奴？怎么莫名感觉这一声接一声"主人"地叫着，倒是比那国字脸的那个契奴还要流畅自然。

池停想了一下，还是决定核对一遍，等终于确认月刃除了初始身份之外，其他的副本介绍以及主线任务确实都跟他面板上的完全一致，才总算是松了口气。

这个发展至少也算是迈出了成为玩家的第一步，不过与此同时也产生了另一个问题——也正是因为系统太蠢将月刃判定成契奴，这个男人的所有能力并没有遭到任何限制，这要是不好好看着的话，谁也不知道他心血来潮会做出点什么自认为很有意思的事来。

池停瞥了月刃一眼，心想，必须得盯得更紧了。

月刃似乎读懂了池停的想法，脚底下的影子已经隐约地游动起来，眉目也是笑得弯弯的："其实不用这么警惕，毕竟按照这里的设定，我就是你冲锋陷阵的利剑，能力能够为你所用，也是我的荣幸。"

池停只觉得这人说起冠冕堂皇的话来，一句比一句好听。

按照规则里所说的，契奴确实是主人冲锋陷阵的利剑，但是不管怎么看，总觉得在他面前的这位，显然更像是那个足以让所有人血溅三尺的毒药。

池停丝毫不吃花言巧语这套，用两根修长的手指将指令板从口袋里夹出来，警告性地在月刃面前晃了晃："希望我们可以合作愉快，不要留下一些对大家来说都不太好的回忆。"

月刃含笑而视："当然，我也这么认为。"

从这样的语调里，池停莫名感到这人好像压根就不认为自己真的会拿这契主的身份折磨他似的。沉默了片刻，他只能悻悻地将指令板收回口袋里，一时之间有些反思自己是不是在什么不经意之间，给了别人一种过分好说话的错觉。

如果真是这样的话，恐怕有必要找个机会好好地进行一下纠正了。

一直到了冒险者酒店门口，池停依旧没有思考出答案，干脆也不多想了，大长腿一迈就走进酒店的大门。

入住手续完成得相当利落，两人在服务生的带领下来到自己的房间门口。

"这是您的房卡，请妥善保管。"冒险者酒店的服务生笑容可掬，"欢迎入住冒险者酒店,希望能为您带来宾至如归的温馨体验。其实我们这里有额外的托管服务,请问您的契奴是想留在身边,还是交托我们统一管理呢?"

托管服务,听起来像极了对待一件行李或者宠物。

出于为这个副本里的NPC和玩家着想,池停肯定是不放心让月刃单独行动的,几乎没有犹豫地就给出了回答:"不用了,我带在身边就行。"

"明白了。"服务生听到这个回答的时候不知道为什么深深地看了池停一眼,脸上礼貌的微笑没有丝毫变化,"那么最后提醒一点,在亚勒兰城里,晚上八点之后是城里的宵禁时间,入乡随俗,不管发生了什么,还请一定不要离开房间哦。最后,祝您能够拥有一场愉快的探险之旅。"

"知道了,谢谢。"池停将房卡嵌入卡槽当中,礼貌性地向服务生点点头,就关上了房门。

门外传来了服务生渐行渐远的脚步声。

池停快速地扫过一圈,发现提供给探险家们的套房里面一共被分为两个区域。相比起外面的宽阔的主居空间,里面那个说是房间,倒不如说更像是一间牢笼。

视线透过那些铁制的栏杆,还能看到地面上散落着的一个个连着锁链的镣铐,显然是在睡觉期间专门用来锁住那些随身携带的契奴的,避免他们趁着主人睡觉做出一些不该有的举动。

怎么说呢,总感觉这个城市对待契奴这种存在,真是由内而外都散发着浓浓的恶意。

面对这么大的一个囚禁区域,月刃就这么事不关己地走了过去。

他走到窗前拉开帘子,淡淡地扫过一眼:"视野不错。"

池停过去看了一眼,点头道:"确实不错。"

刚才他们在办理入住手续的时候,大堂里面除了酒店的工作人员之外,基本上都没见到什么人,联想到目前的集体主线任务,大概可以猜到在这个时间点,这些披着探险家身份的玩家们应该正在外面努力地进行着宝箱的收集工作。

此时从窗口往外面看去,刚好可以看到那一个个来来去去的忙碌身影。

要说起来,这座亚勒兰城里的居民的穿着可以说是极有特色。明明是烈日炎炎的天气，城里却硬是没一个人穿着短袖，以至于辨别外来人员和原住民的这件事情就显得格外容易。

相比起来，这些探险家们一个个衣着清凉便捷，身后有戴着项圈的契奴跟着。

池停就这样站在窗边静静地观察了很久。

之前看到存活率时，他几乎已经做好了面临一个死伤惨重的残局的准备，但是现在看来，这个副本里面的真实情况似乎跟他想象的完全不同。

至少目前从楼下经过的那些探险者看起来，一个个都精神不错，不说神采奕奕，单这健步如飞的样子，就看不出任何曾经受伤的样子。倒是跟在他们身后的那些契奴，像是一件件遭到了各种酷刑折磨的消耗品，遭到的损伤程度不一。

从数量上来看，城里的这些探险者应该不完全都是玩家，也有一部分是NPC，但是他们对待这些契奴的态度又不尽相同。

可能是后面来的玩家跟着这些早些进城的探险家NPC有样学样，也可能还有其他的原因，以至于目前街上看到的那些契奴虽然十分明显地伤势惨重，但是显然他们都没有得到任何有效的救治。

但至少可以看出，身边还存在着契奴的探险者目前还算是相对安全的，至于已经没人守护的那些人，就不好说了。

池停若有所思地皱了皱眉，下意识地看了月刃一眼。

旁边的男人明明没有回头，却是在这个时候忽然开了口："就算契奴的损伤程度最终真的会跟玩家的生命挂钩，我也绝对不会让你有事的。这个副本里的NPC，还不至于能伤得了我。"

他的视线扫过远处那一家家店面，微微一笑说："所以，尽管放心吧，我的主人。"

话音落下，许久没有得到回音，月刃回头看去，正好对上池停充满探究的视线，他缓缓地眨了眨眼："怎么了？"

"没什么，就是听你这一声声'主人'叫得好像很有经验的样子。"池停想了一会儿，到底还是问出了心里的疑惑，"所以，你其实是个——受虐狂吗？"

月刃本来就是想要借着副本的设定逗逗池停，没想到居然反而给自己新增了一个如此炸裂的标签。

此时他张了张嘴，本来想要说些什么，但是所有的话在池停这样的注视下彻底卡在嘴边，隔了许久他才豁地笑出了声："你果然是我遇到过的最有意思的人。"

池停见月刃没有正面回答，忽然觉得自己的猜测又准确了三四分。

他挑了挑眉，也没有再继续这样的话题，转身走到旁边的沙发坐下了，说道："谈谈吧，接下来打算怎么做。"

月刃不答反问："你不是已经有想法了吗？"

池停微微一笑："要不然一起说？"

三秒之后，两人几乎同时开口："晚上的宵禁。"

两人相视一笑，看来是想到一块去了。

八点宵禁。

这是进入这个副本之后，在目前听到过的最多的一个词。

真是好奇，到时候到底会发生什么样有意思的事情呢。

池停忽然发现，比起行事总是小心翼翼的离洮他们，这位充满恶趣味的月刃先生，在某些方面反倒是与他趣味相投。

回想一下，似乎也确实有很长时间没有人能跟他一起"疯"了。

月刃确认了下一步的娱乐安排，也不再看窗外，朝屋内扫过一圈，迈开了脚步。

池停此时闲来无事，视线也就下意识地跟在月刃的身上。

随后便见这人一个用力推开了铁门，看着地上那些连着铁链的镣铐思考了片刻，忽然回头看过来："闲着无聊，既然都是要找线索，要不要更沉浸式地体验一下？"

池停心想，体验？继项圈新体验之后再感受一下锁链囚禁吗？

池停自认见多识广，也是第一次听到有人向他提出这种要求。

果然，这个人绝对就是一个受虐狂。

4

每分钟5000积分的直播间里一片空空荡荡没有弹幕,其他玩家在看到天价收费的瞬间早已一哄而散,只有唯一的在线观众秋骥,一路看着直播间里逐渐跑歪的画风,到了此时此刻表情已经十分复杂。

这种直播画风怎么说呢,大概就是有一种所有人都在积极通关求生,这两个人却是在玩角色扮演的这种强烈割裂感。

像秋骥这样的玩家,就算在部分重点信息遭到屏蔽的情况下,也能够推测出这个"契奴"的大致身份。这让他多少有些好奇,这池停在离开爱心公寓后片刻的工夫到底发生了什么,以至于他这么快地再次进本,身边居然还多了一个身份微妙的黑户。

池停以前其实没少用过这种锁链,捆绑技术堪称相当娴熟,唯一的缺点就是表现得多少有些粗暴,他三两下将月刃五花大绑,还不忘站在原地欣赏了一下自己的杰作:"不好意思,以前没有绑过人,这样的程度可以了吗?"

月刃垂眸扫过一眼身上将自己缠得毫无美感宛若肉粽的铁链,第一反应是思考了一下所谓没绑过人的意思,是不是指以前绑过的那些都不是人?

不过即便被绑得这么狼狈,他依旧地调整了一下自己的姿势,从中找到一个绝对优雅的角度靠在身后的墙面上,实事求是地客观评价道:"倒是完全看不出来是第一次。"

池停就权当这话是在夸他,点点头,最后进行了一下确认:"你确定要一直躺在这里?"

月刃缓声说:"我愿意称之为做戏做全套。"

"嗯,很敬业。"池停可没有这样的闲情雅致,他向来不是很喜欢这种太过封闭的地方,见月刃往那一躺就真没准备动了,他毫不犹豫地选择回到自己那张舒适柔软的大床上。

他往靠枕上一趟才发现,从这个角度刚好可以清晰地看到铁笼里面的全部情景,月刃双手戴着镣铐被限制了行动,神态倒是相当惬意。

床头柜上放了一本亚勒兰古城的冒险指南，池停拿过来随意地翻看起来。

时间一分一秒地过去，一切都非常的平静，要说唯一有什么小插曲，那就是傍晚的时候服务生送来了今天的晚餐。

酒店服务生站在门口看到已经被关在铁牢里面的月刃，临走时朝着池停意味深长地笑了一下："吃完的碗筷放在门口就好，明天早上会有人过来收取，祝您拥有一个愉快的夜晚。"

关上房门，池停将餐桌推进铁牢里面，回想了一下服务生当时的表情，说："契奴在晚上绝对会有问题。"

月刃说："晚上会不会有什么问题我还不知道，但现在确实有一个很严肃的问题。"

池停问："什么？"

月刃示意性地抬了抬手，但实际上只是让压在自己身上五花大绑的锁链发出了一些细微的声响，面上笑容淡淡："大问题，我有点饿了。"

比起绑人，池停的喂饭技术显然要生涩很多。

导致一顿饭吃完，已经时近八点。

池停把等待回收的餐桌送回到过道的时候朝外面扫了一眼，他发现有不少卡点回到酒店的探险家宛若身后跟着洪水猛兽一般，慌慌张张地奔回自己的房间。

而所有的脚步声在钟声响起的那一瞬间，都彻底地陷入了寂静。

"铛——铛——"

"铛——"

喷泉广场的塔楼传来古旧的钟声，一下又一下，充满年代感的悠远回音仿佛阵阵地撞入心头，一共反复了八次。

晚上八点。

亚勒兰古城的宵禁时间。

房间的门和窗根据酒店工作人员的提醒已经全部关紧，池停走到窗边透过帘子的缝隙往外看了一眼。白天车水马龙的街道里早就已经没有半个人影，毫无生机的一片死寂下，夜间的亚勒兰宛若顷刻间变成了一座死城。

但就是在这样寂静无人的氛围下，池停却感受到了从黑夜中投来的目光，不知道来自哪里，就这样黏腻地落在他的身上，充满了浓烈的恶意。

宵禁是假的，虽然限制了所有居民外出，但外面绝对还有其他东西。

池停已经有了自己的结论，离开窗边往屋里看去刚要开口，就发现月刃也正在直勾勾地看着自己。

在对方那样神态分明如常的注视之下，他只感到心头隐约跳了一下，顿时泛起一抹更加微妙的感觉。

不好的预感果然得到了验证，他听到月刃开了口，声音比起平常紧绷且克制："你是对的，契奴晚上确实会有问题。"

然而听这语调显然已经与月刃平常的状态大不相同，这人却似乎还觉得现在的体验很有意思，说话时候嘴角的弧度反倒愈发分明。

对于月刃来说，一切的变化是在八点的那一刻开始发生的。

第一声钟响，他就发现了世界的改变——

眼前的所有视野顷刻间笼罩上一片血色的幕布，浓烈刺鼻的血腥气开始涌入他的鼻息，这让他一时之间有些后悔先前因为有人亲手投喂而食欲大好，似乎并不应该多吃那几口，导致这一瞬间确实有那么一丝反胃；

第二声钟响，无数千奇百怪的声音开始传入他的耳中，有昔日在爱心公寓里的那些 NPC 邻居，有一次次戴着虚假的面具试图攻略他的玩家，有声嘶力竭地让他去死的嘶吼，还有千奇百怪地足以让人烦躁崩溃的噪音……而更多的，是低劣的诅咒和嘶哑的怒吼。无数的片段仿佛要从记忆深处的缝隙中挤出，越是不愿回想，就越是蠢蠢欲动；

第三声钟响，体内的血液在一种未知力量的诱导下，一点一点地燃烧沸腾起来。这是一种十分强烈的冲动，一层接一层地涌上，有什么在脑海中诱惑着他，怂恿着他，告诉他去追求更多的鲜血与杀戮。有那么一瞬间，月刃甚至也认为这样情绪与生俱来，认为将眼前看到的那个人撕裂才是真正满足让他身心愉悦的欲望；

第四声钟响，被血色浸染的整个铁牢的空间开始彻底层层崩塌，光怪陆离的世界中他看到了一张张恶魔的脸庞，讥笑着朝他露出了森然的獠牙，一步一步地越逼越近，越逼越近，尖锐的利爪一点点地剥离他的血肉，血的味道，更加地让他贪恋、痴狂；

然后第五声，第六声……

一直到第八声钟响落下，月刃的世界中已经只剩下了一片修罗地狱。

这样的一切足以让任何一个人陷入癫狂，而对他来说，更像是一个充满狂欢的游乐场。

"你是对的，契奴确实会有问题，晚上，就是恶魔之血觉醒的时间。知道吗？它们正在怂恿我攻击你呢。"

月刃这样告诉池停，看着这张在他的世界里已经完全扭曲的脸庞，全身早就已经因为浑身沸腾的血液被汗水彻底浸湿，胸腔不正常地经历着强烈的起伏，他笑得却是格外玩味："原来这就是恶魔眼中的世界吗？可真是一种很有意思的体验。"

月刃的异样实在是太明显了。

更何况他根本就没有想要掩盖自己欲望的意思，宛若随时都可能扑上来将他想要的一切吞噬殆尽。

他这样的笑，像极了一个盯上了猎物的恶魔。

在这种足以让所有人想要拔腿就跑的诡异注视下，池停没有动，只是缓缓地拧起了眉。

月刃的表述听起来还算清晰，但是看着这样依稀已经有所流露的癫狂形态，就已经让池停大致想象得到，这个男人此时正陷入怎样的混乱状况当中。

恶魔的血液。

每晚八点之后，就是这些恶魔后代血脉苏醒的时间吗？

"不管发生了什么，还请一定不要离开房间哦。"

酒店服务生的话语还声声在耳。

难怪在他拒绝契奴托管之后要进行这样的提醒，也难怪在这冒险者酒店的每个房间当中都要安排一个铁牢。就连月刃都能被逼到眼下的这种程度，更别说其他的契奴NPC了，大概可以想象得出，其他将契奴留在房里的冒险者此时正面临着怎样的局面。

外面突然爆发的躁动侧面印证了池停的猜想。

不知道在哪一层传来的脚步声打破了夜晚的寂静，紧接着似乎有其他楼层也混乱起来。但也只是短短的片刻，急促的呼救声又仿佛没出现过一般戛然而止，遥遥地，只剩下徐缓的不似人类的沉重脚步声，以及一些死物被拖曳的声音……

偶尔有几声锁链囚禁下试图挣扎的"哐当"声，连动着墙面隐隐震动，但也在每一波动静传来不久之后，彻底地寂静下来。

不要离开房间。

因为房间外有着比屋里的契奴们更可怕的存在吗？

池停发现等晚上的宵禁时间是对的，这信息量确实有些大。

只可惜，他的搭档现在看起来已经不像是还有脑子去进行思考的样子了。

月刃胸膛的起伏比起之前分明更加剧烈了，然而这样的表情看起来无疑是极度愉悦的，这让池停莫名觉得，这个人确实是很享受这种恶魔血液所带来的新奇体验。

但是看这眼神已经逐渐失焦的样子，池停实在不太确定月刃到底能够在这种混乱的状态里维持多久的清醒。

周围那些不知不觉间遍布全屋的黑影早已将他笼罩其中，池停垂眸扫过那蠢蠢欲动地眼见就要触碰到自己的影子触手，他伸手毫不客气地一把拍开。

他走到月刃跟前半蹲下身，骨节分明的修长手指捏起了男人的下颌，让对方强行地对上自己的眼睛，话语徐缓且清晰："虽然有些缺乏人道主义，但我现在确实需要一个准确的答复。应该还能听清楚我说话吧？月刃先生，还请告诉我，你确定能在这样的状态下始终保留住最后的理智吗？"

说话间，追随着他游走到近前的影子，已经不知不觉攀爬上了他的脚踝。

池停垂眸扫过一眼，落在月刃下颌的指尖示意性地收拢了几分："如果不能的话，我可能需要采取一些特殊的手段了。"

月刃直勾勾地看着池停，以他现在的状态来说，此时听到的每一个字仿佛都是山谷中的回音，许久之后才在一片诅咒肆意的世界中传入他的中枢神经。

长达十几秒的沉默之后，他终于感受到字里行间分明的警告，他有些失焦的眼中浮起了一抹笑意："当然，只是可能需要一点您的帮助，我尊敬的主人。"

池停对于这人到了这种时候还孜孜不绝地进行角色扮演的敬业精神，一时之间不知该如何评价。

但看起来现在的情况确实不算太糟。至少，月刃还能听得懂他在说什么。

池停稍微地吁了口气："说吧，怎么帮你？"

那个念头一闪而过，月刃感到属于恶魔的本能让他仿佛闻到了一抹香甜的腥味。他缓缓地舔了一下有些干燥的唇角，干哑的声音当中充满了浓烈的贪恋："血，给我一点你的血……"

这么简单？

池停听到这要求的时候甚至产生了一丝怀疑，但是他看一眼月刃的状态，又觉得这人现在应该也没脑子故意诓他。

他也没犹豫，低头在自己的手上咬了一口，将渗血的指尖送到月刃的面前。

似乎是被血的腥味所吸引，月刃下意识地前倾了几分。他用舌尖试探性地舔舐一下，忽然间凑近，咬在了口中。

池停感到月刃宛若火烧般的体温瞬间包围了他的指尖，他像被炽热的火焰灼了一下，险些下意识地抽回手去。

5

明媚的阳光洒满大地，两人从冒险者酒店的大门走出，落入他们眼中的是城市人来人往的热闹景象。所有的探险家都投入宝藏的搜索当中，积极、热情，仿佛昨天晚上发生的一切都只是一个错觉。

池停听到身后的人缓缓地打了声哈欠，让他也下意识地张了张嘴。

有点困是真的。别说月刃了，昨天晚上连他都没怎么睡好。铁牢的墙面相当硌人，并没有太多翻身的空间。

池停抚了抚指尖上还残留着的牙印，不放心地问了一句："你确定已经没问题了？"

月刃无声地笑了一下，将额头送过去："至少体温已经正常了，你摸摸看？"

池停拿手贴了一下。昨天晚上月刃整个人烧得仿佛血液沸腾了，现在倒是已经恢复了一贯冷冰冰的手感。

不过池停也就是随口多问上一句，其实今天早上醒来两人互相核对信息的时候，就已经知道月刃确实彻底地冷静了下来。

目前已知的是，在这个副本当中，晚上八点之后是契奴这些恶魔的后代血脉觉醒的时候，在这个时间段中他们将无差别地攻击所有人。排除月刃这样的特殊情况，交给酒店寄存大概确实是个最好的选择。

但是这样一来，玩家方就显然需要面对另外的一个问题——就像池停昨天感觉到的那样，在这个城市里面绝对还有其他东西存在。对于失去个人技能与道具效果的玩家来说，契奴基本上是他们在副本中唯一的战斗力倚靠，一旦为了确保自身安全而将契奴送走，就将十分自然地让晚上八点后的这段时间成了他们最弱势的时期，万一发生什么事情，说是任人宰割都不为过。

池停越想就越觉得这个副本的设计问题很大，他看向这座历史久远的城市，决定继续看看。他摸出刚刚在酒店大堂问服务员要来的观光地图。昨天他已经完成了契约签订，今天的每日任务在天亮后再次刷新，要求他去"科尔里奇家的店"参加一场探险活动。

大概是因为所谓的主仆关系，月刃也跟他接到了同样的任务，倒是方便很多。

科尔里奇家的店在古城的另外那头，从冒险者酒店过去，需要横穿大半个亚勒兰古城。

面对这个情况，池停跟月刃反倒一致觉得不需要着急过去了。反正所谓的每日任务，顾名思义只需要当天完成就可以了，完全不用急于一时。

一拍即合，两人干脆沿途闲逛了起来。

这座传闻埋藏着勇者宝藏的古城已经将冒险主题的旅游业发展得很好，商业区中的店铺风格迥异，唯一不变的是每个店铺门牌下面挂着的提示牌，上面印有颜色不一的钻石图案。

这些钻石图案代表了店铺内活动奖励的宝箱品质，绿色的代表低级宝箱，黄色的代表中级宝箱，红色的则是代表高级宝箱，不同宝箱所对应的冒险项目难度也是各不相同。

现阶段副本的主线任务所需宝箱的进度分别为低级宝箱（42/50）、中级宝箱（15/20），以及高级宝箱（1/3）。

时不时地，可以看到进度的字数还在继续递增。

很显然，为了可以尽快地将副本主线推到下个阶段，混迹在探险家当中的玩家们也都在十分积极地进行着宝箱收集。

这倒是让池停想起一件事来，他驻足瞥了月刃一眼："为了买你，我好像还赊着账？"

月刃表现得一如既往地没有道德感，更何况昨晚实在睡得不好，心情糟糕地皱了下眉："有影响吗，不还会怎么样？"

"好像，确实不会怎么样。"话是这么说着，但是池停总觉得不太喜欢赊账的感觉，刚好路过一个冒险店铺，直接拽着月刃走了进去。

条件允许的话，他更建议某人自力更生地赎一下身。

这家店铺门口的图案上画着的是绿色宝石，代表着完成冒险项目之后，能够获得低级的宝箱奖励。

拖着月刃刚一进门，池停就听到一声撕心裂肺的惨叫。

一抬头，正好见到有一个探险家手里拿着低级宝箱神色满足地走出来，然而他的注意力很快就落在后面那个契奴的身上。

这个契奴显然是刚刚被砍伤了一只手，新鲜的伤口处还在汩汩地往下淌着鲜血。

然而他依旧脸色煞白地努力去跟上自己主人离开的脚步，每迈开一步，牵扯之下的剧痛让他全身上下每一寸的肌肉都在痉挛般地一阵颤抖。

池停回头看着月刃："这家店可能对你会不太友好。"

月刃听到笑了一声："估计这个城市对我都不会太友好。"

池停想了下，点头："确实。"

莫名其妙拿了个契奴的身份，这件事情本身就很难评价。

说话间，又有一个身影从店内迎了出来。

冒险店的老板终于发现新客人的到来，笑容满面地带着两人就往店里领。

池停也有些好奇到底是什么样的黑店，居然能把契奴折磨成这个样子。

结果一进门，落入眼中的却是只有摆放在桌面上的三个大小不一的箱子。

由于上面严严实实地盖着黑布，完全看不到箱子里面有些什么。

"是这样的，本店提供的冒险项目是十分简单的黑箱游戏。"冒险店老板面带微笑地给池停介绍，"我们事先已经将绿宝石放在黑箱子里，亲爱的探险家，您只需要在不造成任何破坏的情况下将宝石从里面顺利取出，就算是成功地通过了这里的冒险项目。人类面对未知的时候往往会充满恐惧，我们店铺考验的就是探险家的勇气。"

说着，他意味深长地瞥过月刃脖子上的项圈，再次看向池停："当然，亚勒兰古城的规矩，您可以自己亲自参与，也可以选择让契奴替您来完成这次的探险。"

池停指了指面前的那些箱子，问道："这几个都有什么区别？"

"箱子规格越大，要找到宝石的难度也就越大。所以根据难度，这三个箱子从小到大，奖励的低级宝箱数量分别是一个、两个和三个。"老板回答完，还不忘推荐道，"按照以前的情况来看，最大的这个箱子要更受欢迎一点。"

池停看着他微微一笑："反正箱子里都不是什么好东西，伤多一点伤少一点也没什么差别，是这样的意思吗？"

老板下意识地也想还以一笑，反应过来池停话里的深意，神情才略显僵硬，过了一会儿也调整了过来，说道："亚勒兰城只欢迎勇敢的人，如果连我们这些冒险主题的项目都无法完成的话，又怎么去迎接真正的勇者挑战呢，您说对吧？"

池停点头："是，你说的都对。"

过分敷衍的回复让老板脸上的笑容有些挂不住了。

月刃半睡不醒地在旁边听着两人的对话，此时终于懒洋洋地抬了一下眼帘，道："既然老板推荐了，那就选择最大的那个箱子吧。"他见池停看过来，嘴角微微翘起几分，"毕竟，能为主人效劳，是我的荣幸。"

既然月刃都这么说了，池停回以微笑，也没有客气："那主人就在这里等着你满载而归了。"

毕竟他的能力现在正处于失效状态，要是什么肉搏作战类型的项目还能玩玩，像这种不适合暴力操作的，确实不是他擅长的领域。

池停在旁边的沙发上坐下，向月刃做了一个"请"的动作，示意他开始接下去的表演。

老板将月刃带到最大的箱子面前。

"亲爱的探险家先生，不管看到什么，还请您一定不要出声提醒哦。要不然，可是一律会被视为冒险失败的。"老板微笑着说出的话语宛若呓语，他要笑不笑的视线在两人的身边一转，然后捏起黑布的一角往上一抬，将黑箱里的画面展示在池停的面前，嘴角几近病态的弧度顿时更加分明，"那么，请尽情享受接下来的探险之旅吧。"

说话间，老板的视线始终停留在池停的身上，似乎是想从他的这张脸上捕捉到惊慌与恐惧，结果却只看到对方微微地挑了一下眉梢。

这是一种好奇远大过恐惧的反应，就像一件早有猜测的事情得到了印证，并且开始有些期待接下去的发展了。甚至，怎么感觉好像比他还要期待？

这种诡异的念头从脑海中一闪而过，老板很快甩了甩脑袋剔除出去，干脆不再多搭理这个让他扫兴的探险家，而将注意力重新投向即将面临未知风险的倒霉契奴身上。

尽情地呐喊、求饶吧，一想到这种血脉低贱的种族即将丧失尊严的狼狈模样，就让老板眼底的神色中隐约地充满了兴奋。

毒液从来来去去爬行的毒蝎尾部滴落，丛生的荆棘上还沾染着血液。

不过一立方米大小的箱子，就像是一个食人世界的缩小版，一片平静的背后充满了掠食者对新猎物的期待。

"滴答——"

有一滴血沿着箱壁悄无声息地滑落，顷刻间，原本寂静的小世界彻底地疯狂起来。

所谓的冒险游戏，从来都是一种以消耗血肉去换取宝箱的一场交易而已。要是真的将手送进这个箱子，再抽回的时候，恐怕轻则也得脱一层皮。

但是又有谁规定，那个宝石，就必须要用手去拿呢……

池停看向那个属于自己的"消耗品"。

必须承认，眼下的这个项目确实不适合他，但是从某种角度来看，却宛若是为面前的这个男人量身定做的一样。

这间店铺里面所存在的影子，已经肉眼可见地蠢蠢欲动起来。影子一点一点地延伸，聚拢，等老板发现的时候下意识地惊呼了一声，再看去的时候这些蔓延到箱子上的影子已经形成一个无形的触手，从箱子上仅存的那个口子当中无声无息地探了下去。

外来的入侵者并没有打破箱中世界的宁静，甚至长驱直入地过分张扬横行。

从池停的这个角度正好可以看到影子触手一路延伸到箱子的底部，卷上了那个藏匿在角落的绿色宝石。

轻轻地来又轻轻地去，整个过程宛若没带走一片云彩。

"所以，是这个没错吧？"月刃嫌弃地看着绿宝石上面黏着的那些令人作呕的黏液，直接让影子丢到店主跟前的桌面上，"就这样，三个宝箱？"

语气当中充满了轻蔑与鄙夷。

店长看着面前的绿宝石，一时之间有些晃神。

一直以来，店中的黑箱项目都让他引以为傲的。虽然只是一个十分普通的低级冒险游戏，但他永远都能让参加这个项目的冒险者留下惨重的代价。真正折磨的从来都不是寻找宝石的这个过程，而是对找到宝石之后，继续残留在体内的毒液所渐渐吞噬生命的恐惧。

从他店里离开的冒险者，大多都像刚刚的那个契奴一样为求保命而甘愿废掉自己的一条手臂，要不然就注定要沉浸在日日毒性噬心的痛苦当中直至死去。

这样才应该是正确的剧情走向，可刚刚……

刚刚他都看到了什么？！

店主下意识地看一眼自己脚底下的影子，有些茫然地揉了揉眼睛。

影子？他的影子帮着其他的影子一起，从箱子里拿出了绿宝石？

这算什么，胳膊肘往外拐吗？！

"啪"。

拍在桌子上的一声响终于强行拉回店主的思绪，池停的指尖轻轻地在桌面上敲了敲，态度友善地提示道："老板，结个账？"

店主恍恍惚惚地看了看他，又看看旁边的月刃，终于伸手将桌面上的绿宝石放进了口袋。过了一会儿，店主拿出了三个低级宝箱送到两人的跟前。

直接入手三个低级宝箱，再来两个低级的和一个中级的，就可以摆脱负债的命运了。

池停满意地将宝箱颠了颠，随手塞进包里，又把背包往肩上一甩，没有理会世界观遭到大规模颠覆的店铺老板，转身走了。

走出店门后他微微驻足，回头扫一眼店门口那个绿色的宝石图案，到底还是嘀咕了一声："低级的冒险项目就已经这么变态了，难怪中、高级宝箱收集的进度这么慢。"

月刃本来还在检查自己的影子上面有没有沾上什么恶心的味道，闻言想了一下，忽然问道："所以要去看看吗？"

他感受到池停投来的视线，微微一笑，伸手指了指斜对面："看看那些，更变态的。"

顺着这个方向看去，池停看到那家店铺门口十分醒目的红色钻石图案。

他缓缓地眨一下眼，忽然觉得这个提议本身就有点变态，但仔细想想也确实有那么一点意思。

两人穿过马路朝对面的高级冒险店铺走去，没有留意到此时游戏的统计数据再次进行了更新——副本存活人数（21/50）。

转眼之间，玩家人数又少了两个。

6

这家挂着红色钻石标记的店铺名字叫作"切切切擂台场"。

跟之前的契约驿站一样，外面看起来这么一个小小的店面，里面却是别有洞天。

大概有一个足球场大小的地下一层区域内，血红色的信号灯投在场地中央。

散落的余光覆盖上不远处的那张脸庞，表情已经彻底定格在临死前的那一刻，极度的恐惧下五官因为过分的绝望，只剩下一片扭曲的弧度。

本场挑战的擂主此时正蹲在场中央的位置。

它的四肢包括手指都细长得不符人类的特质，深陷的眼窝里充满了浓烈的贪恋，骨瘦如柴的背影蜷缩成一个干涸的球状，让整个画面看起来显得诡异且悚然。即便勉强还留有人形，但显然已经是一个彻头彻尾的怪物。

趴在一楼铁网外的客人连续围观了两场擂台赛，有一部分初来乍到的已经忍不住趴在垃圾桶旁干呕起来。当然也有不少探险家显然早就习惯了这样的画面，三五成群地聚集在一起，正在议论着刚才的擂台赛。

"第二个了，这已经是今天送死的第二个了吧？"

"还以为是什么高手，还不是跟前一个一样，连第一轮都没有撑过。"

"啧，有的人啊，真以为自己是勇者，为了高级宝箱是真的连命都不要。"

"说起来这些擂主都是哪里来的？我每次来都感觉看着根本不像是人。"

"嘘——不该问的别问，看你的比赛就行！"

"死两个估计差不多了吧，还有人上去白送吗，没热闹看的话我可去别地方玩了。"

"嘻嘻嘻，最近城里来了不少新面孔的探险家，看起来很快就会死得差不多了。"

这样讨论的过程丝毫没有避讳，跟这些看热闹不嫌事大的探险家NPC们形成鲜明对比的，是旁边那一个个脸色沉重的玩家们。

就在刚刚，本就已经数量不多的玩家团体又少了两人，而且在这之前，这两人还是他们内部公认最有机会冲刺高级宝箱的强势人选。

明明是势在必得地来报名参加了挑战，结果却是这样的惨烈下场。从这个失落的宝藏副本正式启动到现在，最早的一批玩家早就已经将古城里的所有宝箱项目进行了统计和整理。

今天会选中这家切切切擂台场进行挑战，也是深思熟虑的结果。

可是他们怎么都没想到的是，所谓的获得三轮胜利的规则下，今天来参加挑战的两个人别说挺进最后一轮了，居然连第一轮都没有熬过。

要知道，这两人在通过中级冒险项目的时候明明还都驾轻就熟。

这高级冒险项目的难度，居然大到这种程度吗？

玩家当中有人忍不住地爆了声粗："这副本设计者绝对是故意的！要是能使用个人技能就好了，有技能和道具在手上，哪里还需要把命赌在这些废物一样的东西身上！"

说着，他恶狠狠地瞪了一眼候在不远处的契奴。

"还是别挣扎了，根本打不过的……你们没看到吗，那些守擂的东西根本就不是人，不可能打得过的！"

有人已经绝望地抓紧了自己的头发，看着主线任务还差着的宝箱数量，语调里都隐隐地有了哭腔,"但是怎么会这样,黄老大不是说这家店里的高级宝箱难度不大吗,怎么会……是不是我们都错了,当时就不应该听黄老大的话,要是最早的时候跟着那个粉毛走了,或许,或许……"

"或许什么或许!别哭了,哭得我脑壳疼!"旁边的男人被哭得心烦,直接一抬脚踹了过去,"现在唯一的高级宝箱就是黄老大赢回来的,不听他的,难道应该听你们这种只知道哭哭啼啼的懦夫吗?软弱也就算了,还蠢,你要信那粉毛说的就赶紧去,直接抱团等着别人想办法通关吧,少在这里丢人现眼。"

"山旭,行了,都少说两句。"眼见着就要吵起来了,一直在旁边听着的国字脸出来打起了圆场,他正两边安慰着,留意到有人走进店里无意间朝门口瞥了一眼,微微露出惊讶的表情,"咦,他不是昨天才来吗,怎么就敢直接进来这种店里来了?"

那个叫山旭的男人问:"谁呀?"

国字脸指着门口的那个高挑的身影说道:"就是昨天新匹配进本的那个玩家。"

有契约驿站的先例,池停对这种小店面内部的新天地也已经见怪不怪了。

他拿着店员给他的23号号码牌走在前面,稍微往里面走一点,就隐约闻到了空气中难闻的奇怪腥味,不由得皱了皱眉,还不忘对身后已经完美进入"契奴"状态的月刃评价:"这味道闻着就已经很变态了。"

月刃听出话里的含义,抬了下眼:"想试试?"

池停活动了一下手腕,微微期待:"这场景,看起来应该是个还挺适合我的项目。"

月刃走在后面,这样的角度,正好看着池停的整个背影。闻言他嘴角微微地翘起几分,无声地笑了一下:"希望能够让您玩得开心,我尊敬的主人。"

等两人走到铁丝网跟前的时候,地下一层的擂台区已经被清扫干净,除了些许残留的味道之外只剩下满地坑坑洼洼的痕迹,但一眼看去也是触目惊心。

池停只感到有人拍了一下他的肩膀,回头看去,一张硕大的国字脸就落入眼中。

他缓缓地眨了眨眼："有缘啊，兄弟。"

国字脸名叫曾炎，因为已经是第二次见面，跟池停也算相对熟悉。他招呼了一下，把池停带过去跟其他玩家互相认识了一下。

副本里新来了两个玩家的事情大家昨天就已经知道了，本来还期待能是从圣域进来救场的大佬，在听说也是从第十三区进来的新人之后，心理落差不可谓不大。

因此，这个时候看到全身上下干净得纤尘不染的池停，越看这脸这胳膊这腿，大家的心情就越是难免复杂。

山旭刚刚已经被旁边那玩家哭得十分烦躁，这个时候更是难免出言揶揄："昨天才来的对吧，这是还没了解这个副本的节奏吗？从开本到现在已经是第七天了，我们这些先来的玩家们拼死收集了那么多的宝箱，你就算出不上太多的力，好歹也表现得积极一点吧？这进来的第二天就直接迳到高级冒险店铺里来了，有这闲工夫，多做一点团队贡献，就算能弄一两个低级宝箱也行啊。"

在这个古城里面待了七天，所有人对于这些店铺的冒险项目都已经非常清楚，所有的宝箱几乎都需要以消耗他们的契奴为代价来进行获取，现在池停跟月刃这"主仆俩"一前一后地进来，衣着看起来一个比一个干净，自然下意识地默认是溜达了半天一无所获。

在主线是集体任务的副本当中，最遭人痛恨的就是这种什么都没做只等着躺赢的混子了。

池停很久没有听人这么数落了，这一通话下来反倒听得他感觉通体舒畅，朝着山旭微微一笑："放心，我们知道主线是收集宝箱，刚刚已经在上个店铺里拿到三个低级箱子了。"

他还十分贴心地打开背包给这几个玩家看了一眼，相当有耐心地解释道："而且我们过来这里也不是闲逛，就是刚好路过这家店，想进来拿个高级宝箱看看。"

山旭没想到池停居然已经收集到了三个低级箱子，不由得愣了一下："速度还挺快啊。"

也不知道是不是因为池停后面陈述的语调太过真诚，以至于一时半会儿也没察觉出有什么问题,等过了一会儿才反应过来,道:"等一下,你说你进这家店是来做什么的?"

池停道:"拿个高级宝箱看看。"

山旭道:"拿什么?"

池停被问得也有些恍惚了:"……高级宝箱?"

山旭道:"什么宝箱?"

"他说来拿高级宝箱啊!"叫曾炎的国字脸在旁边都已经听不过去了,但是代替池停回答之后也一样神色复杂地转身看过去,"池停是吧,你也别闹了……你来这边晚了一点,没有看到刚刚结束的那两场擂台。要不然你就知道这种高级冒险项目真的不是有信心就可以过的了!"

池停显然很会抓重点,道:"听起来,这种高级冒险项目好像还挺变态?"

他这一问,站在后面做乖巧状的契奴月刃也抬眸看了过来。

曾炎一时之间不能确定是不是自己的错觉,总觉得从池停的话语里好像听到了一丝期待的情绪?片刻愣神之后,他再次开口:"不是挺变态,是难以想象的……变态!"

最后两个字落下,甚至掷地有声。

稍微一回想,曾炎的胸口下意识地起伏两下,要呕吐的感觉又来了。

池停得到答案后直接回头看过去,询问道:"试不试?"

月刃眨了眨眼,嘴角翘起:"你做决定就好,主人。"

池停拍了拍曾炎的肩膀,问:"这么变态的项目,哪里报名?"

这样的反应让曾炎一时间有些抓狂:"……你到底有没有听我刚才的话?!"

"就带他去呗。"旁边的山旭低低地喷了一声,"新来的要拯救世界,人家自己乐意上赶着送死,难道还要拦着?"

池停道:"嗯,辛苦带个路,不然的话我去问问工作人员也行。"

山旭虽然嘴上不留人,但这么阴阳怪气一番也是故意说给池停的,想让他懂得知难而退。可怎么感觉这人压根就没听出他是话里有话啊?

曾炎表情也十分复杂。

他们留下的玩家本来就已经不多了,这个新来的虽然不是什么大佬,但是能过了第一天晚上还这样安稳上街走动的,看起来至少也不是个傻子。这种时候对他们来说是能活一个就是一个，毕竟要是能有机会进入下个阶段的话还不知道会遇到什么情况，说不定就人多好办事呢？

这人怎么就偏偏一门心思地想要作死？

就算是为副本通关着想，曾炎也不希望新来的就这么毫无准备地上去白送，但是看着池停的样子又根本规劝不住。

他正纠结着，就听到有人忽然间"咦"了一声："看到刚才过去的人了吗？是粉毛他们，这方向……好像是过去报名的啊？什么情况，他们不是已经找个地方藏起来了吗，这是要来拿高级箱子的意思？"

曾炎闻声，豁然抬头看去，果然捕捉到了转角处有一头粉色的头发一闪而过。

现场的几个玩家交换了一下视线，当即纷纷快步跟上。

"看看去。"池停叫了月刃一声，也跟在一行人的身后。

这一路走着，想到刚才他们话语中提到的那个粉毛，他的脑海中倒是莫名闪过一道身影。

说起来，他以前队里倒也有个粉色头发的臭小子来着，可惜这最后一个队友，在他来到这个无限世界的两个月前彻底没了。

池停心头微微一动，习惯性地摸了摸手腕上的串珠。

他正想着，随着路过一个转角，遮挡的视野豁然开朗。一眼看去，池停正好看到柜台面前那一把将号码牌拍在桌上的身影，他迈开的脚步豁然一顿。月刃一直跟在池停身后半步开外的位置，前面这么一顿，险些撞上。

他抬眸扫过那个忽然有些僵硬的背影，刚要伸手，便见池停忽然一个箭步，转眼间就已经奔到了柜台的跟前。

脑袋后面绑着一个小揪揪的年轻人一头粉色头发，站在柜台前，跟工作人员交流的时候声音嘹亮："对的，我要报名。不过在这之前，我需要先确认一下项目规则啊，单人挑战奖励一个高级宝箱，集体的三人挑战奖励两个对吧？每人次只允许报名一次……要是这样的话，听起来总感觉集体项目比单人项目要赚一点啊。稍等一下，让我再研究研究。"

说完，他就眉头紧皱地摸着下巴陷入了沉思，直到感到有人拍了一下他的肩膀才回头看来："怎么了，是哪个兄弟要跟我一起参加……"

后面的话语随着落入眼中的那个身影戛然而止。

粉毛的身体肉眼可见地僵硬了一瞬，然后他缓缓地张了张嘴巴，但好半晌都硬是没能憋出一句话来。

倒是池停转眼间已经上上下下地将他打量了个遍，甚至不忘比画了一下身高确定对方身份，才说出了两人见面之后的第一句问候："怎么个情况，你不是已经死了吗？"

这不问倒还好，这一句话出，粉毛原本桀骜不驯的神色荡然无存，眼眶转眼间也已经彻底湿润了，甚至因为激动而隐约有了一丝哭腔："队……队长……你怎么……你怎么也死了啊？！"

7

他也死了吗？

在这之前池停其实一直就没朝那方面想过，毕竟自己来到这个无限世界之后有血有肉的样子，实在没有办法让他与"死亡"这两个字产生半点联系。

直到这时候听到纪星雀这个昔日的队友一问，忽然间竟然也认真地细想了一下这个可能性。

池停定定地看了纪星雀许久，脑海中反复地浮现过队友当时的凄惨死状，思考过后，摘下手腕上的串珠，将其中一颗递了过去："既然你人在这儿，骨头还你？"

纪星雀当然知道自家队长的异能属性，冷不丁看到这颗打磨光滑的骨珠，久别重逢的喜悦表情都有了一瞬间的扭曲。

怎么说呢，亲眼看到自己遗骨保存完好的感觉真是——相当奇特。

果然但凡能找到尸体，他们全队的最终归宿都是成为队长的超度道具。

纪星雀低低地清了清嗓子："不用了，队长，你自己留在身边吧，好歹……"他斟酌了一下用词，"好歹也算是一个念想。"

"也行，那我留着用了。"池停再次见到老队友，心情肉眼可见地相当不错，忽然觉得对于这个无限世界的好感值似乎又增长了不少，收回去的速度之利落，一度让纪星雀怀疑刚刚说要归还尸骨完全只是跟他假客气地做做样子。

池停其实有很多事情要问纪星雀，包括他到底怎么会在这里，又在这个无限世界里面待了多久，甚至包括这个世界到底是怎么回事……

但同时池停也很清楚，现在并不是适合问话的时候。

他想了一下，最后决定速战速决："先拿宝箱吧，把手里的事忙完，回去我们再好好聊。"

纪星雀也知道很多话三言两语说不清楚，再加上他对池停向来有一种出于本能的服从，背脊顿时也豁地一挺："好的，队长！"

目前场内的玩家一共分为两拨，一波是国字脸这些陪人来店挑战结果碰了一鼻子灰的，另一波就是纪星雀和那三个一起进来的玩家。

这时候目睹了这么一通诡异且感人的"认亲过程"，双方都有些愣神。

曾炎跟山旭默默地交换一下眼神，均看到了彼此眼中的复杂情绪。

在这种需要完成集体主线的副本当中，内部团结往往格外重要，可偏偏就在这个副本启动后的没几天，他们这个玩家群体就因为对待契奴的态度方面而出现了纠纷，罪魁祸首就是这个一头粉毛的纪星雀。

当时正是大家冲刺集体任务最上头的阶段，他们的带头人黄辛觉也为玩家团队拿下了第一个高级宝箱，对于接下去的发展所有人都自信满满。可偏偏就是在这个时候出了纪星雀这么一个刺头，将黄辛觉制定的团体作战方针贬低得一文不值之后大闹一通，直接一拍两散地带走了一批人，导致至今两边依旧互不待见。

但黄辛觉毕竟是他们当中唯一拿到高级宝箱的人，曾炎和山旭跟绝大部分人一样，以慕强的心态选择站在了他的那边。本来看到池停这么一个新来的玩家出现，也是有意想把人引过来跟着黄老大混，怎么都没想到，居然突然演了这么一出。

现在这什么情况？

有缘千里来相会？

看起来这个池停不仅跟粉毛是旧相识，而且还关系匪浅啊！

这样的情况让曾炎这边的一波人都十分苦恼。

相比之下，跟纪星雀一起进来的那三个玩家一个个的已经喜上眉梢："雀哥，你朋友啊？"

纪星雀一反手，直接给每人一个暴栗："朋什么朋友！这是我的老大！叫池哥！"

三人一个都没逃过，倒吸了一口冷气后连道："池哥！池哥好！"

池停倒是没想到队里的纪星雀居然也有当人大哥的一天，莫名感到家里的孩子出息了，不由得多看了两眼。

也是这个时候他才想起自己好像忘记了一件事。

池停回头看去，刚好对上了月刃要笑不笑的神色，终于晚来地补上了介绍："这个是纪星雀，我以前的小弟。"

月刃挑了下眉梢，十分随意地应了一声："看得出来。"

格外轻描淡写的语调，但不知道为什么，池停总感觉这话语落在耳中的有那么一丝怪异。

但是等他想要再细究的时候，似乎又琢磨不出其他的什么了。

池停越看月刃就越觉得这人像是没安什么好心，到底还是不放心地补了一句："别逗他。"

"好的主人。"月刃的嘴角微微地浮起一抹意味深长的笑，依旧淡声地回答，"我尽量。"

池停想了想，进行了一下确认："你们应该是第一次见没错吧？"

月刃抬眸瞥了一眼："之前就已经见过了。"

池停问："什么时候？"

月刃垂眸扫过一眼池停手腕上的串珠，缓声道："公寓大厅，就是你让他拿枪对着我。"

池停微微愣了一下，也终于想起来了。

这么一说，月刃还真见过"纪星雀"。当时在爱心公寓一楼大厅，为了避免好感度过高而引发变故，还是他叫的"纪星雀"把这个男人给好好看牢的。

但是，他当时召唤出来的只不过就是一个虚影而已，一直记仇到现在也就算了，这还能迁怒到本人身上就不应该了吧？

池停对月刃锱铢必较的性格有了新的认知，说道："拿枪指着你这事，过错在我。你要有什么不满别找人家，冲我来就行。"

月刃道："哦，主人还挺护着他。"

池停觉得这人好像越发阴阳怪气了，道："……应该的，他是我手下的人。"

月刃道："嗯，主人对手下真是不错。"

池停顿了一下，最终在转身就走与劝人向善当中选择了后者，"如果想要成为一个合格的人类，就应该学会心胸宽广。"

月刃微微一笑："光是一个拿枪指过我的人在我面前活过二十多分钟这件事，已经足够证明，我现在的心胸绝对特别宽广。"

池停道："很好，我希望下一步你能够努力地让他在你的眼皮子底下活过二十年。"

月刃缓缓抬眸扫过一眼脑后晃着一戳小揪揪的背影，不置可否。

纪星雀正拉着另外三人在商量接下来的安排，莫名感到背上一凉，本能地打了个激灵。

刚好这会儿也已经出了结果，他直接带其中一个人来到了池停跟前："队长，安排好了。我这里两个人，加上你，刚好三人去报名那个集体项目。"

留意到身边的那个玩家神态间看起来还有些惶恐，纪星雀还不忘拍了拍对方的肩膀说："别紧张，你主要就是用来凑个数。进去之后，找个地方躲起来，我跟队长发挥就行。放心吧，你怎么进去的，保证你最后也是怎么出来，一根毛都不会让你掉！"

池停把一切看在眼里，神态间愈发欣慰。

孩子离开家的这两个多月时间里果然长大了，这都已经懂得照顾人了！

可同样的话落入其他人耳中，难免就充满了一种额外的味道。

曾炎跟山旭那拨人眼睁睁地看着池停跟粉毛混成了哥俩好的样子，始终插不上话。此时见这些人真就准备报名那个集体项目，就更是无言以对了。

比起这几个后面来的家伙，先来的那批玩家可是才刚刚目睹了两位兄弟死无全尸的过程，血腥残忍的程度根本就不忍细想。

那还只是单人挑战的第一轮而已。

至于集体挑战，难度将会翻个几倍可想而知。

这让曾炎他们看着纪星雀那信誓旦旦的神情，一时之间都不知道应该骂他傻，还是表示同情地提前哀悼了。

目前集体任务需要的高级宝箱还只有黄辛觉拿到的那一个，要是可以一次性再拿下两个，等于是基本上解决了主线的主要难题，自然是皆大欢喜的事情。但是，刚刚目睹的凶杀现场确实太过惨烈。这基本上已经将玩家这边的士气彻底打垮，实在是很难再看到希望。

山旭有气无力地摆了摆手，放弃了跟傻子们的沟通："回去等着吧，大神都已经报名了，我们就乖乖地等着人家把两个高级宝箱带回来呗！"

曾炎伸手没能来得及把人拦住，见山旭真就这么直接走了，犹豫了一下还是忍不住想多劝池停一句："你们真要去？这家店里守擂的可都是怪物，我们刚才都看到了，太强了，光靠这些契奴赢不了的。"

池停道："没关系，搞不定的放着让我们解决就好。"

曾炎无语。

是他的错觉吗，怎么感觉自己反倒变成被安慰的那个了？

再次见到纪星雀，池停隐约间感到昔日那种那种熟悉的使命感又回来了，看得出来这副本里的玩家们确实被折腾得够呛，以至于此时字里行间充满了人性的关怀："总之别担心了，一切交给我们就好。等这两个高级宝箱到手，我们就尽快把主线任务推完，到时候就可以把大家都一起带出去了。"

纪星雀听到这边的对话，也是振臂一挥，语调感动："不愧是你！果然，我永远都可以相信我们的队长！你永远都是我最后的希望！"

曾炎彻底哽住了："那么，加油。"

留下这么一句话，他表情麻木地转身迈开了脚步。

池停看向纪星雀："去吧。"

纪星雀满怀使命感地一个转身，脑袋后面的小揪揪一晃一晃地跑向了服务台。

等纪星雀完成报名之后很快从里面走出了一个工作人员，带他们去后台做准备工作。

有人在切切切擂台场发起集体挑战的消息很快不胫而走，又有不少探险家模样的客人涌入店中。其中有一部分是NPC，也有一部分闻讯而来的玩家，每个人脸上都挂满了好奇的表情。

曾炎回到座位上后，满脑子依旧还是池停那掷地有声的承诺。

按道理说，他刚刚目睹了两位玩家的横死，应该深知这家店铺冒险项目的危险程度才对，可那个池停从头到尾的表现实在是太自信了！

这是曾炎从未见过的一种笃定感，以至于让他真的对即将开始的那个集体挑战项目的难度，产生了那么一丝的怀疑。

难道说粉毛他们突然跑来报名，是发现了什么线索？

难道这家店里的集体项目，实际上才是远低于单人项目难度的通关关键？

人群中忽然涌起的一阵欢呼拉回了曾炎的注意力，他听到山旭在旁边冷哼了一声，也定了定心，抱着一丝希望地看向铁网下方那足球场大小的擂台区。

这一眼，曾炎恰好看到了在万众瞩目当中出现在两边铁栏后面的身影。

等看清楚守擂方那三人的模样后，他只觉两眼一黑，险些原地晕厥过去。

简单什么啊！这第一轮守擂的擂主团队里，不就是之前单人挑战的那些怪物吗！

而且因为是集体项目，这样的怪物还直接变成了整整三个！！！

伴随着挑战团队的上场，现场的画面也同步地展示在直播间内。

作为池停直播间里的唯一观众，秋骥终于等到了期待已久的作战画面，他下意识地调整了一下坐姿。

天价的观看费用，足够让他在正常情况下拥有所有玩家的观看权限，自然也看到了池停跟纪星雀"认亲"的全过程。

但是比起交情这种东西，个人实力永远都是这个无限世界当中最大的底气。与其去在意池停跟那个纪星雀的关系，秋骥更加好奇的还是那两人在整个过程中表现出来绝对自信。

通过这段时间的观察，秋骥可以感觉出池停绝对不是一个狂妄自大的人，但要是说这样的自信完全是源自对个人实力的清晰认知，就让他对接下去的发展感到愈发期待了。

在无法使用个人技能和道具的情况下，到底能够顶住这种实力限制的压力，与副本里的那些怪物抗衡到什么程度呢？

秋骥的视线定定地落在了画面中的身影上。

副本当中，池停也刚好言简意赅地最后进行了一下任务分配："月刃，左边那个交给你，小鸟你带着契奴搞定右边那个，中间的我来解决。"

听完分配之后，被带进来凑数的玩家弱弱地开了口："那个，其实我也可以帮忙拖一下中间的那个……"

他看起来怕得要命，连声音也在发抖，纪星雀一听就知道这位兄弟是会错意了，好笑地拍了拍他的肩膀："你就留在后面观战就好了，中间那个不用拖，我家队长随便解决。"

月刃抬眸无声地扫了一眼。

那个玩家听得一愣："啊？但是那怪物看起来很凶残的样子，这种个人技能都失效的情况下不太好对付吧？我的契奴，其实也还可以的。"

纪星雀笑了一声："行了，好意真的心领了。等会儿你就知道了，我们家队长处理这玩意儿还需要个人技能？完全秒杀好吧！"

池停一听就知道纪星雀喜欢瞎嘚瑟的臭毛病又要犯了，眼见倒计时完毕，提醒了一句："别贫了，要开始了。"

他随手将腕上的串珠缠紧了几分，看向对面的守擂团队。

刚才被带来后台的路上，听工作人员的介绍，这里的守擂方也都是留在城中的恶魔后代。

只不过跟那些"卖"给探险家们的契奴们不同，这些恶魔的外观看起来已经没有人形，空洞的神色中流露出对于杀戮的憧憬，固定在脖子上的项圈因为太过久远，几乎已经嵌进了他们的肉里。此时它们每个骨骼一动，甚至能听到零件生锈般的摩擦声，这让它们的每个动作看起来都僵硬且诡异。

但明明是宛如死物般生硬的举动，速度却是快得相当惊人。

"小心——"上层观战区的曾炎不由得惊呼而出，过大的声音穿透了沸腾的人群，也同样清晰地落入直播间内。

秋骥的注意力始终落在池停的身上。

只是转眼间的工夫，对面的守擂者已经冲到了池停的跟前。

这个角度，明显是避无可避。

秋骥微微地皱了下眉。

来不及反应吗？不应该啊。

眼看着那如枯木般的指尖就要穿透池停的胸膛，忽然抬起的一腿就这样直直地正中守擂者的腹部。

那一瞬间，落入耳中的依稀是什么东西断裂的声音。

巨大的力量下，整个干瘦的身影就这样逆向地直掠了出去。

不等守擂者被踹飞的身影落地，池停已经返身压上。手伸出的那一瞬间，缠在腕上的串珠伴随着动作微微地晃了一下。

这样动态的画面当中,让特写下的细长手指显得愈发精致漂亮,然而下一秒,就是这样一只干净得宛若十指不沾阳春水的手,已经握住了守擂者的咽喉。

"咔嚓。"

很清脆利落的一个声音短暂地在直播间内响起。

转瞬之间,又被现场彻底沸腾的惊呼声给覆盖了。

画面中,守擂者的脖子伴随着骨骼的断裂,勾勒出一个极度诡异的弧度。

变故就在一瞬之间。

秋骥的眼里也难得地闪过一抹惊讶。

如果没有估计错的话,这个副本里的守擂者至少应该是Ａ级实力以上的怪物,居然被这人解决得这么干脆利落。

而且,这还是在完全没有使用个人技能的情况下!

拥有伴生专属、群体召唤类型的个人技能,又不像那些召唤类型技能的玩家一样,拥有一个极度容易被视为破绽的脆弱本体。

不,这身体素质何止不脆弱,简直强势得可以匹敌很多排行榜上的战斗高手了!

恐怕得对这个池停的能力,进行二次评估了。

这个念头从秋骥的脑海中一闪而过,意识过来之后他微微一愣,他有些无奈地苦笑了一下。

本来还以为在新区发现了一个值得拉拢的好苗子,没想到啊……这个池停的实力要是真如他所想的那样,别说是等他们七海战队招揽了,等来到圣域的那一天,恐怕其他顶级战队也已经早就盯上了吧。

而且只要实力足够,人家甚至还未必看得上他们这些现成的队伍。

心情的大起大落让秋骥的体感十分复杂,他抬了一下眼,无意中的发现让他的视线也跟着一顿——直播间长期停留在"1"的观看人数,转眼间又增加了几个。

同一时间弹出的,还有久违了的弹幕。

喂喂喂,有人吗?我好像看到有其他人在线啊?

我从隔壁直播间跳过来的,吓死了,每分钟5000积分?我只够被抢几分钟的钱!

那啥,我也……我就是想来看看到底发生了什么,急,在线等!

对啊,怎么回事,那个守擂者是死了吗?不知道真相我今天怕是睡不着觉!

这个收费,真没人吧?

我也是刚进来的,啊,真的没有人说说刚才到底发生了什么吗?

因为弹幕太少,每一条都在直播间画面中央停留了很长时间才滚动过去。

秋骥看着这一条条冒出来的弹幕内容,虽然招人希望逐渐渺茫,却忽然感到心情至少没有那么沮丧了。

直播间里的冤大头终于不止他一个了。

从某些方面来说,也算是一种安慰。

8

这几个新进池停这边的冤大头玩家,基本上是从隔壁纪星雀的直播间里跳过来的。

相比起刚刚进到无限游戏世界不久的池停,纪星雀基于两个多月以来在副本里面的不错发挥,已经累积了一群数量可观的老观众。

他来的时候刚好是第十三世界开区初期,目前来说算是新区玩家在总排行上名次不错的存在,因此现在基本上已经步入了每场稳定收费的阶段。

这些观众们在看着纪星雀突如其来的认亲之后就已经好奇得不行,可偏偏碍于直播权限始终无法一睹这位池哥的风采,本来也有人考虑过跳去隔壁看上一眼,在看清楚收费价格之后也都骂骂咧咧地回来了。

一直到池停在挑战开始就直接秒杀了一个守擂者,有几个存款较多的玩家到底还是忍不住,怒掷5000积分,也不过就是为了看一看这个池停到底是何方神圣。

在这样高得近乎抢劫的收费价格下,进来瞄过一眼的几人也只来得及看清楚池停极有辨识性的长相。眼见在直播间里的第一分钟转眼间就要过去,正准备精准地按下退出键,结果只见画面当中池停的身影一转,在解决完第一个守擂者之后几乎没有停顿地直接转向了下一个目标。

只是因为一个犹豫之下多看了一眼，顷刻间就再次损失了5000积分。

心在滴血的大怨种观众差点喷出一口老血。

但是钱都已经扣了，他们只能硬生生地忍下肉疼的眼泪，睁大了眼睛，不愿意浪费每秒钟所代表的那83.3333积分。

好在他们虽然错过了第一次的表演，这一次也终于可以看清楚池停解决守擂者的完整过程。

昔日纪星雀在队里的时候就从来不是以身体素质著称，因此跟池停相比，个人技能和道具的失效对他而言起到了更加巨大的限制。这让纪星雀只能像其他玩家一样合理地利用契奴的能力，来应对面前需要他解决的这个巨大麻烦。

但是纪星雀毕竟跟普通玩家不同。他拥有足够的作战经验，不管平常给人一种多么不靠谱的感觉，一旦上了战场，直接就带着他的契奴将池停交给他的那个守擂者玩了个晕头转向。

纪星雀的契奴叫作"草鸡"，当初就是因为名字都跟鸟有关才被一眼相中的。

看得出来在这个副本里的这段时间，纪星雀对于这个契奴还算上心，也正因此，此时面对那些速度惊人的守擂者，还勉强能配合上自己主人的操作，十分漂亮地完成了拉扯。

在这种对垒模式的场地上，拉扯显然并不能真正地解决问题，但现在不是个人赛，自家队长这个绝对让人放心存在，甚至让纪星雀连怎么反击都不需要思考。

留意到池停那边已经解决掉了第一个，纪星雀高高地吹了一声口哨，继续跟草鸡一左一右地引导着守擂者的视线。

他们来回地一通走位，就这样在跟池停擦肩而过的那一瞬间，十分贴心地将那个对他们穷追不舍的守擂者交接到了队长的手上。

守擂者没想到就这样猝不及防地换了个对手，那木讷的面孔上甚至因为出现的那一丝惶恐而显得愈发扭曲。

池停随意地活动了一下手腕，十分温和地朝对方微微一笑。

秒杀，一如之前的重演。

整个过程，仿佛被他捏在手中折断的只是干枯脆弱的枯树枝干，而不是副本当中穷凶极恶的怪物的咽喉。

"咔嚓。"

直播间里的这一声响格外清脆。

啊啊啊，这是啥？？？

不是高级项目吗，怎么感觉这怪物的脖子很脆？

就这秒杀了？一招，秒杀了？！

看着干干净净漂漂亮亮的，什么逆天蛮力男啊！

啊！又过了一分钟？！算了，这分钟看完，最后一分钟看完！

在直播间弹幕爆发的前一秒，现场也涌起了一片惊呼声。

紧接着，伴随着再次重现的经典秒杀现场，冲起的声浪更是险些直掀屋顶。

池停垂眸扫过手里已经一动不动的守擂者，随手丢到旁边，转身看过去。

他很清楚刚刚涌起的呐喊声中只有第二波是给他的，至于前头的那波，应该是……果然，视线中很快涌入了成片的血色。

是与他这边形成鲜明对比的血腥画面。

地面上的黑影仿佛凭空立起的一把大刀，割裂空间的同时，硬生生地将那个倒霉的守擂者劈成了两半。

作为罪魁祸首，那个男人神色间却没半点波澜，甚至还怕这些难闻的血渍脏了衣服，不动声色地退到安全距离之外，从头到尾都充满了一副事不关己的讲究样。

池停无言以对，冲人说道："你要是怕弄脏了衣服，就不能换个不那么血腥的方式解决吗？"

月刃一脸无辜道："刚才他的口水沾到了我的衣服，我感觉他是在挑衅我。"

池停无语。

锱铢必较。

第一轮：挑战方胜。

场中央红色的提示牌亮起，才让现场一度陷入疯狂的围观者们终于反应了过来。

对啊，这才第一轮！要完成挑战，一共要赢三轮。

但是不管怎么说，比起之前的毫无进展，场上的这队人至少已经赢过第一轮了啊！

"这新来的，我是说这个池停……"身在观众席的曾炎一下子有些不知道该说些什么了，但是他看着场下的眼神却亮了起来，"不管他到底是什么来历，你说他们是不是真的有可能挑战成功啊！"

有人暗暗地咽了一口口水，一想到刚才的画面就感到心有余悸："这个池停真的是玩家吗……不只是他，还有他的那个契奴，这强得也太过分了。"

一句话落，听得其他人看向自己契奴的眼神都显得愈发嫌弃起来。

确实，人家如果是大佬的话，他们比不过也就认了，但这契奴可都是副本里面分配的，简直就是没有对比就没有伤害。

山旭也是第一次见到有玩家能像池停一样徒手杀怪的，一想到之前自己的嘲讽，低低地清了下嗓子以掩尴尬："还有两轮，好好看着吧。"

没有工作人员出来清场，三具守擂者的尸体就这样死物一般地倒在场上。

其中，当属月刃所在的那片场地显得尤为惨烈。

纪星雀倒是对这样的惨案现场视而不见，转眼间已经一脸惊奇地跑到月刃的跟前，神态里满满的全是惊叹："哇，你叫什么名字？刚才那招是影系的能力吗，怎么能做到这种强度的！你真的好厉害啊，真不愧……"

月刃只觉被这个聒噪的小子吵得心烦，瞥过一眼之后就要迈步走开，就听到纪星雀继续说道："……真不愧是我们队长的契奴。"

脚步微微一顿，月刃回眸无声地浮了一下嘴角，态度显得端正且客气："为主人分忧，应该的。"

"所以你叫什……"纪星雀还要继续搭话，感到身子一轻，已经被池停拎着领子扯到了旁边。

"回去准备第二轮。"池停指了个位置，言简意赅。

纪星雀张了张嘴还想说些什么，被池停扫过一眼，当即二话不说地撒腿就撤。

月刃站在原地地看了全程，笑得悠然："这么紧张做什么，我又不会吃了他。"

池停瞥他一眼："你的兴致要是来了，还不如直接把他吃了，至少能痛快点。"

月刃不置可否地耸了耸肩。虽然没有说话，但这神态，似乎对于眼前这个看起来越来越了解他的人感到非常满意。

"不过，后面两轮估计确实需要你替我多分担一些了。"

池停说着，抬眸看去，视线遥遥地穿过不远处的栏杆，落在后方的那片黑暗当中。

他小小地啧了一声，难得忍不住地有些抱怨："虽然是想来看看这些高级冒险项目有多变态，但这未免也太变态了。一次性弄这么多这种东西出来，多少有点恶心人了。"

话音刚刚落下，场中央的红色提示牌上的内容也发生了变化。

第二轮：0/15。

如果说在看到这个提示的时候还不能明白是什么意思，那么当后方的铁门再次打开的时候，关注这次挑战的所有人也都意识过来了。

短暂地寂静一瞬后，看台上顿时被此起彼伏的惊呼声给覆盖了。

所有人都知道这个项目需要完成三轮挑战，但是之前所有报名的人基本上都在第一轮的时候就死透了，根本没有见到第二轮的机会。

其他探险家们也是托池停他们的福，才能知道与后面需要面对的可怕局面相比，先前第一轮的难度简直就跟过家家似的。

玩家群体的观战区里，所有人面面相觑，脸色均已经只剩下一片煞白。

十五个！

像第一轮这样的怪物，这一次直接来了整整十五个！

按第一轮的情况，如果算是一组挑战者对战一个守擂者的话，那么这第二轮需要面对的俨然已经是一对五的局面。而且在这后面还有着更加未知的第三轮，按这个节奏下去，到时候将会面临怎样的怪物数量完全不敢想象！

"黄老大……真的确定这家店是高级冒险项目当中较简单的那一个吗？"有人终于忍不住提出了怀疑。

最初大家相信黄辛觉，完全是因为他确实拿到了副本当中的首个高级宝箱，慕强的心态之下，下意识地认为这个男人应该是能够带他们活着走出副本的那个英雄。同样也正是因此，现场的这些人才会跟先前死在挑战场上的两个玩家一起来到这个店里，信誓旦旦地要在今天完成三个高级宝箱的收集。

可是，这最后的结果呢？

如果前面两场接连在首轮失利，勉强还能劝自己说可能是因为挑战的那两个玩家实力不够，可是在现在见到第二轮的挑战之后，所有人的脑海中只剩下巨大的疑问。

这家店里真的是最简单的高级挑战项目？

分明是一个根本不可能完成的地狱级挑战！

此时曾炎的直播间里，弹幕正飞快地滚动着。

他们可终于发现那个黄辛觉不靠谱了！真的害人不浅！

真的狗屎运，那玩意儿误打误撞碰到了这个副本里最简单的高级挑战，一直作威作福到现在可憋死我了！

新区开团是真难啊，基本上都还没钱买攻略，要不然只要知道哪几个项目难度低，这阶段的主线任务其实并不难过。

回去赶紧把那个姓黄的砍了吧！什么都不懂还张口就来，要不然前面那两个玩家怎么都不至于白白送死！

那个黄辛觉也真的绝，没实力还敢打肿脸充胖子，一口一个老大听膨胀了吧？什么指令都敢乱发，还让人去副本里最难的高级项目送命，没谁了。

场上那三个到底行不行啊，我没钱付费，有没有去隔壁看过的兄弟来透个底？

不知道什么情况，但感觉不太行。我前面有看过一个团进过第三轮，第三轮的数量可是……

要了老命！他们就不能换个项目吗？非要在这死磕，我人麻了啊！

副本当中，纪星雀看到守擂方人数的时候，也是一脸惊讶："什么意思，是不是玩不起？输了一轮，这次直接就来了十五个？"

跟他们进来的玩家同样欲哭无泪："对啊，这也太离谱了吧！"

"确实离谱！第一轮那三个一模一样的也就算了，这第二轮居然又来了一大帮，这意思是第三轮还要更多？"纪星雀越想越无法理解，转头看向池停，"队长，你说这家店的主业不会是做批量生产的吧？"

旁边的玩家眼见要哭出声，听完一番话之后愣是把眼泪给憋了回去。

消化完纪星雀的话，只剩下一脸不可置信："这是重点吗？"

纪星雀抬眸瞥过那群从铁栏后面走上场地的高大身影，神态鄙视地啧了一声："当然，这怎么就不是重点了？正经人家哪里会做这种批发怪物的生意，一看这家店就不是什么正经店。"

"这家店确实有问题。"池停的视线也落在对面那些动作完全不像活人的身影上，"准确地说，这个城市本身就充满了问题。"

他的余光瞥过纪星雀跟另外那个玩家的两个契奴，用指腹挠了一下干燥的唇角："不过必须承认，我们的运气其实还算不错，总感觉这里能有一些现成的线索。机会难得，人家都把那么多试验品送上了门，正好研究研究。"

守擂者们已经缓缓地来到了场中央，因为过分高大的身影，以至于在这一瞬间几乎大半个场地都被笼罩在了巨影之下。

他们空洞的视线掠过场地边上那几具了无生机的尸体，本就狰狞的脸上伴随着扯动的皮肉，表情越发扭曲，最后，冰冷的视线穿过深陷的眼窝直勾勾地落在了池停的身上。

被这种完全不似人样的物种所注视，池停神色间并没有太多的波动，反倒有些期待地活动了一下手腕，话是对其他人说的："我怎么顺手怎么来，你们也自己看着打。"

"收到，队长！"纪星雀接到熟悉的指令后愉快地应了一句，不忘贴心地回头跟另外那个玩家翻译，"你也听话，等会儿能跑多远就跑多远。只要别拖后腿一切好说，要不然惹到我们队长，小心被他一起打。"

玩家默默地回头看了一眼足球场大小的擂台，绝望之下无语了。

他也不想拖后腿啊，但这场地本来要躲那些守擂方已经够艰难了，这话的意思，怎么感觉连自己人都要躲啊？这逃命的发挥余地未免也太有限了吧！

心如死水之下，玩家只能紧紧地盯着池停的动作，以确定能在第一时间朝反方向拔腿就跑。

在他的注视之下，池停朝前方迈开了脚步。

然而就当玩家准备开启狂奔模式时，却眼睁睁地看着对面的那些怪物随着池停的动作，从中线的位置齐刷刷地往后面小心且谨慎地退了一小步。

玩家："啊？"

池停："嗯？"

有几个终于决定退出直播间的观众刚好看到这么一幕，什么情况啊？

"滴答——"

伴随着观看时间超过，再一次扣除了5000积分。

9

直播间里的观众犹豫了一秒钟，就因为没来得及退出直播间而痛失了5000积分。

但此时此刻，他们也已经完全顾不上肉疼了。

是我的错觉吗？刚才对面那些怪物好像，还往后面退了一步？

没看错兄弟，而且退得相当整齐……

无言以对，到底谁才是NPC啊？

这看得真的有点上头啊！可恶我只看最后一分钟，发誓，真的最后一分钟！！！

哈哈哈，我懂。

妈呀忍不住啊，每次副本都憋屈得要死，我还是第一次见怪物看到玩家能尿成这样的。

守播者们齐刷刷地往后面退的那一步，因为直播间里的特写画面，所有在线观众都看得清清楚楚。但现场一楼的看台距离地下一层毕竟较远，众人见池停在准备冲上前的瞬间停下了脚步，只当是怂了，引得楼上的探险家NPC们顿时唯恐天下不乱地大声嘘了起来。

池停倒是完全没有把这种喝倒彩的嘘声放在心上，只是看着对面那些守擂者的动作微微地皱了下眉，心头闪过一个念头，当即尝试性地又往前走了两步。

他这一有动作，对面的守擂者们也齐刷刷地往后退去。

池停眨了眨眼，又突然加速冲了一段。

守擂者们再次连退数步，因为僵硬的姿势和凌乱的队形，一个挤一个地险些撞倒一片，场面一度十分滑稽。

简单的几次试探，终于让一楼的观战区看清楚了场上的追逃关系。

先前此起彼伏的嘘声在这样诡异的发展下戛然而止，店内顿时只剩下一片微妙的寂静。

池停倒是也已经逗够了，微微地挑了下眉梢，转身看去，指着那些守擂者们陈述出了一个事实："他们怕了。"

月刃配合地点了点头："看得出来，确实怕了。"

纪星雀原先也看得有些愣神，听这一问一答之后也猛然惊觉："对啊，他们居然怕了？！"

光听话语里的内容，叫旁人听去只显得一个比一个嚣张。

场内凑数的玩家茫然一阵后顿时欣喜起来，但他显然没明白其他人话里的含义，只是跟着附和："没错，他们害怕了！"

说话间，这个玩家一度情绪激昂。

不管有没有狗仗人势的嫌疑，这绝对是他进入无限世界当中说过最嚣张的一句话！

池停再次看向面前的那些守擂者们，眼底渐渐浮起了几分兴致。

不管是因为第一轮在候场区看到了现场同伴的死状，还是因为一些其他的原因，"恐惧"这种情绪一旦出现在这种不该拥有理智的怪物身上，本身就是一件让人感到很有意思的事情。

池停投落在那些守护者身上的视线中更多了几分充满兴趣的探究，嘴角微微翘起，笑着问站在身边的男人："怎么说，一会儿帮个忙吗？"

月刃瞥过一眼："非常乐意为您效劳。"

"那我就当你准备好了。"池停说着，朝纪星雀摆了摆手，"小鸟，在确保不要打扰到我们的情况下保护好那个兄弟，我尽量速战速决。"

"交给我吧队长！头可断血可流，人类的安全永远由我们来守护！"纪星雀相当的有眼力见儿，比了个"OK"的手势后，当即头也不回地拖上凑数的玩家跟他们的两个契奴拔腿就走。

池停等那几个身影退到了安全距离之外，才重新看向面前的那些守擂者。

随着他渐渐专注的眼神，呼吸也跟着沉下来。

他进入了作战状态。

这些守护者的脸上，很多五官都已经残缺不全，要不是刚刚后退的那几步，这样全身上下充满杀戮欲望的疯狂状态实在无法跟"恐惧"这两个字联系到一处。

不管怎么看，这批怪物的身上确实已经毫无理智可言。

然而，也正是因为这两者不该有任何关联，才越是让人好奇，一切的背后到底藏了什么样的秘密。

"那就开始了。"池停的眼睛微微地眯长了几分，话落的一瞬间忽然足下一个用力，就这样径直地朝着那十五个守擂者冲了过去。

直播间里出现了成串的感叹号同时，看台上的玩家也纷纷地从位置上站了起来。

此时此刻，所有人的脑海中都不约而同地冒出了三个字——疯了吧！

不管再怎么强势，毕竟是一个人单独面对这样一群A级以上的怪物。从任何一个角度来看，池停的做法都像极了盲目送死。

场中，那些守擂者已经面目狰狞地举起了那一双双将近一米五长的手臂，此情此景像极了一个个等待着猎物上门的刽子手。

然而，并没有出现想象中血溅三尺的凶残画面。

举起双手的守擂者并没有做出任何攻击的动作，而是在那一刻齐刷刷地转过了身。

没有任何原因，完全丧失思考能力的它们，此时唯一的判断标准就是求生的本能。

于是，就在池停一头扎入的瞬间，原先扎堆站在那的守擂者宛若一个个被球砸散的保龄球瓶，顷刻间朝着四面八方轰然散开。诡异扭曲的姿势在先前有多么让人心惊胆战，此时狼狈逃窜的样子就有多么的愚蠢滑稽。

一楼的观战区顿时一片哗然。

池停倒是早有预料，眼看着那些守擂者再次要跑，一伸手直接先捞过来一个倒霉蛋，不忘提醒在旁边看戏的某人："还准备站那看多久？快点干活。"

"放心，跑不掉。"月刃说话之间，视线还紧紧地落在池停的身上。

那些守擂者脚下尾随的影子也已经开始跃跃欲试地蠕动起来。

那些守擂者的体型本就远大于常人，这让地面上那些影子的可操作空间也愈发巨大。无数的黑色触手从四面八方扩散而开，不等这些已经被本能支配的怪物逃出太远，从地面上立起的影子顷刻间交织成了一片囚笼，密集地阻断了所有的退路。

等池停干掉手上的那个守擂者后一抬头，正好看到其他怪物被影子堵得无处可逃的狼狈样子，他眉梢挑起几分："聚怪完成得是挺漂亮的，不过你这意思，是要全部交给我？"

月刃站在那里一动不动的姿势看起来格外优雅，还不忘慢条斯理地整理了一下自己的衣领："刚才我又仔细地想了一下，主人的话是对的，为了不弄脏我的衣服，还是不要用先前那么血腥的方式比较好。"

池停十分怀疑这人完全是在故意气他，沉默了一瞬，说："衣服的事不用担心，脏了没关系，回去我给你买身新的。"

月刃微微一笑："也行，成交。"

他缓缓地勾了勾指尖，不远处的守擂者不及反应，直接被黑影幻化的利刃刺穿了胸膛。

过近的距离之下，溅开的血液染上了月刃的衣衫，还有几滴落在了他的脸庞上。

对此，月刃丝毫不为所动地垂了垂眸，虽然到底还是弄脏了的衣服，神态间看起来却是一副心情不错的样子。

必须承认，超强的实力确实是一件能够让他感到愉悦的事情。

另一边，池停已经抓住了落在他手上的第二个守擂者。

是的，抓住。

要不是亲眼见到，现场众人恐怕永远都无法想象，有朝一日他们会在这种限制了个人技能和道具的副本当中，见到如此匪夷所思的一幕！

一边疯狂逃窜，另一边穷追不舍。任哪个角度来看，这无疑都是一场十分典型的追逐战。

可偏偏在这场追逐战中，追人的来自他们玩家阵营，而被追的却是已经完全怪物化的 NPC 们。

怎一个离谱了得！

3/15，6/15，8/15……

擂台的场地渐渐地被鲜血染透，指示牌上的数字也在不断地跳动着。

那些观战的玩家不知不觉间已经全部趴在一楼的铁栏杆旁，像是现场长出的一排蘑菇。

玩家们的双手紧紧地抓着栏杆，脑袋恨不得直接越过栏杆横穿出去。

场上的局面让他们一度怀疑自己是不是产生了幻觉。

太强了。只能说，这个叫池停的玩家和他的契奴，真的都太强了！

先前因为接连的挑战失利而一度心如死灰，在这一瞬间，场内的所有人都产生了那么一丝希望。大概真的可以顺利拿到那两个高级宝箱，又或者说，这个新来的玩家，有可能真的可以带他们顺利从这里通关离开吧？！

在所有人炙热的注视下，最后一个守擂者的身影也彻底倒下。

提示牌上的内容再次刷新。

第二轮：挑战方胜。

一楼的观战区在短暂的寂静之后，彻底陷入了疯狂。

"太牛了！队长你真的是我的神！我说我们接下去是不是可以——"纪星雀享受了来到无限世界之后首次的躺赢待遇，心情激动下蹦蹦跳跳地狂奔过来，没等走近，忽然伸出来的一只手拦住了他的去路。

纪星雀抬眸看去，正好对上了月刃的视线。

"别吵他。"月刃的脸上还挂着屠戮过程中溅上的血液，脸上的表情要笑不笑。

纪星雀看得微微一愣，再回头，看到池停已经走到就近的那个守擂者跟前半蹲下来。

仿佛没有被楼上的欢呼呐喊影响到分毫，池停的视线一点一点地从那具尸体上面滑过，认真地思考后，好看的眉心也缓缓地拧起了几分。

他随手抓了一把自己的长发整理至脑后，俯身凑近些许，轻轻地吸了吸鼻尖，然后又走到下一具尸体跟前。

纪星雀以前在队里的时候主要负责冲锋爆破，往往都是听池停的话指哪打哪，经常会有脑子不够用的时候。

这时候他下意识地想抓一个人来问，看了一圈却发现就那么一个选择，只能往月刃身边靠了靠，颇为礼貌地问道："那个，你知道你们家主人现在是在做什么吗？"

月刃垂眸扫了他一眼，再次看向池停，倒是纡尊降贵地答了一句："我们家主人，应该是在确认死者身份。"

"哦。"纪星雀恍然大悟地点了点头，又把声音放轻了很多，"所以是什么身份？"

月刃顿了一下，不答反问："我们家主人，以前队里都是像你这样的人吗？"

"那是当然！你别看我现在没什么表现，我可是我们那儿顶级的输出能力者，就是很可惜，这个副本限制了我的发挥而已。"纪星雀回答这个问题的时候，神态无比骄傲，"而我们队里，也全都是像我一样的精英！"

不知道为什么，他总觉得听完这个回答之后，面前的契奴再看向他们队长时，眼神里依稀多了一丝的同情。

就在这个时候，快速检查完一圈的池停已经回来了。

他接过月刃不知道从哪里弄来的巾帕擦了擦手，言简意赅："跟我想的差不多，这些玩意儿含人量大概在百分之二十到百分之三十之间。"

旁边的玩家听得一脸茫然："含人量？这是什么？"

纪星雀听到熟悉的专业术语，这次倒是秒懂："他们也是遭到感染异化的？所以说恐惧的情绪产生于残留的人类基因，在被杀戮欲望控制理智之后，本能还是让他们在面临危险的时候下意识地选择了优先求生。"

说到这里，纪星雀稍微沉思了片刻，说道："但是也不对啊，这些守擂台的难道不应该跟草鸡他们一样是恶魔的后代吗？这个副本里面，恶魔跟人类难道是同一个祖宗？真的假的，这背后的物种关系居然是这样的吗？"

话音未落，他看到池停瞥了他一眼，直接转过身去。

纪星雀心想要不要无视得这么明显啊队长。

池停没理会落在背后的怨念，直接看向月刃，也是开门见山："这次换你借点血给我？"

月刃挑了下眉："怎么借？"

池停朝他勾了勾手。

月刃顺着对方的视线低头朝自己身上看了一眼："嗯？"

下一秒，池停走上前来，他的右手已经被直接托了起来。

池停的手指修长，缓缓地捏了捏月刃精致的指尖，拎到眼前，像是在挑选合适动手的位置。

伴随着这样的动作，似乎连刚刚被彻底点燃的一楼都寂静了那么一瞬。

月刃原来还对池停要做的事情有些好奇，此时饶有兴致的表情也在手指被池停咬住的那一刻出现了一丝裂缝。

直到隐约的痛觉泛起，这才略微回神。

月刃垂眸看去，那一瞬间，他似乎又回想起前一天晚上泛滥在他口腔中的血的腥味。

指尖一凉，池停已经松开手重新站直了身子。

他确认地点了点头："味道确实对了。"

月刃垂眸扫过自己的手指，不动声色地收回到身边，问道："什么味道？"

池停找到了想要的答案，心情看起来相当不错。

对上月刃的视线，他微微一笑："用这个副本里的话说，应该是，恶魔的味道。"

10

直播间。

虽然涉及权限而始终无法看清楚那个契奴的样子,但也正是因为始终只能拥有小部位的特写,导致池停轻轻咬过指尖的画面在放大之后,无比精准地投放到了观众的面前。

零星滚动的弹幕就这么硬生生停顿了那么一瞬。

前面的一批冤大头因为积分空空已经退了出去,这时候又来了几个忍不住想看看作战现场的新观众。

结果刚进直播间里,猝不及防地就撞上了这样的视觉暴击。

我来看的到底是什么收费内容啊!
看一眼分区,是失落的宝藏副本没错吧?
不是刚打完一轮擂台吗,这是在干吗?啊?啊啊啊啊?
妈呀这颜值!冲这 5000 积分我就认了!
学到了学到了,契奴的另外一种使用方法。

比起直播间,副本现场的看台位于一楼,远远地依稀只看到池停凑到契奴的身边,有几人好奇他在做些什么,只能遥遥地伸长了脖子。

池停丝毫没有理会这些细微的动静。

刚才,他只是单纯地试了一种可能。

其实池停跟月刃都是以玩家的身份进的副本,照理说,不应该跟这个副本的基础设定有所交集。但是进副本之后,月刃先是被判定成了"契奴"的身份拥有了没被限制能力的特权,晚上又险些因为所谓的"恶魔血脉觉醒"而彻底混乱发狂,这才让池停猜想,这个男人的体内,是不是也因为身份的特殊改变而被系统增加了一些别的东西。

而现在,池停这种心血来潮的尝试确实得到了证实。

虽然还很弱，但月刃血液中的那些不协调的微妙气息确实跟那些守擂者身上的很像。只不过相比起来，因为那些守擂者身上的含人量实在太低，才让这种隐约带着癫狂的恶魔气味几乎毫无压制地暴露了出来，显得格外浓郁。

这种此消彼长的感觉，就像是人性与恶念之间的斗争一样。

池停看着地上的那堆尸体陷入了短暂的沉思。

说实话，抛开找到的线索不说，眼前这样的画面让他稍微想起一些不太愉快的回忆。

这些守擂者跟契奴，实在太像昔日队伍想要救助却已经惨遭感染的幸存者了。

在异变的发生之下，虽然努力地想要留住作为人类的理智，却只能在一次次的挣扎中绝望地沦为彻头彻尾的怪物。

在搜查幸存者的过程中，他们的队伍数不清多少次被迫去面对这样的局面。

但是不管怎么挣扎，人类始终没能找到扭转异化的办法，这让他们不得不在这些人彻底变成怪物之前亲手清剿。甚至还有很多次，那些留有理智的人类们痛哭流涕，主动求死在还拥有人形的时候，以保留最后一丝属于人类的尊严。

池停默默地抬头，在顶部落下的刺眼灯光中微微地眯了眯眼。

但是，如果这些契奴和守护者最初的时候全都是人类的话，为什么要说他们是恶魔的后代？

这座属于勇者的城市，又是怎么回事？

"队长，你到底发现了什么啊？"纪星雀站在旁边，一脸的疑惑不解。

池停摇了摇头，没说话。

在以前的队伍里面，纪星雀可以说是属于那种做事全靠莽几乎不动脑的存在。

如果此时面对的是其他队员，池停或许还会考虑说出来大家一起讨论一下，可面对纪星雀，为了避免自己被那小子带进沟里去，最好的方式就是杜绝一切不必要的交流。

虽然池停没说一个字，但有时候就是一切尽在不言中。

纪星雀沉默了片刻，到底还是忍不住地爆了声粗，满满的都是委屈："队长你又嫌弃我！"

为了避免二次伤害队员的自尊，池停故意挪开了眼。

场中央再次刷新了提示牌。

第三轮：0/30。

看台上再次沸腾了一阵。

不过很显然，比起第二轮，所有人的反应都已经克制了很多。

"三十个……"虽然这绝对已经是一个十分惊人的数字，但是曾炎的心里却莫名地充满了以前从不可能拥有的笃定和期待，"以池停跟他那契奴的能力，应该不会有问题的。"

山旭也暗暗地咬了咬牙："三十个而已，绝对没有问题！"

几乎是脱口而出的回答，等山旭再反应过来，连自己都为自己的膨胀而感到震惊。

要知道，昔日这种A级强度的怪物几乎意味着他需要在死亡线上苦苦求生，而现在呢，这才看了两轮擂台的工夫，面对整整三十个的壮观阵容，居然都变成可以用"而已"来形容了！

山旭默默地捂了捂脑袋，在心里骂了自己无数遍。

这不行啊，必须得把副本观念重新调回正轨上，可不能被人家大佬给彻底带歪了！要不然等回头下新的副本，要真以为A级怪物是随便切菜的存在，真的怎么死都不知道！

说话间，最后一轮擂台挑战终于在万众瞩目之下正式开始了。

这一回虽然对面守擂者的数量再次翻了一倍，但毕竟已经有过了上一次的配合。在渐渐培养出来的默契之下，池停这个追逐战的追杀方也扮演得愈发得心应手。

其实A级强度怪物的杀伤性还是在那里摆着的，但凡这些守擂者们不是这种脑子全部退化的设定，都不至于变成像现在这样一面倒的局面。甚至要是含人量再低于百分之二十，都不至于因为这种发自内心的求生本能，而这样在感知到的恐惧之下一味地只知道逃命。

而眼下，这些怪物需要面对的更倒霉的局面是——经过前面两轮之后，月刃在这样的追逃游戏当中,似乎还渐渐地找到了那么一丝新的乐趣。

起初只是十分简单的围堵与斩杀,到了后面,这些被困在巨大阴影交织成的笼子里的守擂者们,几乎成了月刃逗弄把玩的猎物。

月刃一会儿把它们逼到绝境,一会儿又故意卖个破绽让守擂者以为能够逃出升天,然后眼见着在最后的希望来临之前斩杀。

连看台上的那些探险家渐渐地都忘记了欢呼,有些人脸色难看地跑旁边干呕起来。

池停扫过一圈之后,干脆从战圈里面退了出来。他抱着身子在旁边挑了个位置站着,十分自然地接取了现场的指挥权:"右边,你右边那只快要跑了……注意一下左边,哦那里三只撞一块去了,可以直接抓起来一次解决……"

这样站在后方现场操控,让池停隐约有了一种掌控者的姿态。

而月刃似乎并不排斥这种"掌控者手中利刃"的设定。

就像规则里所说的,契奴,足以成为主人手中那把用来冲锋陷阵的利剑。

月刃十分配合池停地将每一个指令精准落实,这让场中守擂者的数量以肉眼可见的速度持续减少着。

12/30,18/30,24/30……30/30。

第三轮:挑战者胜。

终于,当最后一轮结果展示在提示牌上,就连擂台的地面都随着一楼的欢呼声而隐约地震了震。

跟之前不同,这一轮结束意味着两个高级宝箱终于真正地收入囊中。

月刃刚刚解决了最后一个守擂者,面上的神态却并没有被现场的氛围感染。他直接穿过众人走到池停的跟前,缓缓地抬了下眸,这样的视线像是对面前的人在进行重新的审视:"有的时候我真的非常好奇,你明明应该跟我一样是个冷血至极的人,到底是从哪里来的那些毫无意义的善心?"

话落的时候,月刃的身后是放眼看去触目惊心的尸堆。

从池停开始下达第一个指令开始,余下的守擂者都保留了完好的尸身,全都死于利落的一击封喉。

这个叫池停的男人,刚刚自己下手的时候也没见表现出半点怜悯,却是找了个机会在那不动声色地诱导他的行动，给这些怪物们争取了一个痛快赴死的机会。

月刃还真是第一次见到这样的存在。

明明手染鲜血，却又心怀慈悲。

"也没什么，就是想着人生在世这么一遭，有的时候活得已经那么苦了，好歹也能解脱得痛快一点。"池停倒是自成一套逻辑体系，对于自己的行为自然也向来随心，听到月刃提出的问题，反倒觉得有些奇怪。

毕竟很多事情，哪里需要那么多准确的答案。看多了就知道了，生与死之间，本来就是努力追求前者，坦然面对后者的关系。

他就是单纯地觉得，一旦通过这些守擂者联想到那些被迫异化的求生者们，就不可避免地感到有些心软。

虽然丧失人性之后最好的归属确实是在制造更多杀孽之前回归尘土，该死的也还是得死，但在这个死的过程当中，如果能少一点痛苦的话，就总是想尽量帮上一把的。

想到这里，池停还不忘摸出自己的串珠，神态悲悯地朝着那一地的尸体拜了一拜。

纪星雀清了清嗓子，道："队长，你又在想些有的没的了？"

"你也知道。"池停低低地叹了口气，"虽然再来一次还是一样得杀，但有些心意还是得有的。就是可惜了，要不是这副本里的设定，还能帮他们超度一把。"

"明白明白，尊重祝福。"纪星雀十分娴熟地转移了话题，"现在心意到了，可以走了吗？这里的味真的太重了，赶紧去领宝箱吧，再不走我真的要被熏死在这儿了。"

池停也看到来接他们的工作人员，点头道："走吧。"

相比起送他们进场的时候，池停发现这里的工作人员脸色已经惨白了很多。十分怀疑店内的生意跟他们的业绩有所挂钩，以至于此时此刻这些人的全身上下都充满了打工人的愁苦。

池停抱着身子靠在墙边，等着纪星雀在那边进行奖励结算。

两个高级宝箱到手之后，距离集体主线的完成又近了一步，只剩下一些中、低级箱子的话，应该很快就能进入下个阶段了。

这样想着，池停留意到月刃从擂台场离开至今好像都没再说过话，这多少有些不太符合这人的风格。

他不由得奇怪地问了一句："怎么了，累了？"

月刃抬了下眼，这样恹恹的神态一改之前血洗擂台时候的愉悦，眼底的眸色更是前所未有的深邃："不，只是在想一个问题。"

池停难得看这个男人这种表情，不由得被引起了几分兴趣："什么问题？"

月刃说："刚才的场地确实很臭。"

池停依旧没有理解："嗯？受不了那味道，觉得不舒服？"

"是不舒服，不过是这里。"月刃伸出手指点了点自己的胸口，幽幽地瞥了池停一眼，"如果契奴的结果就是迟早要被这种恶心的恶魔之血替代的话，我觉得我应该无法容忍自己的血液渐渐地被这种恶臭霸占。"

他缓步走到池停跟前，微微俯身，咫尺间只剩下了要笑不笑的阴戾眸色："所以我的主人，为了保证我的血可以始终保持干净的味道，我现在有两个提议。"

"要么，我在彻底变成恶魔之前灭了这个副本，把我搞恶心了干脆谁也别想好过。要么……"他看着池停，话语字字清晰，"趁着我还认你这个主人，尽快结束这个副本，让这缺德系统收走分配到我体内的恶魔之血。您觉得，哪一个提议更合您心意一点呢？"

池停对于这个副本的猜测还没有跟任何人进行过交流，但此时此刻听月刃这样的陈述，很显然，这个男人也已经意识到了什么。

在这之前，池停倒是真没想到月刃除了变态之外，对自己的身体还有着某方面近乎偏执的洁癖，不过这突如其来被激发的干劲，从各种角度来说都算是一种额外的收获。

池停忍了一下，干脆也没再控制嘴角翘起的弧度："我觉得，第二个提议就相当不错。"

说着，他笑着拍了拍月刃的肩膀："所以我决定，现在就去。小鸟——"

突然听到有人叫他，纪星雀转头看来："啊？"

"你收好宝箱去酒店等我，我们做完日常任务就回去找你。"留下这么一句话，池停带上月刃，已经三步并作两步地消失在视野当中。

这样的背影当中，由内而外地散发着一种纪星雀无法理解的饱满干劲。

纪星雀愣愣地站在原地，脑海中停留着的还是池停拽着月刃快步离开的画面。他微微地愣了一瞬，又想起先前在擂台场上的所见所闻，心中顿时一阵波涛澎湃。

11

伫立在城市最边缘的角落的一座古老建筑，埋藏在一片灯红酒绿当中，往往是一个极度容易被忽视的存在。

"就是这里了，科尔里奇家的店。"确认过日常任务的内容，池停刚要迈开脚步，一只手毫无预兆地出现在了他的视野当中。

再抬眸的时候，月刃已经推开了店铺的大门，先一步走了进去。

池停先前只是片面地感受到月刃突如其来的干劲，直到这个时候才发觉，这个男人对于自己血液可能改变味道这件事情，似乎真的是发自内心地感到抗拒。

池停的嘴角浮起了一抹笑意，当即也快步跟了进去。

在外面的时候完全看不出来，进来之后池停才发现科尔里奇家居然还是一间书店。

一进门，扑面而来的腐朽味就直直地冲击着鼻腔。

店内有条不紊的陈设明明看起来纤尘不染，可是这样过浓的味道，确实引起了那么一瞬间作呕感觉。像是太多陈旧书籍经过岁月蚕食后的味道，或者说，又十分类似于一种长时间堆积过肉类腐烂的味道。

池停的视线从周围的那些书架上扫过。

崭新的木头材质，连纹理都十分清晰，这让整家书店除了这些令人难以忍受的味道之外，充满了浓烈温馨的文艺气息。

然而周围的墙面虽然已经经过了处理，在一些角落的位置依旧可以捕捉到零星残留的焦痕，这很容易让人联想到这家店应该是在大火后经过了重建，也不知道需要多少的投资才可以复原到现在的这种程度。

月刃随便捡了几本书翻看两页，提到池停面前简单地展示了一下："很多旅游景点都有的人文书店，这里卖的全都是各个版本的小城故事书籍，或者可以称之为城志。这日常任务还挺能指引的，等完成这里的项目后买上几本回去看看，这么详细的介绍，应该能让我们对这个古城的历史底蕴有一点更深入的了解。"

池停瞥过一眼月刃手上的书，又从旁边的书架上拿了一本。

对比之下发现，虽然版本不同，但确实都是介绍亚勒兰古城勇者传说的故事集。

他站在原地阅读起来，但没等看上两眼，就被楼上传来的怒斥声所打断了："谁允许你碰我店里的书了？把你肮脏的手拿开！"

池停当即将书以迅雷不及掩耳之势放了回去，一转头，才发现从里面走出来的老人并没有在看他，而是一动不动地盯着旁边的月刃，满脸怒容地重复道："没听到吗？把你的脏手从我的书上拿开，你们这些身份低贱的契奴！"

这样沙哑刺耳的声音，就像是割在枯木上面的锯子。

先前隐藏在暗处，直到那个蹒跚的身影跌跌撞撞地来到光下，池停他们才看清楚了那张干瘪诡异的脸，就像是一只骷髅上面简陋地裹了一层人皮，深陷在眼眶中的眼珠几乎看不到眼白，像是内部的血管已经完全爆裂，一片血丝的笼罩下只剩下黝黑的眼瞳直勾勾地注视着月刃。

周围陷入了短暂的寂静。

就在池停犹豫要不要适时宣传一下尊老爱幼的人类美德时，只见月刃微微一笑，将手里的书端端正正地放回到书架上，十分无辜地展示了一下空落下来的双手，简直是一改常态的好说话。

伴随着拐杖在地面上的那下敲打，店长闷声地"哼"了一下，才将视线转移到池停的身上："欢迎光临，探险家，体验本店项目请跟我来。"

态度一经转变，比起对待月刃这个契奴的时候不知道要好上多少倍。

然而这种生锈锯子般的声音实在是太过难听，加上一双透过凹陷的眼眶直勾勾看过来的血红色眼珠子，实在让人很难从老人的身上联想到半点的和蔼。

池停倒是笑得非常客气："好的，您带路。"

店主转身的姿势也如提线木偶般僵硬，在带着他们往里面那扇门走的时候,还不忘用拐杖重重地敲击了一下旁边的提示牌。

上面写着的内容赫然是——在店内时,请管好您的契奴和狗。

池停下意识地回头看去,发现月刃也正好朝他这边看过来。

然后他就眼睁睁地看着这个男人微微地翘起了嘴角,朝他张了张嘴:"汪。"

池停瑶头,幼不幼稚。

穿过这扇门继续往里面走去,可以闻到店内腐朽的气味更重了,而且已经很明显地可以区分出并不是书籍的霉味。

分明的腐肉味道,甚至因为没有了外面那些味道的掩盖,池停依稀感到从面前的这个老人的身上也可以闻到同样的味道。

而老人对于周围这些难闻的味道浑然不觉,一边动作僵硬地带着他们往里面走去,一边介绍着店里的情况:"欢迎来到亚勒兰古城的历史体验馆,我们这里没有提供额外的冒险者宝箱,因此很少会有探险家愿意光顾,您也是我们今天的第一位客人。哦对,如果愿意的话,你可以叫我老科尔里奇。"

说着,他又推开一扇门走了进去,步子才微微一顿,做了一个看起来不太娴熟的"请"的动作:"我们到了。"

没有想象中可能出现的任何具有冲击性的画面,最后的这个房间看起来只是一个极度简单的阅览室。

除了周围陈列着的跟外面一样的人文宣传书籍之外,只剩下孤零零地安置在房间中央的那张方桌,桌面上端正地放着一支笔和一叠白纸,所有的一切都简单地一目了然。

虽然这样的情景已经让人有一些猜测,池停还是不死心地多问了一句:"这是?"

"我们城市虽然欢迎广大的探险家,但是除了冒险之外,劳逸结合也很重要。既然来到我们书店,就希望能够让您静下心来,好好地感受一下亚勒兰古城中的勇者之心。"

老科尔里奇笑着回答,但是这样的表情让他这张宛若骷髅的脸显得更加诡异:"只要完成三份城志的摘录,您就可以离开这里了。当然,如果您愿意的话也可以在这里待得更久一些,听说只要拥有足够的勇气,真正的勇者说不定能听到来自远古的召唤。"

真的是摘抄。

跟之前遇到的那些冒险项目相比明明简单至极，但是池停的表情却在这一瞬间肉眼可见地痛苦起来。

沉默了许久，他默默地瞥过身边的月刃，清了清嗓子："按照城里的规则，让契奴来完成，应该也是一样的吧？"

"不行！"老科尔里奇脸上的笑容瞬间荡然无存，毫无表情地看着池停，森然的语调几乎没有任何起伏，"我说过，亚勒兰古城的历史是神圣的，只有真正的勇者才能感受到留存在城市里的勇者之心。契奴，这种低贱的存在只会污染城市里的纯粹，他们早就已经……不该存在了！不该！"

与这番厌恶的话语所形成鲜明对比的，是老科尔里奇再次看向池停时，那充满期待且炙热的眼神："来吧，开始吧。亲爱的探险家，只要你知道了亚勒兰古城的历史，相信一定可以明白我的感受，我保证，你会愿意为我们的城市贡献一生。"

池停跟月刃默默地交换了一下眼神，无奈地叹了口气："明白了，我抄，我抄就是了。"

池停随便拿了一本城志在桌子前坐下，见老科尔里奇关上房门离开了，才将注意力重新落向桌面上的那些摘抄工具上。

不管怎么看都是普通的纸笔，但是刚才那个店主老科尔里奇的态度实在是太古怪了，很显然，在摘抄的过程当中一定会发生什么事情。

"我说……"池停抬头看去，话语一顿。

他看到月刃不知道什么时候已经在不远处的墙旁找了个位置，舒舒服服地坐了下来。

这间阅读室仅有来时的一扇门，周围都没有什么窗户。在这样浓烈的腐味笼罩之下，月刃的神态看起来倒是相当自在。

他闭上眼睛，本来已经准备要趁着池停摘抄期间小憩上片刻，闻言将眼睛稍微地睁开了一条缝："嗯？"

池停顿了一下："算了，没什么。"

话是这么说着，再看向面前的纸笔时，还是不由得再一次地叹了口气。

平常怎么动脑子都好，但要他一直面对这么多的文字，是真的发自内心地感到头疼。

而且，这件阅览室里的书跟外面书架上的还有着明显的不同。虽然应该是同样的排版和内容，但是这边的书采用的都是一种池停看不懂的文字。大概是这座城市的居民所使用的本地语言，但是弯弯绕绕地宛若蚯蚓般的古怪字符，一眼看去只让他感到更困了几分。

"其实我挺愿意为您分忧的，可惜规则并不允许。"

眼看着池停的整个眉头都要拧到了一处，突然听到这么一句，让他看了过去。

四目相对，月刃只是微微一笑："不过虽然帮不上忙，我至少可以确保你有一个完美的任务环境。所以，为了犒劳你摘抄辛苦，要是其间有发生其他什么事的话，尽管放着我来解决。这样的分工，不知道还算满意吗？"

池停留意到地面上两人不知道什么时候连在一起的影子，眉梢微微挑起几分，眼底也有了一丝的笑意："可以，非常满意。"

他将桌面上的白纸铺好，拿起了放在旁边的笔。在面板的提示规则当中，既然有一条单独强调了每日任务的重要性，相信一定可以从中找到一些额外的重要线索。

池停按照城志上面陌生的文字，依葫芦画瓢地一笔一画勾勒起来。

一时之间，寂静的阅览室中只剩下了笔尖游走的沙沙声。

起初只是简单地进行着任务，渐渐地，池停书写的速度在不知不觉间也加快起来。他惊讶地发现，明明是陌生的文字，伴随着摘抄的进行，居然真的看懂了这些记录着的属于这座古城的传说故事。

那些扭曲的文字在池停的面前开始游动起来，悄无声息地烙入他的眼中，在他的瞳孔中渐渐地勾勒出一个复杂的图案。

那是始终高高地悬挂在城市喷泉广场上，属于亚勒兰这座城市的古老图徽——代表着绝对纯粹的圣洁十字。

每个路过的探险家都曾经驻足遥望，所有的居民每天都对它投以最虔诚的礼仪，感谢那位勇者为这座城市所带来的和平安宁。

而此时，不断扩张的纹路似乎还在朝着池停更深处的意识持续蔓延。

无声无息间，血色的十字在眼底绽放，他看到了无数的属于过去的史诗画面。

空空荡荡的阅读室里，只有顶灯散发着微弱的光芒。

从月刃的角度看去，池停背脊挺直，依旧在认真地着进行摘抄。

他的视线久久地停留在那张侧颜上,脚底下的黑影跃跃欲试地动了一下,不动声色之间紧紧地缠上了池停的影子。

一切看起来不过是完全随心的一个简单动作,以月刃的做派最多就是为求心情愉悦,偷偷逗弄一下也就收回来的。然而,就在两人影子碰触到的那一瞬间,月刃的脸色微微一变。

下一秒,他已经从地面上豁然起身,三步并作两步地走到桌前,一手支着桌面,俯身探到对方跟前看了过去:"池停?"

池停摘抄得格外认真。跟之前的敏锐不同,即便在这样的近距离之下,他浑然未觉,一笔一画地继续在白纸上的书写。

月刃皱了下眉,伸手一把抓住池停的手腕。

几乎是出于本能的,池停被打断摘抄后下意识地想要继续,但是在几次用力之后,并没能从月刃手中挣脱。

他这才缓缓地抬头看过来。

对视的那一瞬间,月刃终于看清楚对方眼底盛开的图腾,几乎占据了整个眼瞳。密集的血丝,宛若层层蔓延的蛛网,又像是无限滋长的荆棘。猩红的十字绽放得瑰丽且浓艳。

月刃微微俯身,直勾勾地对上池停明显迟钝浑浊的视线。

很明显,这种迷离的状态本身就很不正常。

月刃顿了一下,像是在确认一件很重要的事情,一字一顿地问道:"池停,还记得我是谁吗?"

12

"还记得我是谁吗?"

当这样一句话落下的时候,直播间的特写镜头刚好切到池停的脸上。

在擂台挑战结束之后,两个高级宝箱到手,不堪积分压力的观众们也都纷纷退了出去。

不知不觉间,整个直播间又变成了秋骥的包场。

此时落入秋骥视野当中的是池停绽放在眼底的那个猩红十字，对于身经百战的老玩家来说，一眼就看出这是非常明显地遭到了精神污染，而且情况显然很不乐观。

秋骥皱了皱眉，神态间隐隐地也有些担心。

在前面的擂台挑战上，这个池停已经表现出了绝对亮眼的个人实力，这样的实力基本上已经决定了，他要从这个失落的宝藏副本通关离开，也不过就是时间长短的问题。可是现在，一旦牵扯到精神污染，结局就未必了。

别说是新人，即便是目前已经位居排行榜头部的顶级玩家，面对强大的精神冲击时也会感到非常头疼。

这与本身的实力强弱没有半点关系，只是当一个人在无法分辨真实与幻觉的状态中沦陷太久，最后的结果往往是失去理智的掌控之后，彻底地陷入疯狂。

秋骥见过太多人一步一步忘记自我之后沦为了无知无觉的怪物，这其中也包括他刚刚失去的那位队友。

以目前的角度看去，池停的状态确实非常不好。

恍惚间，秋骥仿佛看到直播间画面中的那个身影与老八一点一点地重合。突然间涌上的不好回忆，让他到底没忍住在心里低低地爆了声粗，他点上一根烟狠狠地吸了两口。

画面中，池停还保持着这样的姿势跟月刃对视着。

迷离飘忽的视线久久地停留在咫尺的那张脸上，他因为疲惫徐缓地垂下眼帘，忽然间托上下颌的力量让他又被迫将头抬高，就这样再次地与月刃四目相对。

整整十余秒的寂静，池停眼底的十字周围缓缓地流过一抹异样的光色，似乎才稍微映出了男人高挑的身影。直到终于在脑海中疯狂涌现的一片幻觉中捕捉到一丝现实的画面，才徐缓地开了口："知道，你是……月刃。"

因为权限的原因，秋骥在池停说名字时只听到一声"哔——"，但悬着的心至少落了下来。

他再一次深深地吐出一口烟："实力强，连意志都这么坚定……现在就能做到这个地步，等来到圣域之后，看样子也肯定没我们七海的份了……"

花了那么多积分追播到现在，结果却发现大概率是白费功夫，这让秋骥多少有些愁苦。

只可惜，副本中的两人显然感受不到他的苦楚。

在进行摘抄期间，池停感到脑海中被无形的力量填入了一片无比巨大的信息。短短的时间里，他仿佛置身亚勒兰古城的过去，成了浩瀚历史当中的一位经历者。

无数的画面充斥着他的脑海，宛若电影片段的倍速播放。

炫目的镜头同步分成了几条混乱的时间线，疯狂地涌入记忆当中。

池停仿佛真切地感受到亚勒兰古城民们在恶魔统治之下的绝望，目睹勇者战胜恶魔后身披的荣光，他见到那天万民沸腾的场面，甚至还亲手触摸到了那份传说中的至宝……

在圣洁的光芒笼罩之下，他的眼前出现了一个个无比期望再次见到的熟悉的身影。

这些人站在他的面前，笑着叫他池队。

这样的画面，让他下意识地也想要露出微笑。

直到那只冰凉的手握上他的手腕，才让池停在无数奔涌的幻想画面当中，找到了真正属于现实的那块碎片。面前扭曲的画面渐渐地，重新回到那间安静简洁的阅览室中，周围只剩下他，以及眼前这个身穿黑衣的男人。

巨大的精神消耗让池停的脸色难免有些苍白，他深深地吸了几口气，努力地平复一下因为突然挣脱幻境过分起伏猛烈的胸膛。

很显然，不管是沦陷的过程还是挣脱的过程，都极度的耗损体力。

池停很努力地才能保持正常的表述，声音也是前所未有的徐缓，却是安抚的内容："只剩最后一份了，很快，我就抄完了。"

池停说着，抬了抬宛如注铅的手臂，却没能从月刃的手中挣脱出来。

"……放手。"

在池停这副肉眼可见不太妙的状态之下，月刃眉头紧皱，语调听起来倒是一如既往地带着揶揄："这破日常任务也不见得有什么奖励，就算完不成那老头也不能把我们怎么样。看你这着急的样子，这是摘抄给抄上瘾了？"

"实话实说，感觉确实还不错。"

池停眼皮缓缓地耷拉下来，视线落在面前写满异形文字的白纸上，盘踞在眼底十字周围的血丝顷刻间又繁盛地蔓延开几分，他嘴角翘起的弧度有一种别样的瑰丽："留在这个城市中失落的宝藏，说不定确实是这个世界上最美妙的存在，真的……有一种让人很难拒绝的诱惑。"

宛若呓语的声音中透着一丝玩味的憧憬，池停略显癫狂的神态宛若遭到了蛊惑。然而就在这样足以让所有人都认为他已经近乎沦陷的瞬间，面上的笑意又渐渐地带上了几分冰凉的讥讽："不过也真是没有其他的新意了，到什么地方都能遇到玩这种洗脑游戏的忽悠鬼。"

月刃留意着池停的一举一动，本来已经开始考虑直接把这人扛走的可能性，听到最后一句的时他稍微愣了一下。

他垂眸扫过对方明显沦陷在迷离中的双眼，他知道池停依旧保留住了理智，他恢复了一贯玩味的神态，道："既然那么难以拒绝诱惑，你还嫌弃？"

看得出来池停的脑子确实非常浑浊。他需要过很久才能听明白月刃的话。

他抬起没有焦点的眼睛看向那个男人，轻轻地笑了一下："虚假的美妙从来没有任何意义。白日梦里就什么都有，让你每天什么都不做，就只在那做梦，你不嫌弃？"

月刃也是没想到这人到了这种状态还能撑上一句，他无声地翘起嘴角，手上一松收回抓在池停手腕上的力量，说道："明白了，既然你这么希望的话，那就请继续摘抄你的最后一份吧。"

池停重新端正地坐回到桌前。

在他继续开始书写的时候，眼底缠绕在十字旁边的血丝也开始踊跃地蔓延起来。

这一次月刃并没有回去墙边，而是这样无声地站在一旁，就这么垂眸地看着这个奋笔疾书的身影。

他的视线定定地锁在池停的脸上，看似漫不经心，脚底下的影子却已经悄然地绷紧，只要稍微有那么一丝危险的趋势，就准备继续实行刚才没来得及把人扛走的行动计划。

直到池停终于完成最后一个字的书写，整个勇者的故事在他脑海中落幕。

随着代表结局的句号，他眼底的血丝已经占据了整片的眼白，中央的十字流转着异样的光色，正好反衬着城志合上时映在封面上的城徽，诡异地贴合。

池停整个脑子依旧处在一片又晕又胀的状态中。

摘抄过程见到的所有的画面仿佛都烙在他的脑海中,巨大的信息量挤压下让他只觉头晕脑涨,他狠狠地甩了几下头,才终于从眼前奔涌的幻彩画面中渐渐抓住现实的残影。

他摇摇晃晃地想要从位置前站起来,好在月刃眼疾手快地扶了一把,才勉强撑住桌面没有重新跌坐回去。

依稀间听到动静,池停抬头看去,正好看到阅览室的门再次打开了。

仿佛知道里面发生的一切,老科尔里奇十分精准地卡着时间再次出现,他扫过月刃扶在池停身上的那只手,厌恶的神色一闪而过,当即又换上一抹自以为和蔼的笑容:"不愧是一位优秀的探险家,居然这么快就完成了三遍的城志摘抄。怎么样,还喜欢我们亚勒兰的历史吗?"

话落的时候,他看向池停眼底诡异的十字架,更加充满了扭曲的期待。

"当然。"池停不紧不慢地开了口,神态看起来相当虔诚,且对之前的经历意犹未尽,"要不是实在体力不支,我还想对贵城的历史有一些更深入的了解。"

"这真是非常遗憾。"老科尔里奇定定地看着他,"但是我们一直相信,真正的勇者一定能够带领我们再次找到传说中的宝藏。希望您就是我们所等待的人,亲爱的探险家。"

池停看起来很累地点头:"我也由衷地希望。"

就如最初所说的那样,这家店铺提供的项目并没有任何宝箱的盈利。老店长送到门口的时候,还额外赠送了一本最新版的城志,让他们带回去做个纪念。

池停现在一看到封面上的标志就感到仿佛打开了脑中的记忆之锁,在晃神之前他快速地收起来。

他在月刃的搀扶下神情疲惫地走出了书店。

直到背后的大门关上,才听到有人低低地嗤笑了一声:"应该可以松手了吧?"

等到出了门口,池停的瞳孔恢复成了平时的模样。

眼中的血色十字在离开书店的过程中已经渐渐褪尽,然而凝聚在瞳孔中央的一点,蠢蠢欲动的血丝仿佛无法抹去的烙印,似乎随时可能向周围蔓延。

听到月刃这么一句调侃,他才松开抓在对方左臂上的手,瞥过一眼那已经被他折腾皱了的衣袖，只是轻轻地清了清嗓子。

看起来似乎是月刃在扶着他，实际上始终都是池停在拽着月刃。

毕竟从他摘抄完之后就感受到一抹前所未有的危险气息，这让他莫名感到这个男人的心情似乎在他做任务期间有些浮躁，他确实担心月刃一时不爽会拿书店的那位老店长开刀。

池停刚才在老科尔里奇面前故意做了点样子，等出书店之后脸上早就已经少了很多迷茫疲惫的样子，但是眉目间的倦意还是有些分明，看得出来这个摘抄的过程确实对他造成了很大的精神消耗。

他刚才抓得确实很紧，眼见小心思被戳穿了干脆也不继续藏着，说道："毕竟是城里的NPC，随便杀了万一引起其他连锁反应多麻烦，对吧？"

"是这个道理。"月刃点了点头，"不过我愿意不做计较，主要还是那老头运气不错。要是真把我的主人给弄疯了，没人配合我通关，现在大概也不用考虑这种麻不麻烦的事情了。"

池停头晕目眩的感觉好像清醒了一瞬。

"先回酒店吧。"月刃一边往回走，一边看似随口地问道，"现在可以说了，在摘抄的时候你到底看到了什么？"

摘抄的后遗症非常明显，池停只要稍微一想，脑海中就浮现出那些仿佛真实记忆般的画面，一度有些与现实混乱，他说道："很多，到现在脑子里还有些乱乱的。"他微微皱了皱眉，"要说的话，大概可以算是一段这座城市的大型历史纪录片。我跟着以前的那位勇者经历了战胜恶魔拯救城市的完整过程，但是……我觉得这个故事应该增添了很多艺术加工。"

他抬眸，依旧有些虚浮的视线扫过古城远近高地错落的建筑，遗留在脑海中的残影有那么一瞬间模糊了现实与幻想令他恍惚，他说道："在这个故事里，将勇者的一生渲染得太美好了，美好得更像是一个童话故事。要不是对我来说童话这种东西就是骗人的，说不定也已经被彻底被套进去了。"

月刃一直在旁边听着，到这会儿才饶有兴致地笑了一声："以前倒是没发现，你还是一个悲观主义者。"

"不算悲观，只能说是已经习惯了去被迫面对现实。"池停垂了垂眼眸，摸着手腕上的串珠，也不知道想到了什么，有些玩味地哼了一声。

其实如果可以的话，他倒也很愿意去相信这个故事当中为他描绘的一切。

在那个故事中，只要能够找到勇者失落的宝藏，他就能够实现所有的愿望。

而当他最后完成摘抄的结局，他确实也看到以前接触过的人们重新出现在他的面前，摧毁的家园被兴建，所有的异种遭到了彻底消灭，就连一直挂在嘴边所谓的希望世界和平的愿景，也在宝藏的祝福下彻底成为现实。

一切的一切都是如此的美好。

美好到——太扯。

这些要都是真的，勇者当时为什么不借助宝藏的魔力，让这里的所有人都从副本中解脱？而不是至今这样，依旧被绑在一个莫名其妙的游戏系统当中，接待一批又一批玩家的到来，过家家一样地对那些恶魔的后代发泄着世代的仇恨。

越是这么夸大渲染，背后所隐藏的真相有时候就越是肮脏。

所以这座城市里到底藏了什么？

真的是勇者留下的宝藏吗，抑或是，潘多拉的魔盒？

回去酒店的路上，池停言简意赅地描述了一下他所见到的勇者故事。

基本上跟他们听说的版本没有太大差别，只不过这一次的故事清晰地记录了结局——战胜恶魔后的勇者并没有将宝藏留给居民，而是选择将它藏在了一个未知的地方，等待着新的勇士来发现它。

而在观看这场勇者大电影的过程中，剧里剧外都似乎有一个声音在暗示着池停，他，将会是失落的宝藏所等待的那个人，他，能够获得他想要拥有的一切。

"挺好的，听起来相当英雄主义。"月刃听完之后给出评价，只不过听起来很敷衍。

在觉得这个故事极度扯的这方面，他倒是跟池停格外默契地达成一致。

"确实挺像某邪恶教派的洗脑，哄骗一些年幼无知的少男少女去奉献此生，最好将肉体和灵魂都一并出卖，然后再帮着他们一起数钱。"池停的语气还有些柔软无力，说着缓缓地打了个哈欠，总结道，"果然每一条规则都很有用，这个城市里面居民的话确实不能全信。"

月刃见这些城志的设计者们绞尽脑汁，最后却是给池停完成了一次反向洗脑，也不由得有些想笑。

此时他们正好回到了冒险者酒店，月刃走进大厅的时候微微顿了一下脚步，倒是忽然想起一件事来："对了。"

池停神色犯困地看过来："嗯？"

月刃说："你今天有点累，我就不跟你一起回去了，刚好晚上八点后省得闹腾你，清净一点也方便睡个好觉。"

池停扫了他一眼："你要去哪儿？"

月刃指了指大厅中央的服务台，微微一笑："这不是还没体验过酒店的托管服务吗，今晚你就把我存放在酒店这里。正好也让我看看，能不能再发现一些其他线索。"

池停有些混沌的脑子过来一会儿才反应过来，他对于月刃这样的行为已经习以为常地只剩下了麻木，随口道："知道了，继续体验人生是吧。"

他看着月刃陷入了短暂的沉默。

思来想去，池停依旧觉得托管这事存在着一定的风险，他皱了皱眉，最后还是多提醒了一句："可以去，但是，尽量别闹事。"

月刃的态度看起来相当乖巧："好的，一定尽量。"

池停多少对这人的话存有一丝怀疑。

13

直到服务生带着月刃消失在转角，池停才十分不放心地收回视线。

走进电梯，他在上行期间疲惫地靠在墙边闭眸小憩了一会儿。

听到抵达住宿层的提示音，他刚要迈步走出，一抬眼就看到一个迎面扑来的粉色虚影，险些下意识地就要一脚踹去。

还好池停保留了一丝理智，才没让他这位"死而复生"的队员再次横死一次。

他动了动已经抬起的脚，收回，微微皱了下眉道："你在这里干什么？"

纪星雀已经直接奔到池停的跟前，有些委屈地道："队长，不是你让我拿到宝箱就回来等你的吗？我都在这里蹲你很久了。"

他很快也留意到了池停不太对劲的状态，下意识地朝着后方看了一眼：

"队长你的脸色怎么看起来不太好啊？不是说只是去做个日常任务吗，不会是又刷宝箱去了吧？你的那个契奴呢，别是托管给酒店了吧，你不应该没发现的啊，关于契奴这个事情应该是……"

池停本来这一路已经缓过来不少，听纪星雀这只鸟叽叽喳喳这么一闹，只感到整个脑壳都再次抽痛起来。

他伸手扶了扶额，强行打断了这一番絮叨："先说重点，你在这里蹲我干吗？"

纪星雀感受到周围微微低沉下来的气压，当即收了声，讪讪地回答道："其他玩家知道我们拿了剩下的两个高级宝箱，都回酒店了，现在正在会议室里集合呢。我在这里，想等你回来后一起过去看看。"

"行，你带路。"

池停跟纪星雀往会议室走去，路上简单地询问了一下目前的情况。

按纪星雀的说法，这幢冒险者酒店里面虽然住了不少探险家NPC，但是所有的玩家一概都安排在这一层入住，因此平常时候大家都会在会议室里集合，商量接下去的行动计划。

池停前一天晚上听到外面有动静没敢贸然行动，就是因为知道这酒店里还混了不少NPC，听纪星雀这么一说，对于以后是否要救人的选择他也有了判断。

他对这位队员实在太过了解，见纪小鸟拼命献殷勤的样子也没兜圈子，直接问道："所以在我进这副本之前，你得罪了多少人？"

纪星雀遭到揭穿，干笑地挠了挠后脑勺，掰着一个手指头给池停看："算是只有一个吧。"

池停挑眸："算？"

纪星雀点头："就是这个人的身份比较特殊。他叫黄辛觉，因为前面那个唯一的高级宝箱是他拿的，所以现在所有玩家都叫他黄老大，最近也一直都是他在安排行动任务。"

池停只觉得不忍直视："听起来，你这得罪的一个，跟得罪全部玩家好像也没太大的区别。"

纪星雀倒是相当乐观："那可不一样，之前大家听黄辛觉的，完全是看在他手里那个高级宝箱的面子上。现在我们拿了剩下的两个，发言权那完全不一样了。我刚才出来的时候，下午在擂台场见过的那几个玩家就已经跟那个黄辛觉吵起来了，你听听，现在都还没吵完呢。"

刚转过一个弯儿，池停确实听到有争执声不断地从门背后传来。

他刚刚经历了一场精神冲击，整个脑袋都被过度的信息量充斥得生疼，面对这样的争吵难免感到有些烦躁，也不听纪星雀说完，到了会议室门口直接抬起一脚，将先前没来得及作用在纪星雀的那一踹转移到会议室的大门上。

"哐当——"

只听巨大的一声响，大门砸上墙面的瞬间，整个会议室里也跟着彻底陷入一片死寂。

总算是安静一点。

池停长长地吁了口气，一边揉着太阳穴一边在四面八方聚拢过来的视线下走到会议桌旁边，随便拉了一把椅子坐下来，说道："打扰了，不用管我，你们继续。"

这个副本里面所有的幸存玩家都聚集在会议室里，因为最后两个高级宝箱的收集而产生了一些分歧，几秒钟之前还争论得脸红脖子粗，这时候随着池停跟纪星雀的突然出现，多少都有些没反应过来。

黄辛觉那边的一批人没见过池停，曾炎跟山旭那几个可都认识。

原本他们正是因为黄辛觉害他们损失两个玩家的错误安排而感到不满，此时顿时一喜："池哥你来了！我们正在商量接下去的行动，你要是有什么想法，要不也说出来给大家听听？"

黄辛觉坐在会议桌最中央的位置，因为刚刚遭到曾炎那几人的连翻质问，脸色并不好。结果这个时候，纪星雀那个粉毛偏偏又十分高调地带了个人闯进来，听这一喊"池哥"，哪里还不知道正是前头刚进副本来的那个新人。

想到前面曾炎跟山旭对擂台挑战的过程一通狂吹，黄辛觉本来就对这个新来的玩家十分警惕，没想到这一眼看去，落入眼中的居然是这么一个满脸疲态，宛若随时能被一阵大风刮倒的小白脸。

模样倒是长得不错，但这身板怎么看都不像是失去个人技能后还能打的样子。

黄辛觉要笑不笑地扯了下嘴角："曾炎，这位就是你们想追随的池哥？可以啊，不相信我的话就去跟着他呗，就是你们这位池哥现在看着好像挺累的样子，不知道要真遇到危险了，能不能还有那以一敌百的劲来护着你们。"

池停确实感到很累，现在他最想做的事就是回去好好地睡上一觉。

但他脑子再晕，也不至于感受不到这份溢于言表的敌意，他缓缓地抬了下眉，不等他开口，眼前人影一闪，纪星雀已经一马当先冲了上去，一巴掌就拍在黄辛觉跟前的桌面上："姓黄的，我发现你这人是真的不识好歹。我告诉你，能有我们队长护着是你几辈子修来的福气，有时间在这里搞内部分裂，能不能多花点心思在副本通关上面啊？"

"分裂？到底是谁在搞分裂？"黄辛觉直接被气笑了，"知道吗，我们大家一直都非常团结，要不是你在那上蹿下跳地动摇人心，副本主线早进入下个阶段了！装什么清高呢，这个副本里面契奴对我们来说就是一种通关工具，真像你说的那样，难道还要把他们一个个给供起来吗？也行啊，拿他们当爷，然后这主线任务就靠你做梦来推动是吧？"

摘抄的后遗症让池停听到"做梦"这两个字的时候，只觉得太阳穴突突了一下。

这让他朝着黄辛觉那波人身后多瞥了一眼。

很显然是参加了不少店里的冒险项目，乍一眼看去，这些契奴身上大多血肉模糊地没几处完好，深陷的眼眶当中眸色深邃，听到黄辛觉的话也没有半点反应，要不是阴森森的视线紧紧地锁在他们的主人身上，一度宛若死物。

池停的眉梢微微挑起几分。

听到现在，他多少也算是明白纪星雀为什么会跟这些人闹翻了。

就像他进入这个副本之后发现的那样，不管是探险家身份的NPC，还是玩家，在城市居民的诱导之下，几乎都选择利用契奴去完成挑战项目。

在街上的时候，池停见过各式各样被折磨得逐渐没有人样的契奴，一眼看去触目惊心，这些都是在参加冒险项目的过程中不可避免的损耗。

老实说，就算是作为副本中NPC的存在，这样被对待也确实有些不太人道了。这样的主仆关系本身就充满了病态。但契奴对于这个副本就是一种工具般的存在，至于挑战项目中会对这个工具造成怎样的损伤，从来没有人会对消耗品的耐久度太过在意。

池停了解纪星雀，这家伙可从来不会无缘无故就大发善心，而且以这只鸟脑的发育程度而言，估计也不会心细地推断出更多的线索。之所以会这么反对契奴遭到的那种非人待遇，应该也只是单纯地因为，感受到了这些契奴身上的含人量。

跟之前在爱心公寓当中不同，那些高层的住户应该本身就已经被设置成了非人的存在，所以在含人量上，基本都已经只剩下了百分之三十左右。其中，月刃的百分之六十八反倒已经是他觉察到含人量最高的存在了。

而在这个失落的宝藏副本当中，那些城市里面遇到的探险家NPC们含人量在百分之九十以上，这几乎接近于一个正常人类。相比起来，城市里面的居民含人量要低上一些，大概是百分之六十起步。在这当中，跨度最大的就是这些所谓的恶魔后代了。

光是池停目前见过的那些恶魔的后代，擂台上的那些守擂者只有百分之二十出头，街上遇到的契奴则大多是在百分之三十到百分之四十之间。

大概是因为保护良好的关系，跟在纪星雀身边的那个"草鸡"倒是还保持在百分之五十的这个线上，相比起来黄辛觉那批人的契奴问题要明显严重很多，看起来已经处在即将跌下百分之二十的警戒线。

当时队伍里面，还是池停制定了以百分之五十含人量作为人类判定基准线的规矩。所以现在一听他就明白了，纪星雀这是进了无限游戏世界之后，还在贯彻着他在队内的方针啊。

这小子……

池停一时之间也不知道算不算是傻人有傻福，根据他在这个副本里面的观察，纪星雀这种盲目相信他的单细胞的思考方向，居然真就有些歪打正着。

眼见会议室里又要吵起来，池停低低地清了清嗓子，说道："那个，黄老大对吧？"

他这一开口，前一刻还像炸毛小鸟一样的纪星雀顿时就收了声。

黄辛觉认识纪星雀以来从来没见过他对谁这么听话，也是一愣，终于开始正视这个看起来有些病恹恹的池停，说道："是有什么指教吗，这位池哥？"

"指教不敢当。"池停好脾气地微微一笑，"我是觉得黄老大你刚才说的话很对，玩家之间就是应该团结一点。在我来这个副本之前，应该已经过去好几天了吧，都已经死了过半的人，你看看是不是该赶一赶进度了？"

黄辛觉脸色微微一沉："少在这里阴阳怪气地说话，你这才刚来多久，这是在怪我带队失职了？"

"没那意思。"池停说着，没忍住又缓缓地打了个哈欠，这样慵懒困顿的姿态，跟周围剑拔弩张的氛围显得格格不入，"我就是想说，今天终于把高级宝箱的主线任务完成了，只剩下那么几个低级跟中级宝箱的需求，黄老大实力那么强，明天带队去清理一下，应该没什么问题吧？"

这样一番话乍听起来有条有理，但稍微琢磨一下，顿时让黄辛觉感到很不舒服。

什么意思？之前由他带队到现在，也就靠运气弄到一个高级宝箱，现在人家一进本就直接搞定了剩下的两个，这不就显得他之前拿着指挥权却没办什么正事吗？

可这个池停说话的态度偏偏是这么轻声细语，好商好量的样子，跟那个一言不合就炸毛的纪星雀完全不一样，这要是再揪着不放，就多少显得有些故意针对似的。

黄辛觉顿了一下，只能咬了咬牙道："放心吧，明天一定把主线推到下个阶段！"

说完之后，他扫过明显已经叛变的曾炎几人，低低地冷哼一声，起身就走了。

在他们走出会议室的时候，依稀间还能听到跟在黄辛觉周围的那批人在说着什么"今晚一定要把那几个契奴捆紧一点"之类的话，言谈之间满满的都是鄙夷与厌恶。

留意到池停落在门口若有所思的视线，曾炎适时地解释道："池哥你也别跟黄辛觉一般见识，他们那拨人其实也不坏，就是心太急了。你也看到那几个契奴了，最早进本的这批人当中就属他们攒宝箱最积极，导致损伤也最为惨重。现在之所以会这么心急，主要也是担心像其他人那样，等不到副本结束。"

池停道："像其他人那样？"

曾炎深深地叹了口气："可能你还不知道，除了参加冒险项目期间牺牲的玩家，还有很大一批人就是死在这些契奴手上的。"

死在契奴手上。

一直到从会议室里出来，池停依旧在想着曾炎最后说的那句话。

但是因为今天确实有些用脑过度，他没有再继续多问，他准备回去休息之后再好好了解以前那些玩家的具体死因。

池停一边揉着太阳穴一边走着，一抬眼只见视野中突然冒出了一戳粉毛。

紧接着，纪星雀顶着一脸无法理解的表情出现在他的跟前："队长，你刚才为什么不想办法劝醒那个死脑筋呢？我说的应该也没错吧，这么对契奴确实不太合理，可他们偏偏不听！我看那些契奴的样子，都快被他们糟蹋完了。"

池停把这张凑得过近的脸推开了几分，说道："都说已经糟蹋完了，现在阻止你确定还来得及吗？"

纪星雀脸上的肉被推得有些变形，眼睛还是巴巴地看过来说："那也要试试，万一呢？"

"没必要，别看那些人故作镇定，其实心里早就已经慌了，现在随便一个打击都可以让他们失去冷静。就像曾炎说的那样，那个黄辛觉的心态本质就是怕死，现在对他来说，只有竭尽全力地去结束这次游戏，心里才能稍微平静一些。"说到这里，池停深深地看了纪星雀一眼，"这种人，我们以前见的还少吗，该省的时候还是省点力气。"

池停看一眼黄辛觉几人离开的方向，顿了一下，面对纪星雀倒也没有瞒着："当然，最主要的还是，以他们那几个契奴现在的状况，我感觉就算现在提醒大概率也已经来不及了。虽然还不确定这些契奴到底是什么情况，可如果真的存在某种规则，百分之二十的含人量一旦跌破是什么概念，你我都很清楚。"

"还是来不及了吗？"听池停都这么说了，纪星雀一时之间只感到沮丧，"那怎么办啊！"

"到时候看吧，有办法就尽量救一下，要是实在没办法的话，只能说生死由命，富贵在天。我们队的宗旨是救人不假，但没有人能够真的担任起救世主的职责。所以，每个人的命运，说到底还是得看他们自己的选择。"池停说完，在纪星雀的头上拍了一下，"好了，我现在能回去睡觉了吗？"

"去睡吧去睡吧。"纪星雀说着，从口袋里摸出了两个高级宝箱交给池停，倒是相当听劝，"我觉得队长你说得没错，反正劝都已经劝了，实在不行的话，就由着他们吧。"

池停打着瞌睡走到自己房间的门口。

要开门的时候他忽然想起一件事："对了，不是说那个黄辛觉很讨厌契奴吗，怎么晚上不托管给酒店还在自己身边带着呢？"

纪星雀眨了眨眼："队长你不知道吗？"

池停疑惑："知道什么？"

纪星雀说："酒店的托管服务除了首次免费之外，接下去都是阶梯式收费的啊。刚开本的时候就进来的玩家住到现在，早就托管不起了。"

一直到进了门躺在床上，池停还想着纪星雀最后说的那番话。

这么看来，今天把月刃寄放在酒店，也算是没有浪费这次免费的体验机会了，就是不知道这家伙晚上能不能玩得开心……

这样想着，他很快沉沉地进入了梦乡。

摘抄的脑力消耗确实留下很大的后遗症，一经入睡，池停昏昏沉沉地仿佛再次陷入那段填充他脑海的传说故事。当他就要再一次跟勇者一起获得宝藏的时候，终于被外面巨大的动静从沉睡中拉了出来。

池停迷迷糊糊间睁开眼睛，落入视野中的是窗外斑驳的星光。

他再看向墙面上的挂钟，才发现不知不觉间已经过了晚上八点。

一片朦胧夜色当中，走廊里飞奔的脚步声和尖锐的呼喊声显得格外突兀。

与之形成鲜明对比的，是万籁寂静般的死寂。

刚刚从睡梦中被强行抽离，池停依稀间还有一些神态迷离。他晃神间揉了一把自己凌乱的头发，呆坐在床上，那一声声呼救当中所蕴藏的绝望情绪才渐渐地真切起来。

怎么感觉，这声音听起来好像有那么一点的耳熟呢？

清醒过来的瞬间，池停的眼睛微微一亮，当即踩着拖鞋朝门口走去。

哦对，耳不耳熟不是重点。现在的重点是，按照纪星雀的意思，住在这一层的探险家全部都是真正的玩家，这也就意味着——他又听到有人类在向他求救！

14

慌乱的敲门声传遍走廊的每一个角落。然而楼层当中除了沉重的喘息声之外，只剩下一片的寂静。

任由撕心裂肺的求救声回荡在深沉的夜色之间，回应他的只有冷冰冰地紧闭着的房门。在自身难保的情况下，没有人愿意冒险去冲撞那条八点后宵禁的副本规则。这可是会引火上身的。

在这之前，黄辛觉也曾经是这些见死不救的玩家中的一员。

好几个夜晚中他都是这样躲在自己的房间里面，对于外面的呼喊声置若罔闻，甚至还嘲笑那些求救的玩家太过天真，在这个副本里面大家一个个都自顾不暇，哪里还有多余的善心去管别人的死活。

而现在，他也变成了那些玩家"天真"的样子，他一扇一扇地敲打着房门，只求有人能够愿意放他进去，哪怕只是打开一条门缝都好。

"啪嗒""啪嗒"。

走廊的另外一端，一轻一重的脚步声仿佛一个逐渐靠近的夺命信号。

黄辛觉胸前已经被刺穿一个口子，万幸没有伤到心脏，但是汩汩流出的鲜血已经染透了衣衫。这时候只要稍微一个小小的动作，就让他感到撕心裂肺般的抽疼。

然而面临死亡的求生意识让他仿佛没有痛觉，脸色惨白地挪开步子，跌跌撞撞地朝着下一个房间跑去。

浓烈的绝望情绪下，他的脸色惨白如纸，特写镜头清晰地投落在属于他的直播间界面上。

这样濒死之前爆发出来的强烈求生欲，让弹幕快速地滚动着。

虽然早知道是迟早的事，但终于还是走到这一步了，有点唏嘘。

我倒是觉得他死得不亏，这种自作聪明的人在副本里见得太多了，害人害己，该。

前面几天如果还能听劝倒是还来得及，现在……他这契奴的恶魔之血都要彻底觉醒了。

我现在比较心疼跟他同本的其他玩家，一个蠢货得害死一波人。

什么意思？他自己死还不够，后面还要连累别人？

需要集体通关的副本不都这样吗，捆绑游戏，所以才更怕遇到这种人啊！

哦哦哦，他快不行了！他的那个契奴要追上他了！！！

过多的失血量让黄辛觉的视野已经有些模糊，移动的速度也迟缓到极点。

之前完全是因为他的契奴坏了一条腿行动不便才没能追上，但这个时候，两边的距离也已经越拉越近。

黄辛觉扶着墙面喘着粗气，他面无血色的状态赫然已经是强弩之末。

再抬眸的时候，迷迷糊糊间他看到了那个几乎已经完全没了人态的契奴，那一瞬间脑海中只浮现出一个念头——看来，只能到这里了。

面对死亡的恐惧让黄辛觉整个人禁不住颤抖起来，失血过多瘫软的状态下，根本再也迈不开脚步。

眼看着面前的怪物缓缓地举起手，他只能绝望地闭上了眼睛。

"嘭——"

巨大的声响之下，周围的地面似乎也隐约地震了一震。

然而，黄辛觉并没有感受到想象中的疼痛。

怎么回事？这是痛到麻木了，连死都没有感觉了？

黄辛觉恍惚地睁开眼睛，正好对上了一双满含关切的眼睛。

对方看起来十分仔细地将他的伤势上下打量了一番，最后松了口气："不错，还活着就好。"

黄辛觉刚刚拼死经历了一场追逃，一路来全靠求生的意志绷住了神经，刚刚绝望之下一经松懈，这会儿看什么东西都是眼冒金星地一片叠影。

以至于他直愣愣地看了好一会儿，才依稀间分辨出这个今天才见过的漂亮脸蛋："你是……池……池……"

没等他"池"完，一抬眸瞥见人后方又缓缓立起的高大身影，干裂的嘴唇再次颤抖："小……小心！"

"有我在，别怕。"池停发觉面前这个玩家真的被吓得够呛，他不忘露出一抹笑容以示安抚，然后才将手里的东西提了起来。

一片"哐当"作响之下，他直接顺着契奴伸过来的那只手用力一拽，转眼间就干脆利落地捆上一圈，再接下去，一圈接一圈的动作十分的娴熟。

黄辛觉这才发现池停居然还随身带了一条粗重的铁链，也缓缓地张了张口，没等出声，就看到前一秒还因为恶魔之血而凶神恶煞的契奴，在转瞬间被捆了个严严实实。

恍惚间，黄辛觉下意识地想要抬起手揉眼睛。

这一动又牵扯到胸前的伤口，抽痛下他倒吸了一口冷气，又将手垂落回去。但是这样剧烈的疼痛，也让黄辛觉确认这并不是自己临死前的幻觉。

死里逃生之后，留在他眼中的只剩下一片更加浓郁的茫然。

所以他没死，真的有人来救他了？

而且来救他的人，居然还三两下地就把追他的那个怪物捆成了一只粽子？

极度复杂的情绪在心头涌动了几分，最终黄辛觉终于忍不住流下了两行热泪。

活着的感觉真好！

池停是打开门后先确认了一下方向，才回房间铁牢拆了链条出来救人的。之前已经拿月刃练过一次手，这次捆绑的过程自然更加娴熟，这会儿确认这只被恶魔血液逼疯的契奴掀不起风浪了，才回头看过去，结果直接被黄辛觉这热泪盈眶的样子给吓了一跳："怎么还哭上了？"

然而黄辛觉抽抽泣泣地半天没能清楚地说出半个字。

池停无奈状皱眉："行了，你就告诉我自己能不能走，能的话就点点头。"

黄辛觉连疼都顾不上了，小鸡啄米般地连连点头，见池停拖着捆在铁链上的契奴就要走，他慌忙扶着墙面努力地迈步跟上。

直到他刚挪开两步的时候，看到了斜对面墙壁上那深陷的裂痕。黄辛觉隐隐觉得，他好像知道闭上眼睛时听到的那一声巨响是从哪来的了。

没想到曾炎那小子真的没有夸大其词啊，这位池哥，真的是一件人间凶器！

捡回一条小命的黄辛觉正感动得热泪盈眶，他所看到的画面在经过权限处理之后，也全部传到了直播间观众们的眼中。

沉寂了片刻的弹幕顷刻间爆发。

毕竟在那一瞬间，所有人确实都以为这个副本的直播间又要下线一个，谁也没想到居然能出来这个大一个惊天逆转。

神啊！被救了？真的被救了？这人是谁啊，怎么完全看不到脸！

因为权限？不对啊，我怎么记得黄辛觉的权限是这个直播间里最高的来着？

什么人啊，刚才一脚直接把那契奴给踹飞了？现在个人技能还是限制的没错吧？

这杀伤力过分了……

副本里居然还真的存在菩萨，这样有恃无恐地出来救黄辛觉，是真不担心触发杀人规则啊！

笑死，实力够强才不会厌！我知道来的是谁了，隔壁5000积分每分钟，去看看吧你们值得拥有。

5000积分一分钟？他怎么不去抢啊？！

话是这么说着，转眼间还是有不少人从黄辛觉直播间跳出去，转进了池停直播间，一掷千金只为一睹真容。

池停并不知道自己的直播间不知不觉地迎来了这个副本的第二春。

他一边稳稳地牵着试图挣扎的契奴，一边带着半死不活的黄辛觉往自己的房间走去，甚至还惦记着纪星雀的事，不忘当和事佬："黄老大，你跟小鸟之间的那些恩怨，其实我确实不太清楚。不过我知道那小子，除了心直口快之外心眼绝对不坏，看你今天晚上遇到的事情，也证明了他的提议确实没错，对吧？回头你跟他心平气和地再聊聊，同进一个副本也算是有缘，大家和气生财嘛。"

黄辛觉这会儿除了努力赔笑之外，也不知道应该用什么态度进行回应。

他连连应了几声好之后，瞥过一眼池停手中那凶神恶煞的契奴，心有余悸地默默地擦了一把冷汗："以后叫我小黄就好，别叫我什么黄老大了。"

池停把黄辛觉带回房间，指了个角落说："那行，小黄，晚上你就睡这儿吧。"

黄辛觉看一眼离大床还隔了一大段距离的角落，捂着血快流干的胸口缓步走过去。一抬头，便见池停已经牵着他的契奴来到铁牢旁边，三两下直接拴在铁栏杆外。

黄辛觉动了动嘴角，还是忍不住问道："池哥，那个……不关进牢里吗？"

他先前也是将这个契奴仔细地锁在自己房间的铁牢里,但不知怎么的,这个怪物今天晚上的力量突然异常强大,连这铁牢都没能将他拦住,让他险些死在自己的屋里。

听到黄辛觉的问题,池停低低地"哦"了一声:"放心吧,我捆得很牢,挣不开的。铁牢有点不太方便给他用,我家那位契奴领地观念比较强,怕回头发现我放了其他契奴进去,跟我生气就麻烦了,这个你懂吧。"

黄辛觉听傻了。

老实说,他真的不是很懂。

池停感受到黄辛觉的迷茫,刚想解释,就听到外面走廊里再次混乱起来。

他眨了眨眼,当即十分熟练地又拆了一条铁链下来拿到手上,对黄辛觉说:"你在这里等等,我再救几个人,很快回来。"

黄辛觉张了张口刚想说些什么,没等他开口挽留,就见池停已经三步并作两步地夺门而出,他所有的话语顿时哽住。

是他的错觉吗?怎么感觉刚刚那一瞬间,他好像从池哥的脸上捕捉到那么一丝溢于言表的兴奋之情呢?

黄辛觉怀疑自己失血过多导致脑子更混乱了,一抬头刚好对上契奴那充满杀意的眼神,也全身微微一抖,顿时往角落里缩紧了几分,眼巴巴地开始期盼房门的再次打开。

呜,池哥你快回来,他一人实在是有些承受不来!

好在池停办事向来利落,没一会儿就又捆着契奴,领着两个失魂落魄的玩家回到了房间里。

那两人原本也是一直跟着黄辛觉混的,从进副本到现在一直在一起行动也算有了感情,进门后一见到角落里满身鲜血的黄辛觉,三人顿时抱在一起失声痛哭。

池停将新收编的两个契奴也拴在铁牢外面,回头一眼看去,只觉得眼前的这种场面比起救人这事更加让人感到头疼。

好在黄辛觉哭累了,终于记起了正事,苍白的一张脸看向池停:"池哥,接下去你准备怎么办?"

池停见他们终于不哭了,稍微松口气,反问:"什么怎么办?"

"就是触犯规则的事。我们八点之后出门,算是打破了第四条规则上所说的宵禁传统，就是不知道会面对怎样的惩罚。"黄辛觉的声音越说越轻，最后不确定地问道，"池哥，你出来救我们，不会没想过这点吧？"

"哦，这个。"池停当然记得宵禁的事情。

不过根据前一天晚上听到的动静，他大概可以判断出这种副本内部的规则也是由副本里面的NPC自行处理。

池停本来就想过要弄清楚晚上那些隐藏在暗处的到底是什么东西，正好借着今天这救人的机会让对方送上门来看看，倒是半点不慌，说道："这个不用准备，就等他们来找我们。"

这要放在之前，黄辛觉一定会疯狂腹诽池停装，但此时此刻眼前的人在他看来赫然身披"救命恩人"四个金光闪闪的大字，听完只觉得大佬厉害。

果然，在任何副本当中，实力永远都是最强的底气！

这样想着，黄辛觉几人都感到背脊微微地挺直了几分。

然而不等他们狗仗人势壮起胆子，外面再次涌起的动静，让他们顿时又瑟瑟发抖地缩回了角落。

"来……来了吗？"有个玩家一开口才发现自己不知不觉间已经带上了哭腔。

黄辛觉也是一脸哭丧。他今天确实有些流血过多，这个副本还不能使用道具，再折腾下去，他怀疑自己根本不需要那些怪物动手，自己就会不治身亡。

"应该不是。"池停听出外面这些动静似乎是从楼下传来的，但要说是探险家NPC们遇到了危险，又似乎没有任何呼救的声响。

而且这样混乱的范围，似乎人数还相当可观。

寂静的夜晚将氛围衬托得更加诡异。

莫名地，有一个身影从池停的脑海中一闪而过。

池停沉默了一瞬。

不会吧？

就当他在那犹豫要不要下楼看看的时候，酒店楼下又彻底地安静下来。

过了一会儿，外面的走廊上响起隐约的脚步声。

不过这一次，跟先前听到的那几个玩家的仓皇逃命不同，外面的人在十分有节奏的移动中，步调显得有条不紊。

最终，脚步声在他们房门口停下来。

房门被敲响了几下,有一个清脆且僵硬的女声毫无起伏地传来:"亲爱的客人,我们接到投诉,说您在八点之后离开房间打扰了其他人的休息,还请跟我们去进行一下核实。亲爱的客人,我们接到……"

仿佛死物般进行重复着的话语一遍又一遍地回荡在空中,让黄辛觉几人互相交换了一下视线,脸色肉眼可见地难看了几分。

池停倒是微微地挑起眉梢。

说是八点之后是宵禁时间禁止外出,结果酒店的服务人员却还能够继续随意行动。

所以说,这规则只针对外来的探险家吗?

那可真有意思。

池停嘴角微微翘出一个弧度,按下把手往外面一推,站在门外的服务员就这样完全地落入视野当中。

"嘶——"

身后传来几个玩家下意识倒吸一口冷气的声音。

池停的神态倒是没有太多的波动。

来人身上穿的确实是酒店的制服,但是此时此刻,他只能凭着对方戴在头上的那个粉红色发夹,来分辨出是之前见过的前台工作人员。这人白天时候白皙的皮肤已经彻底干瘪,脸上的皮包裹在内部的骨骼上,导致一眼看去凹凸不平,很是诡异。

这副样子让池停很容易联想到之前在擂台场见到的那些守擂者,只不过相比起来,眼前的这个服务员很显然拥有着自己的理智,对上池停的视线时,还不忘有礼貌地咧开一抹森然的笑容:"亲爱的客人,请跟我们一起去进行核实吧。"

她的姿势一动不动,只有眼眶中的瞳孔十分诡异地往旁边移动了几分,视线正好掠过池停看向他身后的那几个玩家:"这几位也请一起哦。"

虽然每一句话说得都很客气,但是落入耳中时,让人从神经深处透出一抹凉意。

几个玩家噤若寒蝉,大气都不敢出一下。

池停站在门口没动。他还在审视着这个服务生现在的模样,若有所思的过程中，修长的指尖习惯地摩挲着胸前的异石，一下又一下地缓缓敲击着。

所以说，这就是这个城市里的秘密吗？

大概是这样的审视实在太过露骨，服务员僵硬的面容也渐渐浮现了一丝难堪的怒容："亲爱的客人，请……"

池停先一步打断了她："如果不呢？"

显然没想到会得到这样的回答，服务员一愣，眼底浮现出怨毒的讥诮："还请遵守我们城市的规章制度，如果您不配合的话，我们酒店的保镖恐怕就没有我这么好说……"

池停还在那里眉梢微挑地想看这个NPC能整出什么幺蛾子，没想到"话"字还没说出，服务员的脸色豁然一变，脸上转瞬间被惊恐的表情所覆盖。

不得不说，服务员现在的这副尊容，乍一眼看去赫然比之前更悚然几分。此时她就好像看到了什么极度恐惧的存在，听着对讲机里面传来的信号，甚至再也没时间理会池停，第一反应就是狼狈地转身要跑。

然而很可惜的是，没等她转过身去，成片从黑暗中奔涌而出的影子已经先一步圈住了她堪堪迈开的双脚。

服务员在一声刺耳的尖叫之后整个身体扭曲挣扎起来，以至于她的面容也显得愈发狰狞恐怖。

然而这样的挣扎只能让她的双腿留下深陷的伤痕，被一路粗暴地拖拽进那彻底的黑暗当中。

池停这才发现，走廊里的灯不知道什么时候已经昏暗下来，角落里的黑暗中隐约传来什么东西被扯开的声音，因为看不真切，而愈发透着毛骨悚然。

池停抬眸看着服务员消失的方向，平静地站在原地等了一会儿，才终于看到一抹高挑的身影踩着黑暗，一步一步地从转角处走出来。

同一时间落入眼中的，是随着这人一起从黑暗中出现的狂乱黑影。

池停微微垂眸，没有移动半步。

他就这样看着这些影子以迅雷不及掩耳之势蔓延到他的身边，圈上他的脚边。

身后是黄辛觉几人在变故之下的失声尖叫，然而下一刻也在豁然降临的巨大威压之下，被震得彻底噤了声。

这也是池停第一次从这个男人身上感受到这样浓烈的杀意。

他瞥过周围似乎蠢蠢欲动地想要毁灭一切的黑影触手，才将视线落回到已经走到跟前的月刃身上。

对方这样一身血迹斑驳的样子，让他之前的所有猜测都得到了印证。

池停轻轻地叹了口气："楼下乱成那样，还真是你啊……"

不知不觉间，盘踞在脚底的影子已经蔓延而上，牢牢地缠住他。

池停仿佛浑然未决，就这样定定地注视着那双眼睛。

他捕捉那些翻涌在对方眸底的癫狂欲望，伸手轻轻托起月刃的下颌，用指腹抹去脸侧的那抹血渍，说道："所以，月刃，还记得我是谁吗？"

月刃眼下混乱的状态比前一天有过之而无不及，这也让池停确定在托管期间一定发生了什么事情。但在弄清楚这些之前，更重要的还是得确保他至少还保留着一丝理智，要不然恐怕会让事态变得相当棘手。

毕竟，这个男人的存在可比那些怪物NPC们恐怖多了。

然而池停并没有得到任何回复。话音落下的一瞬间，周围陷入了一片死寂。

看着月刃眼底分明越陷越深的癫狂，池停的眉心又皱紧几分，他再次问了一句："或者说，你现在需要我做些什么？"

眼下的这副样子，让池停不得不开始考虑是否要按照前一天晚上的方法再来一次。

正想着，他感到面前忽然一暗。

"血……给我。"

月刃低哑的声音中有难以掩饰的渴望，直接将池停撞在墙上。

池停听到回应后还没来得及松一口气，瞳孔就随着这样的动作微微地张大了几分。

那人眼底的癫狂随着口腔里的血腥味，也终于消散了几分。

在这样显然清醒不少的状态下，他直勾勾地对上池停的视线，嘴角浮起一个满足的笑："晚上好，主人，我回来了。"

15

镜头切到池停的直播间里,明明人数不多,弹幕被成片的问号和叹号所覆盖的同时,硬生生地刷出了上万人的效果。

这是什么情况,是我想的那个样子吗?
这是恐怖副本没错吧?这个 NPC 是怎么回事?
刚从隔壁跳过来,谁告诉我发生了什么?
但是真的有点感人……

池停并不知道直播间里的热闹景象。

此刻他的呼吸也有些急促,听到耳边传来这么似笑非笑的一句,他也知道这人总算是清醒了过来。

他毫不客气地直接将对方推开几分:"下次求救的时候,起码态度好点。"

说着,他示意性地垂眸,瞥了一眼还缠绕在他身上的那些黑影。

月刃顷刻间将影子收回自己的脚下,对池停所说的话只是不置可否地无声一笑。

这一路,月刃确实是绷着最后一丝理智找上来的。要不是在千钧一发之际索求到了那一滴血,眼下恐怕已经被体内汹涌叫嚣的恶魔血脉冲昏了理智。

有时候月刃也想不明白池停的直觉怎么能这么敏锐,居然就是这么一眼,就直接看破了他濒临临界线随时可能崩塌的危险状态。

他微微垂眸,瞥过池停手腕上那抹猩红。

月刃的嘴角浮起一抹淡淡的浅笑:"好的,我下次一定注意。"

话音刚落,他仿佛早有预兆地往后面浅浅地退了两步,刚好避开池停撒气般踹来的一脚,眉梢轻挑:"都道歉了,真知道错了。"

池停摸了摸自己的伤口。倒也不是第一次了,只不过他十分怀疑这个人是属狗的,也真是懂得怎么咬人。

不过池停的念头来得快去得也快，只是纠结了一瞬就转身走进屋里："晚上发生了什么，说说吧。"

月刃也迈步跟了进来，正好对上了屋内齐刷刷地看着他的那片视线。

月刃的眸色肉眼可见地沉了一沉："这几位是？"

此时他体内的恶魔之血其实还没有停止叫嚣，本就已经逼到临界线的情况下才有了池停的一点儿血续命，让他在临近癫狂的边缘留住最后的一丝理智。而这最后一根弦到底需不需要绷住，可以说完全看的都是他本人的意愿。

就好比现在，发现房间里还有好几个人，不悦的情绪之下，月刃在这一瞬间所流露出来的阴戾杀意，顷刻间就已经填满了周围的每一个角落。

这样的威压之下，黄辛觉几人一时之间只感到，仿佛有一只手死死地遏制住了他们的咽喉。

前面那个服务员 NPC 见鬼般试图逃命的画面还历历在目，他们此时此刻恨不得原地戳穿自己刚刚目睹了那个画面的眼睛，以借此来表达忠心。

出于本能地，几人顿时齐刷刷地流下几排热泪："池……池哥！"

池停当然知道处于失控边缘的月刃有多吓人，伸手拉住月刃的衣角将人往身边拽了两步："今天晚上不怎么太平，我听到呼救才把人给救回来的。我好不容易找到一些满足感，你前面人没在帮不了忙也就算了，别把人给吓死害我白忙一场。"

"呼救？那追他们的是……"月刃转头看去，也终于看到了被锁在铁牢外面的那几个身影，视线从熟悉的捆绑手法上面瞥过，神态十分耐人寻味，"这几个看起来差不多已经恶魔化了，你居然也带回来了？"

看得出来契奴之间也具有明显的压制性。虽然同样都是身体中流淌着恶魔之血，但是在月刃出现之后，那几个先前还蠢蠢欲动的契奴此刻已经安静如小鸡。

池停也发现了这一点，眉目间闪过一丝惊讶。

见月刃依旧直勾勾盯着那边看，一下子就揣摩到这个人的一些心思，说道："放心，我就把他们绑在外面，没有弄脏你的铁牢。"

月刃道："但你绑他们了。"

"什么？"池停一时没听清。

"没什么，我是说，谢谢你的贴心。"月刃说着，往前走去两步，在那几个契奴面前蹲下来。

随着他这样的动作，可以看到外观已经宛若恶魔的怪物们纷纷往后面缩了两步，仓皇间撞上铁栏，发出一片混乱的敲击声。

面对危险的求生本能，一时之间居然胜过了这些契奴体内来自恶魔之血的强烈欲望。

刚刚险些死在那些契奴手里的黄辛觉几人不由得心中哀怨，追杀他们时候的凶神恶煞都上哪去了，现在装什么柔弱，欺软怕硬的两面派是吧！

池停对这些契奴的反应也感到非常新奇，一边观察一边跟月刃讨论："果然跟那些守擂者的情况差不多，没跌下百分之二十含人量，人类的本能还十分明显。"

池停这种研究小白鼠般的态度，其实从某方面来说比他还要凉薄几分，月刃下意识看了池停一眼，才转过看向那几个玩家，问道："你们在酒店里面托管几天了？"

黄辛觉只感到背脊一凉，十分不适的感觉让他下意识地抖了一下才开口："啊？"

月刃显然并没有什么耐心，眉心瞬间皱了起来："契奴托管。"

黄辛觉心头一跳："三……三天！后面第四天开始需要上交五个中级宝箱，我们就……没再继续托管了。"

月刃意味不明地笑了一声："居然还能撑到今晚，运气真是不错。"

池停敏锐地觉察到了话里的含义："托管有问题？"

月刃缓声道："确切地说，是有大问题。"

他身上斑驳的血迹看起来确实触目惊心，但显然全都不属于他。这时候月刃从半蹲的姿势起身，不疾不徐地走到沙发前坐下，丝毫没给旁边努力远离他的几个玩家半点眼神。

他微微侧身，支起手来半撑着下颌，视线自始至终都落在池停的身上："你不是好奇晚上发生了什么吗？我说给你听。"

池停也在另外那个沙发上坐下来。

月刃对于池停这副认真听讲的样子感到非常满意："简单来说就是，这家酒店收到契奴托管的申请之后，非但没有好吃好喝地供着我们，反倒还故意创造环境，在地下室建了个迷你的角斗场，来满足恶魔之血觉醒后的杀戮欲望。"

说到这里他稍稍一顿，才缓声道："看他们这么迫不及待地希望我们这些契奴恶魔化，我也就从善如流地满足了一下他们而已。"

根据各个契奴身上的含人量，池停基本上已经可以推测出冒险项目的损耗和晚八点后的血脉觉醒期，都会对恶魔化有着一定的影响。

只不过他原本以为，按照副本的正常设定，这种托管模式会是减缓八点后血脉觉醒的一个途径，现在这么一听，这酒店的工作人员居然在背地里暗暗推进着恶魔化的进度。

这样一来，像黄辛觉他们这样为求晚上安宁而持续选择酒店托管，反而是让自己的契奴更快地恶魔化，一步一步地在将自己推往死亡的獠牙。

池停抬了下眸："所以你今天晚上回来时候的那副状态是因为……"

"不好意思，确实有些杀疯了，这点我忏悔。"话是这么说着，月刃的表情却是非常无辜，"本来我也大概猜到这或许会让恶魔的那一面更加兴奋，但是酒店里那些人在晚上的样子确实不太符合我的审美，还不懂事地拦着不打算让我回来找你，一不小心就清了个场。"

好一个一不小心就清了个场，池停回想一下那个服务员听到对讲机里提示时候的反应，完全可以想象这么轻描淡写的一句话背后掩藏着怎样的血雨腥风。

不过虽然知道月刃这杀神绝对不会吃什么亏，池停还是忍不住多提醒一句："下次不要这样了，你这个状态非常危险。"

说话间，他脑海中又不由得浮现出这个男人身披杀意从黑暗中走出来的画面，只是那一个瞬间，依稀给了他面前站着的就是恶魔的错觉。

月刃的眼皮挑起了几分，显然这样的关心在他听来非常受用："好的，我一定一直乖乖跟在你的身边，哪儿也不去。"

池停想了一下，到底没再多说什么。

其实他可以感觉到，比起刚进副本的时候，月刃身上的含人量已经明显下降了。

希望这仅仅只是因为身份设定的关系,这样的话,至少在离开副本后还能恢复到原来的状态——虽然也不算有多高,但起码勉强能够看作是一个正常人类去对待。

池停的视线从月刃身上瞥过,叹了口气:"都累了,先睡觉吧。"

整体来说今天的信息量收获的还算不错。

如果说晚上出现的那个服务员改变的外观已经引起一些猜测的话,那么所谓的"托管",就足以确定这个城市的居民确实存在问题。

相比起来,那些契奴说是身为恶魔的后代,实际上这个阵营的NPC反倒更像是在跟想要觉醒的恶魔之血在抗衡的样子。

这样一来,这个被誉为勇者之城本身,恐怕还更有问题。

但不管怎么样,等明天收集完余下的宝箱进入下个阶段之后,应该很快就能找到答案了。

这样想着,池停转身从衣柜里面翻了套换洗的衣服就想去洗澡睡觉。一回头见其他人都大眼瞪小眼地杵在那,他微微一愣:"你们不睡?"

月刃神色无波地指了指角落里缩着的那堆玩家:"这么多人怎么睡?"

黄辛觉很有眼力见儿地说:"没事不用管我们,我们就在这里凑合一晚上就可以。"

月刃低低地"哦"了一声,又指了指那边还锁着的契奴:"那些呢?"

今晚这情况,再让月刃睡铁牢确实不太合适。但池停总觉得这人的一番话下来意有所指,干脆也不绕弯子了:"想怎么睡你说吧。"

月刃的嘴角微微翘起一个弧度:"我觉得这床其实还挺不错的。"

就知道这人不愿意吃半点亏。

池停本来也不是娇气的人,这一屋子人确实都是他带回来的,秉着对所有人都负责的态度他觉得确实有必要把锱铢必较的某人给哄好了。

他想了一下也就摆了摆手:"行吧,那你就睡床吧。不过你这一身是血的样子,得先洗了澡再上床。"

月刃满意地眨了眨眼睛:"当然,保证洗得干干净净。"

池停抱着换洗的衣服转身走进了浴室间里。

片刻后,传出清晰的水声。

月刃在原地站了一会儿，垂眸扫过身上斑驳的血渍，看向某些本不该出现在房间里的存在，语调比起面对池停的时候清晰可觉地低沉了几分："还看？"

一句话说完，所有的玩家和契奴当即背脊一凉，齐刷刷识趣地背过身去。

池停洗完澡出来的时候，落入眼中的就是这样一副安静的画面。

他只觉得大家晚上都很累了，也没有多想，随便找了套衣服丢给月刃示意他快去洗澡。

池停的睡眠质量向来不错，依稀间可以意识到月刃洗完澡出来了。

他稍微翻了个身也没睁眼，就这样沉沉地继续睡了过去。

这是啥，这么温馨的吗，他们跟隔壁真的是在同一个本？

要不是前面还有那么一段的讨论分析，我现在绝对还在怀疑人生。

这个直播间待得，都让我快忘记来看直播是图什么了。

……光看这画面真的睡得好香，他居然睡得着。

不行了我积分没了，真看不了了，先撤了。

一片夜色当中，直播间滚动的弹幕越来越少，一切也都渐渐地陷入了平静。

直到第二天早上，纪星雀嘹亮的嗓门伴随着敲门声从门外传来。

"队长！队长你醒了没？"

池停迷迷糊糊地睁开眼睛，本来想要起身，突然想到了什么，便躺着没动。

他轻轻拍了一下，一边说着一边又重新把眼睛闭回去："去开门。"

月刃见池停说完之后转身又要睡去，他一抬眸瞥见角落里巴巴地看着这边的几个玩家，也没多说什么，慢条斯理地去开门。

"找你队长有什么事？"

房门打开的一瞬间，纪星雀还没来得及打招呼就听到这么一句，才留意到来开门的人并不是他的队长。

纪星雀脸上的表情微妙地僵硬了一瞬间。稍稍侧眸，视线从月刃身上掠过，遥遥地瞥见还闭着眼睛的那个人。

这……队长，什么情况！

16

阳光从窗外漏入，打在沙发上。

月刃舒服地伸展着大长腿，整个人深深地陷入沙发当中，在内侧的角落，黄辛觉几人一声不吭地团团端坐，再对面不远处是坐在椅子上的纪星雀，一双杏眼直勾勾地盯着月刃，因为过分紧绷的状态，以至于连脑袋后面那一戳粉色的小揪揪似乎都隐隐呈现着炸毛的姿势。

昨天晚上外面的动静闹得实在是太大了，同层的其他玩家几乎都是战战兢兢地一夜未眠，直到早上确认过存活人数并没有减少，才终于松了口气。但即便如此，反复的精神折磨也让他们着急地想要尽快把主线任务推完进入下个阶段，早点离开这个见鬼的副本。

纪星雀一大早来就是为的这个事情，结果先是被开门的人弄愣了神，然后进屋之后又发现里面居然还有这么多人。

在看到黄辛觉几人的第一时间，纪星雀也已经意识到必然是池停救的人，而那些天崩地裂般的动静大概率也是出自他家队长的手笔。

池停从卫生间里出来，他扫过一圈室内明显有些微妙的气氛，神态间显然也有些疑惑，最后定定地看向纪星雀："说吧，一大早来找我有什么事？"

"我……"纪星雀调整了一个正襟危坐的姿势，"是这样的，大家都觉得今天有必要抓紧把主线推到下个阶段了，让我过来找一下你……"顿了一下，他朝旁边的月刃瞥了一眼，"找一下你们。"

池停本来也不想继续再拖下去，对纪星雀的说法自然没什么意见。

然而他刚点点头，没等开口，旁边的月刃已经站起来："确实，抓紧一点也好，我们尽快出发吧。"

池停疑惑地瞥了月刃一眼，一时之间不明白纪星雀的哪一句话戳到了这个人。

他琢磨一下，也一起站了起来："走吧。"

看着两人一前一后地从眼前经过，纪星雀直愣愣地待在原地，视线一路尾随这个叫月刃的契奴，直到背影消失在了转角。

以前在队里，他们所有人都习惯了无条件服从队长的命令。刚才那个NPC何德何能率先做出决定，最主要的是，他们家队长居然还真默认许可了？

纪星雀内心的电闪雷鸣过了许久才终于平息下来，就要迈步跟上的时候才想起来屋里还有其他几个人，一回头正好对上黄辛觉的视线。

黄辛觉的表情也在四目相对的瞬间跟着一僵。

从进本之后，他跟纪星雀就没少唱过对台戏，甚至于在前一天都还在那拍案叫嚣。结果这一夜之间，他九死一生之际被人家新进本的好友给救回了小命，这时候再次遇到，让整个气氛陷入了极度的尴尬。

黄辛觉掩饰状地清了清嗓子。

然而不等他想好应该怎么开口，就听到纪星雀已经说道："昨晚吓到了今天就留下来好好养伤吧，剩下的宝箱你们不用担心。既然被我们队长救了就惜命一点，好好休息，等进下个阶段了我让人过来喊你们集合。"

一番听起来十分理所当然的话落入耳中，让黄辛觉不由得恍了一下神。

等反应过来之后，只见纪星雀的身影已经消失在转角。

隔了一会儿，他才心情十分复杂地嘀咕了一句："真就，一点都不记仇啊。"

一个是不管后果毅然在宵禁期间出门救人，一个是不记恩怨一视同仁地进行照顾，不论是池停还是这个纪星雀，这两个真的都是奇怪的家伙啊。

但正是这种奇怪，让黄辛觉的眼眶不由得又有些发热。

他们到底是何德何能，居然能在无限游戏的世界里，遇到这样的存在呢？

楼下酒店大堂。

曾炎几人早就已经等在那里，一看到电梯里面出来的几个身影，当即热情地迎上去："池哥，你们来啦！"

他显然是知道纪星雀去找池停的，一见面当即将目前掌握的信息一股脑儿地进行了交待："是这样的，我们刚刚已经确认过玩家的数量了，目前来看，昨天晚上的那些动静应该是跟黄辛觉那边的几个人有关系。刚才我去房间没找到他们，看起来大概是凶多吉少了……但是很奇怪的是目前副本里的存活人数并没有减少，也不知道是他们逃到什么地方藏了起来，还是副本里面又进了新人，这个需要回头再确定一下。"

纪星雀听完"哦"了一声："不用确定了,他们没死,被我们队长救了。"

曾炎愣了一下才反应过来纪星雀说的队长指的就是池停,神态间有些惊讶："你是说,池哥救了黄辛觉他们?"

池停点头："他们人现在就在我房间里,没什么事。"

然而曾炎并没有如想象中的松一口气,脸色反而更加凝重："但是八点之后是宵禁时间,规则里面特别提醒了这期间绝对不能外出。池哥,你要是因为救人出了门,会不会……"

说话间,刚好有一个酒店服务员从旁边经过,这让曾炎心头一跳当即噤了声。

然而不知道为什么,这个服务员明明听到了他们的对话却是恍若未觉,甚至于在擦肩而过的那一瞬间还特意将脚步加快了几分,生怕听到什么不该听到的事被杀人灭口一般。

然而不等这个服务员离开这个是非之地,忽然伸出来的一只手就这样拦住了她的去路。

月刃微微含笑的神态间充满了亲切："请问你们酒店住宿含早餐吗?今天起来还没吃什么东西,有些饿了。"

曾炎几人闻声看去,只见服务员肉眼可见地颤抖了一下："有……有的,我马上安排人给您送来。"

话音落下,服务员把头一低,仿佛活见鬼一般以将近二倍速的频率快步离开了。

曾炎愣了。

池停用眼神示意月刃让他安分一点,才继续回答曾炎的问题："放心吧,已经确认过了,不会有事。"

他说话的时候声音并不像曾炎那样有所遮掩,不轻不重的,正好让大堂里的其他NPC都听得清楚。而伴随着尾音地落下,周围的那些服务员一个个都仿佛对这边的动静浑然未觉,只是手上忙碌的动作分明加快了很多,做出了一副相当忙碌无暇顾及其他的假象。

池停的嘴角微微浮起了一抹笑容。

他已经观察过了,从出门到下楼,酒店里的各个楼层显然都已经进行过了清扫。

昨天晚上月刃进行的"清场"没有留下半点的痕迹，仿佛夜间的一切到了白天都化为了已经结束的一场梦境。

　　然而不管怎么清扫，有一些东西依旧是无法扭转的，就比如说——这个酒店里面的NPC与昨天相比明显换了一波。而且从这些服务员的反应来看，所有的信息显然都是互通的，都不希望再招惹到月刃而重蹈覆辙。

　　曾炎虽然不知道发生了什么，但听到池停笃定的回答后也松了口气。

　　就像之前计划的那样，今天他们打算抓紧完成这阶段的主线任务，进行过分配之后一行人就各自奔向自己的任务地点。

　　按照目前的进度，距离主线完成还差最后的三个低级宝箱和四个中级宝箱。考虑到身上还背负着契约驿站的欠款，池停除了完成自领的两个中级宝箱任务之外，还额外地清了一下赊欠的账单。可即便如此，他们去约定地点集合的时候，依旧还有不少小组没有完成任务归来。

　　除了负责中级宝箱任务的纪星雀之外，只有一个初级任务小组等在喷泉广场，池停闲来无事，在周围随便溜达了一下。

　　月刃也漫不经心地跟在池停的身后，他自然也知道副本奖励会按照贡献程度进行结算，但是对池停的谦让做法依旧不敢苟同："我觉得，我们自己去把所有任务解决了可能还更快点。就算你考虑到他们希望收获到更多的奖励，离开副本之后，人家也未必会领你的情。"

　　"无所谓，我也没想要他们领情。"

　　池停一如既往是这样淡淡的态度，无波无澜，与世无争。

　　看得出来他对这些确实并不上心，此时他站在喷泉广场的正中央，斑驳的阳光正好打在他的身上，他仰头遥遥看着钟楼上的十字雕塑上面，缓缓地眯了眯眼说："你说，勇者的宝藏真的存在吗？"

　　因为始终觉得日常任务有些问题，他刚刚跟纪星雀了解了一下，这一问才知道，其他人的日常任务看起来虽然都简单且容易完成，但或多或少都与古城过去的那个勇者故事有关。

　　就像他进行摘抄时候刻入脑海中的画面那样，这座城市似乎在想方设法地让探险家们对宝藏产生更大的憧憬，甚至是病态的、盲目的、不惜一切代价的渴望与追求。

　　在主线任务的顺利推进期间，池停可以感受到玩家当中已经有不少人开始期待起副本的结束。

对于这个勇者的宝藏，在玩家们对话的字里行间，都流露着一种远超预期的奢望，甚至有人聊天的时候一度寄希望于通过找到宝藏，来换取让他们离开这个无限世界的契机。

不知不觉间，每个人在潜移默化地酝酿着一个成为勇者的美梦。

无数画面从脑海中闪过，池停可以感受到在他"记忆"中的这个勇者故事在一遍遍地重演之下，非但没有变得模糊，反而愈发地真切起来，真切到仿佛真正地曾经在他的生命中出现。

越是触手可及，越是给人一种想要拥有的冲动。

直到月刃拍了一下他的肩膀，示意他低头看向喷泉，池停才留意到自己眼底的十字图案在悄无声息间又有了蔓延的趋势。

他微微地皱了皱眉。

沉默中，他听到月刃的回答："存不存在我不知道，但如果是真的，恐怕也绝对不是什么好东西。"

池停回头对上月刃的视线，顿了一下后，露出了笑容："确实，我也这么认为。"

"叮咚——"一声响，任务栏齐齐地出现在两人的脑海当中。

两人对视一眼，便看到现阶段主线完成的系统提示弹出，主线任务正式更新。

（新）现阶段主线任务：亚勒兰古城的勇者之心产生了共鸣，进入雷德卡古堡的大门即将开启。

亲爱的探险家们，请接受来自勇者的召唤，寻找那失落已久的勇者宝藏吧！

集体任务：找到勇者的宝藏（0/1）。

副本的第二阶段开启的消息很快传开，在完成低级宝箱收集的最后一组玩家过来集合之后，黄辛觉几人接到消息后也从酒店中匆匆赶来。

经过治疗处理后，黄辛觉的气色明显好了很多，遥遥地见到众人就喊了一声"池哥"，紧接着就利落地跟到池停的身后。

曾炎见状不明所以。

才一个晚上没见，他们为什么突然转向了？

雷德卡古堡位于古城后方的山上，几乎从城中的任何一个地方眺望，都能看到那座年代久远的巍峨建筑。

大家每次做任务期间总能时不时地看到，自然并不难找。

几个晚上的惊魂早就已经让玩家们身心俱疲，谁都不想再继续在城里多待，集合完毕之后就正式出发上山。

经过一番长途跋涉，众人终于在太阳落山之前站到了古堡的门口。

然而，非但没有松一口气，每个人的脸上反倒多了几分凝重。

有人迟疑地开了口："我们……真的就这样进去吗？"

与在古城中远看的感觉完全不同，近距离的观察之下，雷德卡古堡的存在显然更具威严。厚重的墙面外面遍布了密集的荆棘，冰凉的年代感几乎不含一丝的人气。因为常年无人居住，森然巍峨的建筑伫立在众人面前，覆下的阴影带着浓烈的压迫感将人完全地笼罩其中，脚步一时之间宛若注铅般沉重。

不论从哪个角度看，古城内部至少还带着那么一些烟火气息。

至于这座古堡，怎么看都更像是年久失修的鬼屋。

一片寂静当中久久没人回应。

纪星雀终于没忍住"啧"了一声，直接走到城堡的跟前，朝着大门的方向就一脚利落地踹了过去。

巨大的声响震得周围的地面也隐隐一晃。

因为常年失修，尖锐的摩擦声仿佛一把利刃划破了周围的寂静，玩家们纷纷捂住耳朵。

纪星雀站在大门口倒是丝毫不为所动，扫了一眼一片漆黑的城堡内部，招呼得相当热情："磨磨唧唧做什么，来都来了，先进来看看呗。"

玩家们依旧很谨慎，久久地没有人动一步。

很显然，没有人想在这种未知的环境中"身先士卒"。

"你确定你要走在最前面？"池停的一句话打破了周围的寂静。

纪星雀闻言愣了一下，终于记起来自己异能受限的残忍现实，笑了一下就乖乖做了个"请"的动作："队长你来，还是你来。"

池停不急不缓地从纪星雀跟前走了过去，跟在他后面的是神色泰然的月刃,紧接着分别是跟屁虫一样尾随了一路的黄辛觉几人。

眼见着他们真的就这样大摇大摆地进了古堡,其他人互相交换了一个眼神,感觉背脊也隐约有些发凉,当即也纷纷跟了上去。

就当所有人走进的那一瞬间,似有感应般,昏暗的古堡大厅也在"啪嗒"一声之后忽然亮了起来。

周围齐齐一片倒吸冷气的声音。

池停神色无波,朝周围扫视一圈,视线率先被周围的墙面吸引了过去。

这上面的画面好像是……

没等他细究,有人忽然惊呼出声:"你们看门外!"

话音落下,紧接着的是一阵此起彼伏的惊呼声。

池停转头看去,也终于读懂了其他人的慌乱。

上山的时候明明只有他们玩家一行,可此时此刻的古堡门外,却是密密麻麻地站满了人影。一眼看去,里面有不少人都曾经见过,有契约驿站的老板,有擂台场的工作人员,也有冒险者酒店的服务员……或高或瘦,或老或少,这些身为古城中居民的NPC,聚集在古堡的城外,此时就这样目光诡异地看着他们。

和先前和善可亲的表情形成鲜明对比的,是那一张张脸上近乎狂野的欣喜,他们贪婪地、直勾勾地盯着站在大厅里的玩家们,因为过分期待而导致表情间充满了失控的病态扭曲。

周围一片寂静无声。

玩家们下意识地抱成一团,屏住呼吸。

然后,他们眼看着门外的居民们忽然做出了一个十分奇怪的手势,十分虔诚地围在古堡的门口缓缓跪下。

"亲爱的勇者,等候着你们带领宝藏归来。"

"亲爱的勇者,等候着你们带领宝藏归来。"

"亲爱的勇者……"

或远或近的声音从人群中传出,不带半点语调的起伏。

居民们微微仰起的头颅仿佛在期待着神祇的降临。

古老且神秘的仪式,让画面一度透着一种说不出来的诡异。

"他们好像没办法进入这里。"不知道谁迟疑地说了一声。

听到这样的话，所有人也定定地看向门外。

果然看到那些居民除了进行着虔诚的仪式，确实没有人敢碰触到那垂落在旁边的荆棘。

玩家们互相交换了一下眼神，有人壮着胆子想要上前试探，又被一把拽了回来。

拦住那个莽夫的人正是黄辛觉，此时他的视线却并没有落在门外，而是定定地看着旁边的墙壁，语调因为极度的惊恐而不自控地有些扭曲："看墙壁，墙壁上的那些画，在动……"

那些正是池停最初留意到的壁画。古老、神秘，但是上面每一幅所描述的内容却又都是如此的熟悉。赫然正是那个在他脑海中一次一次重复着的勇者传说。

闻声抬眸看去的时候，池停感受到面前的视野也随着画面在逐渐扭曲，耳边那些居民的呓语变得忽远忽近，仿佛有一种无形的力量在牵引着他的神智。

无数信息量涌入的瞬间，眼底的血丝宛若蛛网般开始朝周围疯狂扩散，有一股力量拉着他，就这样要朝着更进一步的深渊狠狠往下拽。

就在这一刻，有一股凉意忽然清晰地笼上他的手腕。

池停蓦然回首，在一片混乱的影像中看到了那个黑衣黑发的熟悉身影。

没来得及回神，突如其来的一个力量的牵引，他就这样被猛然拉了一下。

17

池停微微愣了一下。

明明有无数画面在他的脑海中奔涌，却是很神奇地，在那一瞬间，他居然十分清晰地意识到了自己是被谁拽了回来。

等池停定睛看去的时候，月刃正面对着他，紧拧着眉心定定地看着。

这样的神情显然是在探究他目前的精神状况。

池停的嘴角微微一动，在这样的注视下开了口："我没事。"

他把月刃推开几分，身子稍稍晃了一下才重新站稳。

池停用力地甩了甩头，想把脑海中叫嚣的声音驱逐出去。

虽然这么回答着月刃，但他显然并不是真的没有受到半点影响。就在那些壁画在眼中动起来的那一瞬间，原本被埋藏进记忆深处的那段传说故事似乎感受到了无形的召唤，一下子彻底地奔涌出来。

要不是在那一刻有人反应迅速地拉了他一把，恐怕此时他也可能已经陷入不记得自己是谁的混乱状态当中。

而此时，池停已从那无形的精神暗示中挣脱出来，再抬头看去的时候，古堡大厅的墙壁上依旧是那些记录着勇者传说的古旧壁画，一动不动地静静展示在原处，仿佛刚刚奔涌起来的画面完全都是来自他的错觉——如果没有周围那些被同步波及的玩家的话。

短短的时间内，前一刻还有人因为壁画的古怪而疯狂叫嚣，此时顷刻间已经陷入了一片死一般的寂静。

没有慌张，没有惊恐，一个个玩家都仿佛都沉浸在一个遥远的梦境当中，对着壁画的方向整齐统一地跪了下来。

他们缓缓跪拜的姿势与外面的居民们如出一辙，面对那片刻画了勇者传说的墙面，没什么表情的脸上只留下充满憧憬的炽热视线，头颅在举起的双手间微微仰起，空白麻木的表情结合着门外那些居民的同样姿态，整个画面看起来相当诡异。

在这些玩家身后不远的地方，站着的是他们一并带进古堡的契奴。

从那一张张麻木的脸上看得出来，这些NPC跟月刃一样，并没有受到刚才那番精神冲击的影响。

所以，这座古堡针对的只是玩家吗……

池停看着那些融入虔诚仪式的玩家们皱了皱眉，眼看着那一张张脸上浮现出的或热忱、或振奋、或期待、或泪流满面的种种神态，他的心里有些不太好的预感。

最终，他的视线扫过人群中那一戳分明立起的粉毛，眼看着纪星雀相对木讷的神态比起其他人要正常很多，他才重新收回了视线。

他们的耳边还充斥着来自门外居民们或近或远的呓语。在这些声音的驱使下，池停可以感受到被理智按捺下去的那些不该存在的记忆又开始蠢蠢欲动。

他缓缓地闭了闭眼，快速地让自己冷静下来之后，一把扯住月刃的衣袖将人带到跟前，抬眸看去："不介意的话，把你借给我用一下。"

"说真的，如果不带上这些拖油瓶，感觉我们自己通关还能更快一点。"

月刃被这么猝不及防地一拽，倒是瞬间猜到了这人想做什么，直接进行了表态。不过他显然也没期望真的能够说服对方，因此也不等池停的回应就改了个口："不过反正你也不会听。行吧，借你了，你想怎么用？"

这显然是池停想要的答案。

精神控制向来棘手，这种情况下要是有老宋在就好了，可惜现在别说老宋了，就连他自己的个人技能都呈失效状态。排除以外力强行唤醒的可能性，也就只能寄希望于削弱精神影响，让那些玩家们自己醒过来了。

人类的求生意识往往是最强烈的本能，连那些含人量临近百分之二十的怪物都无法避免，更何况这些向往着美好生活的人类呢。

所谓用魔法打败魔法。

池停指了指眼前这些虔诚跪拜的身影，朝月刃露出了一抹笑容："很简单，吓吓他们就好。这应该也是一件很符合你喜好的事吧？"

月刃顿了一下，由衷地道："我对工业恐惧其实并没有兴趣。"

对于池停将他当"恐怖箱"来用的这种做法，月刃明显感到不太高兴，不过一抬头对上这样看着他的视线，嘴角微微地压低了几分，最后还是低低地"啧"了一声："知道了。"

一片寂静当中，灯光下映出的影子在众人的脚底下开始游走。仿佛露出獠牙的毒蛇，扭曲着沿着众人的脚踝一点一点地朝腰部盘踞，恰好一阵风过，整个古堡大厅里的气氛分明地森冷了几分。

就连周围冷漠旁观的契奴们都微微变了脸色。

威压之下，他们似乎下意识地想要挪开脚步，被月刃无声地扫视过后，不得不顶着绝对的压迫感僵硬地顿在原地。

可以留意到，深陷在幻境当中的玩家们也开始一个接一个地微微变了脸色。

池停无声地对月刃竖了竖大拇指，视线游走一圈之后重新投向了门外。

那些居民依旧在那里虔诚地进行着仪式，然而从池停他们企图唤醒玩家开始，这样定定地看向古堡内部的视线里分明更多了几分阴沉的怨毒。

池停从这样的氛围里捕捉到了分明的杀意。他丝毫不怀疑,如果不是不具备进入古堡的权限,这些NPC们恐怕早就已经冲进来了。

然而此时池停关注的重点显然并不在古城居民们的情绪上。

他的视线无声地落在那一个个高高举起的袖口上。

随着NPC们的手臂高高举起,常年穿着的长袖稍稍滑落,黝黑色的金属色泽从手腕的位置漏出几分。

那一瞬间,池停分明地看到了那些干瘦的腕部戴着的粗重手环。这让他朝月刃的脖子上瞥了一眼。这样的材质,这样的款式,与这些契奴的特质项圈如出一辙。

如果说佩戴项圈是为了限制契奴身上的恶魔之血,那么居民们腕部的这些手环……

"看我干什么,看他们。"

听到声音,池停正好对上月刃要笑不笑的视线,这个男人的语调里也带着几分调侃:"你心心念念的事情完成了,幸不辱命,有人醒了。"

池停抬眸,看到纪星雀从地面上一跃而起,连脑袋后的那撮小揪揪都宛若炸毛般地立起了几分:"这什么洗脑素材!当了勇者之后居然还要承担起建设城市的重要责任?什么至高无上的权力,什么万人敬仰的地位,有病吧,本职工作就已经够累了,有那闲工夫在家里休息不好吗!好端端的骗人进去做个噩梦有毒吧!"

月刃轻轻一笑:"你的队员,哦不,前队员还挺有抱负的。"

池停一时之间也有些反省是不是在自己不知道的地方,不小心给小鸟灌输了什么不太好的价值观。

不过他确实没有想到,平日里干劲十足的纪星雀,人生的终极目标原来是当一条咸鱼?

看样子,他这个队长对队员的了解还是不太够啊。

因为是从潜意识里就充满了抗拒的缘故,纪星雀确实是所有人里面醒得最早的,在他之后,玩家中又有人接二连三地醒过来。

不过相比之下,醒得越晚的人精神状态就越差。

在这突如其来的精神攻击当中,除了还没开始就被精准拉出局外的池停,其他人基本上都是被拽入了勇者的传说故事当中。

他们也反复地经历起勇者走上人生巅峰的那条征途，然而因为池停让月刃进行了强行介入，以至于前半个故事虽然以童话般的美好作为开局，到了故事的后半，就变成了突然坠入深渊般的暗黑寓言。

这让绝大部分人的精神被直接扯成了两半，在恐惧的刺激下强行挣脱出梦境之后，一个个仿佛刚刚噩梦惊醒般，久久地没能回过神来。

其中有几个沉浸得过分深入的，在醒过来看到月刃的时候，甚至还因为感受到那熟悉的黑暗气息而下意识地退避三舍，一脸活见鬼的惊恐表情。

月刃本来只是听池停的要求完成任务，没想到结束之后还能遇到这么有意思的事情。

他缓缓地眨了眨眼，对上其他人看着他时的恐慌表情，意味深长地扬了扬脚底的影子，最终在那一个个见鬼般仓皇跑开的背影后，愉快地笑出了声。

他心情不错地拍了拍池停的肩膀，道："你交给我的这个任务，好像还挺有意思的。"

池停有时候对于这个家伙也是真的无言以对。

一天天吓人玩还这么乐此不疲，幼不幼稚？

从纪星雀苏醒到最后一个玩家从幻境中挣脱，中间整整间隔了半个小时，但接下去是更长一段时间的缓冲期。

所有人遭到的精神冲击显然都非常严重，一度有些分不清虚幻和现实，一个个面色惨白地跌坐在古堡大厅的各个角落，胸膛起伏地很努力地想要回过神来。

其中，黄辛觉几人因为提前见识过月刃发威，在幻境中感受到熟悉的森冷感后反而惊醒得很快，相比起其他人状态稍好，这个时候也非常积极地在各个玩家当中跑动起来，很快就为池停带回来一些想要的情报。

只能说跟先前想象的差不多。墙面上这些壁画的作用，就跟池停当时在书店里面进行的摘抄类似，似乎都是想要借此让玩家们更好地代入到勇者的身份当中，对比之前已经分派出去的那些每日任务的内容，隐隐地是在起一种潜移默化的暗示作用。

而很显然，越晚从环境中脱离的玩家也确实遭到了越大的影响。

已经有不少人在醒来之后似乎感受不到身体的虚弱，第一个念头就是想要奋不顾身地去找宝箱，好在实在没什么力气，都被纪星雀带人给拦了下来。

伴随着玩家们的渐渐冷静，周围再次一点点地安静下来。

只剩下耳边持续浮现的呓语——来自外面的那些古城居民们，这些NPC在看到玩家们陆续清醒过来之后就收回了视线，依旧在那虔诚地进行着吟诵。

确实有点吵。

池停皱了皱眉，抬头朝着古堡内部看去。

中央通往二楼的楼梯上铺着古旧的红毯，正中央一片精致的窗棂外面打入了已经高高挂起的月光，正好透过玻璃，将巨大的虚影投落在地面上。

池停本是无意中扫过一眼，视线忽然微微一顿。

垂眸看去，他捕捉到那个十字图徽。

那是他在摘抄城志之后，在脑海中浮现过无数次的属于古城的标志。

这样的十字在钟楼的顶部，在古城的各个角落都随处可见，而此时此刻，这样漫长的阴影就这样一路延伸到他的脚下。

池停的眼底闪过一丝异样的神色，思绪牵动间，凝聚在瞳孔的血丝在他看不到的地方，蠢蠢欲动地朝周围蔓延了几分。

然而不等细究，忽然有一只手从他的身后伸出，宽大的掌心就这样十分轻松地盖住了他的双眼。

一愣的瞬间，池停听到身后传来月刃的一声轻笑："原来是这样。"

池停稍稍一愣："什么？"

"看来，你对宗教方面的事情好像没有什么研究啊。"月刃的语调里带着几分玩味，"知道倒十字的含义吗？那可是象征恶魔的标记。"

说到这里他用另一只手轻拍了一下池停的肩膀，俯身过来诚挚地提议道："所以我由衷地认为，作为恶魔方正在努力蛊惑的人类，您还是不要继续再看的好。"

象征恶魔的倒十字。

池停所在的世界让他更加坚信人类自己的力量，对于所谓的宗教向来嗤之以鼻，自然更不会有任何研究。这个时候听月刃这么一说，无数的信息从脑海中一闪而过，思绪瞬间清晰之下，他终于想通了进副本至今的那些违和感到底是来自哪里了。

整座古城，包括喷泉广场的钟楼上面，那些带着年代痕迹的十字图徽都仿佛带着神圣的光辉。现在看来，原来都只是隐藏在阳光背后的，是早就已经铺设在他们面前的，属于恶魔的谎言而已。

勇者之城？

不，亚勒兰自始至终都是属于恶魔的城市。

这样一来的话，这些所谓拥有着恶魔血脉的契奴恐怕大概率也是……

池停这样想着刚要看向月刃，就听到远处有人喊他的名字。

"池哥！池……"

曾炎神色匆匆地跑来。

池停看向曾炎问道："怎么，是发生什么事了吗？"

曾炎脸上的表情顿时凝重起来："是时间。"

他的嘴角微微地抿起几分，瞥了一眼月刃，又十分担心地看向场内的其他契奴："马上，就要到八点了。"

转眼间，又到了晚上的宵禁时间。

18

玩家们先前自顾不暇一直都没有太多留意，这个时候一听曾炎提到宵禁时间，接连几个晚上不好的联想让他们齐刷刷地投去了视线。

其他的契奴原本只是在一边冷眼旁观，在玩家这样的反应之后也警惕了起来。

古堡内部似乎隐隐地分为了两个阵营，现场的气氛一度十分微妙。

"我刚才在周围看过了，没有地方可以关住这些契奴。等会儿如果连指令板都控制不了他们的话，池哥你看……"曾炎看起来对于宵禁的临近也是有些着急，毕竟前一天晚上黄辛觉那行人的遭遇还历历在目，现在离开了冒险者酒店而置身神秘的古堡当中，更是让人对于接下来可能发生的事情充满了忐忑。

池停自然认识曾炎拿在手里的那个指令板，这是在契奴意图违抗指令的时候，让主人进行示威掌控用的。

根据这几天偶尔见过有探险家使用的情景，这东西似乎正是操控项圈的控制器，可以触发类似于高压电之类的强大力量折磨对方直到彻底服从。

当时在契约驿站把月刃带走的时候，那个老板也同样给了池停一个。这种很可能原地把人惹毛的东西，他自然不可能真的作用在月刃身上，这会儿更是不知道丢到哪里去了。但是作为控制契奴的唯一筹码，其他玩家显然一直都有随身携带。

按照驿站老板的说法，这是古城针对恶魔的后代所设置的控制手段。

而现在更让池停在意的是——如果这些契奴本身就不是恶魔的话，这所谓的控制本身恐怕就存在着很大的问题。

池停的指尖轻轻地敲击着胸前的异石，陷入短暂的思考。

曾炎主动提出其实也是希望寻求一个庇护，毕竟以目前的表现来看，池停的战斗力完全碾压那些NPC，那些契奴一旦发狂，池停确实是他们目前能找到的唯一依靠，曾炎见池停沉默着一直不表态，也有些着急："池哥你快想想办法，八点后遏制不住那些恶魔，那就真的糟了。"

池停一直在垂眸思考着，直到听到后面半句，最近两天晚上他用来"遏制恶魔"的办法从脑海中一闪而过。他下意识地摸了一下自己结痂的伤口，一抬头，正好对上月刃似笑非笑的视线。

池停只是片刻愣神，就漫不经心地对月刃招了招手："过来一下。"

"嗯？"

月刃颇为顺从地凑近，笑着眨了眨眼，还没等他开口，脖颈间忽然泛上的触觉让他顿在了那里。池停一伸手直接用食指勾上了月刃的项圈，就这么轻轻一带把人扯到了自己的面前。此时俯身上前，正在认真地端详着这个项圈。

池停研究着这个看起来款式十分粗糙的契奴项圈。他还记得在上个副本的时候离洮就曾经说过，在这个无限游戏的世界当中，除非副本的设计者从一开始就不希望让玩家活着出去，要不然在非求生和对抗类型的副本当中，很少会存在战斗性的硬性指标。

而眼下，这些契奴的存在无疑就是普通玩家必须要面临的一个危机。

在个人技能遭到限制的不平等条件下，按照游戏的正常设计逻辑，就必然会有一个解决危机的正确途径。

这样一来，按照亚勒兰本是恶魔之城，而这些契奴反是受害者的剧本往下推论，眼下最具冲突性的存在，无疑就是契奴脖子上这些充满了耻辱的项圈了。

池停轻抚的指尖微微收紧，轻轻一个用力。

"咔嚓——"

由特殊材质金属制成的坚固项圈，就这样断裂成了两段，轻轻松松地被拆卸了下来。

月刃感到脖颈间游走的触感就这样瞬间消失。镣铐的卸下带来一种十分久违的自由的感觉，他缓缓地抬了下眉梢："你确定要这么做？"

池停不置可否地笑了一下，他一扬手，手里的金属项圈就这样径直跌落到地面，发出了一阵清晰的声响。

尖锐的金属摩擦声划破了寂静的夜色。

这一瞬间，连门口的那些居民都停止了吟唱，抬起一双双麻木且空洞的眼睛直勾勾地看过来。

曾炎也是愣在那里："池哥，你这是？"

要知道从进入副本建立契约开始，他们这批玩家一边利用这些契奴进行着宝箱收集，一边也随时提防着遭到反噬的危险。毕竟副本规则里的提醒历历在目，这些恶魔的后代可能会成为他们冲锋陷阵的利剑，也可能成为让他们血溅三尺的毒药。

而因为这个项圈的存在，让他们只要还手握指令板一天，就至少能够拥有一天的绝对掌控权。除非像先前的一些玩家那样因为契奴的彻底恶魔化而惨遭毒手，不然基本还能保证自身安全。

可就在刚刚，池停却是当着他们的面拆下了这个对于契奴的最后禁锢。

不只是曾炎，从其他玩家的神态来看，显然也都充满不解。

"没时间了，先全都拆了，回头再跟你们解释。"

池停这边话音刚落，只听旁边"擦咔"一声，便见纪星雀已经走到他的契奴面前，三两下利落地将脖子上的项圈也拆了下来。

纪星雀完成操作后故意声音嘹亮地捧场："我相信队长！"

这样一如既往的绝对服从让池停非常欣慰。

他深知危急关头的选择有多么重要，眼看只剩下两分钟左右的时间也不啰嗦，一开口是刚好足够让现场的所有人都听到的声音："我的话先放在这里，虽然目前还只是出于我的个人猜测，但如果是因为猜测错误导致一会儿遇到危险，我非常愿意尽全力地保护大家以表歉意。可是如果有人不相信我的判断，那么到时候一旦因为没拆项圈而发生任何问题，就请去找你们的指令板帮忙，自己的事情自己解决，别指望我会出手。"

末了，他的嘴角微微地浮起一抹笑意："好了，还剩下一分半的时间，还希望大家快点做出决定哦。"

明明是相当轻描淡写的语调，但是配合着最后嘴角残留的那抹淡漠的弧度，让池停垂眸扫过众人的神态看起来格外薄凉。

要说前一刻玩家们确实还充满犹豫的话，那么只要一想到接下去可能需要他们自己去面对一个没有任何限制的怪物，慕强的心态让他们几乎在一瞬间就选择了对强者的绝对服从。

识趣的玩家已经奔向他们的契奴，而一旦有人开了口气，其他人也就马上一个接一个地跟了上去。

说起来也奇怪，这样平时不管契奴们怎么试图挣脱都无济于事的项圈，却仿佛真的认主一般，让这些玩家在陆续找到暗扣之后就一个个利落地解开了。

听着一片片金属项圈坠地的声音，池停露出了满意的笑容。

身后，解开束缚的月刃抱着身子靠在墙边，视线扫过现场这片忙碌热闹的景象也是笑了一声："唬人倒是很有一套。"

池停显然不认同这样的说法："我唬什么人了？"

月刃一脸明知故问的表情："说得这么冷酷无情，要是真有人不愿意配合你的行动，到时候你真能见死不救吗？"

池停想了想，说："或许真能？"

月刃无声地笑了，没有揭穿这人的嘴硬。

要真能狠心地见死不救，也没必要连回答的时候用的都是反问的语气了。

温和的时候心软的要死，狠心起来又仿佛没有半点的怜悯心，果然是一个有趣的怪家伙。

就在最后一个契奴项圈摘下的那刻，晚上八点终于到了。

"铛——铛—"

"铛—"

古老的钟声远远地从山下传来。

一下又一下，因为喷泉广场遥远的位置而显得愈发低沉。

刚刚还在着急解开项圈的玩家们心头微微一跳，几乎是下意识地齐刷刷退了几步。

就在他们随时准备着迎接又一次宵禁期间的恶魔降临时，契奴们也发生了异动。

众人的心头随之狠狠一跳，正觉要糟，便见那些契奴并没有如前几夜那样发狂，而是脸上露出些许痛苦表情，然后都缓缓地蜷缩下身子。

这种样子像是在忍受着什么苦痛，又像是努力隐忍着接收一场无形的洗涤，这让遥遥观望的玩家们面面相觑。

钟声刚响，池停便留意到月刃的身子隐隐一晃，他眼疾手快地上前一把搀住。

他的所有做法确实只是猜想，不确定对错，现在只能定定地观察着月刃的反应。

一秒，两秒，三秒……

直到钟声彻底安静下来，依旧什么都没有发生。

漫长的忍耐似乎消耗了契奴们的很多体力，最终一个个跌坐在地面上，深深地喘着气。

玩家们见状又等了一会儿，确定没事，才终于有人壮着胆子上去查看。

其间，池停留意到月刃的眉心拧得越来越紧，过了许久之后也没见有其他反应，直到那人缓缓睁开那双黝黑的眼睛，甚至还颇有闲情地朝他眨了一下眼。

池停深深地吸了一口气，心平气和地道："你要没事了就先起来。"

月刃的脸色比起先前有些白，但是除此之外看起来状态还算不错，虽然跟其他契奴经历了一样的事情，他还有心思笑。

池停没说话，听到身后又传来一声轻笑，他无声地移开视线，正好听到曾炎惊疑不定的询问："所以，这些契奴都是在项圈的影响下才慢慢变成怪物的吗？这到底是怎么回事？"

池停引着其他人朝门外看去："怎么回事？这就要问那些真正的恶魔了。"

先前所有人的注意力都警惕地落在契奴们身上，并没有留意到门外的情况。此时听池停这么一说才回头看去，玩家们齐刷刷地都倒吸了一口凉气："这是……"

刚才还样貌正常的居民们，此时一个个地都已经成了怪物。也不知道是不是过于接近城堡的缘故，借着大厅里面的灯光看去，那一张张扭曲的脸庞显然比昨晚出现在池停门口的服务员NPC还要可怖狰狞。

那一双双从袖口伸出的手已经只剩下黝黑的骨节，两只耳朵明显往上伸长了很多，皮肤周围突起的一根根倒刺，已经俨然有了彻头彻尾的恶魔姿态。

然而，城堡的禁锢让它们始终无法踏足半分，只能隔着一扇门，眼神森然地注视着里面的这些玩家。

不少人被盯得起了一身鸡皮疙瘩，看看外面的NPC，再看看那些契奴，一时间众人慌作一团。

"所以说，住在这个城市里的居民才是真正的恶魔？"黄辛觉不愧被叫了几天的老大，在这批玩家当中反应还算相对较快，这一句话出，他只感到脚底嗖地腾起一股凉意，脸色也难看了几分。

他显然已经意识到，如果刚才大家没有按池停说的拆掉那些项圈，那么眼下即便发现这些居民的真面目，恐怕也已经避免不了惨烈的结局了。

"可是，如果他们真的是恶魔，为什么还要帮助我们寻找宝藏呢？"还有一些玩家回想起那些梦境中属于勇者的荣光，依旧不愿意相信这个现实。

池停一看有人是这样的反应，就知道是因为之前的反复暗示而遭到了洗脑。

不过对于这个副本，他确实也还有着很多疑惑，比如这些契奴的真实身份，比如为什么要让他们缔结契奴契约又急切地促进恶魔化的发生，又比如为什么要疯狂地刺激探险家们内心对于宝藏的渴望……

池停抬头看了一眼铺满红地毯的楼梯，率先迈开脚步："剩下的谜题，等找到宝藏应该就可以解开了。"

外面的那些恶魔面目太过恐怖，玩家们没人愿意多待，确认契奴暂时无害后，也一人带一个地快速跟了上来。

池停没有去看地面上投落的那个倒十字的影子，他沿着落在地面上的月光拾级而上，然后又根据指引朝着城堡的深处走了过去。

身后跟着的脚步声，不用回头池停也知道是谁。

他想了一下，在一片寂静中开口问道："确定没事了？"

走在后方的月刃看了一眼前面的背影："你就这么关心我？"

池停纠正道:"我关心的是所有契奴的情况。"

月刃含义不明地笑了一声,回答最初的问题:"应该是因为前几天的恶魔化,让这座城堡对恶魔的压制也作用在了契奴的身上。我恶魔化的程度应该比较低,这种强行洗涤血液的过程虽不太好受,但还算能忍,其他那些恶魔化程度深的契奴估计就不太好受了。"

他顿了一下,总结道:"只能说那些城里的 NPC 不敢进来是对的,要是真进了这古堡,光是化解恶魔血骨的力量,就足够让他们皮都不剩。"

池停点了点头,余光瞥过,看到那些契奴虽然在逐渐恢复人态,但在夜晚降临之后或多或少改变的外观特质也很明显。

相比起来,也就他旁边的这个家伙看起来依旧人模人样。

大概是留意到他打量的视线,只听月刃又低低地笑了一声,再次确认道:"确定不是在关心我?"

池停张了张口想要否认,但仔细一想又觉得月刃这么说也确实没有问题。他对散发善意这种事情向来十分坦荡,想着这人四舍五入也算是个人类,最后点了下头:"嗯,是在关心你。"

一句话落,不知道为什么并没有听到想象中的调侃,反倒是让月刃一下子彻底噤了声。

这又是哪里不舒服了?

池停正要询问,就听到有人欣喜地叫了一声:"到了!我们到了!就是这里绝对没错!我们终于找到宝藏了!我们可以离开这个该死的副本了!"

伴随着周围顷刻间响起的欢呼声,在玩家们看不到的各个直播间中,弹幕也正在疯狂地奔走着——

不容易啊,算是到最后了吗?

我上次追的时候就是在这里团灭了,这个团整体看起来进度还算顺利,希望最后别犯浑啊!

对对对,这是我见过契奴保存得最完整的一次。

第一次追,有知道攻略的人说说吗,这就结束了吗?

嗯差不多吧,估计就看是哪种"结束"了。

所以这还没完对吧,居然还能团灭?

想想这是最坑的集体副本就能理解了，前面铺垫那么多就等着最后憋个大的了。

相比起其他玩家那边，池停的直播间里就显得安静得多。

无声间，一个提前隐身的账号悄然地再次返回了直播间里。

因为已经预测到招揽大概率会失败，秋骥郁闷之余中间也离场去休息了一会儿，回来之后惊讶得发现直播间里的人数虽然依旧只有两位数，但以这样收费的标准来看，显然已经远超过他的预期了。

他正奇怪为什么还陆续有人跳过来，等看到直播间里的内容，也明白了。

看样子，这是到副本的最后了啊。

秋骥虽然不清楚这个副本具体的通关攻略，但是看在这个节骨眼上还有人陆续找进直播间里，大概可以猜到并不会就这样简单地通关离开了，而且大概率还得最后安排一到两波的难题。

调整过求贤失败的心情之后，秋骥现在整个精神状态良好，他煮了一杯咖啡舒舒服服地在沙发前坐下，就这样饶有兴致地看了下去。

反正都已经散不少财了，有始有终，也不差再散上最后的这么一点。

画面当中，可以看到走廊最终的那扇门终于被玩家们一起推开了。

背后的光芒在这一瞬间铺开了整片视野。

19

走入房间的一瞬间，刺眼的金光让池停微微眯了眯眼。

等渐渐地习惯了从黑暗步入光明的过程，他看到了房间中央神圣庄严的展示台，上面精雕细琢的宝箱落入眼中的那一瞬间，耳边也充满了其他玩家的惊呼。

"队长，原来真的存在宝藏啊！"因为站得较近，纪星雀的声音显得尤为清晰。

"是啊，原来真的存在宝藏。"池停的视线缓缓地扫过，语调中也有几分惊奇。

毕竟在前面那一系列诡异的发展下,他一度也有些怀疑所谓的勇者宝藏是不是真的存在,没想到现在居然这么轻而易举地出现在他们面前。

刺眼的金色光芒来自他们的正前方。

首先落入眼中的是一个工艺古朴的硕大祭坛。

在一片已经生长出茂密荆棘的台子上,被光芒所笼罩着的铜金色宝箱仿佛静静地等待着他们的到来。像是感应到了什么,周围的光线在众人进来的那一瞬间隐隐地闪烁了一下,然后又悄然地恢复了宁静。

即将通关的惊喜之下,玩家们显然都很兴奋。

不过好不容易到了这里,绝大部分人看着近在咫尺的宝箱,依旧保持着警惕。

但是,也有人兴奋地从人群中直接冲了过去。

好在黄辛觉眼疾手快地一把拉住,正皱着眉头想要呵斥,看清楚对方的神态后顿时愣了:"快来,他的状态好像有些不太对。"

其他人也发觉了这个玩家的异样。

明明已经被黄辛觉给拉住了,他却仿佛没有感觉一样,一双眼睛依旧直勾勾地盯着前面的那个铜金色宝箱,满眼都是被彻底吸引的狂热与期盼。

甚至就在黄辛觉愣神的这么一下功夫他突然一个用力,险些真的要挣脱出来。好在黄辛觉反应较快强行把人按了下来,再招呼一声,周围的几人才反应过来纷纷上去帮忙把人制住。

不知道谁骂了一声粗口:"怎么还没完没了!"

要说前一刻大家还沉浸在即将通关的喜悦当中,那么这个玩家异样的反应无异于是一盆冷水从头浇下。

全身冰凉的感觉让他们清晰地意识到,这个副本到这里恐怕还没完全结束。

池停倒是对这样的情景并不感到意外。

刚刚进门的时候连他也有那么一瞬间的恍惚,先前洗脑的后遗症在见到宝藏的一瞬间彻底涌现出来,脑海中不断地有声音在提醒他只要拿到宝藏就可以拥有一切,只不过很快地就被他的理智强行摁了回去。

至于被黄辛觉制住的那个玩家,池停也是有点印象,正是在楼下大厅时较晚挣脱幻境的其中之一。看这样子显然是因为思维不够坚定,才在冲击力极大的瞬间本能地遵从了诱惑,基本上也算是正常反应。

池停环顾一圈，很快又在人群中发现了几个神色有异的玩家，立刻提前把人制住了。好在陷入恍惚的玩家数量不多，都由纪星雀负责牢牢地控制在角落监管了起来。

这些人最多算是受到之前心理暗示余波的影响，让他们冷静一下，应该很快都能清醒过来。

黄辛觉本就有伤，这一番折腾他不由得擦了把汗，骂骂咧咧："这到底是怎么回事？"

池停的回答倒是相当轻描淡写："这应该就是楼下那些恶魔期待的效果吧，反复地进行洗脑，就是希望能有人冲昏了头脑，把这个勇者的宝藏从这座城堡当中给带出去。"

说到这里他微微一顿，补充道："不，也可能只需要带出这个房间就够了。"

黄辛觉敏锐地捕捉到了重点，道："……所以这个房间是？"

"如果我没猜错的话，应该是用来压制恶魔的地方。"池停说着，忽然转身看向旁边的月刃，"我说的对吗？"

突然间转移过来的话题，让进屋后就显得过分安静的月刃垂眸看了过来。

他似乎十分好奇池停是怎么发现到这点的，问道："你怎么知道我会有答案？"

池停挑了下眉："你走神得太过明显了。"

月刃愣了一下，旋即无声地失笑："你倒是挺关注我。"

池停对此不置可否。确切地说，他一直关注着所有契奴的反应。

在进入这个房间之后，包括月刃在内，所有NPC似乎都齐齐地陷入了失魂的状态当中。

虽说当时现场因为那几个玩家的异常而陷入短暂的混乱，但池停一眼扫过，依旧捕捉到了那么一瞬间的异样。

起初池停还有些担心又是某种不好的精神攻击，但是很快，眼看着月刃的表情从错愕到惊讶，再渐渐化为一种要笑不笑的恍然，这整个情绪变化的过程倒是让他放下心来。

以这段时间下来他对月刃的了解，能够让这人摆出这副看乐子的态度，八九不离十是看了什么让他觉得很有意思的好戏。

眼看着月刃回神之后居然还想事不关己地隐到旁边，池停自然不可能真的给他置身事外的机会，这时候也是继续追问道："所以，我说对了吗？"

在这样的注视下，月刃只能无奈地耸了下肩："你说的都对，要不要这么聪明！"

闻言，池停缓缓地往身后倒去，调整了一个相对舒适的姿势靠在墙上，嘴角微微翘起一个弧度："那么说说吧，从契奴角度出发的，属于这座亚勒兰古城真正的勇者故事。"

月刃感受到周围齐刷刷投来的视线，显然对于讲故事这种事情并不是那么情愿，他指了指门边的那些契奴说："为什么不问他们？"

池停微微一笑："当然是因为相信你了。"

在这一点上，他确实是有着判断的依据。目前这些契奴虽然都在城堡当中受到了洗涤，但身体或多或少还是发生了明显的恶魔化趋势，在不确定会不会导致认知受到影响的情况下，恶魔化程度最低的月刃无疑将会是最准确的消息来源。

想到这里，池停又郑重得强调了一遍："我也只相信你。"

话音落下之后，周围陷入短暂的寂静。

不知道为什么，池停感到月刃那一瞬间朝自己看来的眼神中有那么一丝的复杂。

但也只是一闪而过，那人很快就缓缓地翘起嘴角，慢悠悠地点了点头："既然你都已经这么说了，不满足你好像也确实有些说不过去。"

池停见月刃好歹愿意配合了，乐得没再多问什么。

月刃脑海中的记忆确实是在走进房间的那一瞬间浮现出来的。

仔细想想，应该是因为智障系统给他判定的"契奴"这个身份，导致让他享受了跟其他NPC一样的待遇。

那一瞬间涌入脑海的信息量，让月刃也终于感受了一把池停在摘抄时候遭受精神冲击的折磨。不过，在做NPC这一方面他倒是很有经验，只是稍微消化了一下，很快就从一片混乱的信息中整理出了事关主线的完整信息。

既然池停要听，月刃也就有条不紊地讲述起来。

在他的描述中，关于亚勒兰古城的过去终于渐渐地浮出了水面。

之前他们所有听到的传说并不全都是假的，不过这已经是那些恶魔精雕细琢之后散发出去的版本。在真正的故事中，勇者确实在战斗之后将宝藏藏在了古堡当中，然而却并不是以所谓胜者姿态。相反的，当时的勇者输得相当惨烈，以至于眼睁睁地看着整座城市沦陷在恶魔的统治之下。

不过在最后的时候，恶魔终究也没占到好处就是了。

勇者在临死前借助了宝藏的力量，将这些邪恶的存在彻底地困在古城当中，在这里为这些最污浊的存在画地为牢。

"剩下的就很好理解了。"月刃缓缓地环视一周，"他们故意散播出去关于勇者的传说，就是想骗更多的探险家来寻找所谓的宝藏。而为了能够让他们获得认可进入古堡，又提供了契奴来作为助力，希望能够找到新的勇者带走宝藏，解开古城上百年的封印。"

这种从"勇敢的探险家"到"愚蠢的工具人"的设定变化显然很难让人接受。

有人消化了许久才一点点琢磨过来："所以这城里的规矩也是……"

"那些恶魔当然是怎么对自己有利怎么编造了。"

月刃饶有兴致地观察着每个人的表情变化，嘴角无声地翘起了几分，"八点之后是宝藏威力相对薄弱的时候，那些恶魔也是在这个时候恢复成他们原本的样子，为了避免被探险家们发现，就故意编了一个宵禁的说法。至于你们一直当成工具的契奴，换个说法你们或许更好理解，他们就是——勇者的后代。"

"什么？！"一句话落，让玩家们齐刷刷地回头看去。

然而因为这段时间的相处不算融洽，在找回记忆之后，这些几乎已经不具人形的契奴NPC们脸上的表情依旧稍显麻木。

黄辛觉想到了被他留在酒店里的那个已经完全沦为恶魔的契奴，脸色一时有些难看："那些恶魔要报复就报复，为什么要留给我们？"

"当然是因为在这座城市当中他们无法自己动手，才想到了去借助你们这些愚蠢的探险家之手。"到了最后，月刃唏嘘的语气中隐隐地还有几分笑意，"这座城市获得的从来都不是勇者的庇佑，自始至终都是对于恶魔的镇压。就是可怜了那位勇者，为了封印恶魔做出了这么大的牺牲，自己的后代还要遭受这样的折磨。惨，是真的惨！"

玩家们无言以对。

池停在旁边听着一直没有表态。

他的视线始终在月刃的身上。

虽然月刃从契奴视角总结出来的消息已经解答了他绝大部分的疑惑，但不知道为什么，池停总觉得这家伙讲这个故事的神态未免太过玩味了，以至于在他这种越讲越开心的神态下，池停隐约产生了一丝不太好的预感。

出于一种别样的默契，就在池停这样琢磨的时候，便见月刃似有觉察般忽然回头看了过来。

四目相对的时候，这个男人的嘴角还缓缓地翘起一个分明的弧度。

这样的笑容，让池停心头一跳，之前的感觉也变得更加明显。

然后，他就听到月刃又慢悠悠地继续道："现在该说的我都已经说了，接下来也该聊聊最后要做的选择了。"

纪星雀一下子听完不同版本的故事还有些愣神，闻言脱口而出："什么选择？"

月刃瞥过角落那些渐渐从恍惚的状态中回过神来的玩家，说道："不过看现在的意思，应该是不打算要强行破坏这里的祭祀仪式了。那也就意味着，获得宝箱的另外一条路就是……"

他眉梢微微挑起，转身看向门口的那些契奴，却闭口没再继续说下去。

其他玩家顺着他的视线也看了过去。

那些身体残损不一的勇者后代在一片寂静当中，久久地注视着不远处的祭台。

隔了许久，有人声音沙哑地开了口："我们有办法将这里的恶魔永远封印。"

纪星雀一眼认出那个进本后就一直跟着他的契奴："草鸡你……"

草鸡闻言抬了下眸，本就麻木的神态反而渐渐地沉静下去，说道："其实宝藏的封印早就已经开始渐渐削弱了，早晚无法再镇住外面的那些东西。他们惧怕我们，主要就是因为我们的骨血可以取代变弱的宝藏力量，将他们永远地封印起来。"

他顿了一下，直到这个时候，他的语调当中才终于透出了一丝的厌恶："趁着我们还没有被这些肮脏的血液彻底感染，这应该也是目前能做出的最好选择了。"

"真不愧是勇者的后代啊。"

随着月刃要笑不笑的一句夸赞，周围的氛围也愈发微妙了起来。

就在这时，一个熟悉的面板出现在了所有玩家的面前。

现阶段主线任务：亚勒兰古城的真相终于浮出水面，请遵循自己的内心，做出最终的选择——
选择一：完成献祭仪式，让亚勒兰古城永远地恢复宁静，献祭进度（0/16）；
选择二：破坏祭坛解放勇者后代，以全新勇者的姿态真正地战胜恶魔吧！
请投票：选择一或选择二。

看到这个面板上的内容时，池停的第一反应就知道要糟。

他刚才一直没有表态，就是因为始终感觉月刃这一阶段的态度有哪里不对，到了这个时候也终于彻底意识过来。

这人明显是在拥有身为契奴的记忆之后，已经提前知道这接下来的走向了。借着说故事的时间描述了这么多，就是在这等着看最后的抉择呢！

结束这个副本的方式一居然是献祭，而且按照数字统计，一共需要整整十六个勇者后代以血肉为祭。

不管怎么看这都是一个充满了英雄主义的感人结局，然而现在最大的一个问题是——因为先前黄辛觉几人的契奴彻底恶魔化，当时直接留在酒店当中并没有随行带来，而这样一来当前勇者后代的数量满打满算刚好是十六个，这其中也包括了这假NPC月刃！

池停这次进副本原本就是为了给月刃弄一个合法合规的玩家身份，要是在这里把人献祭了，不就等于是白忙一场了。

就算抛开这个不说，即便第一个选择才是通关的最佳渠道，以他对月刃的了解，不管怎么看都不像是那种愿意自我牺牲换取全员安全的无私者。

甚至于如果真的硬要安排这个男人去进行献祭的话，恐怕他拉着整个副本一起陪葬的可能性还更高一点。

居然刚好十六个，那这个团的运气还真不错，这个本最难的点就在于拿宝箱的同时确保契奴存活，这种集体合作项目但凡少一个都走不了安全路线。

对对对，我上个团老惨了，最后刚好剩下十五个契奴，被迫选了二……

咳，二也不是不行吧，前提是只要战斗力够的话。

这个队确实不错，拖油瓶都被提前制住了，祭坛完整没被冲昏头脑的玩家破坏，存活数量可以走路线一，看这进度应该可以顺利通关了。
　　嘿嘿嘿，其实我倒是还希望他们选二，看这个池停露一手。

　　直播间的弹幕快速地奔涌，基本上已经做好了迎接副本结局的准备。
　　没想到最后一句落下，真的一语成谶。
　　副本当中，池停一抬眸就看到了月刃意有所指地扬了一下脚底下的影子。
　　他看到所有玩家脚底下的阴影仿佛也随着这样的动作，悄无声息地朝着脚踝上方隐隐蔓延了几分。
　　对于这样溢于言表的威胁，池停只能无语地沉默了一瞬。
　　他现在没有个人技能，虽然也能纯靠体力进行一下压制，但保不齐在把人控制住之前，先被强行换掉几个人头。
　　在玩家们的讨论当中，池停缓缓地扶了下额头。最后语调无波地说出了四个字："不能献祭。"
　　听他的。
　　不然真的会死。

20

　　直播间里的弹幕硬生生地空屏了许久，才重新滚动起来。

　　前面的兄弟嘴巴是不是开过光啊？
　　为什么不选路线一？我不理解。
　　可能是担心这个选择看起来比较简单，怕有埋雷？
　　聪明反被聪明误还差不多。
　　那个……我前面来过，忽然有一个想法，不会是舍不得他那个契奴吧？
　　啊？这就更离谱了，只是一个NPC而已啊！
　　就我有些期待吗？这样一来的话，能看他们好好地动一次手了吧！

也未必打得起来，他说不献祭就不献祭？我不信其他玩家真能答应。

随着弹幕里激烈的讨论，虚拟面板前的秋骥已经不自觉地挺直了背脊。

虽然有些唯恐天下不乱，但毕竟花了那么多积分追到现在，他也确实很想看看这个池停放手一搏的实力到底能够强到什么地步。

副本当中，随着池停的声音落下，其他人纷纷投来了惊讶的视线。

"池哥，你是又发现了什么问题吗？"曾炎特地压低了声音问道。

不远处的那些勇者后代也投来了疑惑的视线，显然也对池停的反对感到有些惊讶。

池停回答："没有任何问题，这只是我的个人提议。"依旧是那样抱着双臂的姿势靠在墙边，他的视线从玩家们的身上逐一扫过，"不过，我还是希望大家愿意支持。"

现场陷入了短暂的寂静。

这一路来，池停对于这个集体副本的贡献有目共睹，也让大家都愿意信服于他的判断。

但现在显然已经到了最后关头，以目前的情况来看，足够存活的勇者后代人数让他们完全可以选择通过献祭的方式来永远地结束这个城市的阴暗传说，不论怎么看比起第二个选择，都更加安全也更加常规。

距离通关副本就差最后一步了。

在这个时候，这个池停居然提出让他们去直面恶魔？

很多人脸上已经露出了不愿意的神情。

曾炎看起来也很犹豫，沉吟许久才说出了众人的心声："池哥，这一路来我们都很感谢你，但是现在……可能还是需要你给出一个值得信服的理由。"

月刃这个特殊的存在，对池停来说就是最具说服力的那个理由。不过再次看到那一个个神色坚定的勇者后代时，他感觉又拥有了另一个新的理由。

不管是对于他还是对于这个世界而言，或许拒绝献祭才是那个最好的选择。

当年勇者为了战胜恶魔已经付出了生命的代价，在这么多年之后，居然还要由他的后代继续以牺牲的代价，去肩负起这过分沉重的责任吗？

这些已经毅然决定赴死的勇者后代，让池停看到了很多曾经见过的熟悉身影，那些在异形横行的末世中，为了维护和平而拼死为人类竖立最后防线的烈士们。

即便这只是在副本当中，既然可以避免，为什么还要默认这样的牺牲呢？

除了NPC的身份，在池停看来，他们跟很多的人类明明没有任何区别，就算副本可以重启无数次，至少这一次他能以自己的力量护他们一回。

虽然他没有普度众生的佛心，但也从不吝惜遵从本心的怜悯。

"非要理由的话，那就是，我不希望让这些NPC去献祭。"给出回答的时候，池停的语气很平静。

是的，不希望。

对他来说这就是最好的答案。

池停当然知道那些玩家们有很多的理由反驳他的观点，比如这只是一个副本，比如这些所谓的勇者后代也都只是NPC，比如在他们通关之后整个副本还会重启，再比如在这个副本里做出的任何选择都不会在未来留下半点痕迹……

毋庸置疑，每一条确实都具有极强的说服力，但要问他，最后的回答就是只有"不希望"三个字。

短暂的寂静后，果然有人按捺不住地提出了怀疑。

这些玩家的想法跟池停预料的如出一辙，而且也完全可以理解。正是因为知道三言两语之间根本不可能进行说服，池停也完全没有浪费口舌的意思。

他的经验让他选择了最简单粗暴的方式，他说道："你们说的我都明白，但是我的选择也不会改变。不用试图说服我，现在你们只需要告诉我，支持还是拒绝就可以了。"

其实除了必须果断的紧急关头，池停给人的印象一直都是和善可亲、极好说话的样子，但是在这番话落的那一瞬间，从这样的尾音中隐约地渗出了一丝莫名的凉意。

这样的感觉让在场的玩家们不由得想起了在楼下大厅拆卸契奴项圈时的威逼，他们互相交换了一下视线，再看向池停时眼睛里已经隐隐有了警惕。

有人忍不住站出来问："如果拒绝会怎么样？你是想说跟在楼下时那样，因为选择一而遇到危险的话不要向你求救吗？"

"同样的说法倒是不用再来第二次。"池停抬眸看去，朝那个玩家露出了微微的笑意，不等对方在这样的态度下稍稍松口气，他慢悠悠地继续说道，

"毕竟，不管怎么样，最后的选择结果都注定会是'二'。"

玩家愣了一下："你就这么肯定？"

"可以手动调整的结果，当然肯定。"池停轻轻地把头发拨到脑后，用一根头绳随意地扎起来，慢条斯理的动作看起来像是在做什么准备，"要怪只能怪这个系统不够高级，采用的是实名投票机制，我只需要确保支持我的人数超过总人数的一半就够了。"

说到这里，他朝对方露出了一抹笑容："现在总计二十一个人投票，你们猜猜，最后会需要留下多少人才能够保证平衡呢？"

话语落下，等反应过来这背后的意思，其他人的脸色顿时齐刷刷地难看起来。

有人已经提前投了"选择一"，这时候微微抖了一下，满是不可置信，语调也跟着拔高了几分："你为了那些NPC居然想杀了我们？"

"双向选择而已。在我看来，你们是人，那些NPC也是人，既然能够舍弃他们，为什么就不能选择舍弃你们？"

池停缓缓抬眸的瞬间，细长的眼睫挑起几分，要笑不笑的神态因为话语的内容而透着一股子的冷意："当然，我也不愿意在最后的时候还闹得这么不愉快，所以这不是给了大家各自选择的机会吗？"

明明依旧是平常那张看谁都笑呵呵的脸，但是没有了往日的温和，那一瞬间扑面而来的冰冷杀意，让所有人都意识到这人不是在开玩笑。

只要最后的选择是一，他是真的会——杀了他们！

现场的玩家们，无不一脸不可置信。

居然玩真的，疯了吧！？

池停对这些恐慌的注视视若无睹，瞥过一眼已经有三人选择了"一"的统计面板，缓声道："五分钟的思考时间，结束后就给一个决定吧。"

"不用思考了，我支持你，池哥！"黄辛觉在这个时候站了出来，带着那几个被池停救过小命的玩家，一起果断地投了第二个选项。

池停有些惊讶地看了他们一眼，也欣然接受了表态。

其他人看起来还是有些犹豫。他们很显然也没想到池停的态度会这么坚定，互相交换了一下视线，慌忙各自抱团小声讨论了起来。

池停轻轻地挠了一下耳根，也并不着急得到结果。

他一抬眸，正好对上某位始作俑者投来的视线。

月刃在旁边兴致盎然地看完一场好戏，显然没想到池停最后会选择用这样简单粗暴的处理方式，遥遥地竖了竖大拇指，用嘴形无声地说道：你又唬人。

池停眉梢缓缓挑起几分，视而不见地挪开视线。

就在这时，有一道粉色的影子直接闪到他的面前。

纪星雀向来是无条件支持他们家队长的，早就已经投了"选择二"一票。

这时候他一脸神秘地朝周围看了看，确定没有人敢靠近过来，才意味深长地瞥过一眼还遥遥望着这边的男人，压低了声音道："队长，你是为了投那个月刃吧？"

池停缓缓地眨了眨眼，对于纪星雀忽然机敏的反应略感惊讶："你怎么知道？"

以他对这位队员脑子的了解，怎么都不应该这么灵光了啊。

纪星雀见自己的猜测得到了证实，眉目间也闪过了一丝嘚瑟。

但紧接着他又换上一副欲言又止的神态，迟疑了许久才道："可是队长，就算你做到了这个份儿上，人家也未必领你的情啊。"

池停不以为意："我就没奢望过他能领情。"

纪星雀原本因为池停这副过分维护 NPC 的做法而心情复杂，此时听到这么一句回答，脸上的表情顿时更拧巴了。

纪星雀隐隐地有些泪目："队长，你这是何苦呢？"

池停看着纪星雀越来越不对劲，奇怪地看了他一眼："你要没事做的话，可以去帮我催催进度。"

纪星雀本来还想说些什么，被池停一个眼神脸上的表情顿时一肃，很快就揉了一把脸换上一副凶神恶煞的表情，朝着那些犹豫不决的玩家气势汹汹地走了过去。

池停看着那戳在脑袋后面一晃一晃的小揪揪，无奈地摇了摇头。

他留意到身后的动静，没回身直接问道："现在满意了？"

"非常满意。"光听月刃的语气，就可以想象出挂在这人嘴角的笑意，"感觉很不错。"

这溢于言表的嘚瑟，让池停终于将注意力从催票的纪星雀身上挪了过来，道："只此一次，下不为例。"

月刃仿佛丝毫感觉不到这份态度里的淡漠，挑了下眉梢："这么无情？我觉得你刚才唬人的时候明明还挺享受的，那么重的杀气，连我都有些被吓到了。"

"也不算唬骗他们。"池停看着这人，"只不过，如果最后出来的选择是第一个，到时候动手的那个人不是我而已。"

月刃笑出了声："别把我说得像个变态一样。"

池停不置可否地没有回答，视线扫过投票统计面板，陈述道："人数够了。"

整个投票的过程中，纪星雀自然是第一个无条件跟票的，紧接着投选的是被池停救下小命的黄辛觉几人，这样一来加上池停本就已经有了六人，陆续又有几人的跟票，最终先一步超过了一半的票数。

这时候伴随着投票结果的诞生，系统面板上面又额外刷新出了"解除封印"这一新的任务内容。

那些勇者的后代显然也没想到会是这样的结果，欲言又止，到底还是神色动容地没有多说什么。

有一部分玩家看起来依旧不太情愿，但这个时候也只能跟着池停来到台子跟前。

可以看到勇者的宝箱周围浮现出几个颜色不一的凹槽，对照之下，大家将第一阶段收集到的那些品质不一的宝箱放入相应的位置当中。

最后一个宝箱放入的那一瞬间，原本聚集在台子中央的耀眼光芒豁然间散开。腾起的光束径直冲破了古堡的顶部，仿佛有什么在无形中彻底崩裂，无数光芒聚拢的碎片这样四溢地填充了整个副本世界的每个角落。

亚勒兰古城的封印已经解开，恶魔的力量即将觉醒，倒计时六十秒……

伴随着系统提示，四溢在周围的光芒宛若拥有生命一般飘散开去，又缓缓在池停的身边聚拢。

他张开手掌，看到那些斑驳的荧点似乎透过他的肌肤一点一点地融入体内，连带着在他的周身都笼罩上一层隐约的白光。

依稀间产生的微妙感觉，让池停下意识地蜷缩了一下指尖。他轻轻地抚过手腕处的串珠时，感受到的共鸣让他眸底的神色微微一晃。

这是……

周围的玩家们也被同样的光芒所笼罩，然而与之相比，他们更在意的显然是从窗户往外看去时，落入眼中的那些红色幽光。

像是被压制许久的火种，在一点一点地重新燃起。

封印解除之后，这座恶魔之城正在渐渐复苏。

寂静的黑夜将这些散尽的金光一点一点地吞噬殆尽，与之而来的是仿佛最后屏障破碎之后的浓烈寒意。

"是它们，这次，是真的要彻底醒来了……"

在勇者后代低沉沙哑的声音下，终于有玩家开始恐慌了："来了，要来了！真的不该这样选的！是恶魔！那些恶魔会把我们全都杀掉的！"

池停在这样的混乱之中恍若未闻，他依旧保持着这样的姿势，仿佛在十分认真地研究着自己好看的双手。

在反复的试探当中他依稀间感受到能力的恢复，他的嘴角终于缓缓地翘起了几分。

原来是这样。

看来没有了封印，解开的并不仅仅是恶魔的力量。

纪星雀所有的敏锐度全在力量上面，此时显然也已经觉察到了这一点。

在玩家们的一片慌乱当中，那嘹亮明媚的笑声显得尤为清晰："漂亮啊，早就该解封了！等着吧，看我不炸死他们！"

21

系统的倒计时提示宛若一个夺命的信号，每跳动一下，都让玩家队伍更加慌乱几分。

从窗口往外面看去，可以留意到越来越多的黑影从远处的广场往山上移动着。丝毫不用怀疑，只要倒计时一结束，这些彻底苏醒的恶魔将会破门而入，撕毁城堡中的一切，也包括——所有人的性命。

"数量太多了，实在是太多了！"黄辛觉手里拿着同样恢复了功效的战斗道具，脸色也不算太好。

原本按照第二条路线的选择，只需要他们能够消灭恶魔就能通关。

黄辛觉先前选择支持池停，一是因为回报救命之恩，另一方面也是相信池停的实力，但是现在看来，面对如此数量庞大的恶魔军团，只凭一个人的话，真的能确保所有人安全通关吗？

他着急地回头看去的时候，池停也正好把注意力从自己的手上挪开，看起来心情不错地同样看了过来。

四目相对的一瞬间，这样轻松的神态让黄辛觉稍微地松了口气，就听池停说道："放心吧，既然是我坚持要做的选择，就一定会对你们负责到底。那些恶魔交给我来处理就行，你们留在这里保护宝箱就好。"

池停倒是还记得最终的主线任务是获得勇者的宝藏。

如果在消灭恶魔之后弄丢了这个箱子，他也不太确定系统会不会依旧判定为顺利通关。

在场的玩家就算没亲眼见过，也都或多或少听说过这个叫池停的玩家在擂台场的壮举，但此时他们互相交换了一下视线，在眼下的局面中依旧有些忐忑。

紧张的氛围中，有人站出来问道："那要是万一你没拦住怎么办？毕竟怪物的数量那么多，万一它们选择偷袭的话……"

池停一听也觉得很有道理，视线扫过一圈，最后落在月刃的身上，随意地点了一下："那就让他留在这里保护你们吧。"

月刃忽然被点到名字，也略微无语，要笑不笑地扯了下嘴角，直接来了个三连问："我？保护人？你确定？"

池停神色无波地扫了他一眼："要不要出手你看着办，反正只要我回来后看到少了任何一个人，你可以猜猜，这次的那扇'门'你到底还能不能出去？"

其他玩家听不出来，但月刃自然知道池停所说的"门"指的是什么。

他眉梢微微挑起几分，在这样明显的威胁下，最后心不甘情不愿地低低"啧"了一声，极度敷衍地摆了摆手："知道了，我看着办。"

见池停将他的契奴留了下来，其他玩家总算是稍微松了口气，但是虽然多了一些的安全感，接下去一切未知的发展还是让他们神态紧张。

就在这个时候，只听另一个声音响了起来："没关系，还有我们。"

众人齐刷刷抬眸看去，只见以草鸡为首的那些勇者后代站在那里，神态间均是决绝和坚定。

草鸡就这样定定地看着池停，铿锵有力的话语掷地有声："放心去吧，这里还有我们。"

这样的话语落入耳中的一瞬间，让池停眸底的神色微微一晃。

只能说此情此景实在是太过熟悉了。昔日在异种来袭之前的城墙之上，他就曾经在无数个守城将士们的脸上看到过这样的表情，视死如归、义无反顾。

他的嘴角渐渐地翘起了一个弧度："那就辛苦你们了，我去去就来。"

池停瞥了一眼已经过半的倒计时，转身走出大门。

几乎在同一时间身后跟来了一阵脚步声，不用回头，他毫无意外地听到纪星雀的声音："队长，我跟你一起去！"

池停将身后的兜帽往头上一戴，脚下的步伐没有半点停顿。

他无声地垂下眼帘，再抬眸时，眼底一贯的淡然自若已经化为一抹分明的锐意："那你可要跟好了。"

看着一高一矮的两个身影消失在走廊的尽头，才有玩家渐渐地回过神来，说道："那个，只让他们两个去真的没问题吗？"

有人冷笑了一声："不管有没有问题，那还不是自己作的？要不是他坚持第二个选项，我们可能早就已经通关出去了！"

黄辛觉狠狠地瞪了那人一眼："没有池哥，我们现在能把副本推到这里？"

一句话让那人脸上顿时一阵红一阵白，隔了一会儿才不服气地小声嘀咕道："黄老大你好歹也带过我们推了好久的任务，怎么一天没见就被那个池停洗脑了呢？你这么护着他，人家也不一定领情啊，谁不知道这个副本的贡献值越高出去后的副本奖励就越丰富，我看啊，他就是想借着这个机会多刷贡献值，心机重着呢。"

黄辛觉听得直皱眉，刚要张口反驳，就听到身后有一个凉凉的声音传了过来："既然羡慕我家主人贡献值比你们高，怎么不跟着一起去啊？"

充满讥诮的话语中透着一股让人下意识战栗的冷意，这时候一回头，那个玩家才发现自己的周身不知不觉间已经被诡异的影子所笼罩。

而月刃，正站在几步外的地方似笑非笑地看着他。

明明是轻声细语，但那一瞬间的眼神，分明宛若垂涎猎物的毒蛇一般："或者说，现在需要我送你一程？"

脚底下的影子眼看就要匍匐而上，那个玩家失声尖叫了一声，当即脸色惨白地拔腿就跑。

月刃面色无波地看着这个人影一溜烟地钻到了人群当中，周围的影子也悄无声息地安静下来。最终，他在心里无奈地叹了口气，按捺下动手的冲动。

那家伙也真是，临走前还要限制他不让清理垃圾，没意思。

他正怏怏地想着，留意到有人走过来，月刃懒懒地抬了下眼："勇者们有事？"

"从一开始见到你我就已经察觉到了，你应该并不属于这里。"草鸡带着那些勇者后代在月刃面前站定，观察的神态间有几分警惕，更多的是探究，"但经过这段时间的观察，看样子应该是友非敌。所以，你到底是谁，又为什么也会被冠以契奴的身份？"

这样的问题让月刃短暂地思考了一下，说道："其他的不太方便告诉你们，不过非要问的话，我大概算是你们的同行吧。"

玩家中刚刚经历的短暂争执，通过直播间也都传播到了观众们的眼中。

关于这个被系统屏蔽的神秘契奴NPC，所有人在几轮的讨论之后，终于将关注的重点落在了这个副本团的后续走向上。

真的没想到，居然把所有人留下只有自己去了吗？

隔壁那个谁也太自信了吧，这是准备单挑整个恶魔军团啊？

也不算单挑吧，那个粉毛不是也跟着去了吗。

两个人跟一个人，有本质区别吗……这么勇，要不是这杀千刀的天价收费，我真想去看看到底是哪来的勇气。

什么天价收费？

……刚从隔壁回来，5000积分每分钟，是我不配。

不行了我忍不住了，我必须得去看看，兄弟们，祝我好运吧！

伴随着弹幕的涌动，各个玩家直播间里的一些观众终于忍不住了。

转眼之间，池停直播间里的在线人数肉眼可见地快速增长起来，从几百一直飙上了四位数。

13，12，11……

就在倒计时眼见就要结束的时候，池停已经到了古堡楼下。

他定定地站在门口，看着一众蓄势待发的恶魔们，他低低地叹了口气，由衷地感慨道："怎么感觉比之前还更丑了……"

因为封印的限制作用，即便是那天在酒店里面看到的那个服务员，至少还保持了一个大概的人形。可此时，那批伪装成居民模样的恶魔一个个的都已经完全露出了它们原来的样子。

四肢宛若枯柴，巨大的翅膀从身后突出，遍布全身的尖锐倒刺几乎要压弯整个身体。它们周身散发着的，正是月刃之前一度无法容忍的恶臭味道。

这些东西聚集在城堡外面，一眼看去像极了一扇在他们面前打开的地狱之门。

在这种足以让人为之战栗的恐怖画面下，传来的是纪星雀急切难耐的声音："队长，等会儿还是先由我来冲锋吧？"

池停本来已经做好了动身突围的打算，闻言愣了一下，孤军作战久了才想起来这次身边还跟了一个纪星雀。

他笑道："当然，交给你了。"

纪星雀笑了一声，转眼之间已经将一个巨型的冲击枪扛在了肩膀上，枪面上的粉色喷漆与他的发色交相辉映，让这样的身影一度显得愈发的意气风发。

几乎是在倒计时结束的同一瞬间，纪星雀眼底的瞳孔略显狂热地微微收缩，伴随着对爆炸的渴望他嘴角的弧度也渐渐地扬起来："这个副本差点要把我憋死了，现在也该让这些见鬼的怪物来尝尝轰炸的滋味了！"

恶魔彻底复苏了。

系统提示弹出的同一时间，在城堡门口炸开的剧烈爆破声直接响彻天地。

感受到地面的隐隐震感，池停微微侧眸，神色无波地看着那个粉色的身影从身边一跃而出。

在密集的射击之下，交错出来的余烟夹杂着闪烁的光影，硬生生地让意图涌入城堡的恶魔止步在撕心裂肺的惨叫声中。

异能：爆破世界。

在池停以前所处的末世当中，放眼所有觉醒异能的能力者里，纪星雀的杀伤力依旧称得上绝对顶尖。当时正是因为考虑到这小子的性格具有太大的不可控性，为了避免他随时的能力失控，监察部才将他送到池停的手下进行管教。

不过，在接下去的执行任务期间，纪星雀确实也一度因为没掌控好自己的力量而险些伤害到幸存者，被池停一次又一次地罚去面壁思过。

而眼下显然与往日不同。

池停再一次看到这小子疯狂炸烟花，倒是忽然间觉得十分亲切。

他仿佛没有看到那些在被炸得肉末横飞的恶魔残骸，在纪星雀的开道之下，踩着层层堆积的尸体走出了古堡大门。

持续炸开的火光将他的侧颜映衬得忽明忽暗。他垂眸看去，那陆续从山下古城中往山上涌来的恶魔浩浩荡荡，那无疑是一个让所有人感到绝望的数量。

哇哇，这个粉毛的个人技能有些逆天啊！这杀伤力不会是假的吧！

仿佛在看"炸弹人"升级版……

这架势看着都能一个人扫一个本了！这一轮打下来贡献值也得爆炸，要是真能通关，这奖励都要数到手软啊！

池停怎么回事，还站在旁边看？不会真准备全靠队友吧？

我觉得悬，这怪物的数量太多了，粉毛再能打感觉也很难撑住。

我也感觉他们失算了，数量悬殊，这些恶魔的数量都可以称得上是一支军团了！

个人技能的体力消耗确实有些太大了，纪星雀看着已经开始有些吃力了，再不想办法的话迟早要完。

紧张的局势下，直播间的弹幕也随着闪烁的火光涌动着。

秋骥的视线扫过上面的内容，没有太过在意，依旧定定地留意着副本里的情景。

画面中，纪星雀的身上已经沾染上了黏稠的血液，一双杏眼早就被兴奋的情绪所填满，眼底闪烁着的神色亮如周围的烈火。

他肩膀上扛着那架巨型冲击枪，不断射击的同时还夹杂着投掷而出的密集弹药，在这个足够让他极度享受的爆破世界当中，随着他胸膛逐渐起伏的是纪星雀嘴角咧起的愈发分明的弧度。

不断涌出的恶魔从四面八方包围过来，都被他密集的火力屠尽，面对这些数量越来越多的怪物，这兴奋的神态间依旧充满了肆意飞扬的少年意气，如他的炮火般耀眼夺目。

脚边越来越多的尸体开始层层堆积。

从纪星雀的表情捕捉不到任何的畏惧，甚至充满了极度的享受。

他，还在笑。

此情此景无疑已经证明了纪星雀所拥有的绝对实力压制，然而直播间里的氛围并没有缓解多少。

正是因为拥有更广阔的视野，观众们才知道这两人接下去要面对的是怎样的绝望——这支恶魔军团的数量，实在是太多了！

直播间的弹幕在过分忧心下迟缓了很多。

也是在这个时候，万众瞩目之下的池停终于有了动作。

倒也不是真的需要太多的准备时间，只不过难得看到小鸟可以这样放开手去撒欢，池停身为队长，十分贴心地让自己的这位队员先爽上一把。

这个时候，眼见着出现在视野当中的怪物数量越来越多，他也终于将手腕上的串珠摘了下来。

在进入这个副本之后池停的这串串珠就一直戴在手腕上，很多人虽然都有留意，但也下意识地当成了普通的饰品。

直到这时候看到他摘下，观众们的注意力才被彻底地吸引过来。

随着池停用力的一扯，成串的珠子顷刻间在周围散开，溅落在地面上滚动了几下才静静地停下。

白色数珠的特殊质感在周围的火光间悄然地镀上了一层隐约的赤色，宛若在一片净土间层层绽开的地狱之花。

清脆的一个响指，落在怪物撕心裂肺的惨叫当中显得尤为清晰。

意识到要发生什么，连纪星雀都不由得从只属于他的爆炸世界中回过神来，匆匆地看过来。

下一秒，直播间里的所有人就看到了，从白色数珠上面浮起的那一个个人形虚影。

比起这个副本才新关注的观众，看过前一个副本通关直播的秋骥已经不是第一次见到这样的情景了。然而此时此刻，他根本无暇顾及瞬间爆发的弹幕内容，震惊之下已经豁地从屏幕前站了起来。

这数量，未免也太多了！

比起在爱心公寓副本当中所召唤出来的几个人形，眼下从这些串珠当中出现的那些虚影密密麻麻地林立在古堡面前的空地上。

庄严肃穆、整装待发。

浩浩荡荡的庞大数量，足以称之为一支影之军团。

秋骥在这个无限世界中早就已经见惯了大场面，但在此情此景之下，按在桌面上的手依旧不由得微微颤抖。

这个时候他自然也已经意识到了。很显然，之前在爱心公寓进行的召唤并不是这个池停的上限，现在看来当时所进行的召唤数量，仅仅只是因为公寓的一楼大厅太拥挤了而已。

秋骥也认识不少顶级战队的头部玩家，但还是第一次看到强悍到如此离谱的召唤类个人技能。

恶魔军团又怎么样？

这池停一人就拥有了一支虚影军团！

短暂的沉默之后，他缓缓地抚了抚额，重新坐回到沙发上。

看着好友列表里一个个如雷贯耳的名字，他想了一下，到底还是没有选择点开，自言自语道："圣域平静了那么久，看来终于又要热闹起来了。这排行榜上的那些名字，是时候要来上一次大换血了……还是等到那个时候，再让你们跟我一起头疼吧。"

副本中，池停依旧站在原地。

比起之前，因为再次在副本当中遇到了纪星雀，他再看到昔日同伴时的心情显然有了一丝的复杂。

他定定地注视着面前的几道虚影。

顿了一下，缓声叫出第一个名字："小陆啊。"

其中一个影子恭敬回应："到！"

池停又看向下一个："老宋。"

"到！"

与记忆中如出一辙的回应，让池停的嘴角渐渐地浮起一抹笑容："玫玫？"

不远处的婀娜身影回头看了过来："到。"

池停的视线落到最后那个身高较矮的影子身上:"那么,小鸟?"

被点名的虚影刚开口,不远处的纪星雀也同步地给出了回应。

两个声音同时交叠在了一起:"到!"

池停缓缓地抬眸,视线落在那些已经涌到跟前的恶魔军团上,轻描淡写地发出了最后的指令:"上吧,消灭他们。"

众人:"收到!"

落下的尾音伴随着拂过的一阵夜风,消散在沉寂的黑夜当中。

最后的战火终于被彻底点燃,对战双方——

恶魔军团。

以及昔日的人类最后的希望。

队伍代号:曙光。

22

不断地从蜿蜒的山道当中涌上的恶魔,摇晃着表情狰狞的头颅,深陷进去的眼眶当中透露着对于杀戮的浓烈贪婪。

它们裂开的嘴角处流淌着黏稠的唾液,恢复能量后的身躯,比起正常人类要肉眼可见地增长了好多倍。一双双脚骨踩踏在深陷的泥地当中,它们一步接一步地靠近,很快跟迎面而来的虚影们混战在了一处。

两个纪星雀并肩轰炸,直接让炮火的威力提升了一倍有余。出自同一个脑子的默契度,直接交织出最密集的火力网。

在这样的掩护之下,无数挺拔的身影稳稳地竖立起拦截在古堡前的牢固防线,在激烈的冲突当中,彻底地将所有的怪物都抵挡在他们的跟前。

焦黑的残肢散落在周围,夹杂着让人作呕的腐臭气息。

散落的星火点燃了周围的树木,凄惨的嘶吼声遍布周围。

在虚影军团的诛杀之下,来自怪物的猛烈攻势遭到了十分强硬的控制,被他们守卫在背后的古堡一度固若金汤。

池停就这样定定地站在战场的后方,无声之间,汗水顺着他的发丝缓缓滑落，滴落的瞬间被他抬手轻轻抹去。

他的瞳孔在火光的映衬下忽明忽暗，嘴角一如既往地挂着浅浅的弧度。

频繁的交火令不少虚影渐渐地有些弱化，眼看着恶魔军团有了突围的趋势，忽然有一道白光一闪而过，悄无声息地将战场里的虚影战士们笼罩其中。

隐约间，现场的士气跟着齐齐一振，踩着那满地的怪物尸体，虚影军团裂开的防线依旧岿然不动。

直播间里瞬间奔涌而过的一片"发生了什么"的疑惑。

秋骥一时间也有千言万语，但到了嘴边，最终只剩下一个字："牛！"

他本以为池停先前的表现已经足够令人震惊，可怎么也没想到还能看到这样更离谱的发展——这些被召唤出来的数量庞大的虚影，居然还是自带技能的？！

无限世界当中的玩家都知道个人技能的觉醒有多么难能可贵，普通玩家往往能觉醒一个基础技就已经欣喜若狂，别说拥有多个技能了。

可就在刚刚，来自虚影的那道白光，赫然是一种恢复类型的能力，再加上跟那个纪星雀如出一辙的输出类能力的虚影……这哪里是召唤类型的个人能力，这完全就是一个行走的技能库啊！

那一瞬间，目前排行榜上个人前十的名字逐一从秋骥的脑海中闪过，想起那些人响彻圣域的个人技能，一时之间他居然怀疑与这个池停相比，谁还能更强一点。

秋骥定定地看着直播间中足够让他铭记终生的画面，首次有了那么一丝恍惚的感觉。

疯了，真的要疯了！

在直播间里的弹幕因为池停而逐渐疯狂的时候，古堡二楼的房间中，所有玩家也齐齐地挤在窗户旁边，关注着下面震撼人心的战况。

一共就那么三扇窗户，因为月刃单独占了一扇，凑在其他两扇前的玩家乍一眼看去仿佛像是窗口处长出来的一排排蘑菇。

他们一边看着，一边不断地揉眼睛，这才确定眼前神仙打架的现场并不是他们的幻觉。

曾炎是见过一次池停动手的，但那时候毕竟限制了个人技能完全说得上是肉搏，此时他首次看到池停火力全开的状态，早就傻眼了："这两人……真的跟我们一样是来自第十三世界的吗？不会是从圣域来的大佬，故意说自己是新人诓我们吧？"

然而并没有人回答他。

这样的画面带来的震撼感实在是太大，从楼上的角度俯瞰下去，那一片片渐渐堆积如山的恶魔尸体包围在一片火海之间，宛若真的身处地狱。

而在这些怪物的面前，那些虚影所展示出来的，无疑是更具压制性的强大实力。

不断还有恶魔从山下的古城中涌来，然而比起上方屠戮的速度，一时之间仿佛给了大家一种"完全不够杀"的错觉。

这真的是一个玩家能够拥有的力量吗？那些恶魔可是彻底觉醒后远超于A级怪物的存在啊！

月刃听着周围不住倒吸冷气的声音，眸中同样映着火光，他静静地注视着，神态依稀难辨。

"在想什么？"

耳边响起的声音让月刃回过头，对上草鸡的视线，他的嘴角才稍稍翘起："我在想，之前在不知道的地方，好像十分好运地捡回了一条小命。"

月刃将视线重新投向楼下。

啧，楼下的虚影军团实在是再熟悉不过了，他甚至还被那只鸟提着枪指过眉心。

现在想想当时还好没有惹怒池停，要不然就看现在的那个阵仗，当时直接拆了他的那幢公寓都有可能，还真不一定能打得过啊……

想到这里，月刃的神态不由得愈发感慨。

当时他真就只是单纯地看池停顺眼选择跟他出来的，怎么也没想到，千挑万选之下，居然相中了这么一个不好惹的主啊。

草鸡显然看不懂月刃突如其来的感慨。不过他也没时间多问，下一秒侧头看向窗外另一个方向时，眼底已经是一片锐意："还是来了。"

月刃自然也闻到空气中那难闻的腐朽味道，恋恋不舍地将视线从楼下的那道身影上收回，脚底的影子跟着缓缓地动了一下。

他的语气听起来相当无趣，小声地嘀咕了一句："让我守在这里，居然就放了这么几只上来，逗谁玩呢。"

话音落下的时候，在周围玩家终于有所感应的慌乱表情当中，怪物丑陋的身影一点点地出现在了门口。
　　然而不等人惊呼，几道迅捷的影子沿着一侧的墙面呼啸而至，宛若利刃般割裂了对方的咽喉。
　　留意到周围齐刷刷投来的惊恐视线，月刃披着几乎已经笼罩了整个房间的黑暗巨影，在一片昏暗的光线下无声地笑了一下。
　　然而这样的表情落入其他人眼里，只感到背脊瞬间激起一层凉意。
　　险些拔腿就跑的玩家们心想，怎么感觉这个勇者后代比恶魔还要可怕啊？！
　　楼下，池停似有所感地朝古堡的方向瞥了一眼，就十分淡然地收回了视线。
　　他当然留意到刚刚那几个从后方小路漏过的身影。只不过，一想到上面还有某个家伙坐镇，就果断打消了分神去进行干预的念头。
　　温润的月色之下，周围的土壤已经被血液浸透，浓烈的腐臭味刺激着鼻腔。
　　池停眼底浓烈的杀意让他看起来比以往要冰冷很多，缠绕在手腕上的红线被白皙的肌肤衬托得愈发艳丽，让他在这片地狱般的环境中透着一股十分引人注目的姿态。
　　虽然他只是这样平静地站在后方，但只要有他在，就意味着这支军团终将屹立不倒！
　　纪星雀回眸扫过一眼这样的身影，眼底刚刚泛起的一丝疲惫瞬间再次化为炽热的火焰。
　　他呸了一口口腔中泛滥的血味，冷笑一声，安装好弹药的巨型冲击枪转瞬之间重新扛回到身上，口中喝道："继续继续，杀！"
　　不断有怪物继续涌来，几乎没有任何喘息的机会，而一波接一波的冲锋，也悉数遭到了虚影军团的斩杀拦截。
　　满眼可见的骨骼和肉块，让这片燃烧着火光的森林填满了死亡的气息。
　　这里，赫然已经成为那些怪物真正的埋骨地。
　　不知不觉间，来自恶魔的最后一轮袭击也已经进入尾声。
　　坚守在前方的守卫军团依旧严阵以待。
　　很多虚影在力竭之下恢复成白色的骨珠模样，然而依旧是背脊挺拔的坚定姿态。遥遥看去，这些半透明的游魂身上点缀着微微荧光，像是一个个林立在黑暗当中的信仰灯塔。

池停的视线从那一道道身影上面掠过，面无表情地踢开滚落在他脚边的残骸。

终于，伴随着最后一声枪响落下，夜晚重新恢复了宁静。

站在一片怪物屠尽后的尸山当中，池停垂了垂眸，敛下了眸底同样被战火点燃的狂热。再抬眸时，已经是一贯浅浅含笑的温柔语调："辛苦了，各位。"

回应他的是虚影笔挺站立，齐刷刷投来的注目礼。

一如以往每一场战斗结束后的样子。

恍惚间，真的好像什么都没有改变啊。

池停微微一笑，从手腕中解下红线随风轻轻一扬，战场上浴血奋战的身影一点点地淡去，最终化为虚无。

散落在山林各地的白骨数珠就这样悄然地重新连接成串，安静地落回他的手中。

池停用指尖轻轻地抚过串珠，这才抬眸看向战场中除他之外唯一剩下的那个身影，招呼道："走，回去了。"

纪星雀在激烈的奋战当中显然消耗了不少体力，将巨型冲击枪收起之后，随着大口喘息，胸膛依旧沉重地起伏着。

因为他自始至终都冲在最前方，在疯狂的爆破之下，身上的衣衫早已经被鲜血染透，状态也盘踞在彻底杀疯的边缘，跟着池停一路返回古堡，他的眼底依旧沉淀着浓烈的杀意，一时之间跟往常那个意气飞扬的阳光少年判若两人。

池停对纪星雀的这种战后状态习以为常，但也敏锐地有所察觉，在走上楼梯时开口问道："想他们了？"

纪星雀眸底的神色微微一晃，这才似乎从全身肃杀的状态中抽离出来。

忽然蔓延上来的强烈情绪，让他脸上的凛冽气质渐渐化为一片哀伤："真的，好久没见到他们了。上次这么并肩作战，还是在很久以前。"

这样的废话听得池停无声地笑了一下："相信我的直觉吗，一定还有机会再相见的。"

纪星雀愣了一下，等反应过来这话的含义后豁然抬头，便见池停已经步子一迈，转身走进了最深处的那个房间。

在跨过房门的那一瞬间，看见里面一片凄厉的惨状，池停微微错愕："你们这改当屠宰场了？"

肉末横飞都不足以形容眼前的场景。要是不说，光看这惨烈的样子，恐怕还以为这楼上才是今天晚上的主战场。

这也正是池停完全想不明白的地方。他明明记得，自己放上来的恶魔也就那么几个而已啊，怎么也不至于，至少不应该……

似乎读懂了池停内心的想法，月刃淡淡地一笑："没办法，谁让你们楼下打得太激烈，我在上面看得一时手痒……"

池停无言以对，他环顾了一下四周，收到的都是其他玩家们脸色惨白但不失礼貌的微笑。

光看他们这惊魂未定的样子，就可以想象刚刚遭到了怎样的惊吓。

池停默默地按了按太阳穴，也只能选择无视，他回头看向草鸡为首的那些勇者后代。

明明十分平淡的描述，但是从他的口中缓声说出，每一个字都仿佛掷地有声："不负所托，恶魔不会再存在了。"

池停从那些 NPC 的面容间看到深深的动容。

草鸡跟其他人交换了眼神，眼底多了几分的坚定。在万众瞩目下，他径直走到台前取下供奉在那里的宝箱，在池停的面前站定，直直地看着他的眼睛说："亲爱的勇者，请接受亚勒兰最诚挚的谢礼。"

话音落下，随着他献上宝箱的姿势，其他 NPC 也齐刷刷地单膝下跪。

他们双手放在胸前，神态虔诚地行了属于亚勒兰人民的最崇高的礼仪。

一时之间，玩家们就这样静静地看着面前的一切。

此情此景，没有人怀疑，与他们这些支持以献祭来解决一切保全自己的玩家相比，池停确实才是毋庸置疑的真正"勇者"。是他跟纪星雀，坚定地为这座城市带来了真正的安宁。

面对这样的礼待，池停也没有拒绝。

他一直认为，一旦善意被认为是理所当然，那就意味着恶念迟早会肆无忌惮。

奉献虽然是个人选择，但也不代表就应该被视为理所当然。即便是昔日在末世中不计后果地进行搜救,他向来都很高兴人类能够保留懂得感恩的心。

回报这种东西也不是非有不可,真有人把救命之恩抛到脑后也就算了,但要是能够记得对他表达感谢,那当然只能让这些人类显得更可爱啦!

池停垂眸平静地看着半跪在自己面前的那一个个虔诚的身影,他发自内心地露出了笑容:"我接受你们的谢礼。"

就当他伸手接过那个勇者宝箱时,面前接连地弹出了几条系统消息。

新的勇者终于战胜了邪恶的恶魔,亚勒兰古城自此彻底恢复了往日的宁静,远古的传说也迎来了新的结局。

叮咚——

恭喜完成集体任务:找到勇者的宝藏(1/1)!

直播间里的观众还在讨论着刚刚结束的那场震撼人心的战斗。

伴随着弹出的系统消息,副本进度直接拉到了百分之百,画面也彻底切断了。

很显然,其他玩家也收到了同样的消息提示。

他们互相交换了一下眼神,第一反应是反复地进行确认:"最后的集体任务完成了,这意思是我们已经通关了?是这个意思对吧!"

多日的折磨显然让他们身心俱疲,以至于这一时之间有一种不真实感。

直到这个时候,在窗边的有人欣喜地喊了一声:"快看喷泉广场!是传送门!传送门出来了——"

一群人纷纷地涌过去,果然看到在城市斑驳的灯光当中,空阔的广场中央出现了对所有人来说都十分熟悉的一扇门,隐隐地浮现在半空当中。

直到这个时候,大家才真实地意识到,他们是真的从这个该死的副本当中通关了!

一片欢呼声之后,一个接一个的身影一洗疲惫地夺门而出,迫不及待地朝着山下奔去。

"其实还是很体力充沛的嘛……"看着这些轻快的背影,池停一时也有些感慨。

他留意到一抹注视，回头对上月刃的视线，道："怎么？"

月刃说："没什么，就是之前就有一个问题让我感到非常好奇。"

池停道："嗯？"

月刃伸手指了指窗外那一地触目惊心的尸山，看得出来确实是在诚心发问："在决定走第二条路线之前，你应该还不知道自己的能力能够恢复吧？要是当时依旧无法使用你的串珠，面对这么多的怪物军团，你打算怎么做？总不能是真的准备赤手空拳地杀出一条血路吧？这明显不太现实。"

池停摇头说道："当然不能，那么多数量的怪物，我最多一个人冲出去，怎么可能守得住所有人。"

这样过分直白的回答倒是让月刃感到更加惊讶了，不等追问，就听池停已经缓缓地继续说下去："所以我一早就想好了，要是数量差距真的太大，就直接开门放你。"

月刃脸上的表情微微地失控了一瞬。他说什么？

看着对方脸上难得露出的不可置信的表情，池停轻轻地拍了拍他的肩膀，看起来无辜地微微一笑："虽然我也支持选择二，但说到底还是为了保你，你自己想要的选择，自然是自己负责去擦干净屁股了。你说，是不是？"

短暂的沉默之后，月刃也没忍住笑出了声："确实很有道理呢，池大队长。"

一句"池大队长"听得池停愣了一瞬，然而也没再多说什么，终于不再掩藏神态间的疲惫，轻轻地揉了揉太阳穴。

月刃瞥了他一眼。虽然看起来没有亲自下场，但那种程度的作战强度，果然还是很消耗体力。

他懒洋洋地活动了一下筋骨，道："有点累了，出去先找个地方睡一觉吧？"

池停点头："好。"

第一批人冲下山后，周围已经空旷了很多。

两人并肩走着，也跟剩下的玩家一起下了楼。

直到走出古堡门口，池停忽然觉察到什么，回头看去，只见草鸡带着那些勇者后代们一起留在了门口，并没有跟上来的意思。

池停微微一愣，问道："你们不一起回去吗？"

23

"你们不一起回去吗?"

听到这样的一问,草鸡只是缓缓地摇了摇头。

转身看去,他的背后,是不知不觉间已经灯火通明的雷德卡古堡。

这些勇者的后代就这样站在大门的边缘,投落的灯光将他们的影子拉得一片绵长,但很快也都被外面的黑暗所吞没。

"很感谢您为亚勒兰所做的一切,池先生,但是很可惜,我们已经不能再回去了。"终于,草鸡收回视线,声音低哑地开了口,"刚才在楼上的时候您说错了一件事,恶魔,其实还没有完全被消灭。"

"不应该啊。"池停正要思考哪里还有遗漏,对上草鸡平静的视线时忽然间意识到了什么,脱口而出的话语微微顿住,"你说的是……"

草鸡的视线从身边的勇者后代们身上掠过,露出了十分无奈的微笑:"是的,即便经过了洗涤,也依旧无法改变我们已经被污染的事实。留在体内的恶魔之血注定会让我们迟早变成跟它们一样的怪物,所以非常遗憾,虽然很想回去跟大家一起重建亚勒兰,但我们,确实已经回不去了。"

他的视线越过池停看向山脚下的古城:"不过即使没有我们,相信他们也一样能够让亚勒兰恢复以前的繁荣。"

池停当然知道这句话里的"他们",指的应该是那些留在契约驿站里还没有被认领的勇者的后代们。

是的,即使没有他们,古城依旧能够得到重建。

然而心里虽然清楚,池停看到古堡内部不知什么时候燃起的熊熊火光,一时之间依旧感到有些心情复杂,说道:"要是早知道你们最后还是要求这一死,我好像,也没必要选择一条这么麻烦的道路了。"

这一瞬间,旁边的月刃也看了过来。

草鸡显然没想到这种时候能听到这么一句话,微微一愣,缓缓地摇摇头说:"不一样的,如果以血肉献祭,我们就注定要化为囚禁这些恶魔的枷锁,永生永世地跟他们一同困在城下。而现在，就算我们自愿献身火海当中，至少我们的灵魂是彻底自由的。您的出现，确实拯救了我们，而现在，也让我们为这些恶魔的诅咒正式画上一个句号吧。"

说到这里，草鸡已经跟其他勇者后代一起退回了古堡门内。

他们齐齐地，朝着池停的方向再次鞠了一躬："谢谢您，池先生，后会无期。"

池停定定地站在原地没有动。

火光落入他的眼底，更深处的是那一片恭敬弯腰的身影，直到古堡的那扇大门重新关上，才重新在黑夜当中恢复了平静。

后会无期？

虽然草鸡的话让他知道自己为这些NPC的解脱确实帮了一点忙，但怎么总觉得，并没有被安慰到呢！

池停转头瞥了一眼旁边的男人："问个问题。"

月刃也开了口："你先回答我的问题。"

池停道："你说。"

月刃问："什么叫早知道他们会求一死，你就没必要选择这么麻烦的道路了？你选第二条路线是为了他们？不应该是为了我吗？"

池停说："……你要问的就是这个？"

月刃点头："好好回答。"

池停思考了一下，结合同样都是人类的角度，坦诚地给出了答案："这点倒是不用怀疑，会选择二，最主要的当然还是因为你。"

月刃的心情显然愉悦了起来，露出微笑："行了，换你问。"

池停扫了一眼已经整个燃起火光的古堡，说道："以你在爱心公寓里面的经验，等我们这些玩家全部都传送离开之后……"

"这个副本会直接重启。"没等说完，月刃就猜到池停的想法，直接给出了回答，"等重启完成之后，不管是死去的恶魔，还是勇者的后代，全部将恢复原来的样子。草鸡他们会再一次以契奴的身份在契约驿站供新一批到来的玩家筛选，这里的一切都将恢复原样，关于我们曾经的出现将全部从他们的记忆中抹去，没有人会记得我们，这里的一切也都不会有半点的改变。"

意料当中的回答，倒是让池停不由得抬眸多看了月刃一眼。

这人用的虽然是极度轻描淡写的语气，但是他能想象得出，这个答案的背后所掩藏的，是怎样漫长的孤独和等待。

　　池停问道："所以，你在爱心公寓当中，就是这样一次又一次地在经历重启吗？又或者是，旁观着那个世界的重启。"

　　月刃明显愣了一下，脸上的笑容也渐渐地收敛，道："你怎么知道？"

　　"在离开副本之后猜的，不过仔细想想，其实在副本里面的时候我就应该已经意识到了。当时你对李厚说了一个陌生的名字，应该就是以前某一批来到公寓里面的玩家吧？"

　　池停留意到月刃身边渐渐冷寂下来的气息，他没有半点避开的意思，而是看着他的眼睛，诚挚地问："带着记忆反复经历这样的重启，应该是一种很糟糕的体验吧？所以，既然拥有通关的钥匙，为什么不选择尽早离开？"

　　"确实糟糕，但关于为什么不离开的这个问题，我好像已经回答过你了，池先生。"

　　月刃的眼里渐渐地填满了池停的身影，在对方这样仿佛想要将他看穿的注视下，他反而收敛了冷意再一次露出浅浅的微笑："这一点我真的没有骗你，我确实非常'挑食'。副本里的NPC是没办法直接通过你们的传送门离开的，必须要借助影子这个媒介的话，我希望能够让我搭乘的交通工具，至少拥有让我满意的味道。"

　　说话间他意味深长地轻轻地嗅了嗅，说："你的味道，刚好我就非常满意。"

　　池停微微后退一步，他审视月刃看起来不似作伪的神态，最终有些无奈地叹了口气："看来我的第二个问题也已经有答案了。想要直接带他们离开果然是行不通的，只能考虑一下，借助一些其他的媒介了。"

　　月刃捕捉到池停话里的含义，倒是有些好奇："你能带他们离开这里？"

　　池停点头，又摇了摇头："活着带走估计是没戏了，死后我倒是可以试试。但也只是试试，我还不太清楚这个世界的情况，所以也不能保证最后的结果。"

　　这样的回答让月刃将池停自上往下重新地打量了一番。他刚要再问什么，只听山道的方向传来一阵急促的脚步声。他回头看去，遥遥落入眼中的是几个去而复返的身影。

　　大战恶魔军团的时候纪星雀一路冲杀在最前线，一番战役下来体力极度透支。原本他已经在黄辛觉几人的搀扶下往山下走去，遥遥地发现古堡里燃起的火光，担心有什么变故，就又着急地赶了回来。

此时刚回到古堡前方的空地上，一眼就看到坐在一块巨石上的池停，正直勾勾地对着古堡的方向，看着面前那场熊熊燃烧的大火。

纪星雀的体力值早就已经降到极点，连带着脑子也几乎停止了运转，只剩一脸的茫然："队长，这是？"

"草鸡几个已经被恶魔的血污染了，所以主动留在这里做个了结。"池停的回答言简意赅，说完后摆了摆手，"你们先出副本吧，好歹认识一场，我留在这等看看能不能帮他们收个尸。"

"收尸？"黄辛觉那几个玩家不明所以，纪星雀顿时反应过来，错愕道，"队长你这是要……可他们是NPC啊！"

池停点了点头："我知道这个副本马上就要重启了，虽然不确定有没有用，但好歹试试吧。万一呢，对吧？"

刚经历过一番激战后的状态确实不适合再有太多消耗，这要换成昔日队伍里的任何一人，估计都免不了一番劝说。

但现在在这里的是向来随心行动的纪星雀，当即十分坦然地接受了他家队长的这个决定："那你一定要注意时间啊，传送门的存在时间结束之前一定要记得出来。至于我，就先不陪你了队长，真的太累了，我得先出去让系统给我恢复一下体力。"

池停淡然地摆了摆手，没有丝毫留恋："去吧。"

纪星雀瞥了一眼站在旁边的月刃，虽然不明白为什么只有这个NPC还留在这里没进火场，但也没说什么，招呼着黄辛觉几人离开了。

直到人再次走远，月刃才有些好奇地开了口："收尸？"

池停回答："嗯，确切地说，应该算超度。"

从月刃的表情看起来显然更好奇了，然而池停没再回答什么，就这样坐在石头上托着下巴，有些疲惫地耷拉着眼睛，静静地等待着面前的那场大火终结。

不只是纪星雀，他显然也已经很累了。

熊熊的火焰映亮了整片的天际，就这样持续地烧了很久。

直到传送门的存在时间剩下最后的十分钟，池停才从长时间的发呆状态中回过神来，拖着疲惫的身子站起来。

时间差不多了。要是再烧下去，恐怕真得尸骨无存了。

月刃看池停终于有了动作，好奇之下还不忘贴心地往旁边让了一下道，将位置给空了出来。

池停站在古堡摇摇欲坠的门前，平静的视线扫过，他缓缓地伸出了手。

细长的红线宛若锋利的刀刃从掌心划过，割裂的伤口处渗出的血液很快地融入细丝当中，将原本就浓艳的色泽染得愈发瑰丽。渐渐浸透的红线上面，血水一点点重新凝聚成珠。最终，从空中缓缓坠落。

它们在无声中落地，溅开些许尘土的同时，有一点细微的白光从滴落的血珠中绽开。

从月刃的角度看去，可以感受到阵阵的微风从池停的周围扩散。

飞扬的衣摆之下，像薄纱般的圣洁光芒无声地朝着四面八方悄然蔓延，又像是怕惊扰周围的环境般，将触碰到的一切都悄然地笼罩在其中。

在白光覆上周身的时候，月刃感受到了一种从来没体验过的温柔的气息。

微微一恍惚，他似有所感地看向那片壮烈的火光。

古堡早就已经被这样的薄光所覆盖。

周围莹莹的光线开始渐渐收缩，仿佛万千细小的萤虫之光无声地聚拢，然后一点一点地汇聚成最终的样子。

一片寂静当中，一个接一个形成的虚影踏着火光，缓步地来到古堡的门口。

他们整齐的鞠躬动作就像之前告别时那样，充满了感激与虔诚。

池停语调温和道："愿意追随我吗？"

已经化为虚影的草鸡缓缓垂眸，在他的旁边是同样半透明的勇者后代们。

"愿意。"

他们充满释然的声音整齐地响起。

话落的一瞬间，刺眼的光芒从那些虚影周身扩开，一度盖住了周围所有的景象。

等现场再次恢复平静，光芒恍若幻觉般不复存在，只留下了那一排跌落在地面上的白色骨珠。

池停露出了满意的笑容，张开手掌。所有的骨珠宛若受到召唤般齐齐地串上了红线，重新编织成的串珠，再次安静地落回他的手中。

池停的指腹轻轻地从新磨制而成的珠子上面抚过，他心情不错地招了招手："好了，可以回去了。"

如果说真有人愿度世人，眼前的这人，无疑就是那救世的最好的选择。

——这样的画面落入眼中，月刃脑海中浮现出这样的一个念头。

此时池停明明身在一片耀眼的火光当中，脸色却肉眼可见地泛上了一抹病态的白，他转身的时候身子有些脱力地微微一晃，直接被月刃稳稳地一把搀住。

月刃垂眸瞥过那串手腕上的串珠，缓缓地挑了下眸。

到现在，他也终于知道这上面的珠子都是从哪里来的了，愈发觉得有趣："原来你的能力并不是召唤系。"

池停奇怪地看了他一眼："我什么时候说过自己是召唤系了？"

"也对，确实没说过。"月刃收回视线微微一笑，"不过你这死亡系的能力还挺有意思的，看起来只要是死人，都能够被你收为自己的战力？掌握别人的灵魂，听起来就是一件很有意思的事。"

"不，你看到的那些虚影终究不是他们，只是留下的躯壳罢了。没有人有资格去操控别人的灵魂，既然死了，就应该放他们回归最后的平静。"池停一边走着一边坦诚地介绍道，"而且我的超度也只度自愿的人，要么真心实意地想要追随我，要么发自内心地臣服我。"

说到这里，他扫了月刃一眼，忽然调侃："像你这种的，应该就完全不属于我能够掌控的范围。"

"哦？"月刃眉梢一弯，缓缓露出几分笑意，"别说得这么肯定，怎么也得试试才知道。"

池停不置可否地耸了下肩。

喷泉广场中央，除了两人之外的其他的玩家已经全部离去。

解放出来的勇者后代们在周围来来往往地忙碌着。踩着夜色，他们时不时地从旁边路过，对传送门的存在恍若未觉。

就如月刃说的那样，对于这些NPC而言，这扇送玩家离开的希望之门，从来都不属于他们。

池停缓步走入传送门中。

跟前一次不同，这一回月刃也迈步走了进来，并肩站在他的身边。

池停的视线从这座古城当中缓缓掠过，最终落在了腕部的串珠上。

虽然最终还是决定浅浅地超度一下，但其实他自己也不太确定，这个做法到底能不能让草鸡那几位饱经磨难的NPC，彻底摆脱这个副本的重启轮回。

但不管怎么说，既然月刃可以通过自己的手段离开副本，他这样也应该算是采用正规渠道把人带走了吧？

在池停跟月刃进入传送门时，副本关闭的倒计时也已经启动。

最后的读秒结束，倒计时落下尾声。

两个人的身影消失在广场中央。

周围的NPC们匆匆路过，并没有引起任何的注意。

计时结束，失落的宝藏副本已关闭，期待您的再次到来。
恭喜玩家池停、月刃，通关失落的宝藏副本！
副本奖励正在计算中，请稍等……

所有玩家已离开，失落的宝藏副本重启中。
嘀嘀——检测到数据错误十五处，新数据库生成中。
数据缺失过多，重启失败。
备用数据不足，尝试性修复失败。
出现未知故障，失落的宝藏副本通道暂时关闭。

第十三世界

24

在弹出通关提示之后，失落的宝藏副本专区中的直播也全部切断了。

随着新的通关视频录入攻略库中，观看这个副本的观众也都陆陆续续地退了出去。

然而他们没有留意到的是，就在副本结束的半个多小时之后，失落的宝藏这个副本悄无声息地消失在那些设置了开播提示的副本列表当中。

身为专业的首通猎人，秋骥并没有关注这种已经通关过好几次的旧本，自然也没发现这一诡异的现象。

退出直播平台之后，他久久地坐在沙发上，脑海中依旧浮现着虚影军团与恶魔大军对战的壮观场面。

他沉默许久，打开好友列表，找到其中一个名字。

游孤野，目前排行榜上召唤系的第一玩家。

秋骥：我忽然觉得你的个人技能好像也就那么回事。

游孤野：什么？

游孤野：老八的离开让你伤心欲绝，需要靠这种自欺欺人的方式来自我安慰了？PUA①对我是没用的，我不可能跳槽去你的战队，你死心吧。

秋骥：……就完全没想过你能来。

秋骥：算了，很快你就知道了。我先不跟你说了，去下本刷个安全时间，有空聊。

游孤野：什么？

游孤野：哎不是姓秋的你给我说清楚，什么叫很快就知道了？

秋骥看着游孤野最后的追问没有回复，一想到未来圣域这边即将迎来的热闹场景，他忽然感觉虽然没能顺利找到召唤系的补位队员，但至少提前发现了新区这位极度逆天的新人，似乎也不算太亏。

真期待那些人跌破眼镜的样子啊！

秋骥这样想着，心情不错地在战队分组发出了消息："谁要下本，副本门口集合。"

另外那边，游孤野等了许久没等到秋骥的回复，不由得骂了一声："这浑蛋，故意说点没头没尾的话来刺激我，刺激完了还不说完，故意吊我胃口是吧！"

此时他也正在进行入本集合，站在他旁边的正是侠影战队的队长胥乱，

---

① PUA：全称"Pick-up Artist"，是指一方通过精神打压等方式，对另一方进行情感控制的代名词。

闻言问了一句:"怎么回事?"

游孤野将对话界面送到胥乱的跟前:"你自己看呗。"

看完之后,胥乱沉思片刻才开口:"最近七海战队在物色人员填补召唤系的位置,如果没猜错的话,秋骥应该是找到了不错的人选。不过老区实力不错的玩家都应该已经进入圣域了,印象里应该没有能够让秋队这么吹捧的召唤系技能才对,难道……是新开的第十三世界出新人了?"

"因为发现了一个新人,所以故意来我这里一踩一捧地嘚瑟一下,他有病吧?"游孤野一脸的不可置信。

"我回头也留意一下。"提到队员更新,胥乱倒是想起了一件事,"最近圣域各个战队的人员调动确实有些大,瞭望塔战队听说也在接触一个治疗系技能的玩家,似乎已经谈得差不多了。"

"你说的是第七世界的那个谁?"游孤野有些惊讶,"那人成名以来不是一直都拒绝加入任何队伍吗,怎么突然就愿意加入瞭望塔了?"

"只听说好像是欠了瞭望塔的什么人情,再具体我就不知道了。算了也别管了,倒是他们什么情况,怎么还不来?现在所有顶部战队都在冲榜,怎么就我们队里这些人一点都不积极。"

胥乱摇了摇头,低低地叹口气,由衷地感慨道:"果然人心散了,队伍不好带了。"

游孤野顿了一下,到底还是忍不住道:"明明是你记错集合时间,早到了一个多小时好吧,队长。"

胥乱道:"嗯?是这样吗?"

游孤野扶了扶额。

不管是秋骥还是他们家的这位队长,这些顶部队伍的带头人简直一个比一个不靠谱。

真是,不想说话。

不过,对于秋骥忽然提到的那个玩家,游孤野倒真的感到非常好奇。

新区出了一个召唤系?也不知道到底是什么样的技能,真希望有机会可以见一见啊。

同一时间的第十三世界副本出口。

面前暗下的视野刚刚清晰，池停就忍不住地打了个喷嚏。

他疑惑地揉了揉鼻尖，没来得及琢磨只听一连串清脆的消息提示音，看到虚拟面板上多出的红点，他下意识地逐一点开。

首先弹出来的是一连串的好友消息。

池停扫过一眼，发现都是离洮发来的。

离洮：啊啊啊啊，池哥你这每分钟5000积分是什么情况啊？我完全没钱看啊！！！

离洮：月刃还在你旁边吗？我好像也没看到他。

离洮：你们这个副本时间好长哦，我估计等不到你们出来了，就先进本去啦。

离洮：找到副本了，祝我好运吧，我们有空再见！

最后一条消息是在半天前。

很显然离洮为了避免再一次被迫进入随机副本，已经自己提前进了本。

池停回复了一个"加油"，就关上了好友对话框。

然后他点开系统邮件发过来的通关奖励。

这种已经有人通关过的普通副本奖励，应该跟爱心公寓的首通本是没法比的。但是池停跟月刃虽然是随机抽取进的副本，因为进本已经是残局阶段，依旧被系统判定成了救场的身份。

进本前因死亡而淘汰的玩家奖励直接都结算到了他们的身上，再加上最后阶段对战恶魔军团时候狂刷的贡献值，池停最后得到的奖励居然也没有比第一个副本差多少。

而更让池停感到惊讶的是，这一次他居然又领到了两份积分奖励。而且通过直播间结算的积分数量居然还十分可观。

池停不由得再去看一眼自己目前的收费标准，在确定确实是每分钟5000积分后，面上稍稍露出了震惊的表情——这个无限世界里的有钱人居然这么多吗，这种专宰冤大头的收费都有那么多人看？！

池停快速地完成了清点，将巨额的积分收入转进账户，回头朝旁边的月刃看去。

似乎一早就知道他要问什么，月刃朝他露出了浅浅的微笑："玩家身份拿到了，辛苦了。"

听到这句话，池停也终于松了口气。

能正式让这家伙从 NPC 转为玩家，也算是这次进本没白折腾，就是不知道什么时候能把含人量正式地提上去当个正经人类了。

池停问："所以你需要收集的卡牌是？"

月刃说道："黑桃。"

池停看一眼这个副本结算给他的方块 3，直接收回到储物空间，说道："这次系统给了我一张方块，你需要黑桃的话，就不能给你用了。"

说着他将另一件一眼就可以辨别出，不同于其他奖励的物品拿了出来，说："对了，系统还给了我这个。"

池停手里拿着的，赫然是副本当中草鸡给他的勇者宝箱。

这让月刃稍感意外，然而没等他开口，一声惊呼已经直接打破了两人的对话："你……你你你……你怎么出来了！？"

池停回头看去，正好看到不远处满脸震惊的纪星雀。他缓缓眨了眨眼，莫名觉得此情此景怎么看起来有些熟悉。哦对，从爱心公寓副本出来之后，离洮当时好像也是这活见鬼一样的表情。

纪星雀出本后就在附近的休息区恢复了一下体力，这时候回来这边找池停，还没来得及惊讶于池停手里的金色宝箱，遥遥地就已经被站在他们家队长旁边的那个熟悉的身影给震惊得定在了原地。

纪星雀三两步地就冲到月刃的跟前，反反复复地一番确认："真人？不是虚影？这怎么带出来的？NPC 居然可以直接带出副本吗？！"

他这样又摸又拍的动作，连池停都担心会不会被月刃给一把丢出去。

他沉默了一瞬，选择一种最适合鸟脑接收的方式介绍道："月刃本来就是玩家，跟我一起进的副本，估计系统出现漏洞才把他误判成了契奴的身份。"

这本来已经是最基础的解释了，不料纪星雀听完之后一双眼睛瞪得更加大如铜铃："所以说，你们刚开始就是一起的？！难怪当时新进本的另一个玩家一直没看到人影，但如果不是 NPC 的话，那不就说明……"

无数的念头转瞬间在脑海中奔涌而过，等走马灯般的画面终于落幕，纪星雀眼中隐隐有了盈眶的热泪。

池停并不知道纪星雀脑海中瞬间炸翻的烟花，但也看得出来这只鸟看向月刃的表情，未免狂热得有些过分了。

他生怕纪星雀对月刃的能力产生兴趣，脑子一抽去提出什么决战一场的邀请，直接伸手将人从那个危险的男人身边扯开："就是你想的意思，以后都是战友，记得和睦相处。"

纪星雀愣了一下，顿时如捣蒜般连连点头："嗯嗯嗯，明白，我都明白！"

池停奇怪地看了纪星雀一眼，也没多说什么，低头打开了手里的箱子。

当勇者的宝箱打开的那一瞬间，耀眼的光芒从里面散落，随着一件新的道具落入他的手中，系统面板上也弹出了介绍界面。

这个类似于一个迷你护盾的道具名叫"勇者的守护"，介绍基本上是再次描述了一遍古城当中可歌可泣的勇者故事，再后面就是具体功能的说明。

使用之后，可以展开守护屏障，封印除勇者自身外的所有特殊能力。注意，守护屏障存在时长三十分钟，使用之后将进入冷却期七天。

纪星雀也好奇地凑过来，看完说明后愣了一下，道："这描述，不就是亚勒兰古城里面对恶魔的封印吗？不愧是金色品质的道具，这是直接把副本压箱底的配置给带出来了啊！"

池停看完这样的描述，自然也知道这是一件很不错的救命道具。

只不过三十分钟的有效时长，需要的是整整七天的冷却期，基本意味着必须留在危急关头才能使用了。

"回头我找个机会去试一下这个守护屏障的范围大小。"池停将迷你护盾收回异石的储物空间中，垂眸扫过面前被打开后已经空落下来的勇者宝箱，"那么接下去，还是先把重要的事情去完成一下吧。"

纪星雀问："什么重要的事？"

池停问："这附近有什么人流量比较少，风景又比较好适合当墓园的地方吗？"

听到"墓园"，纪星雀顿时也明白池停要做什么了，应道："啊！有的！我带你去，队长！"

半小时后。在一处景色静美的山坡上，池停将装满骨珠的宝箱缓缓盖上，埋进了土地。

至此为止，这些被他从副本里面带出来的勇者后代们，也算是终于入土为安了。

月刃抱着身子站在旁边，等池停站起身才开口："拥有了他们的骨珠，就意味着可以控制他们了。按你之前的说法，反正也都只是灵魂净化之后剩下的空壳而已，我以为你会就这样一直把他们带在身边。"

池停摇了摇头："陷在副本的不断重启里面已经很可怜了，好不容易摆脱出来，还是让他们真正地远离副本，留在这里享受宁静吧。"

话落，周围短暂地寂静了一瞬，才听到月刃的声音悠悠响起："我还是第一次见到，居然会有玩家觉得NPC可怜的。"

池停回头看去，正好对上月刃的视线。

这人依旧是那要笑不笑的神色，但是那一瞬间，眸底有一种浓烈的动容。

池停想起了爱心公寓。

虽然没有体会过那种记忆清晰地被困在反复重启中的滋味，但是与草鸡他们相比，这个男人之前的经历恐怕才更加绝望。

当然，池停也很清楚，月刃应该并不希望"可怜"这个词用在他的身上。

池停微微地垂了一下眼帘，再抬眸时已经恢复了淡淡的微笑："只要是人类，我向来很愿意互帮互助。"

像是回答，又不那么像。

月刃定定地对上池停平静的视线，面上的神态终究豁然一软："有时候真是羡慕人类啊，能让池大队长这么喜爱。"

池停由衷地道："努力把含人量提上去，你也能够成为真正的人类的，加油吧。"

月刃难得被噎了一下："并没有被鼓励到，谢谢。"

不过他顿了一下，又发自肺腑地多问了一句："不过，是不是只要成为真正的人类，就也能得到池大队长的喜爱了呢？"

池停微笑道："当然。"

许久之后，月刃无声地失笑了一下，并没有再继续说下去。

池停最后看一眼勇者后代们的安葬地，收回视线，招呼不远处的那人道："走吧小鸟，回去了。"

纪星雀听着两人的对话正在神游，听到叫他愣了一下："啊？去哪儿啊？"

"回休息区。"池停回答，"不过在找地方休息之前，我们大概需要先好好地聊一聊这个世界的事了。"

25

在奶茶店和咖啡店之间，池停最后选择了前者落脚。

过了两次副本之后，他现在手上的积分相当宽裕，直接请客给每人点了一杯奶茶。

虽然从副本里面出来的时候已经由系统恢复了不少体力，但毕竟刚刚经历过大战，池停的神态看起来依旧困顿。要不是出于对纪星雀情况的关心，他也很想先回去好好睡上一觉再从长计议。

三人聚在桌子旁边，池停仰头慢悠悠地打了个哈欠，神态恹恹地耷拉着眼皮喝了一口奶茶，正在询问纪星雀具体情况："所以说，你来到这个无限世界的时候刚好就是七十五天前？"

"是这样的。"纪星雀也在强打精神，但是对于池停的提问依旧回答得很认真，"绝对没错，我来的时候差不多是这个第十三世界刚刚开区，一直到现在，满打满算应该正好就是七十五天整。"

他想了想说："所以说，是因为我在我的世界中死了，才被卷进这个无限世界里来的？"

池停思考后说："有这个可能，但是时间不对。"

纪星雀问道："啊？哪里不对？"

"如果按照你说的，来到这里是七十五天前的话，那应该比你'死亡'的时间整整晚了一周左右。"池停修长的指尖十分有节奏地在桌面上缓缓敲击着，神态间也有些疑惑，"要是能够来到这个世界的标准是确认'死亡'，那么在你确认'死亡'后的一周时间里又发生了什么？还是说，这边的时间流速本身就跟我们的世界不一致？"

纪星雀保持之前茫然的表情，甚至越听越晕："啊？"

池停也意识到自己多嘴问这只鸟，揉了揉太阳穴，决定暂时抛开这个短期内无法解释的问题，继续说道："但不管到底是什么导致了中间的这个时间差，至少从目前的结果来看，我们确实是都来到了这个无限世界。所以我要说的是，既然我们能够来到这里，那是不是意味着，其他人也一样可以？"

"真的吗？他们也来这里了？"纪星雀的眼睛豁然亮了起来，但很快又陷入犹豫，"但是队长，我来了这么久，也只有这一次才只遇到过你一个。"

池停无语地看着他："你进的副本匹配到的都是哪里的玩家？"

纪星雀道："当然是第十三世界了。"

池停问道："那第十三世界是什么时候开区的？"

纪星雀有些奇怪队长为什么又问这么一遍，再次说道："刚说过了，两个多月之前啊。"

池停幽幽地叹了口气："你死在两个月前，所以来到了这里，那其他人又是什么时候牺牲的？"

"那就有些早……"纪星雀正要脱口回答，终于意识过来，"对啊！队长你的意思是，他们当时进的应该是以前开区的其他世界？！"

一直在旁边安静嘬着吸管的月刃听到这里，终于没忍住地笑出了声："池大队长，这位到底是你从哪里淘回来的大宝贝？"

池停也不知道月刃对他的称呼什么时候已经从"池先生"变成了"池大队长"，而对于这样一句诚挚的发问，也是感到相当无奈，只能低低地清了清嗓子，说："总之，不管这样的推论到底是否成立，总需要我们去进行验证。所以我们后面需要做的，应该是先要拿到前往圣域的通行资格。"

说到这里他想了一下，确认道："之前有个朋友跟我说过，只要是全服前1000名的玩家就可以进入那里，没记错的话应该是叫'圣域'吧？"

"对的，队长你没记错。"纪星雀毕竟早来了两个月，对于这个特殊世界的存在也并不陌生，"不管是战队榜还是玩家个人榜，都是按照通关副本的成就点进行排名的。目前吊车尾的那个玩家刚好是12000积分成就，这种尾部排名没有排行榜上层部分那么多复杂规则，单纯靠刷本就够了。我现在倒是已经累积到快9000点了，你们呢？"

说着，他好奇地凑到池停的旁边，一眼看到调出来的界面直接傻了眼："队长你死了这么久吗，居然也已经快7000积分成就点了？！"

"你才死了很久！我刚过两个副本。"池停其实依旧觉得自己不可能这么轻易被那异种弄死，但一时之间也不好从哪个角度反驳这种说法，顿了一下问道，"7000很多吗？我看每个副本给的成就点都挺高的样子。"

"正常一个本给一千多点都是高的,稍微'划水'一点几百点都很有可能。你居然两个副本就攒了七千多成就点?怎么可能!"

纪星雀疑惑地翻了翻池停的任务面板,在看到第一个爱心公寓副本后面醒目的"首通"标志时,神态转为崇拜,"第一个副本就直接拿到了首通?队长,不愧是你,果然强大啊!!!"

池停确实没有关注过这个界面,听纪星雀说到"首通",才默默地回头看了月刃一眼。

虽然第一次听到这个词语,他大概也能猜到是什么意思。月刃能够选择跟他一起离开那幢公寓,他们大概是从这个副本里面通关的首批玩家了。

月刃有所留意地抬头看来,显然也知道他在想什么,神态了然地还以一笑。

池停问月刃:"你呢,现在多少成就点了?"

"三千多吧。"月刃回答。

这个数字显然跟池停期望的有一定差距,但仔细想想也很正常。

毕竟第一个爱心公寓当中的时候这家伙还是 NPC 的身份,出来直接被判定成了黑户,抠门的系统半点奖励都没有发放给他。而到了失落的宝藏这个副本,虽然是跟他一起半途进入的,也就主要在擂台厂里多秀了一下,完全抵不过最后对战恶魔军团的贡献值,虽然终于得到了结算,但奖励依旧没他的丰厚。

一场副本下来拿到三千成就点,对于很多玩家来说其实已经是堪比"暴富"的收益了。然而池停现在着急想去圣域找老队友的行踪,这样一看,月刃倒是有点像拖油瓶了。

早知道就带着他一起打怪了。

池停心觉后悔,一口气喝完了剩下的奶茶。

看样子,接下去还是需要先把他们三个的成就点差距补齐,才能一起完成冲刺全服 1000 名的小目标。

目前为止算是了解了想知道的情报,池停站起身结账,一行人离开了奶茶店。

途中,他倒是依旧没有忘记用串珠将某危险分子捆住,一路牵着找了一间最近的旅店入住。

这次月刃终于有了正式的玩家身份,入住信息的录入过程进行得相当顺利。

直到拿到房卡，纪星雀脸上依旧保持着一路走来那满是震惊的表情。

这样的震惊源自离开奶茶店的那一瞬间，纪星雀亲眼看着池停手中的串珠十分流畅地一甩，就这样精准无误地锁上了月刃的手腕，后者则是接受得十分坦然。

两人就这样一前一后地来到了旅店当中，一直到开双人标间的那一刻，脸上均是一派泰然自若、习以为常的表情，就像这就是一切本该有的样子。

纪星雀虽然好奇他家队长为什么一路都锁着这个月刃，但也没敢多嘴问，打了声招呼就回房间休息去了。

这家酒店的性价比相当不错，不管是空间还是氛围都恰到好处。

池停洗完澡之后终于能够舒舒服服地躺上床了，巨大的体力消耗下，他很快就闭上眼睛沉沉地睡了过去。

另一张床上，月刃垂眸看了一眼手腕上那已经调整成适当长度的串珠。这中间的绳子可长可短、自由变幻，确实很有意思。

研究了一会儿之后，他隐约听到旁边平和起伏的呼吸声。

在寂静的环境中，他微微地浮了浮嘴角："好梦，池大队长。"

这一觉睡得相当舒服。

在副本里面的所有疲惫都在这个时候得到了彻底的缓解，安全区中，就连拂过的风都仿佛充满了平静。

池停睡到自然醒的时候已经过了一天一夜，正值日上三竿。

他起身缓缓地伸了个懒腰，直到这样的动作将手腕上的串珠带动了一下，他才想起来自己好像还锁了个人。

月刃此时正坐在窗口的沙发前翻看着酒店放置的杂志，桌面上还放着酒店送来的食物，留意到池停的动作也抬眸看过来："早啊。"

池停看一眼外面的天色，道："虽然不知道过了几天，但看外面也不算早了。"

说着，他活动一下筋骨睡眼惺忪地转进了卫生间，隔了一会儿再出来，神色间已经清爽了很多，他对月刃说道："体力恢复得差不多了吗？"

月刃扫过这人一眼："我就玩了会儿影子，没消耗什么体力。"

"那就最好不过了。"池停微微一笑，直入主题，"我们去下本吧。"

月刃正要翻页的手势微微一顿，没掩饰神态中的惊讶："才睡醒，你是不知道累吗?"

"已经睡饱了,够了。我需要快点到圣域去,还是抓紧时间冲榜吧。"

池停以前也经常连轴转,更何况在这个无限世界的安全区里体力恢复明显加快,现在也确实已经调整好了。

他直接拿起挂在衣架上的外套往自己的身上一披,一抬头见月刃还坐在那里没动,步子稍微一顿:"是还有什么问题?"

"没问题,我就是在想……"月刃的视线落在池停的身上,"你以前的那些队友到底是什么样的人,居然值得你这么上心。"

"他们当然都是很好的人了。"想起之前并肩作战的情景,池停的神态间也分明地柔和了很多,他见月刃没有回答也不知道在想什么,招呼道,"反正快出发吧,你跟小鸟的成就点差距那么多,趁着他睡觉的这几天还是能赶上一点的。"

纪星雀这种能力输出伤害很强范围也很大,但是与之对应的也是巨大的体能消耗。以前在队里的时候,一场战役结束他经常一睡就是六七天,即便放在这个恢复速度较快的安全区里,估计至少也得四五天。

也正是因此,池停才着急在他睡觉之前,先把人拉去奶茶店解了一下情况。

从时间上来看,如果抓紧一点的话,应该正好可以在纪星雀这次睡醒之前结束一个副本。

在池停看来这一切都是十分自然做出的安排,月刃听完之后却是懒懒地朝着沙发一边侧了侧身,被串珠缠住的手托着下颔,饶有兴致地问:"听这话的意思,我现在也算是你们的队友吗?"

"既然要一起到圣域去,当然算是。"

这样一点没有犹豫的回答,让月刃稍稍愣了一下:"那你……"

池停等了一会儿没等到月刃继续说,问道:"什么?"

那一瞬间有一种难以捉摸的情绪从月刃的眼底一闪而过,旋即渐渐地沉淀下去,最终剩下嘴角一抹很淡的自哂。怎么好端端的,倒像是突然羡慕上那些他连面都没见过的,池大队长麾下的队员了呢?

转眼间月刃已经恢复了一贯的神态,从沙发前站了起来:"没什么,我们出发吧。"

两人下楼先吃了饭，再次前往附近的副本入口。

两人都已经轻车熟路，沿着路牌指示，很快就站到了两个通道前。

"这一次往哪边？"出发前，月刃礼貌询问。

"上论坛搜了一下，随机匹配的副本成就点大多比自选副本要高上很多，所以要追求效率的话，还是随机匹配更合适一点。"池停毫不犹豫地迈开脚步，"所以这一次，还是选择右边。"

再一次站在游戏导入区，池停又确认了一下直播面板。

虽然不清楚那些每分钟花5000积分观看的土豪到底都是从哪里来的，但想了一下，还是没有调整收费观看的价格。

池停下意识地拽紧了手上的串珠。

熟悉的系统提示音再一次在两人耳边响起。

叮——

欢迎玩家进入副本：丢丢丢手绢。

类型：策略游戏。

目前副本存活人数：5/5。

游戏正在导入中……

注意，请遵守游戏规则！

刺眼的光芒闪过之后，眼前的画面也终于渐渐清晰。

池停意识回笼的第一时间就是往旁边看过去，进行过确认才放下心来。

还好，这次人还在。

开局没弄丢。

番外

重启

滴答……滴答……

鲜红的血液在地面上漫开,滴落的声音在一片寂静中清晰可闻。

电梯上行的声音成为眼下最为生动的声响。

跳动的数字最终定格,随着电梯门的开启,一个高挑的身影迈步走出。

这一瞬间,一片阴影中仿佛有什么猛然间涌动起来,然后仿佛感受到畏惧般,顷刻间消散了下去。

周围更安静了。

过道顶部昏暗的灯光洒在来人的身上,他在浓烈刺鼻的血腥味中回头看去,曲折的楼梯通道仿佛一条扭曲的毒蛇,通往深不见底的黑暗。

就在不久之前,这里还充斥着声嘶力竭的叫声,每个人在面临死亡时总是会表现出强烈的求生欲。

男人只是漫不经心地一眼扫过,转身推门而入。

屋门顶部的灯光有所感应地分明闪烁了两下,灯光折射下门牌上的数字显得更为醒目——1203。

他像往常一样,松了松领口的领带,随意地将外套挂在门口的衣架上。

干净整洁的公寓由内而外透露着浓烈的生活气息,垂落的窗帘在微风下轻轻浮动着,视线往外看去,落入眼帘的是平静美丽的夜景,如同每一个城市的夜晚本该拥有的样子。

抛开外面诡异的情景,这无疑是一位普通上班族回家后最想拥有的生活画面,前提是,如果这一切都是真实存在的话。

但是,他知道自己叫作"月刃",在这个名字叫作"爱心公寓"的副本中,扮演着一个早出晚归的普通打工青年而已。

月刃倒了一杯热水,站在落地窗前,外面投射进来的同样虚假的月光为他无声地镀上了一层光晕。

是的，一切都只是副本中的扮演任务。

而这样扮演所服务的对象，正是他回家路上见到的那些倒在血泊当中的邻居们。

哦，不对，更准确地说，应该称他们为"玩家"。

月刃无声地垂下眼，平缓着喃喃宛若自语："差不多了。"

仿佛为了印证他的话，几乎在尾音落下的那一瞬间，他的脑海中就响起了一声十分清晰的"叮咚"。

随之而来的是系统僵硬又生涩的话语。

"副本关闭倒计时，十、九……"

"四、三、二、一……"

"计时结束，爱心公寓副本已关闭……"

"所有玩家已离开，爱心公寓副本重启中。"

原先平静的夜景忽然间闪烁过无数诡异的雪花片，接连的扭曲躁动之下，落下的夜幕在刺耳的电流声中逐渐明亮起来，最终落入眼中的是冉冉升起的朝阳。

从夜晚到清晨，不过短短片刻的时间而已。

月刃习以为常地放下了手中的杯子，转身走到门前打开。

视野中的依旧是那片走廊，而楼梯间浓烈的血气已经彻底荡然无存，粉红色墙面搭建而成的公寓里依旧是一片和乐融融的氛围，偶尔听到人们来去的脚步声，是楼上楼下的住客们陆续醒来。手机隐约振动起来，他低头看去，可以看到名叫"爱心公寓大家庭"的群里陆续有人友好地跟其他人打招呼，而他们显然没有人意识到，对话中的每一个句子甚至每一个字，都跟三天之前的内容一模一样。

对月刃而言，所有的对话时间，也同样是在三天之前。

或者准确一点来说，是这个公寓里的所有人都重新回到了三天之前——他们跟这个副本一起，重置了。

"有点弱啊，这一批玩家居然才坚持了三天。"月刃缓声喃喃，眼底隐隐浮现起略感无聊的笑意，"都第七次了，到底要过多久才能来一些有意思的人，这样的生活还真是越来越让人觉得无趣了。"

是的，第七次。

自从月刃无意中觉醒了意识，这已经是他在这样不断重启的轮回中所经历的第七次了。也不知道从什么时候开始，看着那些所谓的"玩家"跟其他"NPC"的拉扯成了生活中唯一的乐趣，所有的惊悚和尖叫成了月刃"平凡生活"中仅有的添加剂，在这样一次又一次重复的生活当中，生和死，看起来也不过就是一出精彩纷呈的余兴节目而已。

他是服务于玩家的NPC？

不，在他看来，那些玩家不过是他漫无止境的乏味生活的添加剂而已。

要说在这样的日子里还有点什么期盼的话，那或许就是希望在他彻底彻底发疯之前，能够在这种望不到结局的循环中，找到一个至少稍微合眼缘且不愚蠢的人，带着他一起从这个该死的地方离开。

手机群里的聊天还在继续，月刃戏谑地看着每一个兢兢业业扮演自己角色的NPC们，一度仿佛看到了曾经的自己。

很可惜的是，每一次副本重启之后他们就被重新清洗了记忆，再次重复着原本已经经历过的生活，这幢公寓当中，真正的旁观者终究只有他一个人而已。

确定过每一句对话都没有任何惊喜，月刃的眼底终究还是闪过了一丝失望："果然无聊。"

他将收起的手机往口袋里一塞，转身朝卧室走去。

虚假的身份，虚假的记忆，虚假的环境，虚假的邻里关系。

但是总有那么一天，他一定会抓住属于自己的真实。

终于，又是一声熟悉的"叮咚"声从月刃的脑海中响起。

月刃意识觉醒后迎接来的第八次重启，他百无聊赖地看着"物业群"再次热闹起来，人员列表中如以前的每一次那样，开始逐渐地增加新的ID。

第八次重启。

新的"玩家"，哦不对，是新的"玩具"终于又出现了。

群里一派热火朝天的群聊中几乎都是熟悉的身影，月刃本是随意扫过一眼，视线在瞥见一个相对陌生的ID时顿在了那里。

1202-池停：嗨，大家好啊！

1202室。
是这次进入副本的玩家吗？
群里的聊天速度随着这人的消息赫然停顿了一下，月刃的眼底终于浮现出分明的笑意："隔壁的新邻居，期待与你的正式见面呀。"